FICTION
ECTION

COLECȚIE COORDONATĂ DE
Magdalena Mărculescu

Christie Watson

Acolo unde femeile sunt regi

Traducere din engleză de
Irina Negrea

TREI

Editori:
Silviu Dragomir
Vasile Dem. Zamfirescu

Director editorial:
Magdalena Mărculescu

Redactor:
Mihaela Apetrei

Coperta colecției:Faber Studio
Foto copertă: Guliver/Getty Images/ © PeopleImages

Director producție:
Cristian Claudiu Coban

Dtp:
Eugenia Ursu

Corectură:
Sînziana Doman
Maria Mușuroiu

Descrierea CIP a Bibliotecii Naționale a României
WATSON, CHRISTIE
Acolo unde femeile sunt regi / Christie Watson ; trad.: Irina Negrea. - București : Editura Trei, 2017
ISBN 978-606-719-655-9

I. Negrea, Irina (trad.)

821.111-31=135.1

Titlul original: Where Women Are Kings
Autor: Christie Watson

O.P. 16, Ghișeul 1, C.P. 0490, București
Tel.: +4 021 300 60 90 ; Fax: +4 0372 25 20 20
e-mail: comenzi@edituratrei.ro
www.edituratrei.ro

ISBN: 978-606-719-655-9

Lui Moyo, care a înghițit toată bunătatea lumii,
şi lui Kike, pe care el îl iubeşte cum nu a mai existat
vreodată o iubire pe lume.

1.

Elijah, scumpul meu fiu,

Vreau să îţi povestesc despre viaţa ta. Fiecare om are o istorie înăuntrul său, care începe de dinainte ca el să se nască, iar istoria ta este mai mare decât le va fi dat multora să trăiască. Ei spun că nu ar trebui să îţi povestesc unele lucruri şi că vorbele pot răni urechiuşele unui copil, dar, băiatul meu drag, între o mamă şi fiul ei nu există secrete. Copilul a văzut pe dinăuntru trupul mamei lui. Or, cine poate cunoaşte un secret mai mare decât acesta? Englezii aceia spun o mulţime de lucruri. Ceea ce ei numesc „abuzuri asupra copilului", noi, nigerienii, numim „educaţie". Aşa că nu-i băga în seamă.

Povestea ta începe în Nigeria, un loc ca o gură de Rai. Soarele străluceşte tot timpul, iar oamenii zâmbesc şi au grijă unii de alţii. Copiii nigerieni sunt silitori la şcoală şi bine-crescuţi, se îngrijesc de părinţii lor şi îi respectă pe bătrâni. Nigeria înseamnă strălucire şi stele, şi pământ ca pielea obrajilor tăi: maro-roşcat, moale şi cald.

Mi-e sufletul plin şi mândru de amintiri din Nigeria. Cel mai mult îmi amintesc de familia mea.

Măicuța — bunica ta — era renumită pentru lustruirea cratițelor și depănarea poveștilor.

— Odată, demult de tot, obișnuia ea să ne spună mie și surorilor mele, o femeie, atât de plină de golul din ea, și-a vândut trupul, ca pe o bucată de carne la piață. Și femeia aceea a cutreierat toată Nigeria, căutând ceva cu care să-și umple pustiul din ea, și a învățat multe graiuri, căutând cuvinte care să-i explice deșertăciunea. Iar oamenilor le plăcea de această femeie deșteaptă și deșartă: era plămădită din lumina stelelor; inima ei sclipea ca argintul. Ascultau când ea își rostea vorbele în multe graiuri, povestind despre locurile pe care le văzuse: despre Jos, unde din cer ploua cu nestemate, și despre Nord, unde oamenii dispăreau în ziduri de nisip, și despre pâraiele din Deltă, dansând cu duhurile apelor. Și astfel, pământenii au făcut-o rege. Și glia a împlinit-o lăuntric, iar deșertăciunea era cer. Nigeria este un loc unde femeile sunt regi. Unde orice este posibil.

Toată copilăria mea, măicuța și-a lustruit tingirile, iar eu am privit-o, ascultându-i poveștile, ascultându-i cântecele, o femeie mulțumită cum nu exista alta pe lume. Mama cânta tare, ceea ce era un lucru bun, deoarece sora mea, mătușa ta Bukky, de la care ai moștenit nuanța asta frumoasă de piele, avea o voce care părea că-ți străpunge chipul. Mi-aduc aminte cum s-a rugat într-o zi de măicuța să ne spună secretele ei. Soarele abia se ridicase un pic, dar noi ne treziserăm deja de câteva ceasuri, ascultând cum mama cânta și tăicuțul sforăia.

— Te rog, se miorlăia Bukky. Te rog, mami. N-o să spun nimănui.

— N-o să vă spun niciodată ingredientul meu secret. Și a scuturat atât de tare din cap, încât mărgelele din codițe i s-au ciocnit între ele. Râdea.

— Niciodată. Puteți să mă cicăliți voi toată ziua, fiindcă degeaba, buzele-mi sunt pecetluite, ca palma lui tăticul în ziua de leafă!

— Te rog, insista Bukky, uitându-se la cârpa cu care mămica ştergea oalele. Am putea să ne îmbogățim. Îți dai seama cum ar fi să vinzi pe autostradă o soluție care să curețe cratițele aşa de bine!

Bukky era veşnic în căutarea unor metode de a face bani, dar era cam prostuță. Odată, fusese la un pas de a fi arestată, după ce un om i-a zis că îi dă o sută de dolari americani dacă era de acord să treacă o geantă prin vama de la aeroport. Dacă tăicuțul n-ar fi trecut cu maşina pe-acolo şi nu ar fi văzut-o, plecată de la şcoală, făcându-şi de lucru pe stradă cu o geantă care nu era a ei, Bukky ar fi ajuns precis la închisoare. Iar dacă s-ar fi întâmplat ca mămica să treacă pe-acolo cu maşina, Bukky n-ar fi scăpat cu viață din mâinile ei, cu siguranță. Şi de unde să ştim noi dacă porțile Raiului s-ar mai fi deschis în urma unui astfel de delict, fie el şi izvorât din prostie? Însă ceea ce mi-a rămas mie în suflet nu este naivitatea lui Bukky sau exasperarea părinților noştri. Ci, mai degrabă, nu pot uita lumina din casă, dănțuind jucăuşă pe oalele acelea de gătit, scăpărând mii de diamante în firele de praf şi pe obrajii durdulii ai lui Bukky; râsul măicuței; sforăitul tatei. Acea mică pustietate în care urmează să creşti. Acolo unde femeile sunt regi.

Îmi amintesc de casa noastră, cu câteva trepte sparte şi un acoperiş prin care ploua înăuntru, construită în jurul unei curți interioare, unde mămica spăla orezul într-una din oalele ei; pot să jur că orez aşa de curat ca al nostru nu găseai în toată Nigeria. Surorile mele, Miriam, Eunice, Rebekah, Bukky, Esther, Oprah şi Priscilla pierdeau vremea privindu-se toată ziua în celelalte cratițe strălucitoare ale mamei, studiindu-şi grosimea sprâncenelor, distanța dintre ochi (Bukky zicea mereu că între ochii lui Esther ai fi putut parca o maşină), forma buzelor, arcuirea genelor. Tăticul chicotea amuzat ori de câte ori le vedea cum se oglindeau în luciul oalelor, iar pe mine mă mângâia pe cap. „Frumoasa Deborah", îmi zicea el. Eu nu mă priveam niciodată în luciul oalelor. Ştiam, chiar de la o vârstă atât de fragedă, că e un păcat să fii trufaş. Eram un copil inteligent, Elijah. Un copil dotat. Învățasem Biblia atât de bine, încât puteam recita Psalmii de la vârsta de un an. Nu ştiu dacă devenisem preferata tatei pentru că nu mă oglindeam niciodată în vreo cratiță sau, mai ales, fiindcă eram dornică să studiez Biblia. Ştiam însă că tata mă prefera pe mine. Şi orice fată care este preferata tatălui ei creşte binecuvântată, cum am crescut eu.

De fapt, noi toți eram binecuvântați. Ne plăcea şcoala şi ne duceam la Biserica Apostolică a Întoarcerii lui Hristos, aflată la doar un sfert de ceas de mers pe jos. Dar şi mai mult ne plăcea să venim acasă de la şcoală, ca să mâncăm împreună la masă şi să ne povestim întâmplările de peste zi, apoi să citim Biblia sau celelalte cărți pe care tăicuțul ni le cumpăra de la prăvălia de lângă serviciul lui, sau cărți pe care ni le dădea mama şi care fuseseră citite de atâtea ori, încât stăteau deschise, ca şi cum poveştile din ele erau vii şi voiau să fie auzite. Locuiam la periferia Lagosului, în cartierul Yaba, lângă stația de autobuz de pe University Road, înspre cimitir: eu, mama, tata, cele şapte surori ale mele, mătuşile, bunicii şi frații mei, Othniel şi Immanuel, deşi Othniel era ocupat cu învățătura, ca să devină farmacist, aşa că era mereu plecat fie la serviciu, fie la biblioteca universitară, iar Immanuel îşi petrecea tot timpul cu iubita lui, care locuia pe insula Victoria. Pentru noi, iubita lui Immanuel era o enigmă şi mai mare decât pasta de curăţat cratiţe a mamei; avusese un rol într-un clip muzical, iar părinţii ei erau despărţiţi şi nu mergeau niciodată la biserică.

Biserica a fost mereu o parte importantă din viaţa noastră. Când trăieşti ca în Rai, nu poţi uita să îi mulţumeşti lui Dumnezeu. Iar noi mai aveam un motiv de a-l iubi pe Domnul: unchiul nostru, fratele tatii, se născuse cu glasul Lui în suflet. Unchiul Pastor înfăptuia minuni. Putea întoarce un om din morţi, readucându-l la viaţă, sau ştia să risipească ghinionul unei case, făcând din ea cea mai norocoasă familie din tot Lagosul. Am văzut-o cu ochii mei. Am văzut multe lucruri. Odată, un om s-a rugat pentru minunea de a scăpa de grija zilei de mâine şi a venit la biserică, după o săptămână, cu un bilet câştigător la loto, un ceas Rolex nou-nouţ şi o iubită cu nişte sâni atât de mari, încât tăticul nu s-a putut abţine să nu facă nişte comentarii, iar mama l-a obligat să arunce în cutia milei toţi *naira*[1] pe care-i avea în buzunar. Ce-am mai râs cu toţii atunci, Elijah dragă! Biserica noastră era un loc plin de fericire şi voie bună, iar fetişoara ta m-a purtat cu gândul înapoi la acele vremuri, la râsetele părinţilor noştri. Văzuserăm cu toţii cum se tachinau mama şi tata: el, prefăcându-se că i-a rămas în gât mâncarea gătită de ea; ea numindu-l „burtosul". Râsetele lor. Felul în care se uitau unul la celălalt şi la noi. Era atâta fericire în casă. Şi în familie. Nu există nimic mai minunat decât asta.

Căsnicia părinţilor noştri avea temelii solide, aşa că, atunci când vântul sufla prea vijelios, nu se clătina nimic.

---

[1] Moneda naţională nigeriană. (*N. red.*)

Întâi au fost prieteni, foarte mulţi ani, iar când m-am împrietenit cu Akpan, ţin minte cum mama şi tata s-au uitat unul la celălalt şi şi-au zâmbit. Doreau să aibă şi căsnicia mea aceleaşi temelii trainice. Au fost atât de fericiţi când tăticul tău m-a condus sub un palmier, unde a scos din buzunarul de la pantaloni un inel care sclipea ca o stea în miez de noapte şi care îl costase probabil salariul pe şase luni. Părinţii mei ştiau ce înseamnă o căsnicie fericită. Erau mulţumiţi şi, totodată, uşuraţi. Chiar şi într-un loc unde e ca în Rai, viaţa poate fi grea pentru femei. Dacă nu s-ar fi întâmplat ca tatăl tău, Akpan, să mă ceară în căsătorie, nu ştiu ce s-ar fi ales de mine. Şi să ştii, băiatul meu, că asta este soarta multor femei din toată lumea.

Eu am fost norocoasă. Akpan a devenit prietenul meu. Venea pe la noi tot timpul şi, cu fiecare nouă vizită, îmi plăcea tot mai mult de el. Avea o figură de om bun şi credea în lucruri, iar adesea avea o sacoşă de la Marks & Spencer, plină de cadouri pentru noi: un set de bijuterii placate cu aur pentru mine şi surorile mele, un ceasornic deşteptător de voiaj pentru măicuţa, deşi ea nu călătorea niciodată mai departe de Ikeja şi, oricum, nici nu avea baterii AAA.

Câteodată, când eram copil, îl auzeam pe Dumnezeu cu urechea minţii, auzeam vocea Lui, limpede precum culorile dimineţii. Când i-am povestit lui Akpan, a zis că aveam un har divin. A zis că Dumnezeu mă alesese pe mine pentru a-mi murmura secrete alese, fiindcă eram atât de frumoasă. Spunea că sunt îngerul lui şi, auzindu-l, mie îmi tremura inima atât de tare în piept, că abia mai puteam să respir. Asta se întâmpla cu mulţi ani înainte de a ne căsători şi înainte ca Akpan să obţină o viză pentru el şi o viză pentru mine, ca soţie, astfel încât să ne părăsim casa şi să venim în Anglia, în apartamentul din Londra, unde te-am făcut pe tine din prima încercare. Stelele străluceau pe cer în acea primă noapte, Elijah, ca şi cum stelele nigeriene ar fi călătorit cu noi până la Deptford, ca să ne lumineze când ne iubeam. Tu te-ai născut din dragoste, din stelele nigeriene şi din secretele în care credeam.

Eşti iubit, micuţul meu nigerian, cum nu a mai existat vreodată o iubire pe lume.

2.

Scârnăvie afurisită dezgustătoare şi păcătoasă. Elijah auzea tot timpul glasul vrăjitorului. Îi spunea să facă lucruri rele. Elijah ştia că este un băiat rău. Şi dezgustător. Şi-ar fi dorit ca vrăjitorul să-şi aleagă un alt băiat, sau măcar să îşi folosească puterile supranaturale doar pentru lucruri bune, cum ar fi să poată urca sus de tot sau să poată zbura. Vrăjitorul putea să facă orice. Putea să îşi folosească forţa supraomenească pentru a ridica obiecte grele şi pentru a citi gândurile oamenilor. Putea să se prefacă în animal, să devină invizibil şi să zboare prin cerul înnoptat, prinzând nuiele de fulgere cu mâinile goale. Elijah putea să se folosească de vrăjitorul din el pentru a gândi direct în mintea altcuiva. Dacă Elijah l-ar putea domina pe vrăjitor, ar putea să facă numai lucruri bune, cum ar fi puterile supranaturale, şi atunci nu i-ar mai fi atât de frică de el. Frică de ceea ce era în stare să facă în continuare. Frică de ceea ce l-ar fi putut pune pe el să facă.

Elijah locuia cu Sue şi Gary într-o casă plină de indicaţii despre ce trebuie să faci. El nu ştia să citească, aşa că trebuia să întrebe mereu ce scrie în fiecare indicaţie, iar Sue şi Gary se plictisiseră să-i spună de fiecare dată. Norocul lui era că putea să țină minte orice:

Fii calm şi mergi mai departe.
Dacă nu s-a stricat, nu-l repara.
O casă cu dragoste înseamnă acasă.

Stăteau pe o stradă numită fundătură, un loc unde toate casele erau mari şi arătau la fel, şi unde nu veneau oameni cu pielea neagră. Vecinii îşi spălau mereu maşinile, tundeau gardul viu sau pliveau grădinile din față ori de câte ori trecea Elijah pe acolo. Dar ştia că ei aşteptau, de fapt, să-l poată vedea pe vrăjitor. Elijah voia să-i prevină. Se uita la ei şi deschidea gura ca să le spună să fugă din calea lui, dar, de câte ori făcea asta, nu-i ieşea niciun cuvânt. Mai bine ar fi intrat cu toții în casă, noaptea, şi s-ar fi rugat la Dumnezeu, se gândea el. Vă implor, rugați-vă la Dumnezeu, îşi spunea el. Şi în sinea lui se ruga fierbinte pentru ca vecinii lor să se roage şi ei. Ar fi trebuit să se roage cu toții în fiecare seară, ca să fie feriți de rele. Fiindcă altminteri vrăjitorul putea să le mistuie casele cu acid. Sau să-i mănânce cu totul.

În casa lui Sue şi Gary era foarte curat şi mirosea a varză. Nu aveau animale de companie. Îl lăsau pe Elijah să joace fotbal pe iarbă afară, dar nu-l lăsau să iasă din curte de capul lui. Camera de zi era locul unde îşi petreceau cea mai mare parte a timpului, privind la ecranul unui televizor enorm, atârnat pe perete. Lui îi plăcea să se uite la *Spiderman* şi la *Superman*, iar odată, când Sue era la bingo, s-a uitat la *Harry Potter*, care era despre un vrăjitor băiat, care avea o cicatrice la cap, la fel ca el. Doar că cicatricea lui Elijah nu avea aceeaşi formă: în loc să fie în zigzag, era o linie dreaptă, iar Harry Potter era un vrăjitor bun şi Elijah era unul rău. Şedea pe canapea, între perne pe care scria:

Bunicile sunt îngeri deghizaţi!
Aici stau un cocoş bătrân şi o puicuţă tânără.
Bun venit la balamuc.
Viaţa-i prea scurtă ca să bei poşircă.

Elijah o pusese pe Sue să i le citească pe toate.

Peste tot erau poze cu copii, toţi zâmbitori, unii cu dinţi lipsă. Niciunul nu semăna cu Sue sau cu Gary. Sue şi Gary aveau pielea albă, cu pete maro pe mâini, şi părul parcă străveziu. Sue era foarte scundă — Elijah îi venea până la umeri —, iar degetele ei erau tot timpul umflate şi roşii. Gary purta ochelari şi papuci cu Mickey Mouse. Când îi făceau baie lui Elijah, nu-l ungeau pe corp după aceea, iar lui i se usca pielea, îl mânca şi se scărpina. Copiii din poze aveau culori diferite, ochi diferiţi şi păr diferit. Probabil că avuseseră şi ei mari mâncărimi. Elijah era atât de puternic, încât putea să le citească gândurile, chiar şi în fotografii. Copiilor le era dor de mămicile lor.

— Toţi puştanii ăştia au stat la noi în gazdă. Gary era în spatele lui; Elijah putea să-l vadă fără să se întoarcă. Până acum au fost douăzeci şi doi de copii aduşi în plasamente de urgenţă, a râs el. Iar optsprezece dintre ei au rămas aici mult timp: unul, chiar până la şaisprezece ani. Încă mai vin pe la noi de Crăciun sau trec în vizită s-o vadă pe Sue, uneori îşi aduc rufele la spălat...

Elijah nu avea să stea multă vreme. Sue şi Gary voiau să-l vadă plecat, până nu-i omora vrăjitorul, iar el nu le putea face vreo vină din asta. Îi plăcea să stea cu Sue şi

Gary, însă lor nu le plăcea să stea cu un vrăjitor afurisit. Gary vorbea în continuare cu pereții, dar Elijah și-a astupat urechile pe dinăuntru. Tot ce auzea acum era mesajul trimis direct de la Dumnezeu. Dumnezeu trimitea mesaje uneori. Douăzeci și doi cu optsprezece. Așa i se spusese, și i se spusese ca să țină bine minte.

Exodul, 22:18. *Pe vrăjitori să nu-i lăsați să trăiască.*

Seara, Sue îl punea pe Elijah să se spele pe dinți. Chiar și cu pasta de dinți mentolată, nu simțea în gură decât gustul de legume fierte pe care îl forțau să le mănânce. S-a uitat la Sue. De când plecase Ricardo, Sue îl urmărise cu mare atenție. Încercase să-l îmbrățișeze, dar reușise să scape din brațele ei. Acum îl studia în oglindă, dar știa că nu putea să îl vadă, fiindcă el nu apărea în oglinzi. Vrăjitorii nu produc nici reflexii, nici umbre. Așa îți poți da seama dacă în tine sălășluiește un vrăjitor. Sue se uita concentrată, dar nu putea deloc să-l vadă pe Elijah. Nu-i venea să creadă că îl forța să mănânce o legumă numită nap, care era portocalie și avea gust de scuipat. Mama nu l-ar obliga niciodată să mănânce legume. Mama nu i-ar da niciodată mâncare cu gust de scuipat. Mama nu avea niciun pic de răutate în ea. Mama era un înger. Era atât de bună la suflet, încât dacă un om rău era pe moarte, ea încerca să îl salveze, chiar dacă acela era un om rău-rău de tot. Ea nu ar da nimănui legume fierte, nici măcar celor mai răi oameni din lume.

— E perfect, Elijah. Spală-te bine pe dinți timp de două minute. Te descurci foarte bine. Ești un băiat foarte deștept și știi să te speli frumos pe dinți.

Elijah se uita la Sue, care privea o oglindă goală și se prefăcea că vedea în ea un băiat de șapte ani spălându-se pe dinți. Și-a folosit ochii cu laser ca să aburească oglinda.

După ce s-a spălat pe dinți, Elijah a mers cu Sue în dormitorul lui și s-a urcat în pat. Ea l-a acoperit cu o pătură.

— Nu te mai foi, i-a spus ea. N-o să-ți vină somnul dacă te foiești așa în pat. Poate că ești un pic speriat astăzi? Știi că poți vorbi cu mine absolut orice. Sue râdea și ofta în același timp. Se uită la Elijah și îl mângâie ușor.

— Te simți cumva în nesiguranță? Fiindcă vreau să îți reamintesc toate lucrurile pe care ți le-am mai spus: aici ești pe deplin ocrotit; nimeni nu îți poate face vreun rău.

Și-a înălțat capul și a tras pătura în jos, ca să îl poată vedea mai bine pe Elijah. El voia să tragă pătura înapoi în sus. Se întreba dacă Mama avea o pătură sau dacă nu-i era frig, cumva.

Sue își rezemă capul în palmă.

— Ascultă-mă pe mine, asistenții ăștia sociali nu ne spun nouă decât ce vor ei. Chiar și Ricardo, așa drăguț cum e el. Dar poate că-i mai bine așa. Oricum, scumpete, știi că poți oricând să stai de vorbă cu mine. Îți face bine dacă spui ce ai pe suflet. Dacă spui ce probleme te frământă, înțelegi.

Elijah privea petele maro de pe mâna lui Sue. Probabil că o otrăvea vrăjitorul.

În loc să se uite la mâinile lui Sue și să se gândească la diverse lucruri, începu să se uite prin dormitor. Era acolo un șifonier cu un urs pictat pe el, despre care ea zicea că îl chema Winnie the Pooh[2]. Sue îi citea lui Elijah o sumedenie de povești. Pe perete era un raft cu multe cărți, inclusiv cartea despre urs. Cartea aceea era al doilea lucru preferat al lui Elijah, din camera lui.

---

2 Personaj de carte și desene animate. (*N. red.*)

Primul lucru preferat se afla lângă pat: o poză într-o ramă de lemn. În fotografie, Mama avea părul împletit în milioane de codițe și zâmbea, ținând în mână o Biblie ediția King James, pe care i-o dăduse unchiul Pastor. În spatele ei era steagul Nigeriei: roșu-închis, galben-strălucitor și verde. Iar Mama zâmbea.

— Ai zi de vizită mâine, așa că trebuie să ne trezim dimineață foarte devreme. Sue îl sărută pe cap înainte ca el să fi avut timp să se ferească, trăgându-se în spate.

— Somn ușor.

Sub privirile lui Elijah, Sue ieși din cameră și închise ușa. Elijah atinse cu mâna locul unde îl sărutase, imaginându-și că Mama îi dăduse, de fapt, acea sărutare.

Elijah întinse mâinile, frecând cu degetele suprafața unei mese zgâriate cu mii de urme de peniță, în care lumina zilei făcea să țâșnească scântei din firicelele sclipitoare incrustate în lemn, ca și cum masa ar fi păstrat amintiri despre copiii care se jucaseră acolo. Alți copii. Era dimineață și Ricardo venise să îl ducă la centrul pentru vizite, dar numai după ce stăteau mai întâi de vorbă. Elijah se așezase la masa din bucătărie, în timp ce Ricardo discuta în șoaptă cu Sue, afară, la ușă. Apoi, el a intrat și i-a zâmbit, iar Elijah înțelese că va trebui să vorbească. Nu-i prea plăcea să stea de vorbă, dar mai bine începea să vorbească imediat, fiindcă astfel puteau pleca mai repede la centrul pentru vizite, care era ca un fel de închisoare unde o țineau pe Mama. Coborî pleoapele și se forță să rostească vorbele una câte una.

— Satana a fost aici la început, exact ca Dumnezeu.

Deschise larg ochii și se uită în sus la Ricardo, care se rezemase de spătarul scaunului și își încrucișase picioarele, lungindu-le în faţă, pe podea. Adieri din aftershave-ul folosit de el îi gâdilau nările, ceva cu iz de fructe şi mirodenii. Ricardo îi spusese odată lui Elijah că avea peste cincizeci de aftershave-uri diferite, iar Elijah şi le imaginase pe toate, sticluţă după sticluţă, aliniate frumos pe un raft. Ricardo frunzări desenele lui Elijah, aşezate într-un teanc în mijlocul mesei, între ei: zeci de pinguini, o creangă lungă dintr-un copac, cu un şir de furnici cărând frunze pe ea, o aripă de fluture în toate culorile posibile — asta îi luase zile întregi — şi o foaie frecată cu cretă albă, care voia să reprezinte un urs polar în Oceanul Arctic, pe un viscol năprasnic. Lui Elijah nu-i plăcea să se uite la imaginea aceea, chiar dacă el o desenase; era prea pustie şi misterioasă. Dar o păstrase, totuşi, împreună cu celelalte, spunându-i lui Ricardo că era importantă.

Eu sunt un vrăjitor. Elijah voia să-i povestească lui Ricardo despre vrăjitorul dinăuntrul lui, însă auzea ca un ecou în minte cum îi promisese el Mamei că nu va povesti niciodată cuiva despre vrăjitor.

— Sunt un băiat afurisit, şopti el, în schimb. Plin de mârşăvie şi răutate. Elijah împinse cuvintele afară din el şi se gândi cum îl aştepta Mama, cum buzele ei se arcuiau într-un zâmbet în colţul gurii, dar se întristau în celălalt colţ.

Elijah duse mâna la frunte şi atinse cicatricea cu vârful degetelor. Era de mărimea unui chibrit şi noduroasă la pipăit.

— Uită-te la cicatricea mea, îi şopti el lui Ricardo. Doar oamenii răi au cicatrici pe faţă.

Ricardo ridică din umeri, ca şi cum Elijah ar fi spus ceva neinteresant sau neadevărat. Elijah căscă ochii şi mai larg, până începură să i se umple cu apă şi să îl usture. Încercă să ignore usturimea, privi în jos spre podea şi inhală adânc aftershave-ul lui Ricardo.

— Nu vreau să fiu afurisit. Poţi să mă ajuţi? Vorbea cu un glăscior de băieţel, pe un ton tremurător, ca şi cum cuvintele nu ştiau cum să ajungă la urechile lui Ricardo. Închise ochii şi ascultă vocea interioară: *Vrăjitorii aduc boli, ghinioane şi suferinţe tuturor celor din preajmă. Noaptea, se furişează afară de sub pielea ta şi zboară în văzduh, înainte de a-şi alege o victimă şi de a-i mânca trupul, uneori chiar şi sufletul. Eu sunt plămădit din duhuri rele.*

— Eu sunt afurisit, sub directa comandă a Satanei. Episcopul mi-a spus asta.

Şi Elijah începu să plângă amarnic, o lacrimă mare rostogolindu-se încet pe obrazul lui şi prelingându-se apoi pe masă. O atinse cu degetul mare, frecându-l iute pe masă, până ce locul rămase uscat.

— Nu vreau să fiu afurisit.

— Cine este episcopul? E din biserica voastră?

Elijah deschise ochii, dar nu şi gura.

Ricardo se încruntă.

— Mda, indiferent cine-o fi acest episcop, tu trebuie să ştii că nu eşti nicidecum afurisit. Eşti un băiat drăguţ, care are dreptul să fie fericit, să fie ocrotit şi să se joace.

Elijah ştia că Ricardo nu credea că el era rău. Încercă să-i vorbească telepatic, ca atunci când gândeşti direct în mintea altcuiva. Este adevărat. Uită-te la ochii mei. Este adevărat.

— Eu sunt Elijah, a spus el, şi totodată sunt plin de răutate. Aduc boli, ghinioane şi suferinţe tuturor din preajma mea. Eu sunt plămădit din mârşăvie.

Ricardo puse mâna peste a lui Elijah.

— Pare foarte încâlcit. Mă bucur că ai reuşit să vorbeşti cu mine. Poţi să-mi povesteşti despre episcop?

Elijah clipi repede.

— Este un om religios.

Ricardo îl strânse de mână pe Elijah şi apoi notă ceva în carneţelul lui.

— Voi încerca să iau legătura cu el: ţii minte cum îl cheamă? Sau numele bisericii lui?

Elijah scutură din cap.

— Nu te frământa. Dar, între timp, trebuie să înţelegi că, indiferent ce ţi-au spus vreodată unii sau alţii — chiar şi un om religios —, tu eşti un băiat bun, un băiat bun de tot. Oricum, fiecare om e un pic răutăcios uneori. Chiar şi eu, crede-mă! adăugă Ricardo, râzând din tot trupul. Şi sunt sigur că episcopul n-ar spune niciodată despre tine că eşti afurisit. Uneori, în Brazilia, de unde sunt eu, preoţii vorbesc despre rai şi iad, despre Dumnezeu şi Satana. Asta spunea şi episcopul tău?

Elijah încetă să mai clipească şi, involuntar, încuviinţă din cap.

— Păi, dacă episcopul tău seamănă cât de cât cu preoţii pe care îi cunosc eu, înseamnă că ştie precis că toţi copiii sunt buni, şi nu afurisiţi.

Elijah simţi că începe să dea din cap, dar izbuti să se stăpânească la timp.

— Şi poate că, dacă treburile n-au mers prea bine acasă cu mami, a fost simplu să te tulburi la minte, când erai la biserică, şi să te gândeşti la lucruri rele, spuse Ricardo, ridicând capul. Cred că e cumplit să crezi despre tine că eşti rău pe dinăuntru.

Elijah clipi rar şi îşi împinse lacrimile înapoi în orbite, forţându-şi stomacul să se înnoade strâns de tot. Ricardo se înşela în toate privinţele. Treburile mergeau întotdeauna bine acasă, cu Mama. Întotdeauna. Privi în jos, la picioarele lui Ricardo, întinse în faţa lui, pe sub masă.

— Îţi mulţumesc că mi-ai spus despre episcop; aşa cum ţi-am zis şi altă dată, mie poţi să-mi spui orice. Cu mine eşti complet în siguranţă.

Şi Ricardo întinse mâinile peste masă, peste ale lui Elijah, dar băiatul simţea cum îi tremura mâna. Nu voia să rişte să-l atingă pe Ricardo. Oamenii mari îi spuneau că se afla în deplină siguranţă cu ei, dar nu era aşa decât cu Mama.

Mama.

Fie şi numai gândindu-se la ea, totul se schimba. Când se gândea la Mama, masa se mişca şi se scutura, şi pământul se desfăcea la o parte.

Pentru scurt timp, în bucătărie nu s-a auzit decât ticăitul ceasului de deasupra bufetelor lui Sue. Elijah se uita la fereastră şi la plantele de pe pervaz, despre care Sue îi spusese că se numeau orhidee. Nu le trebuia decât un strop de apă la câteva săptămâni o dată, şi aveau flori foarte roz. Una dintre acestea era albă, cu punctişoare pe ea şi creştea în sus, pe o tijă verde, subţire. Ceva mai devreme atinsese cu degetul mare o petală, dar nu-şi dăduse seama dacă simţea petala sau pielea degetului, într-atât de moi şi fine erau amândouă.

— De cât timp ne cunoaştem noi doi? întrebă Ricardo, zâmbindu-i cu acel zâmbet pe care i-l rezerva doar lui Elijah. De obicei, Ricardo avea o faţă serioasă şi o gură inexpresivă, iar când surâdea îşi arăta dinţii. Însă zâmbetul special pe care îl rezerva pentru Elijah era cel în care îi licăreau ochii. Elijah nu-l văzuse niciodată zâmbind la fel şi altcuiva. Era ca un secret al lor.

— Este prima oară, continuă Ricardo, când mi-ai spus clar şi în mai multe cuvinte cum simţi tu că eşti rău, şi mi-ai pomenit de episcop. Ştiu că mămica ta obişnuia să se roage mult şi că este foarte evlavioasă. E bine că discuţi aşa cu mine, Elijah. E bine întotdeauna să spui ce ai pe suflet.

Dar Elijah nu se simţea nici bine, nici în siguranţă. Inima îi bubuia în piept, iar în stomac i se pusese o gheară. Uitându-se peste orhidee, privi afară, în lumina zilei.

Ricardo zâmbi din nou, dar Elijah putea să-i vadă gândurile. În capul lui, Ricardo alerga îndepărtându-se repede, fugind înapoi în Brazilia, ca să scape de un asemenea vrăjitor rău, ascunzându-se în junglă, unde găseai broaşte de un verde ţipător şi păianjeni mari cât palma, iar în cameră puteai să-ţi iei şopârle, ca să-ţi ţină de urât.

— Vrei un biscuit?

Ricardo băgă mâna în servietă şi scoase ceva. Flutură un pachet prin aer: biscuiţi cu cremă la mijloc. Ricardo aducea întotdeauna biscuiţi cu cremă la mijloc.

— Băieţii afurisiţi nu mănâncă biscuiţi, spuse Elijah, şi oftă. Tu nu crezi că eu sunt rău.

— Nu, de fapt sunt sigur că eşti un băiat bun. Vreau să te ajut şi pot face asta. Te-am plasat într-un loc unde eşti în siguranţă şi am pus la punct o terapie. Acum, când te-ai învăţat deja cu Sue şi Gary, putem să te ajutăm aşa cum trebuie. Terapie prin joacă şi terapie prin artă, plus o şcoală frumoasă unde să începi să înveţi carte. Vreau să cunoşti o doamnă minunată, Chioma o cheamă; ea ajută copii ca tine. Şi este foarte drăguţă. Cred că noi toţi putem să te ajutăm, Elijah.

— Nimeni nu poate să mă ajute. Nici măcar Mama nu poate să mă ajute.

După spital, unde nu a putut deloc să o vadă pe Mama, dar o auzea cum urlă ca un lup, undeva foarte departe, îi spuseseră că trebuie să stea cu alte familii, pentru o vreme. Aşa că Elijah stătuse cu multe familii străine în multe case străine. La început, când se mutase la Sue şi Gary, avusese voie să o vadă pe Mama de trei ori pe săptămână, iar ea îl ţinuse în braţe şi îi şoptise la ureche: „Te iubesc atât de mult şi îţi promit că totul va fi bine până la urmă", şi îl lipea strâns de trupul ei, atât de aproape încât îi simţea mirosul pielii, şi totul era straniu, dar suportabil. Însă pe urmă au trecut săptămâni şi săptămâni la rând, iar el aştepta, şi aştepta mereu; i-au spus că trebuie să stea cu Sue şi Gary pentru o vreme. Nimeni nu i-a spus când va putea să meargă acasă cu Mama. Nici măcar Ricardo.

— Vreau să merg acasă.

— Ştiu că vrei, dar sarcina noastră — sarcina mea — este să avem grijă de tine. Meriţi să fii iubit şi ocrotit.

— Vreau să merg acasă. Nu merit nimic.

Ricardo desfăcu pachetul de biscuiţi.

— Meriţi atât de multe lucruri, Elijah. Dar ce-ar fi să începi cu un biscuit, deocamdată?

Mă înfrupt din carne de om. Elijah privi îndelung pachetul, înainte de a întinde mânuţa spre biscuiţi. A luat unul şi l-a băgat întreg în gură.

Ricardo zâmbi, cu zâmbetul acela special.

— Eu cred că tu faci progrese reale, Elijah. Mă bucur nespus că te-ai acomodat suficient de bine aici, încât să poţi discuta despre ce simţi. Şi nu s-a mai întâmplat nimic rău de multă vreme. Te descurci chiar bine de tot.

Elijah ridică din umeri, uitându-se la Ricardo. Îi venea să se aşeze la el în poală şi să adoarmă aşa. Odată, Ricardo îl luase pe sus şi îl purtase în braţe, iar lui Elijah îi plăcuse mult, simţind că Ricardo era atât de puternic încât să poată căra un vrăjitor, sau chiar să se lupte cu un vrăjitor. Poate că şi Ricardo avea puteri speciale. Începea să se simtă aproape în siguranţă. După Mama, Ricardo era cea mai veche cunoştinţă a lui pe lumea asta.

— Înainte de a merge astăzi în vizită, trebuie să-ţi povestesc despre Mama ta, zise Ricardo. E nevoie să discutăm câteva lucruri. Elijah, ea nu se simte prea bine, din păcate. Este încă supravegheată pentru o vreme, însă noi trebuie să vorbim despre viitor...

Elijah îşi mâncă biscuitul şi îşi închise urechile. Uneori, era util să fii vrăjitor. Dacă voia să-şi închidă urechile, le închidea, ca şi cum ar fi avut nişte mici obloane care coborau la porunca lui. N-a mai auzit niciun cuvânt din ceea ce a spus Ricardo în continuare.

Centrul pentru vizite era o clădire joasă, cu ferestre care nu se deschideau. Pe pereţi se vedeau poze cu copii, alături de diverse anunţuri care îţi spuneau ce să faci. Elijah l-a rugat pe Ricardo să-i citească acolo.

— Nimic interesant, a răspuns el, dar pe urmă Elijah l-a determinat să vorbească, printr-o comandă mentală. Ricardo a oftat, apoi a citit:

— În caz de incendiu, adunaţi-vă în parcarea auto. Vă rugăm să închideţi bine uşa când plecaţi. Camerele de supraveghere funcţionează.

Elijah păşea în urma lui Ricardo de-a lungul coridorului. Astăzi, Ricardo purta nişte şlapi verzi. Uneori, Elijah se uita foarte atent la degetele de la picioarele lui

Ricardo. Mama avea degetele păroase, iar Sue şi Gary la fel. Pesemne că Ricardo şi le rădea.

— Tu te razi pe degetele de la picioare? îl întrebă Elijah.

Ricardo râse.

— Eşti foarte nostim, Elijah. Mă faci să râd cu poftă. E un adevărat talent să-i faci pe oameni să râdă.

Elijah simţi că i se strânge stomacul, auzindu-l pe Ricardo cum îl lăuda, spunând că era priceput la ceva. Ştia că nu era adevărat. El nu era priceput la nimic, decât la rele. Intrară într-o încăpere unde se afla o masă în mijloc şi două canapele pe margini. În cealaltă parte a camerei mai era o uşă. Se aşezară pe una din canapele. Elijah încerca să vadă prin uşă, dar avea ochii umezi. Se întreba cum va arăta Mama astăzi, cu ce va fi îmbrăcată, ce îi va şopti la ureche. Simţea cum vrăjitorul se chircea în el. Ori de câte ori Mama era pe-aproape, vrăjitorul se micşora, ca şi cum i-ar fi fost frică de ea.

Fusese suportabil pentru el când o vedea pe Mama cu regularitate, dar când vizitele s-au rărit tot mai mult, vrăjitorul a început să ţopăie în el şi uneori făcea lucruri periculoase, bunăoară voia să mănânce carne de om sau îi provoca greaţă şi suferinţă. Elijah se îndreptă de spate şi se concentră asupra uşii fără să clipească, de teamă să nu rateze momentul când avea să apară Mama. Îşi imagina exact ce avea să-i spună: *Micuţul meu nigerian, tu eşti cel mai frumos lucru care mi s-a întâmplat mie în viaţă*, sau: *Scumpul meu fiu, mi-a fost atât de dor de tine, încât abia mai pot să respir.*

Ricardo bătea cu piciorul în podea. Uşa pe unde intraseră ei se deschise şi un bătrân cu părul alb şi cu barbă băgă capul în cameră, spunând:

— Veniţi un pic, vă rog.

Ricardo aruncă o privire spre Elijah.

— Mă întorc imediat, OK?

Elijah zâmbi. Se gândea că avea ocazia să rămână singur cu Mama. Poate îi lăsau să se îmbrățişeze sau chiar să tragă un pui de somn, cum făceau odată, cuibăriți ghem unul lângă celălalt, atât de strâns încât nici nu se mai puteau mişca, simțindu-se atât de ocrotiți şi dormind amândoi fără vise. Mama aştepta probabil de cealaltă parte a uşii. Elijah simțea mirosul ei: banane un pic arse şi biblioteci cu cărți vechi.

Se uită spre uşă şi îşi ținu respirația, până când luminițe mişcătoare îi năpădiră capul. Se deschise cealaltă uşă.

— Elijah, zise Ricardo, aşezându-se pe canapea. Mama ta nu a ajuns încă aici, din păcate.

Elijah îşi goli aerul din plămâni dintr-o singură suflare.

— Unde e?

— Regret, dar am veşti proaste, Elijah. Se pare că nu va veni astăzi.

Glasul lui Ricardo prevestea lucruri periculoase, ca şi cum ar fi păşit pe sârmă sub cupola unui circ, înaintând lent, cu multă prudență.

— Va veni, spuse Elijah. Simțea cum vrăjitorul râdea în el, ca un fel de chiorăituri de mațe. Trebuie doar să mai aşteptăm, spuse el şi izbucni în plâns, cu lacrimile şiroindu-i pe fața, fără să se mai sinchisească să şi le înfrâneze. Va veni. Probabil că a pierdut autobuzul.

Ricardo îl trase pe Elijah lângă el şi îi şterse cu palma obrajii umezi.

— Îmi pare rău, Elijah. Ți-am spus însă că s-ar putea întâmpla aşa.

— Trebuie să mai aşteptăm, insistă Elijah, uitându-se în ochii lui Ricardo. Te rog, putem să mai aşteptăm?

Ricardo se uită la ceas.

— Mai stăm zece minute, OK? Dar chiar cred că de data asta nu mai ajunge.

Elijah îl lăsă pe Ricardo să-l țină în brațe, în timp ce el veghea ușa. Se ruga în trupul lui și în mintea lui. Deschide ușa! urlau măruntaiele lui. Deschide ușa. Își folosi toate puterile, până când se simți vlăguit.

Minutele se scurgeau ticăind și ușa rămânea închisă. Elijah se făcu din ce în ce mai mititel, iar vrăjitorul crescu. Râdea atât de gălăgios în urechea lui Elijah, încât băiatul era sigur că trebuie să-l fi auzit și Ricardo. Dar acesta i-a dat drumul din îmbrățișare.

— Trebuie să plecăm acum, Elijah. Îmi pare rău că Mama nu a putut veni. Îmi pare tare rău. Te iubește foarte mult.

Înainte ca Ricardo să-și întoarcă fața și să se ridice în picioare, Elijah a observat că avea ochii umezi.

— Hai, mai bine să mergem, până nu ne dau afară de-aici, mai spuse el.

Dar Elijah nu putea să se miște. Se holba înlemnit la ușa închisă.

Când s-a trezit din somn în noaptea aceea, era atât de întuneric, încât Elijah a crezut că murise. A trebuit să își miște degetele de la mâini și de la picioare ca să se convingă că era încă în viață. Elijah a murit odată, în prima seară când l-au luat de lângă Mama. Era atât de mort, încât nu mai putea să miște nimic. Nici măcar un deget. Când erai mort, parcă trăiai într-un vis. Doar unele lucruri erau reale, dar tu nu știai care.

Era liniște, însă nu chiar de tot. Elijah auzea sforăitul lui Gary. Gary sforăia tare și, înainte de Gary, Marie nu sforăia niciodată, iar când Elijah stătea cu Linda şi Pete, Pete sforăia în rafale, iar pe urmă se făcea o linişte înspăimântătoare, ca şi cum Pete era mort, dar după aceea venea brusc o sforăitură şi Elijah ştia că Pete nu păţise nimic, şi se bucura, fiindcă lui îi plăcea de Pete. Îi plăcea de Pete atât de mult, încât pusese un câmp de forţă în jurul casei, ca să îl păzească de duhurile rele. Înainte de Pete şi Linda stătuse în casa lui Olu şi, chiar dacă fiul lui Olu, Fola, avea doar paisprezece ani, el sforăia cel mai tare dintre toţi.

Auzindu-l pe Gary cum sforăie, Elijah şi-a adus aminte de toate celelalte sforăituri pe care le auzise în viaţa lui. Încerca să se concentreze puternic asupra zgomotului, dar simţea cum răutatea din el începe să se dezmorţească, de parcă ar fi trezit-o sforăiturile din casă. Simţea cum vrăjitorul creşte din ce în ce mai mare, până când nu l-a mai putut ţine înăuntru, şi avea impresia că totul se strânge în jurul lui, ca şi cum lumea se plia în două. Simţea că vrăjitorul din el voia să iasă afară. Ştia că vrăjitorul îşi va folosi puterile malefice, dar nu se mai putea lupta cu el.

Trebuia să te forţezi mult ca să te furişezi afară de sub pielea unui băieţel, ceea ce era foarte greu chiar şi pentru un vrăjitor experimentat. Întâi, trebuia să împingă mult în jos măruntaiele lui Elijah, ca să se poată strecura în sus, pe spinarea lui. Apoi pornea spre ceafă. Când ajungea aproape, trebuia să caute nasul sau urechea. Pe urmă, venea partea complicată: cum să se facă mic, mic de tot, încât să poată încăpea printr-o nară. Se îndesa şi se îmbrâncea în faţă, până reuşea să se elibereze.

Elijah simţea cum vrăjitorul se târa afară din el şi pornea să zboare prin cameră, din ce în ce mai repede. Strângea tare din ochi şi încerca să nu-i deschidă, dar ceva îl silea să caşte ochii mari. Auzea cum vrăjitorul ieşea plutind din cameră, pentru ca apoi să se năpustească pe scări în jos. Inima i se zbătea în piept, de parcă ar fi vrut să scape afară. Se gândi la Sue şi Gary care dormeau şi, forţându-se, puse picioarele pe podea. Coborî treptele, cât putea el de încetişor, cu inima bubuindu-i în piept. În bucătărie era linişte, în afară de bătăile inimii lui şi ale ceasului, iar totul era închis şi încuiat. Chiar şi frigiderul avea un lăcăţel. Pe chiuvetă se vedea o cârpă de vase atârnând pe robinet, cel mai strălucitor galben al soarelui din Nigeria.

Vrăjitorul se căţără înapoi înăuntrul lui Elijah, umplându-l atât de tare, încât stomacul i se chirci şi începu să-l doară. Cu puterea minţii lui Elijah, luă cârpa de vase şi o făcu să dănţuiască prin aer. Cârpa dansa prin toată bucătăria şi deasupra aragazului. Vrăjitorul avea mania de a-i îmbolnăvi pe oameni, de a-i înfuria şi a-i înnebuni de-a binelea. Îi plăcea mirosul de lucruri arzând. Aragazul avea, pe o parte, nişte butoane mici, pe care Sue le folosea pentru a aprinde focul. Elijah văzuse cum făcea. Sue îi gătea uneori paste, care nu erau chiar aşa de rele la gust ca napii, iar pentru asta răsucea butoanele şi focul apărea.

— Nu te apropia de plită, e periculos, îi spunea ea.

Dar pentru vrăjitor nu era periculos. Vrăjitorul râdea, iar Elijah plângea, plângea amarnic. Parcă era încins peste pântece cu o curea prea strânsă. Vrăjitorul era cel care strângea cingătoarea. Focul scoase un sunet *puff!* şi un colţişor din cârpă începu să se înnegrească. Apoi, galbenul s-a făcut portocaliu. Lui Elijah îi venea să închidă ochii şi să se lungească pe jos, să plângă, să plângă mult, dar nu-l lăsa vrăjitorul. Îl obliga să se uite cum focul creştea tot mai mare. A văzut soarele arzând fierbinte şi focul ridicându-se şi alergând, şi dulapurile topindu-se.

3.

— Bun, ştiu că pentru unii dintre voi va fi greu, însă este foarte important să putem discuta deschis despre lucrurile pe care le-am pierdut în viaţă, astfel încât să nu ne vină greu să discutăm cu copiii noştri despre pierderile suferite de ei înainte de procesul de adopţie.

Nikki închise ochii fără să vrea. Simţi braţul lui Obi încordându-se lângă ea. Obi dădea nervos din picior. Erau aşezaţi pe scaune de plastic aranjate în cerc. Un cerc de cupluri fără copii, se gândea Nikki, împingându-şi piciorul spre al lui Obi.

— Voi trece pe la fiecare, cu un marker şi un clipboard şi o să vă rog să treceţi aici toate pierderile pe care le-aţi suferit — mai ales în ultimii zece ani, fiindcă suntem presaţi de timp (şi asistentul social arătă din cap spre ceas) —, în ordine cronologică.

Un bărbat şi o femeie din dreapta lui Nikki au ridicat mâna în acelaşi timp, apoi au râs:

— Avem câteva întrebări, au spus ei, tot la unison.

— Da? Ce anume, Sandra şi Chris? E bine că vreţi să puneţi întrebări şi că o puteţi face în faţa grupului.

— E nevoie să înşirăm chiar toate pierderile? Adică, de exemplu, uneori Chris îşi pierde cheile, sau cumpătul. Sau trebuie să menţionăm doar pierderile majore? Câteodată pierderea cheilor îl deprimă rău de tot.

Toţi cei din sală au ţâţâit din buze şi au clătinat din cap, cu excepţia lui Obi, care, ştia Nikki prea bine, se abţinea să nu pufnească în râs. Şi-a lipit piciorul de al lui. Era în stare să-l omoare dacă izbucnea în râs. Râsul lui le adusese numai necazuri, de fiecare dată.

Dar Obi nu a râs. În schimb, a început să râdă în hohote asistentul social, pe care îl chema Ricardo. Pe urmă a tuşit şi a strâns din buze.

— O să lăsăm la latitudinea voastră să decideţi în ce măsură v-a afectat o pierdere sau alta, spuse el. Dacă socotiţi că ar fi o pierdere majoră, indiferent de cauza ei, atunci notaţi-o pe listă. Orice consideraţi voi că v-a determinat să demaraţi procesul de adopţie, adăugă el. Apoi se uită din nou la ceas şi bătu scurt din palme.

— Gata, începem. Avem cincisprezece minute la dispoziţie, înainte de a trece la concluzii.

În timp ce făcea turul încăperii, împărţind pixuri, Ricardo zăbovi mai mult lângă Obi şi Nikki, până când mirosul aftershave-ului său umplu aerul dintre ei şi Obi începu să tuşească. Ricardo purta jeanşi, şlapi şi o cămaşă în carouri descheiată la patru nasturi. În jurul gâtului avea două şiraguri de mărgele. Ce îi făcea pe asistenţii sociali să se îmbrace mereu ca nişte adolescenţi? Şi întotdeauna întârziau. De când începuse procedura de evaluare, Ricardo întârziase la fiecare vizită. Odată nu apăruse deloc, iar după două zile trimisese un e-mail, cerându-şi scuze şi explicându-le că se hotărâse în ultimul moment să plece într-o mică vacanţă. *O ofertă foarte bună — prea ieftină ca s-o ratez.* Obi voia să ceară să li se repartizeze un alt asistent social, însă Nikki a reuşit să-l convingă să renunţe la idee.

— Probabil că sunt toţi la fel, oricum, îi spusese ea, dar de fapt îi plăcea de Ricardo şi se simţea relaxată în prezenţa lui. Era, pur şi simplu, un om normal, ca un tip cu care te-ai duce să bei un pahar în oraş: prietenos şi nepretenţios, un om normal şi modest, care o făcea să se simtă suficient de relaxată încât să poată vorbi despre lucruri foarte personale sau despre lucruri foarte neplăcute. Poate că aceste trăsături erau obligatorii pentru asistenţii sociali — ca la frizeri sau la şoferii de taxi —, trebuiau să ştie să câştige încrederea oamenilor, să-i facă să vorbească, să spună în public ce au pe suflet. Îi reamintise lui Obi că asistenţii sociali erau doar un mijloc pentru a atinge un scop.

— Omul îşi face doar meseria. O meserie foarte stresantă. La capătul acestui drum se află un copil. Sau un bebeluş, îi spusese ea.

Strângând pixul între degete, Nikki îşi scria lista:

Pierderea sarcinii, la vârsta de 28 de ani;
Pierderea sarcinii, la vârsta de 30 de ani;
Pierderea sarcinii, la vârsta de 31 de ani;
Pierderea sarcinii, la vârsta de 32 de ani.

Se opri, cu pixul în aer, deasupra foii de hârtie. Apoi se sili să coboare mâna şi să scrie cuvintele:

Naşterea unui făt mort, la vârsta de 33 de ani.

Închise ochii. Într-o secundă, Obi era în spatele pleoapelor ei, patrulând prin cameră, în timp ce ea şedea pe canapea şi îi spunea, pentru a patra oară, că sângerează. El nu se neliniştise deloc după primul avort spontan, i-a spus că era ceva obişnuit; nu se neliniştise nici chiar după al doilea avort; deşi o dusese de urgenţă la spital, păruse relaxat, îi cumpărase o carte despre nutriţie şi o cutie cu fructe exotice, despre care Nikki nici măcar nu ştia cum se numeau. După al treilea avort, Obi notase în agenda lui toate programările ei la doctor şi îi găsise un medic specialist. Abia după al patrulea avort expresia lui Obi se schimbase complet. Se vedea pe chipul lui că era decis să îndrepte lucrurile. I-a cerut medicului de familie să o trimită la un control de specialitate, întâi la o echipă de experţi, apoi la o altă echipă de experţi, după care, nemulţumit, îi găsise el încă o echipă de experţi. După ce fiica lor se născuse moartă, Obi declarase, cu glasul stins, că nu vor mai trece niciodată prin aşa ceva. Şi după ce, într-un final, au descoperit ce nu era în regulă cu ea — avea sindromul antifosfolipidic, o afecţiune autoimună, ceea ce însemna că avea tulburări de coagulare a sângelui —, Obi a avut grijă de ea.

— Niciodată n-o să te mai pun să treci prin suferinţa asta, i-a şoptit el şi a început să se documenteze ca să adopte un copil.

— Vom fi părinţi, îi şoptise. Dar nu va mai exista nicio pierdere.

Şi era atât de sigur pe el, încât i-a insuflat şi ei aceeaşi siguranţă.

Ricardo rămase mult timp în faţa lor. Avea ochi de om bun, blânzi şi duioşi, iar dinţii lui erau mai albi decât toţi dinţii pe care îi văzuse vreodată. În urechea stângă avea o găurică, de la un cercel pe care îl purtase demult, şi uneori Nikki îl vedea ducând mâna la ureche. De atâtea luni tot vorbea cu ei despre experiențele lor prin care trecuseră și îi studiase îndeaproape. Lucrul acesta o intimida cumva pe Nikki, fiindcă avea senzația că Ricardo știa totul despre ei, poate chiar lucruri de care ei nici nu erau conștienți. Nikki se ruga în gând ca Obi să se uite la el. Poate că Ricardo verifica dacă puteau să-l privească în ochi. Era oare un test? Stătuse mult timp în fața lui Obi înainte de a lua pixul. Ricardo nu era dumirit încă în privința lui Obi. Nikki știa asta. Ar fi vrut să-i spună tot ce știa despre el: că Obi era cel mai bun bărbat din lume; că era un om mândru, puternic și blând, că Obi era universul ei. Că va fi un tată pe care orice copil l-ar admira. O constantă: neschimbat, într-o lume care se schimbă prea repede. Voia să-i spună cât de mult își va iubi Obi copilul. Cum o ținuse el în brațe după ultima nenorocire, toată noaptea, și cum de atunci, în fiecare seară, își lăsa mâna pe pieptul ei și se uita în ochii ei cu o nesfârșită tristețe.

Își simțea brațele atât de goale. Pustiite, parcă.

— Bun, spuse Ricardo, punând pixurile la loc într-o cutie și încuind-o cu o cheiță. Aș vrea acum să citiți ce ați scris despre pierderile pe care le-ați suferit. Și după fiecare pierdere, să descrieți ce ați simțit atunci.

Obi se foi pe scaun și încrucișă picioarele, întinzându-le în față pe podea.

— Tu, primul, spuse Ricardo, zâmbind și arătând direct spre Obi.

Nikki închise ochii. Urmă o lungă tăcere. Când îi deschise, Ricardo zâmbea încă, uitându-se drept la Obi.

— Nu mă deranjează să încep eu prima, spuse Nikki.

Obi trăgea cu nesaț aer în piept. Nu putea să sufere să vorbească despre sentimentele lui. Auzindu-l respirând, Nikki își dădea seama cât de mult și-ar fi dorit el, în acea clipă, să fugă din cameră, să scape de toată treaba asta. Dar era, pur şi simplu, prea important pentru el. „Noi putem ajuta un copil", îşi spusese de nenumărate ori. „Putem, efectiv, să ajutăm pe cineva." Obi îşi dedicase toată viaţa ajutorării celorlalţi. Toţi colegii lui de la universitate lucrau în firme de avocatură, câştigau bani frumoşi în domeniul imobiliar sau pledând în procese de divorţ. Obi, însă, muncea pe un salariu cu mult mai mic, adesea făcând ore suplimentare fără să fie plătit, fiindcă era foarte implicat emoţional în problemele imigranţilor, în drepturile tuturor oamenilor. Nikki ţinea minte când îl întâlnise prima oară, cât de diferit i se păruse de toţi cei pe care îi cunoştea. Iubiţii ei de dinainte nu prea erau genul care să stea de vorbă, discutând eventual doar despre fotbal sau despre cel mai recent film de acţiune, însă Obi putea vorbi ore în şir despre chestiuni umanitare şi despre afaceri internaţionale, deschizând în mintea ei noi orizonturi. Şi acum Obi voia să ajute un copil, ocupându-se de creşterea lui. *Ei doi* voiau să facă acest lucru.

Nikki privi în jurul ei la femeile cu înfăţişare de gospodine, purtând pantofi cu toc jos şi pantaloni cu elastic în talie, şi la soţii lor, aşezaţi cuminţi lângă ele, la listele lor scrise cu pixul — liste scurte, mult mai scurte decât lista lor. Privi în jos la jeanşii cu care era îmbrăcată şi la cizmele de cauciuc din picioare, căci venise direct de la Battersea Dogs' Home, adăpostul pentru câini unde lucra; toată dimineaţa fusese ocupată cu dosare şi cereri de plasament, şi fiindcă făcuse prostia să-şi uite acasă pantofii, venise încoace plină de noroi şi murdărie pe tălpi. Se uita la costumul cu vestă pe care îl purta Obi şi la pantofii lui lustruiţi, cu care fusese la tribunal, la butonii eleganţi pe care îi avea — cât de nepotriviți arătau așa, unul lângă celălalt. El, un avocat cu multe lucrări publicate și cu un masterat în Etică, iar ea, o lucrătoare la un adăpost de câini, cu o calificare profesională de studii medii. Nu aveau nicio șansă.

— OK, bine, timpul e prețios. Vreun deces în familie? Părinți?

Ricardo se uita la ceas. Părea stresat. Nikki nu-l invidia. Și să găsești familii de adopție pentru câini era destul de greu, darămite când venea vorba despre copii?! Nici nu putea să-și imagineze.

— Nu vreau să grăbesc pe nimeni, dar am intrat deja în intervalul de timp rezervat pentru concluzii.

Nikki se gândea la părinții ei. Și-l imagina pe tatăl ei târându-și picioarele încolo și încoace, între bucătărie și camera de zi, cărând căni cu ceai pe o tavă de lemn; și-o imagina pe maică-sa, cu picioarele întinse în față, pe un taburet moale, cu tălpile revărsându-se umflate peste papuci, și privirea lor, felul cum se uitau unul la celălalt, chiar și acum, în ciuda picioarelor târșâite pe podea sau stând pe un taburet.

— Amândoi părinții mei sunt bine, sănătoși, spuse ea. Pe mine m-au avut la o vârstă mai înaintată, așa că va trebui să îi îngrijesc mai târziu, dar deocamdată sunt bine amândoi.

— Altceva? spuse Ricardo. Alte pierderi care v-au adus aici, în special din ultimii zece ani?

Nikki trase adânc aer în piept.

— Am avut patru avorturi spontane. Nu știu dacă are vreo importanță. Adică, au fost mai demult, așa că nu știu dacă pot fi considerate pierderi. Am fost destul de norocoasă, presupun.

Simțea ochii tuturor ațintiți asupra ei, dar nu putea să ridice privirea. Lacrimile astea prostești. Acum, vor crede că nu e în stare să-și controleze emoțiile. Și-atunci, cum să înfieze un copil? Nu putea nici măcar să vorbească, fără să plângă.

— Și pe urmă am născut un făt mort.

Oamenilor li se tăiase respirația. Acum, Nikki îi auzea oftând.

— Îmi pare foarte rău, spuse Ricardo, uitându-se la ea. Cum se numea copilașul?

Nikki își înghiți lacrimile. I se pusese un nod în gât:

— Poftim?

— Ce nume i-ai dat copilașului care s-a prăpădit? Văd că îți vine greu să vorbești despre asta, Nikki. Însă este foarte important să putem discuta deschis despre pierderile suferite. Îmi dau seama, Nikki, cât de dificil este pentru tine să vorbești despre copilașul născut mort.

Fătul născut mort. Născută, dar moartă. Ea. Fetița. Umed totul, ud. Mirosul de sânge și lucruri moarte. Lucrurile despre care ea putea să vorbească. Dar să-i spună numele, numele ei — asta era imposibil.

— Rosy, zise Obi, iar apoi șopti: Ify.

— Povestește-ne. Povestește-ne. Trebuie să fii în stare să vorbești despre aceste lucruri. Imaginează-ți un copil și pierderile pe care poate le-a suferit. Dacă tu nu poți vorbi despre propria-ți suferință și nu poți trece peste ea, cum crezi că ar putea un copil să discute cu tine? Mai ales dacă iei în calcul și înfierea unui copil mai mare...

Un copil. Un copil mai mare. Asta era ideea lui Obi. Dar, oricum: tot un copil se chema că era.

Orice copil.

Nikki își lipi piciorul de Obi. Trase adânc aer în piept.

— Cum o chema? Pe fetița care s-a prăpădit? Trebuie să-i spui numele. Trebuie să auzim acest nume rostit de tine, nu numai de Obi.

Nikki întoarse capul, renunțând să se mai uite la Obi, şi îşi trase piciorul de lângă el. Există un copil la capătul acestei proceduri, îşi spuse ea. Un bebeluş. Sau un copilaş pe care l-am putea ajuta cu adevărat. Îşi aminti chipul lui Obi când ea se arătase de acord, cum o strânsese în brațe, cum toată tristețea se risipise din ochii lui. „Aşa a fost scris să fie", spusese el. „Menirea noastră este să ajutăm nişte copii, şi lucrul acestea ne va face bine." Iar ea se lăsase furată de fantezia că ținea strâns ceva în brațe. Aerul căpătase greutate.

— Ify, spuse ea. Copilaşul nostru era Ify.

Şi Nikki îşi aminti brusc ochii ei larg deschişi, cu punctişoare aurii, atât de frumoşi.

Obi începu să vorbească.

— Mama s-a prăpădit când eram adolescent. Cancer la sân. Se uită la Nikki. A fost groaznic să o văd trecând prin suferința aceea cumplită. Înainte de asta, n-am fost niciodată prea apropiat de tatăl meu, însă când mama s-a îmbolnăvit, am avut grijă de ea împreună, la spital şi pe urmă acasă, când era pe moarte. A fost ceva oribil, însă lucrul pozitiv din toată această nenorocire este că acum sunt foarte apropiat de tatăl meu. Locuieşte lângă noi, ne vedem cu el tot timpul.

Lui Nikki nu-i venea să creadă. De când erau ei căsătoriți, reuşise să afle doar treptat, puțin câte puțin, tot ceea ce povestise el acum pe nerăsuflate. Şi-ar fi dorit să-l țină de mână, să-l îmbrățişeze, dar nu îndrăznea să-l atingă.

— Trebuie să fi fost foarte traumatizant pentru amândoi, şi pentru tine, şi pentru tatăl tău.

Astăzi, Ricardo se concentra în special asupra lor. Le pusese atât de multe întrebări, ceea ce o făcea pe Nikki să se întrebe dacă nu îi supunea poate la un fel de test, ca să vadă dacă fac față ca părinți: o încăpere plină de străini și informații personale.

— Multe mulțumiri, Obi, pentru că ai împărtășit cu noi lucrurile astea. Este foarte important să putem discuta deschis despre pierderile suferite. Orice copil veți adopta a trecut prin încercarea de a-și pierde mama care l-a adus pe lume. Chiar un bebeluș micuț.

Nikki ridică privirea.

— Pentru un copil nu există o pierdere mai mare decât asta, spuse Ricardo. A făcut o pauză, apoi s-a uitat spre Obi. Sau poate că nicio pierdere nu poate fi mai mare decât asta. Indiferent de vârstă. Această rană va rămâne pentru totdeauna, iar noi trebuie să-i ajutăm pe copii să trăiască așa. Nu putem face acest lucru decât dacă discutăm deschis, adăugă el, privind de jur împrejur. Copiii despre care vorbim trebuie să se simtă într-atât de ocrotiți, încât să aibă încredere în noi, să dorească să ni se destăinuie. Dar unii dintre ei au un trecut foarte tulbure, în care le vine greu să se încreadă în cineva și unde simțul realității este complet deformat. Ricardo s-a uitat la Nikki. De aceea comunicarea directă și sinceră contează atât de mult. Poți să ne mai povestești, Obi, despre mama ta?

Obi se așeză mai drept, trăgându-și picioarele sub scaun.

— Este ciudat, dar, deși aveam pe-atunci paisprezece ani deja, nu-mi pot aminti prea multe. Am o memorie groaznică.

Nikki îi aruncă o privire. Memoria lui era perfectă. Ținea minte cele mai mici detalii, absolut totul, încât adesea glumea cu el, spunându-i că avea o memorie fotografică.

Obi se uită la ea, apoi din nou la Ricardo.

— Mai este ceva, spuse el. După avorturi... După toate acele avorturi.

Obi respira adânc. Vocea i se schimbase, era mai încordată, se forţa să rostească fiecare cuvânt.

— Le-am simţit şi eu.

Tăcu şi toţi cei din cameră îşi ţinură respiraţia. Întotdeauna, Obi avea efectul ăsta asupra oamenilor. Pe urmă, se întoarse spre Nikki şi o prinse de mână.

— Şi după ce fetiţa s-a născut moartă, după ce copilaşul nostru s-a prăpădit, mă simţeam ca şi cum o pierdusem pe Nikki.

Mai târziu au mâncat nişte sandviciuri micuţe, într-o cameră fără scaune. Era ciudat să te afli în aceeaşi încăpere cu nişte oameni care ştiau amănunte personale despre viaţa ta, deşi erau nişte străini. Fiecare avea o poveste tristă. Oamenii îşi mâncau sandviciurile cu băgare de seamă. Cuplurile îşi ofereau şerveţele sau se atingeau pe braţ, în semn de înţelegere şi solidaritate. Totul părea controlat, supravegheat. Chiar şi aşa, Nikki se aplecă spre Obi, pe când se aflau într-un colţ al camerei, îl sărută pe obraz, apoi îi şopti:

— Îţi mulţumesc că ţi-ai deschis sufletul, că ai vorbit aşa. Te iubesc. I-a vorbit încet, astfel încât să nu audă nimeni. Când s-a tras înapoi de lângă el, au început amândoi să râdă, văzând noroiul lăsat de cizmele ei pe manşetele pantalonilor lui. Şi, în timp ce râdeau aşa, Nikki l-a zărit pe Ricardo în cealaltă parte a camerei, uitându-se la ei şi zâmbind, înainte de a nota ceva în carnet.

4.

Maşina lui Ricardo mirosea ca o pădure explodată. Elijah se apleca în faţă şi atinse cartonaşul parfumat care atârna de oglindă, frecându-l între degetul mare şi arătător, apoi duse mâna la nas. Fusese într-o pădure odată; îl duseseră Sue şi Gary. Din copaci căzuse un covor moale de frunze, iar Gary îi găsise un băţ. Sue făcuse sandviciuri şi le mâncaseră pe o pătură din ace de brad, uitându-se la veveriţele care ţopăiau prin ramurile de deasupra lor. Încerca să se gândească la mirosul brazilor, şi nu la apa din ochii cenuşii ai lui Sue, când au plecat cu maşina, nici la felul în care i-a făcut cu mâna, vrând să îi ureze drum bun, dar renunţând imediat, şi nici la faptul că Gary nici nu ieşise din casă. Încerca să nu îşi amintească mirosul de ars, dar îi rămăsese încă în nas, iar acum i se părea că totul mirosea ca o pădure în flăcări. Dar, oricât de mult se căznea să uite mirosul, avea senzaţia că îi ardeau tălpile. Nu-i venea să creadă ce se putuse întâmpla şi ce-l pusese vrăjitorul să facă. Vrăjitorul controla totul şi era atât de puternic, încât îl putea face pe Elijah să dea foc bucătăriei lui Sue şi a lui Gary, iar pe ei să-i facă să îl urască pentru asta. Vrăjitorul putea face ca Elijah să piardă totul, de fiecare dată, din nou. Elijah îl ura pe vrăjitor. Se ura pe el însuşi. Privea pe geam, la locuri pe care nu le recunoştea, şi se gândea la Mama. Doar Mama îl putea salva. Doar Mama putea să-l ferească de vrăjitor. Mama făcuse tot ce putuse ca să-l ajute, cu ajutorul episcopului şi al bisericii, şi al lui Dumnezeu. Dar acum ea nu mai era.

Cum ar putea vreun om să-l ajute pe Elijah, dacă nu ştia de existenţa vrăjitorului? Eventual, se gândea că ar putea să-i spună lui Ricardo. În afară de Mama, nimeni nu ţinea la Elijah mai mult decât Ricardo. Dar Elijah nu putea să rişte. Ridică privirea.

— Cum omori un vrăjitor? întrebă el.

Ricardo se încruntă, ca şi cum o muscă i-ar fi bâzâit pe la nas.

— Nu ştiu, Elijah. Vrăjitorii nu sunt reali.

Se încruntă mai tare, apoi oftă şi îl strânse de mână pe băiat, care se lăsă pe spate pe banchetă. Ricardo se înşela.

Bărbatul se tot uita la Elijah, cu un zâmbet crispat, ca şi cum ar fi vrut să spună că totul avea să fie bine.

— Nargis este o îngrijitoare temporară, dar poate să te ţină la ea, până reuşim să găsim ceva mai de durată, spuse el, în cele din urmă. Are multă experienţă şi, apropo, mai are în grijă un băiat, cam de vârsta ta.

Vorbea ca şi cum şi-ar fi învăţat rolul pe de rost, pentru o piesă în care nu avea niciun chef să joace, ca atunci când l-au pus pe Elijah să fie Îngerul Gabriel în piesa de Crăciun de la şcoală, iar ceilalţi copii au râs de aripile pe care Sue i le făcuse din nişte umeraşe de haine şi din fulgi. Nu arătau prea grozav, dar ea îşi dăduse toată silinţa. Sue îşi dădea întotdeauna toată silinţa.

— Cum o să fie cu şcoala? întrebă Elijah, scoţându-şi brusc degetele din nas.

Mergeau cu maşina de o veşnicie. Cum avea el să mai ajungă la şcoală?

— Va trebui să mergi la altă şcoală, din păcate. Doar pentru un timp, spuse Ricardo, uitându-se iute în oglindă. Nu am găsit altă gazdă disponibilă mai aproape de vechea ta şcoală.

Elijah începu să plângă. Nu se putea stăpâni. Auzea glasul vrăjitorului care râdea undeva, în adâncul pântecului său şi apoi s-a făcut linişte; nici măcar zgomotul traficului de afară nu putea să-i umple urechile golite de sunete. Se gândea la ce însemna o şcoală nouă — copiii trăgând de el, ciupindu-l, râzând de cât de prost era, profesorii pufnind cu dispreţ fiindcă nu ştia lecţia, şi cum îl puneau să facă un proiect numit „arborele familiei", iar arborele lui Elijah arăta întotdeauna cum arătau copacii atunci — în toiul iernii —, şi când li se spunea să vină la şcoală cu poze de când erau mici şi să se joace de-a „ghici cine-i bebeluşul", iar Elijah n-avea încotro decât să aducă o fotografie dintr-o revistă şi să pretindă că era a lui, fiindcă nu avea fotografii din vremea când fusese mic, nici măcar una singură. Mama nu avusese niciodată un aparat de fotografiat. Lacrimile îi ţâşneau din ochi atât de repede, încât obrajii i s-au umezit în câteva secunde.

— Vreau să merg înapoi la Sue şi Gary, zise el. Îşi dorea atât de mult să-i citească Sue poveşti, ca şi cum poveştile erau mâncare şi lui îi era foame. Aerul s-a spart în faţa lui în milioane de cioburi diferite.

— Ştiu că vrei. Ricardo era cu ochii la drum, dar şi-a lăsat mâna pe braţul lui Elijah şi l-a strâns uşor.

— Ştiu că vrei. Dar Sue şi Gary nu se mai pot descurca acum cu tine. Chiar au vrut, dar nu se mai poate, din păcate.

— Atunci, vreau să merg la tine. Pot să stau cu tine? Doar un pic?

Ricardo privea drept în faţă.

— Îmi pare rău, Elijah, dar lucrul acesta contravine regulamentului, spuse el, întorcând capul spre Elijah, iar apoi din nou spre drum. Oricât de mult mi-aş dori eu acest lucru, şopti el.

— Vreau la Mama. Vreau la Mama mea.

Era linişte şi înăuntru, şi afară, dar dintr-odată în capul lui Elijah s-a stârnit un zgomot asurzitor. Ricardo privea pe geam, nu se mai uita la el, dar Elijah vedea că avea şi el ochii înlăcrimaţi.

— Te vom muta într-un loc pe termen mai lung de îndată ce vom putea. Şi o să te ajutăm, Elijah.

Trase maşina pe marginea drumului şi opri. Celelalte automobile treceau vâjâind pe lângă ei, dar maşina lor era complet nemişcată. Ricardo opri motorul şi se răsuci pe scaun. Îl prinse strâns de braţe pe Elijah şi se uită drept în ochii lui.

— Tu eşti un băiat bun, Elijah. Tu eşti un băiat bun şi nimic din toate astea nu este din vina ta.

— Nu sunt un băiat bun, strigă Elijah. Sunt un băiat rău. Sunt plin de răutate.

Ricardo îl strânse şi mai tare de braţe.

— Îmi pare rău că simţi aşa, Elijah. Tu eşti un băiat bun. Nu există niciun pic de răutate în tine. Doar durere.

Apoi îl sărută pe cap şi întoarse cheia în contact. Îi tremura mâna. Elijah plângea, plângea mai tare decât radioul. Chiar şi Ricardo plângea un pic, fiindcă niciunul nu se mai sinchisea să pretindă că nu plângea. Elijah încercă să-şi folosească puterile pentru a călători înapoi în timp, înainte de incendiu, dar puterile lui erau blocate. Vrăjitorul nu-l lăsa să folosească decât puterile rele.

În cele din urmă, au virat pe un drum cu multe case mici, care arătau toate la fel, înşirate la rând. Ricardo a oprit în faţa uneia dintre ele.

— Aici e, spuse el. Casa lui Nargis. Iar celălalt băiat de care are ea grijă e cam de vârsta ta. Poate un pic mai mare. Îl cheamă Darren.

Ricardo pufni pe nas. Chiar atunci, se deschise uşa de la intrare şi se auziră nişte strigăte. Apoi, pe uşă se iţi un cap.

— Salut.

O femeie în vârstă, chiar mai bătrână decât Sue, veni spre ei. Avea pielea cafenie ca o caramea, aproape de aceeaşi culoare ca pielea lui Ricardo. Purta un capot roşu şi sandale peste şosete.

— Elijah, salut!

A aşteptat ca Elijah să coboare din maşină şi să ajungă pe trotuar, în faţa ei.

— Unde ţi-e geanta?

Avea o expresie rece, care nu-i plăcea băiatului. A început să plângă din nou, gândindu-se la chipul cald al lui Sue. Îl ura pe vrăjitor. Se ura pe el însuşi, fiindcă îl lăsa pe vrăjitor să-l dirijeze.

— Hai, vino încoace, Elijah. O să te simţi bine aici, îi zise ea, luându-l de braţ şi conducându-l în casă.

Elijah întoarse privirea spre maşină, dar Ricardo tocmai scotea valiza din portbagaj. Afară începea să se întunece, dar înăuntru luminile nu erau încă aprinse. La Sue în casă lămpile ar fi fost aprinse deja. În casa aceasta mirosea ciudat. Au mers pe un coridor aşternut cu un preş roşu, fără nicio fotografie pe pereţi. Venea apoi o bucătărie lungă şi îngustă, cu un vas pentru fructe în care nu era niciun fruct, iar în chiuvetă zăceau multe căni.

— Hai cu mine afară, să îl cunoşti pe Darren.

Femeia îl conduse pe Elijah afară şi arătă spre partea din spate a unei grădini părăginite. Nu exista nicio jucărie şi iarba era netunsă. Elijah se gândea la grădina lui Sue, cu tufe de trandafiri pe care Gary le uda în fiecare zi. Dintr-odată, auzi pe cineva tuşind. În fundul grădinii erau câţiva copaci şi ceva se mişca în ei. Foşnind. Elijah simţi că i se înmoaie genunchii de frică, dar merse mai departe spre locul pe care i-l arătase Nargis. Când întoarse capul, o văzu pe Nargis intrând înapoi în casă, cu capotul ei roşu, ca trandafirii preferaţi ai lui Sue. A văzut pata de culoare dispărând. În fundul grădinii a găsit un băiat cu pielea albă şi genunchii juliţi, care stătea pe un leagăn. Se uită la Elijah şi scuipă pe jos. Abia atunci, Elijah a observat ce avea în mână. O ţigară! Era doar un pic mai mare decât Elijah şi fuma! S-a uitat în spate, spre casă, dar Nargis nu se vedea nicăieri.

— Ai voie să fumezi? întrebă Elijah.

— Fac ce-am eu chef, spuse Darren. Eu sunt şeful aici. Am cea mai mare vechime, aşa că eu conduc totul.

Şi scuipă din nou, iar de data asta scuipatul ateriză pe pantoful lui Elijah. Apoi, se ridică brusc în picioare şi îl înşfăcă pe Elijah de braţ, răsucindu-i-l rău. Elijah închise ochii. Ştia ce înseamnă să te doară ceva şi ştia că era mai bine să închizi ochii strâns. Auzea voci în ureche: *Smiorcăitură scârboasă ce eşti tu. Universul nu te suportă în el. Du-te înapoi în pârjolul iadului. Atunci va zice şi celor din stânga: „Duceţi-vă de la Mine, blestemaţilor, în focul cel veşnic".*

Darren îi sucea braţul tot mai tare, iar Elijah deschise gura să ţipe, dar apoi o închise la loc. Se concentră intens asupra unui băţ de pe jos şi îşi imagină cum ar fi să-l ţină între degete, cât ar fi de neted şi rece. Se gândea la o lume în care nu existau decât copaci, fără oameni. Ce linişte ar fi atunci. Darren se apropie mult de faţa lui Elijah. Răsuflarea lui mirosea a ţigări şi a foc.

— Dacă ţipi, te ard, spuse el.

— Nu uita, Elijah, ce ţi-am spus. Vei începe să faci nişte exerciţii cu Chioma, sunt exerciţii terapeutice, ca un fel de joacă specială. Te vor ajuta. Ea te va ajuta, crede-mă. Eşti un băiat bun. Şi noi avem grijă de tine.

Ricardo i-a arătat lui Elijah unde era toaleta. Lângă closet era o găleată, iar cada era murdară: avea o dungă de murdărie şi mucegai, cu pete şi cercuri verzui pe margini. Pe marginea căzii se aflau nişte sticluţe aproape goale: şampon şi gel de duş, de un albastru strident; un săpun pe jumătate consumat, acoperit cu firicele de păr; un ambalaj de plastic gol. Ricardo i-a arătat bucătăria, unde mirosea ciudat, şi camera de zi, cu o masă în mijloc, unde Nargis îi lăsase lui Elijah o farfurie pe care erau doar sandviciuri cu gem, fără budincă. Lângă perete era o canapea, cu o pătură aruncată peste ea. Ricardo vorbea foarte tare, în timp ce îi arăta locul.

Băiatul se tot uita după Darren şi ţigara lui, dar nu-l vedea nicăieri. De fiecare dată când se gândea la el, simţea cum îi cobora brusc stomacul şi i se punea o gheară în gât. Dar Ricardo nu observa nimic. Era prea ocupat să vorbească în gura mare.

Când a venit ora de culcare, Ricardo a rămas să-l învelească pe Elijah şi să-i spună noapte bună. Ştia că Ricardo nu era obligat să mai stea; serviciul lui se termina la ora cinci, iar de-acum se făcuse aproape opt seara. Ştia că Ricardo se ocupa de el fiindcă asta îi era datoria. Dar când rămânea mult timp cu el, Elijah îşi imagina că erau buni prieteni. Ricardo l-a dus pe Elijah la baie şi pe urmă în dormitor. Dormitorul nu era nicidecum un dormitor, de fapt, fiindcă era la parter, avea în mijloc o masă cu patru scaune, iar patul lui Elijah era un prici de campanie, care scârţâia de fiecare dată când se mişca.

— Vreau să fii curajos, OK, voinicule? Te vei simţi bine aici. Ocrotit. Şi după ce o vei cunoaşte mai bine pe Chioma, vom găsi un loc mai de durată, cât de curând, îţi promit eu. Ricardo se aplecă şi, când îl sărută pe cap, o lacrimă căzu pe fruntea lui Elijah.

Îi era milă de Ricardo, fiindcă stătuse atât de târziu şi era atât de trist, aşa că îi zâmbi cât putea el de senin şi încercă să ignore udătura de pe fruntea lui, de pe faţa lui Ricardo. Acum, Elijah simţea şi mirosul de aftershave. Era nou. Cu aromă de portocale. Îi venea să-şi lipească nasul de pieptul lui Ricardo şi să respire mirosul acela de-a pururi.

— O să fiu OK, şopti el.

Dar, în realitate, Elijah ştia că Ricardo se înşela în toate privinţele. Chioma nu putea să-l ajute — indiferent cine-o fi ea. Ricardo nu trebuia să-l fi luat de la Sue şi Gary. Ricardo greşea când spunea că Elijah era un băiat bun. Şi se înşela în privinţa vrăjitorilor. Dar nu era vina lui. Nici măcar nu era nigerian, aşa că de unde să ştie el de vrăjitori? Elijah ştia. Îl auzea tot timpul pe vrăjitor, amestecat cu vocea Mamei, care şoptea: *Micuţul meu nigerian, o mie de stele îți luminează chipul.* Elijah nu ştia multe lucruri. Nu ştia să citească şi nu ştia să fluiere, deşi toți copiii pe care îi cunoştea el ştiau să fluiere. Însă de două lucruri în viață Elijah era absolut sigur:

Mama lui îl iubea.

Şi vrăjitorii existau de-adevăratelea.

5.

Chioma era cea mai subțirică doamnă pe care o văzuse Elijah vreodată. Era chiar mai subțirică decât Mama. Ai fi zis că purta un umeraș de haine peste piept, dar făcut din propriile oase. Pielea ei avea exact aceeași culoare ca a lui Elijah, exact aceeași culoare ca pielea Mamei. În jurul gâtului purta trei șiraguri de mărgele colorate în galben strălucitor, turcoaz și maro-roșcat. Chioma avea picioare lungi și subțiri, cu tălpi foarte înguste, acoperite de niște sandale maro din piele, cu mici paiete roz cusute deasupra. Avea chiar și mărgeluțe argintii în părul moale, răsucit în toate direcțiile. Lui Elijah îi venea să-l atingă. Și avea un praf sclipicios pe pleoape. Totul la ea lucea și licărea, de parcă ar fi fost făcută din luminițe de stele. Dar cel mai tare îi străluceau ochii; Elijah nu mai văzuse niciodată o persoană în vârstă cu niște ochi atât de limpezi și luminoși. Ochii ei erau atât de proaspeți fiindcă, pesemne, nu văzuse cu ei decât lucruri bune, se gândea el.

Ședeau unul în fața celuilalt într-un loc de joacă, unde se aflau o groapă cu nisip, o masă, o canapea mică verde, cutii cu jucării — mașini, păpuși, o corabie de pirați, un garaj de lemn cu motociclete și un castel înconjurat de balauri şi de cavaleri pe cai mititei —, o cutie cu perdeluţe şi un coş cu marionete. Totul arăta normal în încăpere, iar Elijah se gândea că seamănă cu o şcoală sau un club, cu tabla aceea neagră şi tăviţa plină cu apă, doar că aici erau gratii la fereastră şi un stingător mare şi roşu agăţat pe perete. Elijah se uita la chipul Chiomei, la zâmbetul ei larg şi senin, la dinţii laţi, la culoarea prafului sclipicios de pe pleoape, şi o asculta cum fredona încetişor, o auzea cum respira lin. Lui îi era greaţă şi îi bubuia capul, însă ascultând cum respira Chioma, bubuiturile încetară.

— Mă bucur că ne-am întâlnit, în sfârşit, Elijah. Am auzit o mulţime de lucruri despre tine. Ricardo mi-a spus că te simţeai un pic neliniştit la gândul că urma să ne vedem astăzi, dar nu ai de ce să-ţi faci griji, crede-mă. Nu vom face decât să ne distrăm şi să ne jucăm.

Chioma vorbea cu voce joasă şi blândă.

— Ce jucării îţi plac?

Elijah nu spuse nimic, dar se uită spre castel. Era înalt şi avea două poduri mobile, cu ascunzători tainice. Flăcări cenuşii erau pictate pe zidurile laterale şi, uitându-se acum la ele, i se păru că se mişcau. Inima începu să-i bată mai tare. Vrăjitorul îi dădea târcoale pe dinăuntru. Se uită atent la Chioma. La scânteierile ei. Oare ştia de existenţa vrăjitorului? Ştia de incendiu? Era cu adevărat o asistentă socială, sau fusese trimisă de Dumnezeu ca să se lupte cu diavolul din el? Căpătă curaj. Apoi se gândi la alte întrebări. Îşi dădea oare seama că el putea să o transforme în sloi de gheaţă, acolo, pe loc, cu laserul din ochii lui, sau să aţintească degetul spre inima ei şi să o topească, făcând-o scrum toată? Putea ea oare să privească înăuntrul lui şi să-i vadă trupul plin de răutate?

— Avem foarte multe de făcut, spuse Chioma râzând. Nu fi aşa de îngrijorat; e vorba despre exerciţii speciale — ca o joacă. Tot ce trebuie să facem este să ne jucăm. Asta-i treaba ta. A împins scaunul pe care şedea, s-a ridicat şi s-a dus spre castel. Îţi place castelul acesta?

Elijah încuviinţă din cap.

— Astăzi vrei să te joci?

Elijah privi în jur, la toate jucăriile. El nu se prea juca, în general. Uneori, nici nu ştia cum să se joace. Alţi copii se descurcau aşa de uşor, luau diverse jucării şi le făceau să pară adevărate, dar alţi copii nu aveau un vrăjitor care să încerce să pună stăpânire pe ei.

— Trebuie? spuse el.

— Nu. Poţi doar să stai aşa, dacă vrei. Sau să te joci. Sau chiar să urli tare de tot, spuse Chioma, cu licăriri în ochi.

Să urle tare de tot?! Unde s-a mai pomenit să-i spună cineva unui copil să urle tare de tot?! Elijah se uita la Chioma, care se aşezase lângă castel, luând în mână cavalerii călare pe cai. A început să necheze şi să-i mişte de colo-colo, peste castel. Era nostim să vezi un om mare jucându-se aşa. Chioma se juca în continuare, ca şi cum el nici n-ar fi fost acolo. Părea chiar că se distrează bine. Nu arăta deloc ca o persoană trimisă să nimicească un vrăjitor afurisit.

Se jucă aşa mult de tot, în timp ce Elijah stătea deoparte şi se uita la ea. În casa lui Nargis nu existau jucării cu care să se poată juca. Nargis ţinea sub scări o cutie plină cu cărţi pentru copii şi o minge, o jucărie zornăitoare pentru bebeluşi şi câteva maşinuţe, dar nu le scotea de-acolo decât atunci când venea Ricardo în vizită. În restul timpul, Elijah se uita la Darren care se juca pe computer cu nişte jocuri în care oamenii explodau şi le ieşeau maţele pe-afară. Deşi i-ar fi plăcut să se joace cu Chioma, Elijah stătea cuminte la locul lui. Încerca să-şi repete mereu că ea nu era prietena lui. Era o iscoadă care voia să afle lucruri despre vrăjitor.

După o veşnicie, Chioma se opri din joacă. Se aşeză la loc pe scaun şi zâmbi.

— A fost foarte amuzant, spuse ea. Ne vom juca din nou săptămâna viitoare, dacă vrei.

Elijah ridică din umeri.

— Poate săptămâna viitoare o să te joci şi tu cu mine?

Ridică din umeri, iarăşi. Vedea pe geam conturul siluetei lui Ricardo, înalt şi zvelt, cu părul ţepos. Şi-l imagina pe Ricardo zâmbind în spatele geamului. Brusc, Elijah se uită drept în ochii Chiomei:

— Pot s-o văd pe Mama? şopti el.

— Sunt convinsă că asta este ceea ce-ţi doreşti tu cel mai mult pe lume, aşa-i? Toţi copiii vor să stea cu mămicile lor. E bine că simţi aşa. Dar este foarte trist când nu poţi să fii cu Mama.

Elijah încuviinţă din cap. Se uita foarte atent la Chioma. Iar ea se uita direct în ochii lui. Elijah coborî privirea spre brăţara ei aurie cu nestemate de un roşu-închis.

— Eşti nigeriană? întrebă el.

— Da, îi răspunse ea.

Se auzi un ciocănit în uşă şi intră Ricardo.

— Hei, Elijah. Sunt convins că v-aţi simţit minunat împreună.

Se uită la Chioma, mişcând repede din sprâncene, în sus şi în jos.

— Elijah s-a uitat la mine cum m-am jucat cu castelul, ceea ce e nemaipomenit, fiindcă e jucăria mea preferată. În afară de nisip. Îmi place mult şi nisipul.

Elijah nu mai auzise de vreun adult căruia să-i placă nisipul. Pesemne că ea e de la Dumnezeu.

— Chioma e nigeriană, şopti el.

Femeia zâmbi.

— Sunt foarte mândră că sunt nigeriană. Nigeria este cel mai bun loc de pe pământ, spuse ea. De fapt, e mai bun decât pământul. E ca raiul, adăugă ea, cu sclipiri în ochi.

Elijah îi sorbi cuvintele, care găsiră în el alte cuvinte, şi se lipiră toate unele de altele. *Nigeria, un loc ca o gură de Rai.*

În fiecare săptămână, Elijah mergea în vizită la Chioma, iar acesta era singurul lucru bun de care avea parte locuind cu Nargis. Şi-ar fi dorit enorm să locuiască în camera de joacă a Chiomei, însă ea îi spunea întotdeauna, după fiecare întâlnire, că era timpul să se ducă acasă. Dar casa lui Nargis nu era acasă.

În unele vizite se jucau, alteori desenau sau pictau, iar odată n-au făcut decât să bea limonadă şi să se ia la întrecere care putea să râgâie mai tare, şi Elijah râsese, râsese, râsese cu poftă, şi se simțise ca un băiețel vesel, ceea ce i-a plăcut enorm. Dar după aceea trebuia să se ducă înapoi la casa lui Nargis. Elijah abia aştepta ziua când urma să plece. Nu putea să sufere să stea la Nargis. Fiecare cameră din casa ei urla când deschidea el uşa. Nimeni în afară de el nu putea auzi urletele, doar Elijah. Îi era atât de greu să respire în casa lui Nargis, încât se întreba dacă nu cumva şi aerul voia să scape de-acolo. Se uita pe fereastră în fiecare seară la peticul de cer la care se uita probabil şi Mama, şi găsea steaua ei. Pe urmă, îşi dorea din tot sufletul, mult de tot, ca Mama să vină şi să-l găsească. Dar nu venea. Elijah ştia în adâncul burticii lui că nu se va întâmpla prea curând să poată să stea cu ea. Ştia asta, fiindcă o simţea atât de departe, iar steaua ei nu mai strălucea la fel de mult ca altădată.

Elijah auzea vocea Mamei înăuntrul lui: *Micuţul meu nigerian, eşti în primejdie. Dacă vom fi vreodată despărţiţi, trebuie să găseşti o nigeriană care crede în Dumnezeu şi să aştepţi acolo. Vei fi în siguranţă.*

Auzea înăuntrul lui şi vocea episcopului: *Îl faceţi fiu al Gheenei, de două ori mai mult decât voi. Şerpi, pui de vipere, cum veţi scăpa de osânda Gheenei?*[3]

Ştia că Mama nu avea să vină să-l ia de la Nargis. Elijah nu se simţea în siguranţă deloc. Niciun pic.

— Pot să o văd pe Mama? îl întrebă el pe Ricardo.

Stăteau amândoi afară, în grădina casei lui Nargis, în aerul rece. Elijah îşi freca palma înainte şi înapoi pe banca de lemn şi se uita cum respiraţia îi exploda în faţă. Nu-şi mai simţea vârful nasului, dar tot era mai bine aşa decât să stea în casă cu Nargis.

— Nu se simte prea bine săptămâna asta, Elijah, şi de aceea nu se poate vedea cu tine. Totuşi, a început să fie ceva mai bine şi încercăm să punem la punct un program de vizite periodice, astfel încât să poţi sta un pic cu ea în fiecare săptămână. De asemenea, când o să fie mai întremată, o să puteţi corespunda, adică o să-i poţi scrie nişte scrisori...

Elijah ridică privirea spre casa lui Nargis. Văzu un chip la fereastră, urmărindu-i.

---

[3] „Sfânta Evanghelie după Matei", cap. 23, în Noul Testament, pag. 43–44, Editura Institutului Biblic şi de Misiune al Bisericii Ortodoxe Române, 1995, Bucureşti. (*N.t.*)

— Dar pot să vin să stau la tine? îl întrebă din nou pe Ricardo.

Ricardo scutură din cap, prea repede şi prea categoric. În mod clar, capul lui Ricardo nu voia ca Elijah să stea la el.

— Nu va fi posibil, din păcate, spuse el. Dar o să facem în continuare exercițiile terapeutice cu Chioma şi vom ajunge să găsim ceva pe termen lung pentru tine. OK?

Ricardo ridică şi el privirea spre casa lui Nargis, dar Elijah nu-şi dădea seama dacă vedea şi el chipuri la ferestre, dacă auzea camerele urlând ori dacă simțea cum aerul voia să scape dinăuntru.

Dacă nu avea voie să stea la Ricardo, Elijah voia să stea la Chioma. Ea era nigeriană şi credea în Dumnezeu — aşa că precis ştia totul despre osânda Gheenei. *Uneori, se jucau cu castelul şi uneori făceau forme în nisip cu nişte instrumente mici: un cuțitaş de plastic, o gă*letuşă, o lopățică, o greblă. Lui Elijah îi plăcea cel mai mult grebla. Indiferent cum se jucaseră şi ce harababură făcuseră, grebla netezea bine nisipul, până ce toată suprafața rămânea plată, cu şiruri frumos ordonate. Îi plăcea să atingă nisipul şi să îl țină în pumn, apoi să-l lase să i se prefire încet printre degete, până când se scurgea tot. Chioma îi dădea voie să se joace cu apă şi să facă multă dezordine, spunând că era bine, uneori, să faci multă dezordine. Dar lui Elijah nu-i plăcea; îi plăcea să curețe frumos imediat după aceea. Când ținea nisip în mână, îşi imagina marea deasupra — albastră, atât de albastră — şi mirosul de sare. Uneori, noaptea, zbura peste oceane şi înota până pe fundul mării, unde era mai întuneric decât la miezul nopții și unde peștișorii treceau scânteind ca niște stele în miniatură.

— Vrei să desenăm ceva astăzi? întrebă Chioma.

Era îmbrăcată cu o rochie lungă, dintr-un material cu un imprimeu colorat, și avea un batic legat pe creștetul capului. Lui Elijah îi plăceau hainele ei și feliuțele de banană prăjite, pe care le aducea înfășurate în șervețele de hârtie, ca să-l servească pe el.

— Nu avem voie să mâncăm aici, îi șoptea ea. Dar cum să te joci fără să ronțăi ceva bun?!

Elijah privea pe fereastră, afară. Când era aici, se simțea mai aproape de Mama. Camera de joacă a Chiomei se afla pe aceeași stradă unde era și centrul de vizite. Elijah voia mereu să stea în camera de joacă a Chiomei, în caz că l-ar căuta Mama, și nu l-ar fi deranjat deloc să doarmă direct pe podea. Mama nu venea la centrul pentru vizite decât atunci când aveau o întâlnire permanentă, dar asta nu se mai întâmplase de multă vreme, fiindcă Mama era bolnavă, internată într-un spital special. Totuși, ea respirase aerul din camera de vizită și picioarele ei pășiseră pe aleea de-afară.

— Voiam să stau de vorbă cu tine astăzi, despre ceva important, spuse Chioma.

Privirea lui Elijah zbură iute spre ea.

— Nu e nimic rău, spuse ea. De fapt, e chiar un lucru bun.

Chioma zâmbea, strălucea, scânteia. Era imposibil să nu-i zâmbești când o vedeai așa.

— Cred că te descurci atât de bine acum, cu exercițiile noastre, încât mă întreb dacă nu cumva ești pregătit să începi să te gândești la o familie pentru totdeauna. Ai auzit de adopție?

Elijah scutură din cap. Privea afară pe fereastră, dincolo de gratii, la peticele de soare care schimbau culoarea gazonului. Pe urmă, brusc, îşi aminti. Un băiat de la Sue şi Gary fusese adoptat şi le trimitea scrisori în fiecare an şi o fotografie cu el pe o bicicletă sau pe un skateboard sau căţărându-se într-un copac.

— Aş vrea să te gândeşti la asta şi să discuţi cu Ricardo. Şi noi putem să vorbim mult, mult de tot pe tema asta. Dar cred că s-ar putea să fii pregătit să locuieşti cu o familie pentru totdeauna. O familie din care să faci parte şi care să fie familia ta.

Elijah încercă să ridice din umeri, dar era ca o stană de piatră.

— Hai mai bine să ne jucăm acum, în loc să tot vorbim aşa, spuse Chioma, cu sclipiri în ochi. Cu ce-ai vrea să te joci?

Elijah se gândi vreo două minute şi apoi se aşeză în genunchi lângă uriaşa casă de păpuşi din colţul camerei. Nu mai voise niciodată până acum să se joace cu ea. Era pictată în alb şi roz pe dinafară şi avea cinci etaje. Înăuntru erau multe camere mobilate şi oameni din lemn, miniaturali. O familie.

— Vrei să ne jucăm de-a mama şi de-a tata? întrebă el.

— Ce idee grozavă, Elijah.

Chioma puse deoparte creioanele şi hârtia şi veni să se aşeze lângă el.

— Ce mult îmi place casa păpuşilor, spuse ea.

Elijah se uita la camere. Aveau o cameră de zi cu fotolii micuţe şi tapet cu model, o baie cu o cadă de-adevăratelea şi robinete de mărimea unor furnici. Sus, la etaj, era camera copiilor, unde o păpuşică bebeluş dormea într-un leagăn. Elijah luă păpuşica.

— Plânge bebeluşul, spuse el.

— Sărăcuţul de el, spuse Chioma. De ce plânge?

— Vrea să vină mămica lui.

Chioma se uită prin casa de păpuşi, încruntându-se.

— Pe unde-o fi mama lui?

— Nu ştiu.

Elijah se prefăcea că plânge, ridicând bebeluşul între degete şi scoţându-l binişor din camera lui, ca să i-l arate Chiomei. Plânsetele se auzeau din ce în ce mai tare.

— Bietul bebeluş, spuse Chioma, mângâind cu degetul mare feţişoara păpuşii.

Elijah imita perfect plânsul copilaşului. Se uita la bebeluşul de lemn şi îi era atât de milă de el. Îşi imagina cum se simţea, probabil, micuţul şi cum se auzea plânsul lui.

— Bietul bebeluş, spuse Chioma. Cât de greu o fi pentru el să îi fie aşa dor de mămica lui.

Mângâie capul păpuşii şi atinse cu vârful degetelor mânuţa lui Elijah.

— Uită-te la el cât e de drăgălaş, spuse ea. Merită să aibă şi el o mămică şi un tătic, şi să fie iubit şi ocrotit pentru totdeauna.

Elijah plângea şi plângea, ca un copilaş. Lăsă să-i alunece mânuţa în mâna Chiomei, care îl prinse strâns şi îl trase spre ea. Chioma îl cuprinse în braţe pe Elijah, care plângea, plângea fără oprire. Îl strângea atât de tare la pieptul ei, încât băiatul nu-şi dădu seama că păpuşa căzuse pe jos. Chioma nu avea voie să-l ţină în braţe, Elijah ştia asta. Încă din prima săptămână, Chioma îi explicase că nu putea să îl ţină în braţe sau să îl mângâie, fiindcă acesta era regulamentul, iar serviciul ei era foarte diferit de serviciul lui Ricardo. Dar pesemne că uitase, fiindcă acum îl ţinea atât de strâns îmbrăţişat, încât Elijah auzea cum îi bate inima în piept rar şi liniştit, şi simţea cum îi bate şi lui inima, atât de iute, de parcă ar fi vrut să-i fugă din corp.

— Bietul copilaş, şoptea Chioma, iarăşi şi iarăşi şi iarăşi, direct la urechea lui Elijah.

6.

Obi şi Nikki şedeau unul lângă altul pe canapea, dar locul dintre ei era ocupat de un teanc de reviste de pe ale căror coperte zâmbeau chipuri de copii: *Fii părintele meu!* scria pe una dintre ele, şi *Copii care aşteaptă*, pe alta. Tata stătea pe fotoliul din faţa lor, zâmbind cu gura până la urechi. Nikki se minuna întotdeauna văzând cât de mult semăna cu Obi, doar că era un pic mai scund, cu părul cărunt şi ochii surâzători.

— Vrei să te servesc cu ceva, tată? întrebă Obi.

— Nu te mai agita atâta, spuse tata, râzând. Apoi privi în sus la Obi şi, ridicându-se pe jumătate, întinse mâna peste măsuţă şi îl bătu pe picior, după care se aşeză la loc.

— Ce băiat bun eşti tu, spuse el.

Obi îşi dădu ochii peste cap, dar Nikki a văzut surâsul din ei.

A privit în jur prin camera de zi şi s-a gândit la primele vizite pe care li le făcuse Ricardo. De obicei nu-i plăcea să deretice, dar acum, când lucrurile începeau să devină tot mai realizabile, iar adopţia devenise mai mult decât o simplă posibilitate, făcea tot timpul curăţenie prin casă. Obi râdea de fiecare dată când o vedea aranjând şi trebăluind peste tot, iar ieri o luase în brațe şi îi spusese:

— Nu-mi vine să cred că spun asta, dar lasă odată curățenia asta!, după care pufniseră în râs amândoi.

— Sunt emoționată, spuse Nikki.

Se gândea la întrebările lui Ricardo despre ce ar fi dispuşi ea şi Obi să accepte, când aveau să ajungă la decizia finală pentru înfiere:

Părinți schizofrenici?

Copil născut din incest sau viol?

Copil cu un comportament vădit sexualizat?

Dar un copil cu un părinte ucis de celălalt părinte sau un copil care suferea de o boală incurabilă?

Obi răspunsese „da" la toate întrebările. Dar ea îi replicase:

— Un copil suferind de o boală incurabilă? N-aş suporta să mai pierd încă un copil. Nu, n-aş mai putea. Obi o îmbrățişase şi aprobase decizia ei dând uşor din cap. Pe urmă, Nikki se uitase din nou la listă. Un copil cu un comportament vădit sexualizat? Cum să se descurce cu aşa ceva? De unde să ştie ce să facă? Numai gândindu-se, şi i se făcea rău.

— Aceştia sunt copii reali, Nik. Nu putem fi mofturoşi.

— Dar eu nu sunt mofturoasă, Obi. Sunt foarte serioasă.

Obi clătinase din cap.

— Noi pentru asta am semnat — orice copil încredințat spre adopție are traumele lui. Comportamentul unui astfel de copil nu este decât un simptom al acestor traume.

Pe Nikki o durea sufletul să audă aşa ceva. Simțea că era crudă. Dar ce rost avea să nu fie sinceră?

— Nu contează dacă este doar un simptom. Este comportamentul acelui copil. Este copilul în sine. Or, eu nu cred că aş putea să fac faţă în cazul unui copil care... care...

Obi se holbase lung la ea, dar cuvintele n-au mai venit. Deci un astfel de copil îşi dorea Nikki: o viaţă prea tânără ca să fie atinsă de relele lumii; un copil pe care să-l poată creşte uşor. Închise ochii şi se dojeni singură. De ce ţinea să limiteze opţiunile pe care le aveau? Îşi doreau un copil; ea îşi dorea să fie mamă.

La următoarea vizită a lui Ricardo, Obi i-a spus că nu erau în stare să accepte un copil suferind de o boală incurabilă.

— Aşa ceva este exclus, declară el, uitându-se la Nikki.

— E-n regulă, zise Ricardo. Cred că am terminat cu analiza căminului familial. Consider că veţi fi nişte părinţi minunaţi, spuse el, iar Nikki se repezi să-l îmbrăţişeze pe Ricardo, cu un gest absolut spontan.

Nikki îşi alungă din minte procesul de evaluare a casei şi întrebările dificile, cu răspunsuri dificile. Trase adânc aer în piept. În sfârşit, avea certitudinea că vor fi părinţi.

— Este extraordinar! Poate chiar ne uităm acum la fiul sau la fiica noastră! Nikki atinse copertele revistelor, trecând uşor cu degetele peste chipurile din poze.

Adunaseră reviste din ultimele trei luni, iar Ricardo le adusese câteva numere chiar mai vechi.

— Sunt depăşite, le spusese el. Însă vă puteţi face o idee despre vârstele şi necesităţile copiilor care aşteaptă să fie înfiaţi. Cred că toate familiile trebuie să se uite pein revistele astea, pentru a înţelege că majoritatea copiilor care au nevoie de adopţie au cerinţe speciale, sau sunt grupuri de fraţi şi surori, trei sau mai mulţi copii chiar, care trebuie înfiaţi împreună. Poate fi util pentru părinții care visează la un singur bebeluş dolofan şi sănătos!

Apoi s-a uitat la ea, ştia sigur, dar Obi n-a remarcat. Doar i-a mulțumit lui Ricardo şi a pus revistele deoparte. Abia acum se simțiseră în stare să le răsfoiască. Fiindcă abia acum ştiau că primiseră aprobarea ca părinți adoptivi. Abia acum devenise totul real. Un copil.

— Unul dintre aceşti copii din reviste ar putea să fie al nostru, spuse Obi. Îți dai seama, ce lucru nemaipomenit facem noi acum! Ce aventură.

— Voi fi bunic, în sfârşit, râse tata, cu poftă. Mie nu-mi plac revistele astea, spuse el. Parcă am fi la o licitație. Însă sunt foarte încântat că îmi veți găsi un nepot.

— S-ar putea să fie o fată! zise Nikki, dar când se uită la chipul tatei, observă expresia din ochii lui şi înțelese că o tachina.

Obi se uită lung la Nikki şi o mângâie pe obraz cu degetul mare.

— O să fii cea mai bună mamă din lume. Este lucrul pe care îl aşteptăm de atâta vreme. Toate lunile din urmă, toate întrebările indiscrete, şi înainte, toată durerea prin care am trecut...

Nikki închise ochii şi simți pielea catifelată a degetului lui Obi, certitudinea din glasul lui. Avea dreptate.

— Toate avorturile alea, şopti el. Toți copiii pe care i-am pierdut. Şi aici, uite, sunt copii care aşteaptă să fie găsiți. Totul are un rost pe lumea asta.

— Eu abia aştept să-mi văd nepotul. Sincer, pe cuvânt, e mai bine să ai nepoți decât copii. Eşti mai în vârstă, mai înțelept şi poți să-i dai înapoi la sfârşitul zilei, când au obosit!

Nikki zâmbea. Tata fusese un mare sprijin pentru ei. El era prima persoană pe care o sunau ca să-i spună că aşteptau un copil şi tot el era prima persoană pe care o sunau ca să-i spună că pierduseră copilul. Cu toate astea, niciodată nu le spusese să renunțe şi nici nu fusese mai puțin entuziast, la fiecare nouă sarcină a lui Nikki, şi nici mai puțin trist, de la un avort la altul. Când Obi luase revistele, Nikki îi sugerase să se uite prin ele împreună cu tata.

— El a fost alături de noi, pas cu pas, zisese ea. Să-l lăsăm să-şi spună şi el părerea.

Întâi au fost nişte chicoteli destul de zgomotoase ca să se audă din casă, apoi sunetul unor pantofi cu toc păcănind pe trotuar. După aceea, cineva a pufnit în râs. Ai fi zis că două adolescente cam cherchelite se amuzau pe stradă, dar Nikki ştia că nu era aşa.

— Nu vreau să le țin eu, spunea vocea lui Jasmin. Arăt ca un țânc.

O auzi pe sora ei chiuind şi şi-o imagină cum se strâmba nostim la fiică-sa.

— Chanel, spuse Obi. I-am spus să vină mai târziu.

— Nu trebuie să te superi, e emoționată şi ea.

Nikki se uită la cele două siluete profilate pe geamul mat, vălurit: una lungă şi subțire, cealaltă mai scundă şi cu codițe înfoiate. Silueta mai scundă îi pasa un mănunchi de baloane celei înalte şi subțiri. Sora ei. Nepoata ei. Zâmbind, Nikki fugi să le deschidă, înainte ca ele să apuce să bată la uşă.

— Trăiască noii părinți adoptivi! strigă Chanel, întinzându-i vreo şase baloane roz. Un copilaş! O să avem un copilaş!

Nikki le trase în casă pe amândouă şi luă baloanele, neştiind ce să spună.

— Trăiască noii părinți adoptivi, strigă Chanel din nou. E atât de tare.

Intră în camera de zi, cu Jasmin după ea și cu Nikki încheind plutonul. Ați ales deja pe cineva?

Chanel îi îmbrățișă pe Obi și pe tata, care n-au văzut de la început baloanele, dar apoi Obi a început să râdă.

— N-am primit deocamdată un copil, să știi. Și de ce sunt baloanele roz? Noi nu am specificat sexul copilului.

Jasmin deveni brusc curioasă.

— Bleah. Vă luați un băiat? Maisie, colega mea de clasă, are un frățior bebeluș și mămica ei stă toată ziua să-i curețe mucii din nas.

— Jasmin.

Nikki lăsă baloanele să danseze în aer, pe deasupra capetelor lor, și o luă pe fetiță pe după umeri.

— Poate fi un băiat sau o fetiță, nu știm încă.

— Și probabil că nu va fi un bebeluș, spuse Obi. Indiferent ce copilaș ne vor găsi, noi îl vom considera perfect pentru familia noastră. Majoritatea copiilor care au nevoie de adopție sunt mai măricei. Uite, făcu Obi, luând o revistă și deschizând-o pe genunchi, la prima pagină.

Nikki se așeză lângă el. Tata se ridică de pe fotoliu și veni lângă Obi, așezându-se pe brațul canapelei. Nikki vru să-i facă loc, dar el o refuză, scuturând din cap.

— Mi-e bine aici, spuse el, privind în jos spre revista din poala fiului său.

— Nu știu dacă nu era mai bine să facem chestia asta un pic mai încolo, spuse Nikki, arătând din ochi spre Jasmin, cu subînțeles.

Dar Jasmin nu reacționă.

— E-n regulă, spuse Chanel. În fond, vor fi verișori.

Tot felul de chipuri diverse îi priveau din paginile revistei: câțiva bebeluși, dar cei mai mulți erau copii mai mari, câte doi sau câte trei, majoritatea mulatri sau negri. Fiecare copil în parte i se părea frumos lui Nikki. Copiii care așteptau să fie înfiați erau toți frumoși, oricât ar fi părut de ciudat, cu gene lungi și dese, cu ochi mari și strălucitori. Copiii din fotografii erau îmbrăcați frumos, fetițele aveau fundițe în păr, cu haine curate și îngrijite. Sub fiecare fotografie era și o reclamă, ca și cum copiii erau bunuri de larg consum — frigidere sau mașini de spălat. Nikki încerca să nu se concentreze asupra mutrișoarelor de bebeluși, dar fără să vrea privirile îi erau atrase de ochișorii lor mari, de zâmbetele lor cu gingii golașe și de obrăjorii lor dolofani.

A pus mâna pe revista din poala lui Obi:

— Ricardo zicea să citim printre rânduri, orice o mai însemna asta. Presupun că, de pildă, aici, unde scrie „Sammy (nu e numele real)", ar putea însemna că familia în care s-a născut copilul îl caută, vrea să îl ia înapoi. Există, prin urmare, riscul de răpire.

— Răpire? repetă tata. Zău? E posibil așa ceva?

Nikki încuviință din cap. Da, era adevărat. Existau nenumărate posibilități și riscuri. Răpirea de către familia în care se născuse copilul era doar unul dintre ele.

— Copiii aceștia nu au fost abandonați, ci au fost luați din familiile lor, din cauza relelor tratamente la care erau supuși. Adesea, aceste familii încearcă să îi găsească; de aceea se urmărește plasarea copiilor în familii aflate la distanță de părinții lor naturali.

În timp ce se uita la fotografii, lui Nikki îi răsunau în urechi cuvintele: *nu e numele real.*

— Răpit de extratereștri, șopti Jasmin.

— Sau ar putea să fie şi faptul că au un nume caraghios, spuse Obi. Uite. Pe unul, aici, îl cheamă Leul; hai să fim serioşi, care om normal îi dă unui copil numele „Leul"?! exclamă el râzând.

— Leul! Imaginează-ţi cum ar fi un copil în Nigeria, pe care să-l cheme Leul, spuse tata. Nimeni nu s-ar încumeta să îl cheme în vizită.

Chanel râse atât de tare, încât baloanele se mişcară sub tavan. Jasmin se duse spre tata, care a întins mâna, prefăcându-se că vrea să o gâdile. El era singurul om pe care Jasmin îl lăsa să o trateze ca pe un copil, şi de fiecare dată când îl vedea i se lumina faţa.

Au întors încă o pagină din revistă şi pe urmă încă una. Reclamele individuale erau cam la fel, dar uneori Obi zăbovea asupra vreuneia şi o citea cu voce tare.

„Lucy este o fetiţă veselă de trei ani care merge la o grădiniţă cu program redus, unde întâmpină unele dificultăţi, însă face progrese, cu ajutorul educatoarelor. Manifestă unele întârzieri în dezvoltare, care pot fi consecinţa unor experienţe trecute. Asistenţii sociali care se ocupă de ea spun că este un mic curcubeu, că îi place Peppa Pig[4] şi adoră să se gătească. Lucy ar avea nevoie de un părinte care să fie acasă tot timpul, într-o familie unde să nu existe alţi copii." Obi tăcu. În poză era o fetiţă blondă, cu ochi albaştri, cu pielea albă.

— E foarte drăguţă, spuse el. De fapt, cert este că toţi sunt adorabili.

— Oh, Nik, fetiţa asta arată perfect. Parcă o şi văd îmbrăcată în noua colecţie Rhianna pentru copii, de la River Island. Mamă, Doamne! Trăsnet, ar fi! Sunt exact

---

[4] Serial de desene animate pentru preşcolari. (*N. red.*)

ca hainele pentru adulți, dar în miniatură. Precis ar arăta minunat într-un imprimeu gen leopard.

Nikki o înghionti în glumă pe Chanel, iar Obi râse amuzat şi scutură din cap.

Nikki se uită din nou în revistă. Da, fetița era frumuşică, dar singurul lucru la care se gândea Nikki erau semnalele de alarmă. „Citiți printre rânduri", aşa le spusese Ricardo. Ajutorul educatoarelor, întârzieri în dezvoltare, *nu poate trăi în aceeaşi casă cu alți copii.* Ce le-ar face oare altor copii? se gândea Nikki. Ce i se întâmplase oare acestei fetițe?

— E prea albă, spuse tata.

Nikki se aplecă în față şi îi aruncă o privire.

— Păi, aşa este, spuse el, dar îi râdeau ochii.

— Sau uitați-vă la ăştia doi mici. Sunt fabuloşi, spuse Obi, arătând spre un băiat şi o fetiță, mulatri amândoi — sau cu „moştenire duală", cum îi tot corecta Ricardo. Zâmbitori şi frumoşi. *„Talesha şi Malika, patru şi respectiv cinci ani, frate şi soră, au nevoie să fie înfiați împreună. Mai au un frate mai mare, care urmează să fie înfiat separat. Talesha a început de curând să meargă la şcoală şi se acomodează bine. Îi place să facă prăjituri şi să ridice zmei în zbor. Talesha este o fetiță cu personalitate, căreia trebuie să i se impună limite clare. Malika este un băiețel neastâmpărat, căruia îi place să se joace afară cu bicicleta lui. A manifestat câteva simptome de neadaptare şi are nevoie de un sprijin suplimentar. Malika este foarte ocrotitor cu surioara lui şi, uneori, îi vine greu să îi lase pe alții să aibă grijă de ea, deşi noi anticipăm că acest aspect se va ameliora cu timpul. Îngrijitorii maternali care se ocupă în prezent de Talesha şi Malika spun despre ei că sunt doi copilaşi veseli."*

— Ce nume *cool* au, spuse Chanel.

— De coşmar, zise Nikki.

— Cum adică? Par foarte drăguţi.

— Ce fel de nume mai sunt şi astea? Nu sună deloc a nume nigeriene! zise tata.

— Tată, am lămurit deja problema asta, spuse Obi. Copilul pe care îl vom înfia nu va fi, probabil, nigerian. Oricum, nu igbo[5]. Şi, de fapt, pentru noi nu contează, oricum.

— Ha? Sper că glumeşti, spuse tata, prefăcându-se că alunecă de pe braţul canapelei.

Nikki nu-i băgă în seamă, concentrându-se asupra revistei.

— Da, par foarte drăguţi, dar îţi dai seama cât de greu ar fi să te ocupi de ei, câtă nevoie au de ajutor? Poate că băieţelul, care e mai mare, a avut grijă de fetiţă, care e mai mică, din cauză că au fost foarte neglijaţi amândoi. Şi am citit undeva că neglijarea copiilor este cea mai gravă formă de abuzare a minorilor. Le afectează creierul. Oricum, uitaţi-vă la prichindelul ăsta! spuse Nikki, arătând spre fotografia unui sugar durduliu, care zâmbea cu gingiile golaşe.

Obi întoarse pagina înapoi, la Talesha şi Malika.

— Despre ce vorbeşti? Nici măcar nu se uitase la sugar. Nikki simţi că o podideau lacrimile. Obi îşi puse palma peste mâna ei.

— Ăsta este sensul adopţiei, nu crezi? Să ajutăm un copil care are cu adevărat nevoie de ajutor? adăugă el, strângând-o de mână.

Nikki se uită la chipul blând al lui Obi, la fel cu al tatălui lui.

---

[5] Grup etnic din sudul Nigeriei. (*N. red.*)

— Ai dreptate, zise ea. Doar că mă sperie un pic ideea că o să avem întreaga responsabilitate asupra unei vieți.

— Ştiu, dar ce lucru extraordinar ne stă în putere să facem! Uită-te la copilaşii ăştia. La toți. Bineînțeles că au probleme, dar dragostea este ceea ce le lipseşte cu adevărat. Iar noi avem multă iubire de oferit.

Nikki luă o revistă din teanc şi începu să o răsfoiască. Era o revistă mai veche, una dintre cele pe care li le adusese Ricardo.

— Malika şi Talesha, spuse ea. Uite.

Într-adevăr, erau aceiaşi copilaşi din cealaltă revistă.

— Da, sunt tot ei doi, spuse Obi. Fotografiați acum un an. Un an întreg în îngrijire maternală, cu reclamă în revistă, şi nu s-a oferit nimeni să-i înfieze. În caz că mai aveai îndoieli, lucrul ăsta ar trebui să-ți spună totul despre ce încercăm noi să facem.

— Sărăcuții de ei, spuse Chanel.

Se aplecă spre Jasmin, dar Jasmin se trase de lângă ea.

Nikki inspiră adânc. Obi avea dreptate. Totul avea un rost. Datoria lor era să ajute o ființă care avea mare nevoie de ajutor. Nişte copilaşi amărâți.

— Nu sunt potriviți pentru voi, spuse tata.

— Tată, nu am pornit să ne cumpărăm o maşină nouă. Noi ne uităm acum la nişte copii. La viața lor. Imaginează-ți-i pe toți aceşti copilaşi şi gândeşte-te prin ce-a trecut fiecare. Obi luă revista din poala lui Nikki.

Tata se duse înapoi la fotoliul lui şi se aşeză, aplecându-se în față.

— Ştiu, spuse el. Doar făceam haz de necaz. Şi aş vrea să ştiți că o să fiu alături de voi, pe drumul ăsta, pas cu pas, negreşit. Suntem cu toții implicați. Vă iubesc pe amândoi şi sunt foarte mândru de voi.

Obi râse şi, apropiindu-şi de buze mâna lui Nikki, o sărută duios pe degete.

— Dacă vom fi uniţi, va fi bine pentru noi toţi, spuse el.

— Vom fi de ajutor şi noi, mătuşă Nikki, spuse Jasmin.

— Bineînţeles, o să vă ajutăm, confirmă şi Chanel.

— Am vorbit serios, spuse Obi. O să-i dăm o şansă unui copil, o şansă adevărată.

Nikki privi în jos spre revistă.

Atât de mulţi copii, cu poveşti de viaţă pe care le puteai intui doar citind printre rânduri. Atât de mulţi copii care încă aşteptau. Nikki încercă să se concentreze asupra lor. Dar, involuntar, privirile îi alunecau spre fotografiile cu bebeluşi.

— Nu aveţi nevoie de reviste, spuse tăticul. Băieţelul nostru nu este în ele.

— Asta-i bună, iar o luăm de la capăt, spuse Nikki suficient de tare încât să audă şi tata.

— Eu am vorbit serios. Voi avea un nepot. Băieţel, insistă el. Un băieţel nigerian, spuse el, ridicând ochii spre tavan şi împreunându-şi mâinile, ca într-o rugăciune. Un băieţel *nigerian*.

Mai târziu în acea după-amiază, Obi a fost chemat la serviciu. Intervenise ceva important. O sărutase pe păr, luase cheile de la maşină şi fugise la lucru. Nikki a ieşit la o plimbare pe jos, ca să-şi limpezească gândurile. De obicei, se plimba prin parc înspre râu — aproape zilnic, dacă vremea îi permitea. Îi plăcea să fie în preajma apei. Îşi petrecuse copilăria pe ţărmul mării, printre pescari voinici, cu cizme galbene, oameni care râdeau cu poftă, zgomotos, la fel ca mama şi tatăl ei. Dar în ziua aceea, fără să vrea, Nikki se trezi mergând spre parcul cu leagăne, în direcția opusă apei care o atrăgea de obicei. Planurile pe care le făcuseră mai devreme i se învârteau prin minte necontenit. Înțelegea de ce voia Obi să ajute un copil mai mare, un copil care avea nevoie de ajutor, dar pe care poate nu-l dorea nimeni. Şi văzându-i pe acei copilaşi din reviste crescând de la un număr la altul, simțise şi ea aceeaşi încântare la gândul că l-ar putea salva pe vreunul dintre ei. Totuşi, în minte îi răsuna încă obsedant gânguritul unui bebeluş, iar brațele ei erau prea goale şi uşoare de povară.

Trecu prin dreptul copacilor falnici, pe lângă terenul de joacă plin de copii. Soarele strălucea puternic, făcând ca verdele ierbii să semene cu un gazon artificial. În parc mirosea a vară. Pe marginea aleii era o furgonetă cu înghețată, unde stăteau la coadă câțiva copilaşi, privind cu jind la înghețatele colorate desenate pe maşină. Trecând pe lângă ei, Nikki îi zâmbi unei fetițe care arăta cu degetul spre un cornet de înghețată „99 Flake". Maică-sa scutura din cap.

— Nu, spunea ea. Ai voie să-ți iei doar o înghețată uşoară din fructe. Nu vreau să-ți strici pofta de mâncare. Privi peste capul fetiței spre Nikki, făcându-i complice cu ochiul.

Dar Nikki nu-i răspunse. Şi-ar fi dorit să aibă şi ea şansa de a-i oferi copilului ei o înghețată. Merse mai departe spre terenul de joacă, unde era plin de mame. Unele stăteau de vorbă, în timp ce copiii lor se dădeau în leagăn; altele împingeau leagănul pe care stătea un copil mai mic sau chiar un prichindel, în timp ce vorbeau la telefon sau dădeau SMS-uri. Totuşi, una dintre ele era total absorbită de copilul ei. Băiatul avea vreo şase sau şapte ani și se cățăra într-un copac, iar ea stătea în picioare dedesubt, cu brațele larg deschise, gata să-l prindă la nevoie.

— Nu cad, mami, striga el.

Se agățase cu mâinile de o creangă, atârnând aproape cu capul în jos. Dar maică-sa râdea.

— Te prind.

— Pot să mă urc şi mai sus?

— Da, dar fii atent.

Nikki stătea în picioare lângă poartă, cu mâinile încleştate pe grilaj, ținându-şi respirația. Băiatul urcase atât de sus, încât nu se mai vedea din el decât un adidas ițit printre crengi.

Mama stătea în acelaşi loc, privind în sus şi zâmbind în continuare.

În cele din urmă, băiatul coborî, iar când ajunse aproape de pământ sări jos, apoi alergă spre mamă, care îl aştepta cu brațele deschise.

— Am reuşit, mami! Am reuşit!

Nikki nu-şi putea dezlipi ochii de la mamă şi fiu. Ar fi dat orice să fie în locul ei, stând sub copac. Se gândi la fetița care nu căpătase cornetul cu înghețată. O căută din priviri pe terenul de joacă din fața ei.

Pot să fac asta, se gândea ea. Nu am nevoie de un bebeluş. Un copil e un copil. Voi avea un fiu sau o fiică, în sfârşit. Îl voi lăsa să se cațăre sus de tot în copaci şi voi fi pregătită să-l prind dacă va cădea.

7.

Dragul meu Elijah,

În timp ce scriu aceste rânduri văd țâșnind din pământ culorile primăverii. De aici pot vedea totul, din umbra acestui copac, așezată la „pupitrul" meu, cum obișnuiesc să spun. Îmi place să privesc în depărtare. Mai ales în această perioadă a anului. Lucrul cel mai frumos în Anglia este, desigur, primăvara, care ne amintește că aici după fiecare iarnă urmează flori și soare, cu bobocei de culoare și speranță. Cu un aer cum este astăzi — adiind suav pe obrajii mei, mirosind a lucruri atât de pure — și cu pajiștea așternută verde în fața mea, totul pare posibil. Chiar și în Anglia. Dar eu știu care este adevărul. Știu, bineînțeles, că după fiecare culoare urmează o alta și că după primăvară, vară și toamnă vine iarna, întunecoasă și rece ca un vis cumplit. În Nigeria nu este niciodată iarnă. Chiar și acum, în timp ce privesc primele semne minunate ale primăverii englezești, stomacul mi se face ghem când mă gândesc la ce-am lăsat acasă, și devine un ghem țepos ca un arici cuibărit în mine. Mi-aduc aminte totul, de parcă s-ar fi întâmplat într-un vis, noaptea trecută. Plecarea din Nigeria a fost cel mai dificil lucru cu putință. N-o să uit niciodată chipul mamei mele la aeroport, durerea din ochii ei, mai mare decât necuprinsul pământului. Dar eram tânără și entuziasmată, și plecam în Anglia. Îmi imaginam un loc minunat, unde toate lucrurile aveau gustul dulce al cerealelor pe care le mâncam în copilărie, la micul dejun.

Eu și Akpan aveam un mic apartament, unde era greu să faci curat și unde mirosea a șoarece mort, pe care, oricât ne-am căznit noi, nu am reușit să-l găsim. Locuiam la etajul opt într-un bloc înalt, cu lifturi pătate de urină. În Nigeria este mult mai curat. Aveam doi vecini: o ghaneză, îngrijitoare de copii fără autorizație, care reușea cumva să pitească vreo douăzeci de copilași ori de câte ori vreun reprezentant al autorităților îi bătea la ușă și să dea jos anunțul pe care scria: *O oră, o liră de copil.* I-am făcut cu mâna de câteva ori, dar foarte rar ieșea pe balcon, iar pe copii îi ținea în casă, cu perdelele bine trase și televizorul dat tare de tot. În apartamentul din partea cealaltă era mai liniște și mirosea mereu a banane prăjite, o aromă dulceagă și picantă în același timp. Veneau și plecau tot felul de bărbați, sau stăteau pe la ușă. Bărbați cu mutre rele. Genul de tipi care ar fi fost arestați în Lagos doar fiindcă arătau așa, cu priviri alunecoase și viclene, de parcă ar fi comis o crimă. Akpan mi-a spus să nu mă apropii de ușa aceea, fiindcă acolo stăteau niște oameni răi, dar, băiatul meu drag, aveam minte în cap și puteam să văd și eu asta. Îmi făceam cruce, ori de câte ori treceam repede pe-acolo. Dar oamenii aceia nu ne deranjau, așa că nu-i deranjam nici noi pe ei. Apartamentul nostru trebuia renovat urgent; covorul supraviețuise multor generații de locatari și modelul de pe el se ștersese aproape complet, însă curățenia este dumnezeiască, după cum știi, așa că mă străduiam din răsputeri, păstrând totul curat, umplând aerul cu miros de pilaf *jollof*[6]. Îl puneam pe Akpan să cumpere clor în cantități mari și șervețele într-un pachet galben, ca să scăpăm de mirosul de șoarece, măcar pentru câteva minute. Nu eram bogați și apartamentul nu era un palat, dar acele prime luni în Deptford au fost pentru noi fermecătoare și nespus de fericite. Trăiam împreună în norișorul nostru. Akpan venea de la serviciu și ne așezam amândoi pe balcon, privind peste Londra, în timp ce eu prăjeam niște banane și îi ascultam poveștile. Îi plăcea să îmi spună despre copilăria lui și despre jocuri, despre școală, unde i-a plăcut să învețe și unde a fost președintele clubului de șah. Am auzit de o biserică, Biserica Izbăvirii, care se afla pe strada principală, în capăt, lângă tarabele care vindeau haine, articole de baie, pungi de gunoi și pantofi sport; biserica era condusă de episcopul Fortune[7], un nigerian din Jos.

Biserica era frumoasă, platforma amvonului era plină cu cântăreți gospel, pardoseala lucea de curățenie și enoriașii nigerieni veneau în număr mare, îmbrăcați cu hainele lor cele mai frumoase. Când l-am întâlnit prima oară pe episcop, Akpan i-a strâns mâna cu atâta entuziasm, încât am crezut că o să i-o rupă, dar episcopul a râs.

— Bine ați venit! Bine ați venit, a spus el. Eu sunt episcopul Fortune Oladipo Jerusalem Pilgrim, la dispoziția dumneavoastră, domnule! Dacă musulmanii, frații și surorile noastre, pot avea Mecca lor, atunci noi de ce n-am putea?

Akpan râsese și se luminase ca o stea. Venise acasă cu o carte de vizită pe care i-o dăduse episcopul și pe care a

6 Fel de mâncare tradițional nigerian. (*N. red.*)

7 „Avere", dar și „Soartă" (engl.). (*N. red.*)

prins-o cu plastilină adezivă pe perete deasupra patului nostru:

Episcop Fortune Oladino J. P. (Doctorul de Suflete).
Proprietar şi administrator al Bisericii Izbăvirii,
41 Hill Street, Deptford —
unde Diavolul
NU ESTE BINE-VENIT.

Luptând împotriva răului cu puteri date de Dumnezeu
de Episcopul Fortune Oladino
este de vânzare, cu 4,99£, la Librăria Evanghelică,
Londra, SE5 7RY

Mergeam tot timpul la biserica aceea, Elijah. Eram foarte impresionaţi când vedeam automobilele patru-ori-patru parcate afară, ceasurile Rolex strălucind la mâna bărbaţilor din parohie. Dar episcopul ne impresiona cel mai mult: purta alt costum de mătase de fiecare dată când îl vedeam, şi avea renumele că exorcizează duhurile rele.

— Are avion personal, a şoptit cineva din parohie, un bărbat elegant, în timpul predicii de duminică. Omul acela purta întotdeauna vestă, şi Akpan îl saluta mereu cu un semn din cap.

— Îl foloseşte ca să zboare în Nigeria ori de câte ori are chef.

Pe mine lucrurile acestea nu mă mirau deloc, Elijah. Şi unchiul Pastor era un făcător de minuni, care pe-atunci ajunsese celebru şi, totodată, foarte bogat. Avea patru televizoare mari cât nişte tărăboanţe, un cârd de Mercedesuri, iar costumele lui de haine erau importate direct din Italia. Unchiul Pastor fusese cel care ne cumpărase casa aceea mare şi uniformele de şcoală, întrucât din salariul de muncitor mecanic al tatei de-abia dacă am fi putut să luăm cratițele măicuței, iar bunicii mei erau prea bătrâni ca să mai poată munci. Unchiul Pastor înfăptuia miracole la Pastorii Succesului Garantat. Predicile lui erau concerte cu cea mai grozavă muzică interpretată vreodată. Programul de noapte „Spiritul Sfânt" de la lăcaşul Pastorii Succesului Garantat atrăgea mulțimi de oameni, care se îmbulzeau claie peste grămadă; deşi biserica era imensă cât un hangar de avioane, pur şi simplu nu era loc destul pentru toți. Femeile care nu aveau loc să salte pe podea se văitau în gura mare. Ce teatrale erau femeile din biserica la care mergeam eu în copilărie. Iar episcopul îmi amintea de ele, de femeile acelea şi de Unchiul Pastor, de familia mea.

Poate o să ți se pară ciudat, Elijah, că eram atât de impresionați de un slujitor al lui Dumnezeu, atât de bogat, dar ăsta e adevărul. În Nigeria existau pastori care aveau propriul lor canal de televiziune, o coloană întreagă de Mercedesuri, avioane particulare, bodyguarzi, şi care erau milionari, unii chiar miliardari. Erau mai cunoscuți decât vedetele de cinema sau decât starurile pop, mai cunoscuți decât mulți regi şi preşedinți. Se îmbrăcau cu haine de lux aduse din import, costume de mătase italieneşti sau de la mari case de modă, cum ar fi Dolce & Gabbana, Gucci, Moschino; iar pantofii lor erau din piele de crocodil, sută la sută. Oamenii ăia erau atât de eleganți şi strălucitori, atât de spilcuiți, încât parcă şi Rolexurile de la mâinile lor îşi pierdeau strălucirea. Şi nu mă refer doar la unchiul Pastor, deşi era celebru şi avea o parohie cu milioane de enoriaşi, ci şi la alții, care aveau propriile studiouri de înregistrare. Erau atât de faimoşi, încât lumea, mai ales femeile, leşinau, ţipau şi stăteau la coadă toată noaptea, doar ca să-i zărească trecând în viteză în noile lor BMW-uri, ultimul răcnet. Aceşti oameni sunt motivul pentru care BMW aduce seriile noi de automobile în Lagos, înainte de oricare alt loc. Bogăţia lor eu nu o pot cuprinde cu mintea.

Elijah, se ştie prea bine cum se îmbogăţesc pastorii, cum iau ei zece la sută din veniturile enoriaşilor, cum enoriaşii sunt nevoiţi să dea aceste zece procente, acest bir la cutia milei, pentru a ajuta la întreţinerea bisericii. Este complicat să-ţi explic toate astea ţie, care nu cunoşti decât Anglia şi bisericile în care vin cel mult şase persoane, duminica, şi în care se cântă groaznic. Elijah, biserica nigeriană este pastorul, or, cine ar vrea să facă parte dintr-o biserică unde enoriaşii nu cred în Dumnezeu suficient de mult încât să aibă grijă ca pastorul lor să o ducă bine? Orice nigerian ştie că aceşti bani se vor întoarce înzecit. Am văzut asta cu ochii mei, de nenumărate ori. Şi realitatea este, Elijah, că atunci când eşti aşa de sărac, trebuie să calci peste cadavre ca să ajungi la piaţă fiindcă nu poţi plăti înmormântarea unui străin; când eşti atât de sărac, Elijah, visul în care ai două Ferrari este la fel de realizabil ca visul de a avea şosele bune sau hrană pentru toţi vecinii, sau asistenţă medicală. În viaţă obţii ce ai semănat, iar rugăciunea nu-i nici ea altfel.

Îţi explic toate astea, Elijah, ca să poţi înţelege un pic. Fiind englez acum, va fi dificil pentru tine, dar eu mă rog la Dumnezeu ca într-o bună zi să ajungi în Nigeria şi să mergi la biserică acolo, să-i vezi pe pastori predicând şi să vezi milioanele de oameni ascultându-i şi aruncând cu bani la picioarele lor — bani pe care ei nu-i au, pe care nu şi-i pot permite. Dar dacă te duci cu aceşti oameni acasă la ei, vei mai înţelege ceva; de ce nu se pot încumeta să nu plătească?

Am început să ne obişnuim cu apartamentul nostru, să ne placă să trăim acolo, în lumea noastră, stând de vorbă până noaptea târziu, în şoaptă, cu capul pe pernă. Akpan îmi alunga toate neliniştile. Când am văzut prima oară maşina roşie şi i-am observat pe bărbaţii dinăuntru că se uitau în sus, spre balconul nostru, Akpan m-a convins că mi se pare. M-a tras spre el şi m-a sărutat, câte un sărut pentru fiecare nelinişte de-a mea.

— Nu e nimeni acolo.

S-a uitat afară pe fereastră şi jos, pe stradă, unde văzusem maşina roşie, se zărea ceva negru, îndreptat în sus. Un aparat de fotografiat? De ce să vrea cineva să pozeze apartamentul nostru?

— Crede-mă, nu e nimeni acolo.

Akpan mă mângâia pe ceafă cu vârful degetelor.

— Iubito, te frămânţi prea mult. Chiar dacă ar fi o maşină care să ne urmărească, eu am toate actele în regulă. O urmăresc pe îngrijitoarea de copii. În Anglia trebuie să-ţi iei autorizaţie, pentru ca statul să-ţi ia cea mai mare parte din câştig. Te rog, încearcă să nu-ţi mai faci griji.

— O să încerc. Nu vreau să-ţi faci griji pentru că îmi fac eu griji!

Am râs amândoi. Şi ce mult îl iubeam. Îl iubeam atât de mult. Când dormea, îi citeam din însemnările mele, trimiţând în visele lui cuvintele despre Nigeria şi Dumnezeu. Recitam psalmi şi poezii de dragoste egiptene. Elijah, tu erai deja înăuntrul meu, dar Akpan nu ştia asta. Era un secret al nostru — tu, eu şi Dumnezeu. Simţeam o moliciune caldă rotindu-se în mine, Dumnezeu murmurând în trupul meu. Îți vorbeam tot timpul, îți cântam cântecele din copilăria mea. Mă simțeam deopotrivă bătrână şi fetiță; totul părea atât de clar, chiar şi cenuşiul Angliei părea frumos. Eu şi Akpan ne iubeam tot timpul. Elijah, primele tale temelii au fost puternice şi sper că acele prime luni viguroase te vor ajuta. Când vântul va sufla tare, aşa cum sigur o va face, sper să nu te clatini decât un pic, aceasta este ruga mea.

8.

Era o zi mohorâtă. Lui Nikki nu-i era frig, dar vântul îi şfichiuia obrajii şi îi răvăşea părul în toate direcţiile. Aceasta era vremea care îi plăcea cel mai mult: o zi ca în Ţara Galilor, cum obişnuia să-i spună lui Obi. Bună pentru culturi. Privi în sus. Nu era exclus să plouă, dar pe ea n-o deranja să fie afară, chiar şi pe ploaie. Asta era partea cea mai frumoasă: să evalueze câinii care urmau să îşi găsească un nou stăpân; să le studieze şi să le analizeze, câteodată să le şi corecteze comportamentul; să capete încrederea lor; să vadă cum se transformă din nişte făpturi speriate, cu urechile pleoştite, care tresar la orice gest, în căţei veseli, zglobii care îi alergau fericiţi în întâmpinare. Era impresionant cât de repede se schimbau în bine sub o îngrijire atentă şi afectuoasă.

Nikki îşi începuse lucrul în domeniul activităţilor caritabile în departamentul pentru strângerea de fonduri, alături de colege elegante, perfect coafate. Toţi erau prietenoşi, dar cu timpul Nikki s-a trezit că îşi petrecea pauza de prânz alături de animale, şi nu de colegii de birou. După câteva cursuri şi o grămadă de ore de lucru efectiv a ajuns un coechipier valoros pentru cei de la secţia de redistribuire a câinilor din adăposturi. Continua să participe la toate evenimentele pentru strângerea de fonduri, şi aşa a ajuns să îl întâlnească pe Obi. Dar cel mai bine se simţea afară, în mijlocul căţeilor de care se ocupa. Îşi amintea zâmbind de seara când îl cunoscuse pe Obi. Era la Dorchester Hotel, un loc plin de lux şi ostentaţie, aşa cum şi-l imaginase şi, pentru prima dată, lui Nikki îi luase o după-amiază întreagă să se dichisească. Purta o rochie lungă de mătase verde ca jadul, cu spatele gol, şi pantofi cu tocuri foarte înalte; se pieptănase aranjându-şi meticulos părul rebel şi ajunsese cu zece minute mai târziu, cum era de bonton. Nikki avea calitatea de a intra uşor în vorbă şi se simţea foarte bine plimbându-se printre musafiri, cu un pahar de şampanie în mână, sigură pe ea şi calmă, când se gândea la câinii din adăpost şi la cât de mulţi bani va putea aduna. Şi pe urmă îl văzuse. Un bărbat chipeş, puternic, înalt, cu pielea catifelată şi un surâs larg, îmbrăcat într-un costum bleumarin. Îi zâmbise, iar ea se fâstâcise dintr-odată. Nikki dăduse brusc capul pe spate şi luase o gură de şampanie, dar cumva înghiţise aiurea, aşa că începuse să tuşească, înecându-se, scoţând sunete de-a dreptul inumane, pentru ca apoi, ca prin minune, cel mai chipeş bărbat din sală să apară lângă ea şi să o bată uşor pe spatele gol, degetele lui atingându-i pielea.

Căţelul de la picioarele ei, un stafford agitat, lătra, scheuna şi se învârtea în cerc, în jurul cozii. Nikki se dezmetici, trezindu-se în curtea de antrenament, învăluită de cenuşiul zilei. Rochia de mătase de odinioară cedase locul unor cizme pline de noroi, printre care se strecura căţelul musculos, alergând încolo şi încoace. Nikki râse.

— Gata, piticule, spuse ea. Ce zglobiu eşti tu azi!

Cățelul alergă spre ea și sări, făcând-o să-și piardă echilibrul, până când reuși să o lingă bine pe față.

— Nikki! La telefon!

Îl împinse la o parte și se șterse pe obraji. Încă amuzată, intră în birou ca să răspundă la telefon. Uneori, Chanel o mai suna la serviciu, ca să se plângă de una sau de alta, dar de data asta nu era vocea ei.

— Nikki? Ricardo la telefon. Îmi pare rău că te deranjez la serviciu, dar știam că n-o să te superi. Voiam să știu: sunteți acasă diseară?

Lui Nikki începu să îi bată inima atât de tare, încât aproape o durea. De ce sunase? Era oare vreo problemă cu cererea lor?

— Da, suntem acasă. E-n regulă totul?

— Păi, nu e nimic deosebit deocamdată, dar există un copil despre care voiam să discut cu voi. Un băiețel adorabil, care are nevoie de o familie cu totul specială. Dar, cum spuneam, e o fază de început, așa că nu e cazul să ne entuziasmăm prea tare.

Nikki asculta toate cuvintele pe care le spunea Ricardo și privea afară pe fereastră la cățelul stafford de adineauri, care continua să țopăie și să se învârtească, exact cum îi sălta și ei inima în piept acum. Ricardo mai vorbi încă vreo cinci minute, dar lui Nikki nu-i răsunau în cap decât cuvintele „există un copil", repetându-se amețitor: existăuncopilexistăuncopilexistăuncopilexistă uncopilexistăuncopilexistăuncopil.

Mai târziu, pe seară, l-au zărit pe fereastră pe Ricardo care parca afară. Din mașină răzbătea prin geamul deschis o muzică tehno dată tare de tot, care a încetat după câteva secunde, când Ricardo a oprit motorul. Apoi, l-au văzut pornind pe alee spre casa lor; purta o pălărie cu boruri atât de largi, cum Nikki nu mai văzuse niciodată, încât, cu tot stresul şi toată importanţa vizitei, cu greu te puteai abţine să nu pufneşti în râs. Pălăria îi stătea pe cap ca o umbrelă în miniatură şi, văzându-l venind spre uşă, Obi o strânse tare de mână şi tuşi cu subînţeles. Îşi ţinea respiraţia, căznindu-se să nu râdă. Dacă ar fi izbucnit în râs, Nikki s-ar fi supărat rău pe el. Totul depindea de această vizită.

— Salutare, drăguţilor, spuse Ricardo, întinzând un braţ de sub cupola pălăriei. Mulţumesc că aţi acceptat să ne vedem astăzi.

— Salut, hai înăuntru.

Nikki se trase în spate, ca să îi lase pe Obi şi Ricardo să intre în casă. Pregătise deja fursecuri şi chec, suc de fructe şi un ceainic fierbinte în camera de zi. Ricardo intră, se aşeză şi îşi smulse pălăria de pe cap dintr-o singură mişcare.

Sub pălărie, părul lui era albastru.

Nikki şi Obi se holbară la el, timp de o veşnicie parcă, iar liniştea se cuibări în toate cotloanele camerei. Nikki vru să spună ceva, dar nu reuşi să scoată niciun cuvânt. Obi începu să râdă, ţinându-se de burtă: un râs hohotitor, fără nicio reţinere. Lui Nikki îi venea să plângă. Oricât de mult îl iubea pe Obi, tot simţea uneori nevoia să-l strângă de gât. Dar, de fapt, şi ea era pe punctul de a pufni în râs.

— Oh, asta, zise Ricardo, trecându-şi mâna prin păr şi râzând amuzat. Îmi cer scuze. Culoarea e mult mai stridentă decât voiam eu.

Apoi râse din nou, iar Nikki se uita la cei doi bărbaţi cum se hlizeau şi chicoteau ca nişte puştani, şi îşi imagina cum fericirea ei plutea în aer între ei, ca o pasăre colibri, prea iute şi prea măruntă pentru ca ei să o poată observa.

— Dar, serios acum, probabil că arăt foarte neprofesional. Însă eu sunt foarte bun profesionist de felul meu, pe cuvânt! Ar fi trebuit să se decoloreze la spălat. Oricum, nu trebuie să te iei niciodată după ceea ce scrie pe pachet... Nu se-ntâmplă mereu cum zice pe cutie!

Şi Ricardo îşi dădu capul pe spate, hohotind cu behăieli întretăiate, tot la câteva secunde.

— În regulă, zise Obi, aşezându-se jos în cele din urmă, după ce reuşise să se oprească din râs. Vrei nişte ceai?

— Minunat, a răspuns Ricardo.

Nikki se aşeză pe fotoliul din cealaltă parte a mesei, încercând să nu se uite la părul de un albastru electric sau la pălăria gigantică de pe canapea, care arăta ca farfuria unei antene satelit. Încerca să se concentreze la imaginea unui copil, la imaginea lor ca părinţi.

Ricardo a băut ceai şi a mâncat trei felii de chec, umplându-se tot de firimituri. Nikki aproape că putea auzi gândurile lui Obi: *Cum să avem încredere într-un om care arată aşa, cu părul albastru?! Cum poate fi omul ăsta un asistent social cu experienţă?*

— Cum ziceam mai devreme, există un copil şi ţin să vă spun că voi doi aţi fi foarte potriviţi pentru drăgălaşul de Elijah. Am adus cu mine dosarul cu toată documentaţia, ca să vă puteţi uita prin el, dar cred că nu include toate detaliile. Însă, desigur, pot eu să vă furnizez amănuntele care v-ar interesa. Este un băieţel de şapte ani absolut adorabil. Bineînţeles, sunt multe lucruri pe care trebuie să le discutăm, factori care ar putea afecta comportamentul lui pe viitor, spuse el, apoi tăcu preţ de câteva clipe. Au fost câteva incidente legate de conduita lui în trecut. E posibil să fi fost implicat într-un incendiu sau chiar să fi încercat să îi facă rău unuia dintre ceilalți copii aflați în grija asistenților maternali, la ultimul domiciliu pe care l-a avut.

Pe chipul lui Obi nu se citea nimic. Dar chiar şi aşa Nikki ar fi putut jura că, involuntar, buzele lui încercau să se arcuiască într-un zâmbet.

— A avut parte de nişte experiențe cumplite, însă pare să-şi revină. A suferit multe traume, nenumărate mutări şi abuzuri — a fost neglijat şi maltratat chiar, iar mama lui naturală a trecut printr-o serie de afecțiuni psihice, unele dintre ele fiind probabil genetice. Ştiu că e greu de acceptat un dosar cu asemenea probleme; oricum, noi de fapt nici nu am avut în vedere posibilitatea ca Elijah să fie încredințat spre adopție; căutam inițial nişte asistenți maternali la care să poată rămâne pe termen lung. Totuşi, a făcut progrese remarcabile în urma terapiei, ceea ce ne determină să credem că s-ar adapta bine într-un mediu familial autentic. Mai precis, alături de o familie potrivită pentru el. În ceea ce priveşte relațiile personale, deocamdată este vorba doar de un schimb de scrisori, însă, în mod ideal, am dori să existe un contact direct, față în față, de două ori pe an. Mama naturală a fost îndemnată să înceapă să-i scrie, dar nu ştiu deocamdată cum va evolua acest lucru. Dacă scrisorile nu sunt corespunzătoare pentru vârsta lui sau l-ar putea tulbura în vreun fel, le vom păstra şi i le vom da când va fi mai mare. Până atunci, am rugat-o să trimită cărți poştale sau să scrie lucruri mai generale, pe înțelesul lui. Oricum, dați-mi voie să vă povestesc despre băiat, Elijah, dragul meu Elijah.

Ricardo zâmbi, iar Nikki simți cum i se lua toată povara de pe suflet.

— Elijah este un copil fermecător, cu multă personalitate. Adoră animalele, aşa că, Nikki, voi doi aveţi multe în comun. Îi place tot ce are legătură cu natura. Îi place să înveţe despre diferite habitate. Îngrijitorul maternal care se ocupă acum de el spune că e pasionat de documentare despre istoria naturală. Are o colecţie întreagă de cărţi despre animale, prin care îi place să se uite adesea. Nu ştie să citească şi a rămas în urmă cu şcoala, dar asta este mai degrabă consecinţa împrejurărilor, şi nu vreo deficienţă personală, preciză Ricardo, zâmbind din nou. Bun, voi trebuie să fiţi conştienţi de faptul că educaţia şi creşterea lui vor fi probabil cea mai dificilă sarcină pe care aţi avut-o vreodată în viaţă. Iar noi ne aşteptăm să lăsaţi orice la o parte ca să-l îngrijiţi cum se cuvine. Ştiu că am mai discutat despre asta, dar insist şi acum: va trebui să stai acasă, Nikki.

— Şeful meu a zis că pot avea un program de lucru flexibil, spuse Nikki, uitându-se la Ricardo. Să fie alături de căţeii săi făcea parte din ceea ce era ea.

— Aş putea lucra câteva ore pe zi, cât timp Elijah e la şcoală.

Obi se uită în ochii ei.

— Bineînţeles, vei sta acasă dacă aşa trebuie, spuse el.

Nikki încuviinţă din cap:

— Bineînţeles.

Ricardo sorbi din ceai.

— S-ar putea să iasă bine. Dar sunt atâtea lucruri la care trebuie să ne gândim, atâtea lucruri pe care trebuie să le discutăm. Dacă mergem mai departe, va trebui să vă prezentaţi în faţa unei comisii de evaluare, formată din experţi care vor stabili dacă sunteţi potriviţi ca părinţi pentru băiat. Foarte rar se întâmplă să apară respingeri în această fază. Şi, oricum, Elijah este un caz foarte special, aşa că probabil va mai fi cel mult încă o familie în discuţie în afară de voi. Ricardo se încruntă.

— Elijah are dificultăţi în a separa fantezia de realitate. Ba chiar spune că este un copil afurisit, un copil rău. Am demarat o anchetă, să vedem dacă nu cumva a fost supus unor abuzuri ritualice.

Abuzuri ritualice. Nikki simţi că i se face inima cât un purice. Ce însemna asta?

— Pare grav, îngăimă ea.

— Păi, chiar este, dar nu ştim nimic clar deocamdată. Cât despre faptul că Elijah spune despre el că e rău, părerea mea este că i s-a băgat în cap acest lucru, că el e un copil rău şi afurisit, de aceea are această convingere, nu pentru că ar veni de undeva din el însuşi. Veţi vedea. Există un fel de tipar recurent. Comportamentul lui Elijah devine problematic şi se agravează doar când se întâmplă ceva rău — cu mama lui naturală sau în casa unde a fost plasat spre îngrijire —, ceea ce pare explicabil, însă, evident, problema trebuie abordată cu multă atenţie. Vedeţi, aşadar, că va fi mult de lucru cu el, ceea ce înseamnă că este nevoie să aveţi disponibilitatea de a renunţa imediat la serviciu în cazul în care are o zi proastă sau dacă se întâmplă ceva la şcoală.

— Bineînţeles. Suntem absolut pregătiţi pentru asta, zise Obi, aplecându-se în faţă şi punând o mână pe genunchiul lui Nikki. Şi suntem implicaţi amândoi, în egală măsură. Aş putea şi eu să-mi iau liber de la serviciu în anumite cazuri speciale.

Munca lui Obi era importantă, el avea de-a face cu refugiaţi care abia sosiseră în ţară, oameni speriaţi şi singuri, adesea traumatizaţi fizic şi psihic. Nikki ştia că mai ales ea trebuie să se ocupe de copil. Îşi aminti de mama aceea pe care o văzuse în parc, cea care îi dăduse voie băieţelului ei să se caţăre sus de tot în copac, păzindu-l de jos, cu mâinile întinse, gata să îl prindă. Putea face şi ea acest lucru. Puteau face împreună asta. Erau atât de aproape de momentul înfierii unui copil.

— Dar dacă noi nu suntem, totuşi, o familie potrivită pentru el? întrebă Nikki. Spuneai că s-ar putea să fim singurii solicitanţi?

— Da, e cam complicat. Dar, în esenţă, e posibil ca Elijah să fie acum la vârsta în care un cămin e poate mai adecvat pentru el decât o ambianţă familială.

— Te referi la un cămin de copii?

— Nu sunt chiar atât de odioase pe cât s-ar crede, spuse Ricardo. Iar pentru unii copii viaţa de familie poate fi efectiv de neconceput. E posibil ca Elijah să se îndrepte spre această variantă, iar lumea nu prea doreşte să înfieze copii mai mari...

— Are şapte ani, zise Obi.

— Ştiu. Pare o nebunie, nu-i aşa? Însă Elijah a fost deja mutat dintr-o casă în alta, ceea ce e posibil să-i fi afectat capacitatea de a se ataşa de cineva. Şi a locuit cu mama lui naturală până la vârsta de cinci ani. Nu vreau să zugrăvesc un tablou întru totul negativ, însă Elijah va întâmpina dificultăţi majore şi voi trebuie să fiţi pregătiţi.

— Şapte ani, repetă Obi, scuturând iar din cap.

— Este important să nu uitaţi că toţi copiii care au nevoie de adopţie vor avea necesităţi speciale, de un gen sau altul. Absolut toţi. Iar factorul-cheie pare să fie capacitatea lor de adaptare; desigur, Elijah pare extrem de flexibil. Ricardo a făcut o pauză.

— Celălalt factor important este faptul că Elijah va trebui să fie singurul copil în familia lui adoptivă. Ştiu că, din punct de vedere medical, nu sunteţi neapărat în situaţia de a face un copil, dar am ţinut totuşi să subliniez acest lucru, din cauza acestei posibilităţi infime. Nu ştiu cum s-o subliniez mai bine. Nu am fi început acest demers dacă voi aţi fi intenţionat să faceţi un copil în viitorul apropiat. Poate când va fi mult mai mare, în funcţie de modul în care va evolua, aţi putea lua în considerare acest aspect, însă este nevoie să treacă o bună bucată de timp, fiindcă altminteri Elijah ar avea de suferit lângă voi, ca părinţi adoptivi. De prea multe ori a fost mutat dintr-o casă în alta şi de prea multe ori a fost abuzat, ca să mai accepte acum să-şi împartă părinţii cu altcineva. Are nevoie să fie îngrijit ca un copil de vârstă mult mai mică, din moment ce i-a lipsit acest gen de experienţă, aşa că este foarte pretenţios din punct de vedere emoţional.

— Nu intenţionăm să facem un copil, spuse Obi. Nu e cazul. Nu am mai putea trece niciodată prin ce-am pătimit atunci.

— Mai mulţi doctori ne-au spus asta, zise Nikki. Mi-au spus că, după naşterea fătului mort, ar fi foarte greu, dacă nu chiar imposibil, să mai rămân gravidă. Şi, oricum, şi dacă n-ar fi vorba de asta, iau contraceptive ca să-mi reglez ciclul. Aşa că nu se pune problema să facem un copil.

— Bun, am lămurit acest aspect, zise Ricardo, aplecându-se în faţă. Consider că v-aţi gândit să faceţi un lucru extraordinar. Mi-ar plăcea şi mie să înfiez un copil, într-o bună zi, în Brazilia. Cred că şi eu aş opta tot pentru un copil mai mare, adăugă el, după care începu să vorbească din nou despre Elijah. Cel mai frumos băieţel, spuse el. Cel mai dulce, cel mai blând, continuă el, şi expresia de pe chip i se schimbă, de parcă Elijah ar fi fost un bun prieten de-al lui, sau chiar o rudă apropiată.

Nikki înțelese că Ricardo îl îndrăgea pe băiat şi că pălăria sau părul albastru nu aveau nicio importanță. Ricardo îl iubea pe băiețel.

— Vreți să vedeți o fotografie, înainte de a ne ocupa de documentația din dosar?

Nikki începu să respire sacadat, inima îi bătea foarte repede. Iată-l, acum, dintr-odată, în fața ochilor lor: un băiețel zâmbăreț, cu gropițe în obraji şi dințişori mărunți.

— Ce are pe frunte? arătă Nikki spre fotografie.

Era un semn, ca o linie.

— Are o mică cicatrice de la un incident, când a trebuit să fie internat în spital. A trebuit să facă o mică operație şi altercația nu a fost lămurită nici până azi, însă acum e bine. Nu are nicio problemă de sănătate.

— OK, spuse Nikki.

Era doar o mică cicatrice.

— E foarte frumuşel! se minună Obi.

Nikki studie ochii lui Elijah şi, pentru o fracțiune de secundă, încercă să-şi imagineze ce văzuseră probabil ochii aceia, şi tot ce-şi dorea acum era să-l țină în brațe. Îl prinse strâns de mână pe Obi şi se uită drept la Ricardo:

— Îți mulțumesc, spuse ea.

9.

Elijah mai fusese de patru ori acasă la Nikki şi Obi, în perioada de acomodare iniţială, însă nimic nu i se păruse real. De fiecare dată, Elijah stătea la ei două nopţi, după care se întorcea acasă la Nargis şi discuta cu Ricardo înainte de a reveni la ei. Acum era 14 iulie, iar Elijah se mutase la ei. Definitiv. Chiar şi atunci când Ricardo îi spusese că i-a găsit o familie pentru totdeauna, adică nişte părinţi la care putea să rămână până devenea adult, lui tot nu i se păruse ceva real. Obi semăna un pic cu Mama şi chiar dacă Nikki nu semăna deloc cu ea, avea o figură blândă. Calmă şi lină. Ca apa, dacă stăteai complet nemişcat în cadă.

Când se gândea la Mama, lui Elijah îi venea să se facă ghem şi să nu se mai desfacă niciodată. Dar Ricardo zâmbise şi îi spusese că totul avea să fie bine.

— Meriţi să iubeşti pe cineva şi să fii într-o familie care să te ocrotească. Eşti un băiat bun, Elijah, care merită să aibă o familie iubitoare.

Se uitase din nou la fotografie şi căutase, şi căutase. Ricardo îi spusese tot timpul, în perioada vizitelor de acomodare, atunci când rămânea acolo şi câte două nopţi:

— Te vei simți minunat, crede-mă. Este o alegere potrivită. Dar nimic nu i se păruse real. Singurele lucruri reale pentru el erau vrăjitorul şi dragostea Mamei, vocea ei în mintea lui: *Noi ne aparținem unul celuilalt, tu şi eu, de-a pururi şi dincolo de veşnicie chiar.*

Acum era aici, dormind în noul lui pat, în noua lui cameră, în noua lui casă, cu noua lui familie, şi cu toate astea el nu se gândea decât la Mama. Oare ea ştia că el era acum în casa altei femei? Ricardo îi spusese că Mama era prea bolnavă ca să poată primi o vizită în acel moment, deşi ar fi fost de dorit să existe o întâlnire de rămas-bun.

— Aşa o numim noi, îi spuse Ricardo. Ştim că te vei întâlni cu Mama de două ori pe an.

Întâlnire de rămas-bun.

De două ori pe an.

Mama o să-şi dorească să moară.

— Poate să-ți facă bine, cred, îi spuse Ricardo, dacă îi vei striga pe Nikki şi Obi „mami" şi „tati". Nu este potrivit pentru orice copil, dar eu te cunosc foarte bine, Elijah, şi dacă vei putea face asta cred că îți va fi de folos.

Se uitase la fotografie iarăşi, şi iarăşi, şi iarăşi, în ultima lună. Mami şi tati. Nu va putea niciodată să-i numească aşa. Dar Nikki şi Obi îi spuseseră că era OK. I-au zis că, dacă le va spune Nikki şi Obi pentru totdeauna, ei nu se vor supăra, pentru că a fi mami şi tati însemna mult mai mult decât un nume. Şi Chioma i-a spus că putea să le spună cum voia el. Cu condiția să nu fie un cuvânt urât, îi zisese ea. Şi zâmbiseră amândoi. Acum vreo trei şcoli, întâlnise un băiat care înjura tot timpul şi, odată, Elijah îl întrebase ce însemnau înjurăturile acelea, dar se trezise chemat în biroul directorului, pentru că vorbise urât. Directorul nu zâmbea, dar zâmbetul Chiomei nu arăta niciodată vreo supărare. Elijah se gândea că şi dacă ar fi spus în gura mare cuvântul cu „f", ea tot ar fi zâmbit şi l-ar fi îmbrăţişat.

Dar nici măcar zâmbetul Chiomei nu-l putea opri pe Elijah să se gândească la acel „pentru totdeauna". „Pentru totdeauna" era ceva înspăimântător. Dacă vrăjitorul îl împingea să facă un lucru rău? Întunericul era mai întunecos, iar dimineaţa părea atât de departe. Nikki îi pusese pe pat o pijama imprimată cu dinozauri. Elijah ura dinozaurii; lui îi plăceau creaturile vii, respirând la lumina zilei, supravieţuitoare, nu dihăniile care umblaseră pe pământ cu vrăjitorii şi muriseră acum un milion de ani, dar ştia că ar necăji-o pe Nikki dacă i-ar spune, or, el nu putea suferi să necăjească pe cineva, mai mult chiar decât nu-i putea suferi pe dinozauri. Aşa că s-a îmbrăcat cu pijamaua şi s-a urcat în pat, trăgând plapuma peste el; vedea cum toate contururile din întuneric prindeau forma unor dinozauri şi începeau să se mişte, mârâind şi zburând prin camera lui. După câteva minute, cineva a bătut uşor la uşă.

— Elijah, te-ai îmbrăcat? Pot să intru?

Nikki a intrat în cameră şi s-a aşezat în genunchi pe podea, lângă patul lui. Mirosea frumos şi proaspăt, ca aerul de-afară. Purta cerceluşi care sclipeau şi îi aminteau lui Elijah de un joc pe care îl jucase cu Mama, în care fiecare trebuia să prindă cele mai frumoase stele.

— Vrei să-ţi spun o poveste?

Elijah se întinse şi deschise ochii. Ridică privirea spre raftul cu poveşti care aşteptau să fie citite. Nikki se ridică şi luă o carte.

— Asta este o poveste tare frumoasă. Se numeşte *Micul prinţ*.

Elijah zâmbi în întunericul difuz din cameră. Mama îi spunea lui uneori „micul prinț".

Nikki i-a citit un capitol întreg, despre un băiețel căruia îi plăceau desenele cu animale şi care a găsit un desen cu un şarpe boa, preferatul lui Elijah. Când Nikki i-a arătat imaginea cu un şarpe boa înghițind un animal, Elijah a rămas cu gura căscată. Îi venea să se tot uite la desenul ăla şi să tot asculte povestea, mereu, mereu. Nikki avea o voce duioasă şi frumoasă, care îl făcea pe Elijah să nu se mai simtă atât de îngreunat la trup. Dar Nikki a închis cartea.

— Vrei să stau cu tine până adormi? Mă gândesc că ți-e frică poate să dormi aici, când ştii că te-ai mutat definitiv în casă.

Elijah văzu că dinții îi erau atât de încleştați, încât între ei nu mai rămânea niciun pic de loc.

Scutură din cap. Probabil că era obosită şi, chiar dacă i-ar fi plăcut să mai stea cu el, Elijah ştia că de fapt ea nu voia asta. Îşi dădea seama fiindcă vedea cum Nikki arunca priviri spre uşă şi auzea cum îi tremura un pic vocea, printre dinții încleştați. Avea umerii foarte drepți şi spatele alungit, chiar şi când era aşezată. Nu semăna deloc cu Sue, Linda, Marie, Nargis şi Olu. Părea frumuşică, dar nu la fel de frumoasă ca Mama. Mama era aşa de frumoasă pentru că era un înger. Nikki era, probabil, un înger mai tânăr, un înger ucenic. Trebuia să aibă grijă să nu-i placă de ea. Nu era bine pentru el să-i placă de ea. Puterile lui erau foarte slăbite, însă tot ar reuşi să o ardă cu laserul din ochi sau să îi preschimbe pielea în plumb topit. Se uită la chipul ei, căutând o trăsătură urâtă asupra căreia să se concentreze, dar nu găsi nimic. Pistruii erau frumoşi, iar Elijah observă cum îşi schimbau culoarea. Când Nikki era cu adevărat entuziasmată sau fericită, pistruii se întunecau, iar când era liniştită şi părea un pic tristă pistruii se deschideau la culoare. Mama i-a spus că Dumnezeu trimitea pe pământ îngeri care îi sărută pe oamenii deosebiți şi că săruturile lor erau atât de puternice, încât fiecare lăsa în urmă un semn pe care oamenii îl numeau „pistrui". Mama spunea că puteai să ai încredere în oamenii cu mulți pistrui.

— Vrei să vorbim despre ceva anume? Sau vrei să mă întrebi ceva? Cred că am citit destul în seara asta, dar dacă vrei aş putea să îți cânt ceva, deşi trebuie să te previn, nu mă pricep prea bine la cântat.

Ochii ei poposiră asupra lui Elijah. El nu-şi amintea cum suna vocea celor pe care-i auzise cântând. Mama obişnuia să-i cânte mereu, dar el nu reuşea să-şi aducă aminte cum suna vocea ei în inima lui. În el era un pustiu atât de vast şi adânc: golul pe care Mama îl umplea cândva.

Nikki rămase nemişcată pentru câteva momente şi apoi îl bătu uşor cu palma pe Elijah peste plapumă şi ieşi din cameră.

— O să las veioza asta aprinsă şi, dacă ai nevoie de ceva peste noapte, vino direct în camera noastră. N-o să ne deranjezi. Dacă visezi urât sau te simți un pic singur, trezeşte-ne, nu-i nicio problemă. OK? spuse ea, şi vocea îi tremura. Într-un minut o să vină şi Obi să-ți spună noapte bună.

În timp ce se îndepărta, Elijah o auzi fredonând. Apoi, Nikki întoarse capul. Se forță să-i zâmbească, deşi îi venea să plângă. Nu voia ca ea să-şi facă griji şi să nu poată să doarmă din cauza asta, pentru că nu-i prea grozav să nu poți dormi. De multe ori, Elijah nu putea să doarmă şi ştia cât de groaznic este, cât de încet trece timpul. În nopţile când somnul îl ocolea, strângea ochii atât de tare, încât vedea îndărătul pleoapelor tot felul de forme şi culori mişcătoare. Avea senzaţia că se afla în interiorul unui şarpe boa, care urma să-l mistuie complet. Ştia că trebuia să aştepte foarte mult timp până când din corpul lui nu va mai rămâne nimic altceva decât praf.

Apoi a venit Obi. Avea braţe groase ca nişte picioare şi dinţi mari, de rechin. Dar nu părea deloc rău. Inima lui Elijah bătea cu repeziciune. Dar Obi se aplecă de sus, de la înălţimea lui, şi îşi apropie faţa de faţa lui, până când îi simţi răsuflarea. Aerul dintre ei se încălzi. Apoi, Obi îşi sărută mâna gigantică şi atinse uşor de tot obrazul lui Elijah, cu locul unde îşi aşezase sărutul:

— Noapte bună, Elijah, spuse el, după care plecă. Elijah stătea lungit în pat, nemişcat, dar inima lui continua să bată cu putere. Începu să se roage. „Dragă Dumnezeu, te rog, spune-i Mamei unde sunt. Te rog, ajută-mă să mă lupt cu vrăjitorul. Amin." Totul era straniu. Chiar şi cu veioza aprinsă, întunericul era prea dens şi dimineaţa prea departe. Elijah simţi cum scapă din el ceva umed şi ştiu că Nikki şi Obi vor simţi mirosul şi, probabil, îl vor izgoni din casă. Roşeaţa i se întinse de pe obraji pe gât, până ce totul se făcu fierbinte ca focul. Închise ochii strâns şi o visă pe Mama. Dar în vis era noapte, şi Mama urla la lună, ca un lup, şi se zgâria pe faţă până se făcea urâtă de tot, şi nimic nu mai exista, nici chiar îngeri sau dinozauri.

A doua zi dimineaţă, Elijah s-a trezit târziu. Soarele se strecura printre draperii şi schimba culoarea camerei. Lângă patul lui era un ceas, care arăta 9:05. Ciuli urechile şi auzi zdrăngănit de vase şi râsete venind de la parter. Timp de câteva secunde ţinu ochii închişi şi o căută pe Mama, însă nu reuşi să o vadă acolo. Simţi în schimb mirosul ei: un amestec de banane prăjite şi ardei iuţi. Şi simţi cum îl pieptăna, descurcându-i cu grijă nodurile din păr şi ungându-l cu ulei de măsline pe pielea capului, apoi sărutându-l pe obraz şi spunându-i: *Micuţul meu, inima mea bate în acelaşi ritm cu a ta.*

Elijah se ridică încet, respirând pe gură. Îşi trase un halat de casă peste pijama şi înnodă strâns cordonul. Udătura se uscase, dar mirosul se simţea chiar şi prin halat. Dacă îl izgoneau, avea măcar consolarea că va veni Ricardo să-l ia. Coborî treptele încet, ţinându-se de balustradă. Pe pereţi erau fotografii, cu Nikki şi Obi, cu copii şi oameni bătrâni. Şi câini. Dar Elijah se opri să se uite doar la câini. Întinse braţul şi mângâie fotografia, plimbându-şi vârful degetelor peste faţa fiecărui căţel. Unii erau câini voinici, cu greabănul lat şi gâtul scurt, alţii erau murdari de noroi pe blăniţă, iar unul dintre ei ţinea o ureche în sus şi pe cealaltă pleoştită, de parcă s-ar fi mirat. Toţi ochii din poze îl urmăreau când trecea prin dreptul lor.

— Uite-l, spuse Nikki, stând în mijlocul bucătăriei, cu o tigaie în mână. Am pregătit porridge[8], am cumpărat sirop; avem şi afine. M-am gândit să mâncăm porridge astăzi, iar mâine, când vine tata pe la noi, să facem clătite, fiindcă lui îi plac enorm clătitele. Lui Obi îi plac cu unt, ceea ce mie mi se pare oribil, dar tu îţi alegi singur. Vrei porridge?

---

[8] Fulgi din cereale (de obicei ovăz) fierţi în lapte şi asezonaţi cu fructe proaspete, gem etc.; terci. (*N. red.*)

Elijah nu spunea nimic. Ştia că simţeau şi ei mirosul de urină. Nikki părea foarte supărată şi jignită. În cameră se lăsă liniştea câteva secunde, şi în aer se simţea doar mirosul urât de pe pijamaua lui. Obi trase un scaun şi Elijah se aşeză la masă. Braţele lui Obi păreau şi mai lungi acum, când purta doar un tricou. Avea în faţă un ziar şi o cană de cafea. În mijlocul mesei era o plantă cu floricele galbene, rotunde, pe nişte ramuri lungi şi subţiri ca degetele; toate arătau spre Elijah.

Nikki se lăsă în genunchi lângă el.

— Ai avut un mic accident, Elijah? Nu e nicio problemă. Hai cu mine, să ne spălăm repede, OK? Şi mai târziu, după micul dejun, poţi să faci baie în cadă.

Elijah roşi tot. Obi nu ridică deloc privirea de pe ziar, însă ochii lui nu se mişcau între cuvinte. Stăteau pironiţi pe un singur cuvânt tot timpul. Pe urmă, brusc, îşi ridică privirea, iar lui Elijah îi sări inima în piept; ochii lui erau atât de cafenii, ca o castană pe care Mama o găsise odată în parc, pentru el. Elijah îi zâmbi lui Obi, iar Obi îi zâmbi şi el.

Apoi o urmă pe Nikki pe scări, prin dreptul ochilor care se uitau la el, şi o lăsă să îi desfacă halatul. În baie, Nikki aşteptă ca Elijah să-şi dea jos pantalonii de la pijama, apoi umplu chiuveta cu apă caldă şi săpun, înmuie un burete în ea şi i-l dădu lui Elijah. Se spălă pe partea de jos a corpului, iar ea îi dădu un prosop.

— Acum e mai bine, spuse ea, pipăind tivul bluzei de la pijama. E încă udă un pic, spuse ea. Hai să ne spălăm repede şi până la brâu, OK?

Îi trase bluza peste cap. Brusc i se tăie respiraţia. Îşi duse mâna la gură, ca apoi s-o lase repede jos. Elijah mai văzuse şi altădată privirea aceea, atunci când cineva îi vedea pentru prima oară semnele de pe corp. Spatele şi pieptul îi erau acoperite cu zigzaguri de linii în diferite nuanţe, mai închise sau mai deschise, umflături denivelate şi pete circulare: puncte de tegumente decolorate.

Elijah privea drept în faţă. Nu voia să se uite la semnele de pe el. Nu voia să se uite la chipul lui Nikki, plin de întrebări. Îşi trase halatul în jurul corpului, însă cordonul căzuse pe jos.

— Oh, Elijah, spuse ea, întinzând o mână spre el. Cine ţi-a făcut asta?

Leviticul, 20:27: *Bărbatul sau femeia care va chema morţi sau care va face vrăji, cu moarte să moară: cu pietre să-i ucideţi, că vinovaţi sunt!*[9]

Elijah îşi amintea exact cuvintele pe care le auzise de nenumărate ori, fiindcă îl forţaseră să le înveţe pe de rost şi să le spună cu voce tare, până îl durea gâtul. Simţea cum vrăjitorul îi dădea târcoale, târându-se prin stomacul lui, furişându-se spre grumaz, pornind laserele din ochii lui. Dacă Nikki nu pleca de-acolo, vrăjitorul putea s-o ardă şi să o mănânce cu totul. Şi i-ar orbi ochii, ca să nu se mai holbeze aşa.

— Nu te mai uita la mine, spuse el.

Dar Nikki se uita în continuare. Mâna ei trecu peste pieptul lui, pe deasupra halatului, apoi coborî spre partea din spate a picioarelor, unde semnele nu mai erau atât de vizibile, dar, dacă te uitai atent, vedeai că pielea părea peticită; iar ochii ei se umplură de lacrimi, fiindcă ea nu putea iubi un băiat ca Elijah. Nu putea iubi un băiat cu semne pe corp. Nimeni nu putea asta. Elijah încerca să-l împingă înapoi pe vrăjitor, dar acesta înşfăcă

---

9 „Leviticul", cap. 20:27, în Pentateuhul, pag. 225, Editura Institutului Biblic şi de Misiune al Bisericii Ortodoxe Române, 1997, Bucureşti. (*N.t.*)

brațul lui Elijah și îl folosi ca să dea la o parte mâna lui Nikki. Nikki țipă ascuțit și sări înapoi, ținându-se de încheietura mâinii, frecând locul care o durea, dar tot continua să se holbeze, iar vrăjitorul era gata să se năpustească. Elijah voia s-o prevină. Deschise gura, iar cuvintele țâșniră afară.

— Diavolul umblă ca un leu răcnind, căutând pe cine să înghită[10]

Nikki căscă ochii mari și se schimonosi la față când vrăjitorul își folosi puterile ca să intre în corpul ei și să-i sucească intestinele, în timp ce Elijah stătea nemișcat, privind-o. Nikki se lăsă în genunchi, și suflarea o părăsi, odată cu durerea pe care i-o pricinuia vrăjitorul în măruntaie, și, în cele din urmă, femeia coborî pleoapele. Întinse mâna și îl mângâie pe braț.

— Iartă-mă, Elijah, rosti tremurătoare vocea ei, poticnindu-se în icneli, fiindcă vrăjitorul nu o lăsa să respire. N-am vrut să mă holbez așa la tine. Doar că... Oh, săracul de tine, Elijah!

Scutură din cap, apăsându-și palma peste ochi.

Elijah se lupta cu vrăjitorul. Nikki nu era rea. Era bună și blândă, voia doar să-l ajute și nu era vina ei dacă vrăjitorul îl însemnase așa pe Elijah, încât nimeni să nu-l mai poată iubi. Respira adânc și rar, cum îl învățase Chioma, și vrăjitorul ieși din Nikki. Ea se uita drept în ochii lui.

— Nu e nimic în neregulă cu tine, Elijah. Am fost șocată, dar cicatricele nu te împiedică să fii minunat.

Încercă să zâmbească.

---

[10] „Epistola sobornicească întâia a Sfântului Apostol Petru", cap. 5:8, în Noul Testament, pag. 417, Editura Institutului Biblic și de Misiune al Bisericii Ortodoxe Române, 1995, București. (*N.t.*)

— Tu eşti un copil bun la suflet şi nu meritai să ţi se întâmple aşa ceva. Şi de aceea eşti aici, de aceea eu şi Obi suntem aici. Noi suntem aici ca să avem grijă de tine şi să te iubim.

Şi Elijah închise ochii şi se concentră cu totul ca să-l împingă pe vrăjitor înapoi, strivindu-l şi nimicindu-l, încât să nu mai poată face rău nimănui. Vrăjitorul se potolise. Elijah deschise ochii şi o văzu pe Nikki, care se căznea să surâdă.

— Hai la micul dejun, OK?

Nikki îl ajută să îşi pună halatul şi îi legă cordonul prea lejer, astfel încât i se desfăcu atunci când ajunseră la parter.

Obi ridică privirea de pe ziarul pe care îl citea şi pe care îl întinsese pe masa din bucătărie, dar pe urmă coborî iar ochii. Nikki îl ajută pe Elijah să se îmbrace cu hainele pe care i le pusese pe spătarul scaunului, apoi îl servi cu nişte porridge, iar după ce Elijah termină de mâncat, Obi puse ziarul jos.

— Eşti gata? întrebă el. Jucăm un fotbal în grădină?

Elijah încuviinţă din cap. Îi plăcea să stea în grădină şi să fie în preajma lui Obi. Nu se putea opri să nu se uite la braţele lui, întrebându-se dacă nu cumva era cel mai puternic bărbat din lume. Ieşi după el, pe uşile de sticlă din spatele bucătăriei. Nikki mergea în faţa lor. Şi respira foarte-foarte repede.

Grădina era lungă şi îngustă, cu o fâşie de iarbă şi două şiruri de flori pe margini, o explozie de trandafiri în toate culorile şi multe floricele albe, care se căţărau pe garduri şi se răsuceau printre spaţiile din vârf. Lângă bucătărie era o zonă pietruită, unde Nikki se aşeză pe un scaun, lângă o masă cu o umbrelă uriaşă deasupra.

Adusese şi o tavă cu o carafă de limonadă şi trei păhărele. Nargis n-ar fi făcut niciodată limonadă, iar Sue nu-l lăsase să bea dintr-un pahar, însă Olu l-a lăsat odată să bea limonadă dintr-o sticlă şi el îşi amintea gustul şi pe Fola umplându-i paharul de trei ori şi punându-i degetul pe buze, când Olu le-a spus să nu bea prea mult.

În cealaltă parte a grădinii se aflau o trambulină elastică, un leagăn şi o mică poartă de fotbal, cu o minge în ea. Obi alergă spre poartă şi trase un şut în minge, spre Elijah.

— Aveți grijă la florile mele! strigă Nikki. Lasă-l pe Elijah să tragă în minge şi tu stai în poartă.

Cuvintele ei erau fireşti, dar vocea îi tremura un pic. Elijah verifică, dar nu-l depistă pe vrăjitor.

Obi îşi dădu ochii peste cap, ca să-l vadă Elijah, dar Nikki era probabil prea departe să poată observa. Elijah a tras un şut spre poartă. Mingea a lovit bara şi a ricoşat înapoi, de parcă era vie.

— Era să dai gol! strigă Obi. Bună lovitură.

Ținea mâinile în față, ca un portar adevărat, şi se mişca dintr-o parte în alta. Trupul lui era atât de masiv, încât Elijah nu putea să vadă plasa porții; era mai mică decât spinarea lui Obi, dar, chiar şi aşa, la următorul şut spre poartă Obi se aruncă în direcția greşită şi mingea lovi plasa.

— Uoau! exclamă Obi şi, fugind spre Elijah, îl săltă pe umăr, alergând cu el prin grădină şi strigând:

— Gol! Gol!

Elijah zâmbea. După ce a făcut de câteva ori turul grădinii, strigând în gura mare, Obi nu l-a lăsat jos pe băiat, ci s-a dus spre copacul din spatele leagănului, arătând în sus, spre crengi.

— Ia-mi şi mie unul, te rog, spuse el. Nu se coc decât abia la toamnă, dar mie îmi place să le mănânc aşa, când sunt acre.

Elijah se uita la crengile din faţa lui, pline de mere micuţe. Le atinse unul câte unul, tari, mici şi verzi. Nu mai culesese niciodată mere din pom. Obi îl lăsă jos, pe pământ.

— Mulţumesc, zise el, muşcând din măr. Nu uita să verifici să nu fie viermănos.

Elijah sucea şi răsucea mărul în mâini. Îl mirosi — o aromă înţepătoare — şi muşcă un pic din coajă.

— Uăgh! se strâmbă el, iar Obi râse. Porniră împreună înapoi spre casă şi Nikki le turnă limonadă.

— A fost un fotbal pe cinste, spuse ea. Hei, nu-i bine să mănânci mere deocamdată, nu sunt coapte.

Se uită la Obi.

— Deşi e greu să aştepţi până la toamnă — ador merele.

Elijah trase adânc aer în piept şi o privi pe Nikki drept în ochi.

— Am văzut eu câteva mai coapte, spuse el, şi alergă înapoi spre cealaltă parte a grădinii. Când ajunse la pom, se lăsă pe vine şi sări cât putu de sus, încercând să se prindă cu braţul de o creangă. Dar era prea sus pentru el. Se întoarse spre Nikki, care flutura din mână spre el.

— Nu te mai căzni, strigă ea. Poţi să-mi culegi nişte mere în septembrie, când vor fi coapte. Braţul ei nu tremura deloc. Părea puternic, ca trunchiul copacului.

Elijah ridică privirea spre pomul mare şi văzu un măr, un pic mai jos decât celelalte, uşor pârguit şi ceva mai măricel. Se ghemui la pământ şi, împingându-se cu tălpile în iarbă, ţâşni cât putu el de sus, înşfăcându-l.

— Am luat unul care e copt! strigă el şi aleargă înapoi spre Nikki şi Obi.

Nikki râdea.

— Bravo, Elijah. Mulţumesc. În septembrie sau octombrie, o să-ţi dau un coş, ca să-mi culegi mere. O să facem împreună o plăcintă.

Elijah se aşeză pe scaun, lângă ea. În loc să se tragă mai încolo, Nikki veni un pic mai aproape. Elijah se uita cum lumina clipea jucăuş printre frunzele mărului. Septembrie sau octombrie, se gândea el.

— Pari foarte concentrat, îi spuse Obi, privindu-i chipul. Mâna lui se odihnea peste mâna lui Nikki.

— Îmi place foarte mult pomul acela, spuse Elijah.

Nikki întoarse capul, ca să-l privească pe băiat.

— Exact la asta mă gândeam şi eu, spuse ea.

Înainte de culcare, Elijah se duse la fereastră şi privi afară, pe stradă. Încerca să-şi imagineze care era colţul de cer spre care se uita probabil Mama, dar nu reuşea să îşi dea seama. Brusc, simţi un sentiment de vinovăţie la gândul că se distrase aşa de bine cu Obi, dar nu găsea motivul. Casele de vizavi aveau forme şi dimensiuni diferite, însă toate erau înalte şi aveau hornuri. Nikki stătea în picioare în spatele lui. Îi vedea mâna deasupra umărului lui. Mâna ei aşteptă şi aşteptă acolo, în aer, înainte de a coborî la loc, pe lângă trup.

Tocmai când se pregătea să se întoarcă de la geam, ceva i-a atras atenţia. La o fereastră, într-unul din apartamentele de vizavi, stătea o fată. Nu reuşea să îi desluşească bine trăsăturile, dar vedea că are două codiţe, câte una la fiecare ureche, şi pielea albă, iar în spatele ei, pe perete, se vedea un poster cu o hartă gigantică. Fata avea o lanternă aprinsă, cu care lumina drept spre ei.

— Cine-i acolo?

— Oh, da; e o nouă prietenă de-a ta. E nepoata mea, Jasmin o cheamă. Locuieşte vizavi de noi şi e de vârsta ta — veți fi în acelaşi an la şcoală. Sunt sigură că o să fiți prieteni la cataramă. După ce te acomodezi mai bine, o să vă fac cunoştință. E foarte nostimă.

Elijah se uita la fată şi încerca să numere semnalele luminoase. Poate că îi transmitea ceva codificat. Poate că avea nevoie de ajutor.

— Eu nu am prieteni, şopti Elijah. În afară de Ricardo. El este prietenul meu cel mai bun.

Nikki înghiți cu greu, ca şi cum avea în gură ceva rău la gust, ca de pildă nişte legume fierte.

10.

— Are atât de multe cicatrice, spuse Nikki. Evident, există cicatricea aceea de pe frunte, despre care ştiam, oricum. Eu mă refer, însă, la nenumăratele cicatrice de pe corpul lui. Chiar şi pe picioare. Sunt mici, dar vizibile totuşi. Peste tot.

Se făcuse foarte târziu; Nikki aşteptase la uşa dormitorului până auzise respiraţia regulată a lui Elijah, şi abia apoi se băgase în pat lângă Obi şi-l trăsese aproape de ea, iar acum i se închideau ochii de somn.

— Are nişte cicatrice subţiri, ca nişte linii în zigzag, pe piept şi pe spate.

Vocea i se frânse chiar în timp ce vorbea şi i s-a părut că în dormitorul lor era foarte cald. Se trase şi mai aproape de Obi, lipindu-se strâns de tot de el, aproape dureroasă. Simţea nevoia să-l aibă lângă ea, să ştie că nu era singură. În prima noapte când Elijah dormise la ei, totul fusese mai bine decât şi-ar fi putut ea imagina; băiatul era politicos, amabil şi săritor, un copil drăgălaş, şi nicidecum copilul cu probleme emoţionale la care se aşteptaseră ei. Abia acum, după ce văzuse cicatricele, Nikki începuse să se îngrijoreze şi să îşi pună întrebări.

Obi o sărută pe obraz şi îşi petrecu braţul peste umerii ei.

— Am văzut clienţi cu nişte cicatrice cumplite, dar pot să-ţi spun că îşi depăşiseră traumele iniţiale. Desigur, sunt semne care amintesc oricând de nişte suferinţe din trecut, dar oamenii învaţă să trăiască aşa, cu lucrurile astea.

Nikki se înfioră.

— Iar cicatricele lui Elijah nu sunt majore. Probabil va uita de ele când va mai creşte. Oricum, se vor mai estompa pe măsură ce trece timpul.

— Ştiu că ne-au spus despre abuzurile fizice, despre faptul că el a fost un copil neglijat, aşa că mă aşteptam să mă sperii de-a binelea şi să întâmpinăm o serie de probleme cu el. Dar pur şi simplu nu bănuiam...

Trase adânc aer în piept şi adăugă:

— Dacă ai fi văzut expresia din ochii lui.

— Era supărat.

— Ştiu... dar şi ce-a spus; a fost foarte straniu. Cred că era din Biblie, ceva despre diavol. Îmi pare rău că nu-mi amintesc cuvintele. Era ceva de genul „diavolul umblă ca un leu răcnind".

— Poate ar trebui să discutăm despre asta cu asistenţii sociali. Dar Ricardo zicea că mama lui era foarte religioasă. O mulţime de oameni religioşi citează din Biblie când sunt speriaţi — aşa au fost învăţaţi.

— Ştiu, ştiu; nu am nimic de zis, doar că a fost ciudat, groaznic, de fapt, şi mie nu mi-a picat prea bine. O să discut cu Ricardo.

Obi se trase în spate şi se uită la faţa ei.

— Totul e foarte nou pentru noi, asta se întâmplă de fapt. Tu te descurci perfect. *Noi doi* ne descurcăm perfect.

Desigur, vor fi lucruri pe care nu le ştiam. Dar el este adaptabil. Poate că s-a supărat azi-dimineaţă, dar ai văzut ce bine ne-am distrat pe urmă în grădină! Câteva cicatrice pe corp nu vor conta prea mult pentru el, iar noi îl vom ajuta să treacă peste orice suferinţă din trecut.

Nikki zâmbi fără să vrea. Obi devenise expert în problemele ce puteau apărea după adopţie, fiindcă devorase teancuri de lucrări de specialitate. Se uită la cărţile de pe noptiera lui: *Cum să te porţi ca părinte cu un copil traumatizat; Vindecarea prin dragoste; Adaptabilitate şi rezultate; Studii de caz privind neglijarea copiilor.*

Obi o mângâia pe faţă, urmărind conturul bărbiei cu degetul mare. Nikki închise ochii. Avea dreptate. Totul era mai bine decât speraseră ei şi, desigur, nu se puteau aştepta să nu existe umbre triste din trecutul lui.

— Şi a făcut pipi în pat. Ştiu că era prima noapte aici, dar mă îngrijorează şi asta. Ceea ce este absurd, recunosc, fiindcă o mulţime de copii de şapte ani fac pipi în pat uneori.

— Bineînţeles, asta a păţit şi el, spuse Obi. Şi, apropo, ţin să-ţi amintesc că Chanel mi-a povestit că tu ai făcut pipi în pat până la zece ani, râse el. Şi că ţi-era frică de întuneric. Zicea că trebuia să-ţi lase lumina aprinsă pe palier, fiindcă altminteri urlai toată noaptea.

Nikki zâmbea în întuneric.

— Ai dreptate, recunoscu ea. Eram groaznică.

— Exact. Şi uită-te la toţi copiii prietenilor noştri. Tia muşcă; puţin a lipsit să nu-i desprindă nasul unui copilaş de la grădiniţă, de a avut nevoie de *copci*. Frankie are ADHD şi nu a putut să doarmă de când s-a născut; cât despre Jasmin, mai bine mă abţin!

— Hei! E nepoata ta. Nu e nimic în neregulă la ea!

— Mda, cu o mamă precum Chanel, recunosc că a scăpat uşor, şi totuşi...

Nikki îi trase un pumn în braţ. Obi se strâmbă şi se smiorcăi în glumă, frecându-se la ochi şi scuturând din umeri.

— Vine ea ziua când o să plângi tu mai rău.

Lăsă mâinile jos şi zâmbi cu gura până la urechi. Nikki se uita la chipul lui, admirându-i maxilarul puternic, sprâncenele perfecte.

— Va trebui să le facem cunoştinţă cu Elijah. Sunt disperate să îl vadă. Speram să le mai amân o săptămână sau două, dar Chanel mă bombardează cu telefoanele.

— Ştiu. Tata a înţeles deocamdată să nu îşi facă apariţia, dar nu cred că vom reuşi să-l mai ţinem deoparte mult timp.

— Elijah este aşa de drăgălaş, nu crezi?! spuse Nikki.

Se gândea la ochii lui şi la felul cum zâmbea folosindu-şi doar buzele, se gândea la pielea lui catifelată şi îşi dorea cu disperare să îl îmbrăţişeze strâns, doar că se temea să nu fie pentru el prea multă dovadă de afecţiune dintr-odată.

— Este sclipitor. Continuă să facă şedinţele de terapie cu Chioma. E un lucru bun, fiindcă îl ajută să se acomodeze mai repede cu noua situaţie.

Nikki închise ochii. Terapie familială. Pipi în pat. Cicatrice. Nu aşa îşi imaginase ea lucrurile, dar trebuia să creadă că Obi avea dreptate. Elijah era copilul lor, un băieţel adaptabil şi minunat. Ea era mamă, în sfârşit, iar Obi era tată. Asta era ceea ce conta în primul rând, chiar dacă totul părea mai complicat acum, la început. Adormi în braţele lui Obi, de unde nu se mişcă până când nu auzi sunând ceasul deşteptător.

*

Chanel telefonă ca de obicei, la prima oră, dimineață. Era a treia zi de când Elijah venise la ei. Şi nu într-o simplă vizită. Elijah venise acasă. Nikki luă telefonul în camera de zi.

— Putem să venim la voi? Te rog, nu mai avem răbdare!

Nikki râse.

— Nu încă. Mai lăsați-l un pic, să se obişnuiască aici. Îți promit, Chanel, nu mai durează mult.

— Nu vrei măcar să-l aduci la fereastră? Sau să-mi trimiți nişte poze cu el. Îmi trebuie să ştiu exact ce măsuri are la haine şi cât poartă la pantofi. Astăzi mergem la cumpărături.

— Te rog, Chanel, nu-i cumpăra nimic deocamdată. Ştiu că eşti bine intenționată, dar lasă-l să se acomodeze cu noi, te rog eu...

— Voi cum vă descurcați cu el? Vi se pare bizar? Cred că e aşa de ciudat pentru voi...

— E un pic ciudat uneori. A făcut pipi în pat. Şi s-a necăjit — eu m-am necăjit — când am văzut că e plin de cicatrice pe tot corpul. Are atât de multe. Dar în rest e ca şi cum aşa a fost scris să fie.

— Ce culoare are?

— Cum adică ce culoare are?

— Păi, e negru ca Obi? Mai negru? Mai deschis la culoare? Părea foarte, foarte negru în fotografia pe care ne-ai arătat-o, şi vreau să ştiu dacă îi stă bine în culori mai stridente. Mă duc la Westfield mai târziu şi am văzut câteva chestii...

— Nu mai pot să vorbesc acum, Chanel, spuse Nikki.

Închise telefonul şi se uită prin perdea. Chanel stătea în picioare în apartamentul de vizavi, îmbrăcată cu capotul ei cu imprimeu leopard şi purtând pe cap o cască de duş, iar la ureche ţinea telefonul. Nikki respiră rar, zâmbind fără să vrea, fiindcă şi-o imagina pe Chanel analizând mii de haine pentru băieţi şi pe Jasmin dându-şi ochii peste cap la fiecare sugestie a maică-sii.

Când Nikki se întoarse în bucătărie, Elijah era sus.

— Pune-l jos, tată, te rog.

Nikki râse şi aşeză telefonul pe bufet înainte de a ridica mâinile spre locul unde socrul ei îl ţinea pe Elijah sus, deasupra capului.

— Nu mai e un ţânc.

— Te rog, insistă ea spre Obi, care ridică ochii din ziar.

— Are dreptate, tată. Vocea lui Obi era şi limpede, ca de obicei, şi taică-său îl lăsă jos pe Elijah.

Băiatul se clătină un pic pe picioare când atinse podeaua cu tălpile şi se ţinu de spătarul unui scaun. Zâmbea fericit şi se uita la tata. Acesta purta, ca de obicei, veşminte nigeriene în culori frumoase şi strălucitoare, amintindu-i lui Nikki de o floare din bucătărie.

— Nepoţelule, spuse el, cu duioşie. Eşti un băiat foarte puternic. Se întoarse spre Nikki, strâmbând din nas.

— Îmi pare rău, spuse el. Oricum, n-a plâns.

Întinse mâna spre Elijah şi îl mângâie pe obraz.

— Sunt atât de emoţionat şi de fericit, încât nu mă mai pot stăpâni, mai spuse el râzând. Aştept de-atâta timp un nepot pe care să-l pot răsfăţa.

— Băiatul nu plânge fiindcă e soi tare şi puternic, zise Obi, punând mâna pe braţul tatei. O privi pe Nikki, cu ochii sclipind:

— Dar trebuie să-l lăsăm să se acomodeze un pic, nu-i aşa, Elijah? Suntem încă la început. E a treia zi de când ai venit la noi, şi uite câtă agitaţie!

Obi se postă în fața lui Elijah și se lăsă în genunchi, ajungând cu ochii în dreptul ochilor lui. Zâmbea cu atâta încredere, încât umerii lui Elijah se destinseră. Nikki se uita la ei, tată și fiu, și simțea cum inima îi bătea mai repede în piept. Era cea mai minunată senzație — aproape mai plăcută decât dacă l-ar fi ținut ea însăși în brațe pe Elijah. Obi avea să fie un părinte tare bun. Simțea că o podidesc lacrimile, și zâmbi în sinea ei. Era atât de emotivă. Să fii o mamă adoptivă era la fel cu ceea ce trăia o mamă naturală, iar sentimentele ei păreau intensificate, de parcă ar fi fost plină de hormoni destabilizatori.

Elijah ridică privirea, uitându-se cu ochi mari la Obi și la tata. Era un băiețel atât de chipeș, exact ca în fotografie.

— Hai, vino să stai lângă bunicul. Vom mânca micul dejun împreună.

Tata bătu cu palma scaunul de lângă el și Elijah se așeză. Nikki ridică din sprâncene spre bătrân. Se întreba dacă Elijah îl va striga *bunicule*. Până acum, Elijah nu-i strigase decât Nikki și Obi, dar ea nu era supărată. Chiar și ei i se părea ciudat să-și spună „mamă". Când se gândea la cuvântul ăsta, își imagina un sugar care scâncea. Chipul lui Ify îi apăru brusc în minte — cu ochișorii larg deschiși, cu punctișoare aurii, cu pielea ca o caramea și cârlionți în spirală —, dar își alungă imaginea din gând.

— Nu e nevoie să-mi spui „bunicule", continuă tata, făcându-i complice cu ochiul lui Nikki. Dar dacă vrei, poți să-mi spui așa. Pe mine mă cheamă Ozoemena — Ozo —, care este un nume igbo, iar părinții m-au numit așa fiindcă fratele meu a murit înainte să mă nasc eu, iar numele meu înseamnă „Fie să nu se mai întâmple niciodată aşa ceva". Fiecare nume are o semnificaţie importantă în cultura igbo.

Elijah îl privea drept în faţă.

— Fratele tău a murit? şopti el.

Tata ridică din umeri.

— Nu te frământa prea mult, Elijah. Eu m-am născut acum o sută de ani; de fapt, nici nu ştiu ce vârstă am, findcă nu am un certificat de naştere. Şi pe vremea aceea, demult de tot, când m-am născut eu, mulţi copii mureau de mici; preşul din pânză de sac pe care năşteau femeile nu era spălat decât când cauza vreo moarte, iar femeile năşteau tot timpul. În ziua de astăzi, lucrurile sunt foarte diferite. Şi mai bune, dar şi mai rele. Oricum, povesteşte-mi despre numele tău. Elijah este un nume frumos.

Elijah clipi rar.

— Numele meu este din Biblie, spuse el. Elijah a adus foc din cer. Era profet.

— Numele igbo sunt cele mai bune, spuse tata. Dar după ele, ca importanţă, vin numele biblice. Sunt foate bucuros că ai învăţat Biblia aşa de bine.

La masă se aşternu liniştea, o linişte prea lungă poate, dar, deşi se căznea să găsească ceva de spus, orice, lui Nikki nu-i venea în minte decât trecutul lui Elijah — tot ce le povestise Ricardo despre el. *A fost un incendiu în casa unde a locuit temporar şi există nişte neclarităţi legate de acest incident. Dar acum credem că Elijah a avut o contribuţie.*

Nikki se uita la Elijah, care nici nu clipea. Nu-l cunoştea decât de câteva zile, dar cu toate astea ştia cu certitudine că el nu era capabil să facă vreun rău cuiva. Asistenţii sociali înţeleg greşit multe lucruri, iar Obi avea întotdeauna dreptate. Bineînţeles, rămăsese şocată când

Elijah se uitase la ea cu o privire atât de rece, când o împinsese brutal. Dar băiatul era înspăimântat. Înconjurat de multă dragoste, Elijah putea să se dezvolte minunat.

— Vrei nişte clătite? întrebă ea.

Elijah o privi.

— Da, mulţumesc, şopti el.

Era exclus ca acest băieţel nevinovat să fi fost implicat în declanşarea unui incendiu. Nikki vedea limpede caracterul lui: blând, iubitor, dar înspăimântat. Iar ea putea să îl ajute. Părea că începea deja să se adapteze. Noaptea trecută nu mai făcuse pipi în pat şi, când a venit să-l trezească, a întins mâna spre ea, în drum spre baie. Fusese o atingere de o clipă, dar el venise spre ea, îşi lăsase mâna pe braţul ei.

Nikki turnă sirop peste două clătite. Elijah mâncă repede, fără să ridice privirea până n-a curăţat tot din farfurie, şi lucrul acesta a bucurat-o. Era prea slăbuţ, cu genunchi noduroşi, mai groşi decât picioarele, şi puteai să-i numeri coastele. Nikki se gândea cât de mult i-ar fi plăcut să îl ţină în braţe, cât de fragil l-ar fi simţit probabil lângă ea. Mâna pusă timid pe braţul ei era doar începutul.

— Abia aşteptam să te întâlnesc, spuse tata, luându-şi cafeaua şi punând în ea multe cuburi de zahăr. O să te învăţ multe lucruri despre Nigeria, despre cultura ta. Noi avem una dintre cele mai bogate culturi din lume, cu literatură, mâncare, muzică de foarte bună calitate. Desigur, vei avea nevoie de timp ca să te acomodezi aici, dar ştiu că va fi minunat. Toată viaţa mi-am dorit un nepot.

Ochii tatei străluceau de fericire, încât era imposibil să nu zâmbeşti văzându-l. Părea mai tânăr cu zece ani.

Elijah zâmbea şi îl privea tot timpul.

— Eu n-am mai avut niciodată un bunic, spuse el.

A doua zi dimineață, Obi era deja la parter, când Nikki a coborât în papuci şi îmbrăcată cu un halat de casă. Elijah şedea la masă, urmărind ce făcea Obi. Râdeau amândoi.

— Bună dimineața, zise Obi, sărutând-o când trecu pe lângă el.

— Bună dimineața, răspunse ea şi zâmbi, privind peste umărul lui spre cratița cu porridge, care clocotea pe plită.

Se aşeză lângă Elijah, care se ridică imediat în picioare şi îşi trase scaunul mai aproape de scaunul ei, astfel încât brațele lor se atingeau.

— Nu se poate şi mai aproape?! glumi Obi. Te înțeleg perfect, Nikki e adorabilă îmbrăcată aşa. Îți vine să te cuibăreşti lângă ea.

— Ce-ar fi să mergem la o plimbare după micul dejun? Îi arătăm lui Elijah împrejurimile, să vadă şi el parcul şi magazinele.

— Da, te rog, exclamă Elijah, trăgându-se un pic, ca să o vadă mai bine. Îmi place să merg la plimbare.

— Şi mie la fel, spuse Nikki.

Se uită la Obi. Aerul parcă strălucea între ei. Obi se întoarse ca să-şi umple castronul.

Nikki îi făcu complice cu ochiul lui Elijah, vorbind spre spinarea lui Obi.

— Vii şi tu cu noi, leneşule?

Obi se răsuci în loc, cu lingura de porridge în mână.

— Mie mi-ai zis că sunt leneş?! spuse el, făcându-i jocul. Elijah, mie mi-a zis ea că sunt leneş?

Tot legănând lingura, se trezi cu un cocoloş de porridge drept pe cămaşă. Elijah chicotea amuzat.

*

Băiatul se legăna între mâinile lor, în timp ce se plimbau, admirând parcul, heleşteul, raţele, staţia de autobuz, şcoala la care urma să înveţe. Se oprea la fiecare câteva sute de metri şi privea în sus, spre cer, sau culegea vreo pietricică de pe jos, lustruind-o între degetul arătător şi degetul mare, trecea cu palma peste vreun tufiş, mirosea trandafirii înfloriţi, care se revărsau bogaţi din grădinile caselor. Nikki aflase dinainte că Elijah iubea animalele şi natura, dar era de-a dreptul surprinsă să-l vadă cât de mult se bucura de viaţa din jurul lui. Lumea văzută prin ochii lui Elijah i se părea lui Nikki plină de seninătate şi prospeţime.

A observat că trecătorii le zâmbeau. Femeia de la brutărie i-a dat lui Elijah o gogoaşă în plus. Şi-a dat seama că formau o familie frumoasă.

— Frumuşel ca un bobocel, i-a zis femeia lui Elijah.

Când au intrat în magazinul cu ziare şi reviste, Nikki îl ţinea de mână. Băiatul avea pielea fierbinte şi un pic jilavă. Nikki simţea nevoia să-l ocrotească, văzându-l aşa plăpând, privind în jur cu ochii lui mari. Înţelese că îl iubea deja, deşi erau împreună doar de câteva zile, şi, la nevoie, ar fi fost în stare să facă moarte de om pentru el.

— Tu cine eşti, frumosule?

O femeie pe care Nikki o cunoştea din vedere era la rând în faţa lor — o vecină din cartier, bondoacă şi ciufulită, tunsă prost.

— Cine eşti? repetă femeia, uitându-se la Elijah.

La început, Nikki o ignoră şi încercă să-i distragă atenţia lui Elijah, arătând spre un album cu benzi desenate *Spiderman*.

— Vrei să ți-l iau? îl întrebă ea, zâmbind crispat spre femeia băgăcioasă. Nu era treaba ei să afle cine era Elijah. O parte din ea ştia că este doar curioasă, poate chiar prietenoasă, dar cealaltă parte devenise, dintr-odată, pregătită de atac.

— Ce băiat frumos, spuse femeia, uitându-se spre Obi. E o rudă de-a dumitale?

Nikki se aşteptase ca lumea să-şi pună întrebări. În fond, o femeie albă nu putea să nască aşa, dintr-odată, un băiat negru de şapte ani. Totuşi, şi-ar fi dorit ca oamenii să nu-şi bage nasul unde nu le fierbea oala.

Obi zâmbi şi achită ziarele cumpărate, dându-i vânzătorului câteva monede. Privind în jos, spre Elijah, spuse:

— Este fiul meu.

— Fiul nostru, spuse şi Nikki, care căpătase curaj, simțind mânuța lui Elijah în mâna ei.

— Bineînțeles, spuse femeia, întorcându-se cu spatele la Nikki şi uitându-se din nou la Obi. Seamănă leit cu dumneata.

11.

— Piciule! spuse Jasmin, după care scoase limba la el şi fugi, cu părul strâns la spate într-o coadă, care îi sălta pe cap în sus şi în jos. Elijah nu văzuse niciodată o persoană atât de mititică şi atât de aprigă totodată, şi cu nişte ochi aşa de mari.

Erau în grădină, unde Elijah se jucase cu mingea împreună cu Nikki, când se auzise soneria de la intrare. Nikki se dusese să deschidă şi apoi ieşise din nou afară, strigând:

— Elijah! Au venit Chanel şi Jasmin să te vadă.

Elijah privise în sus, spre cer, simţind cum îi bubuia inima în piept, şi subit auzise un murmur: *Tu eşti atât de plin de răutate, lumea e în pericol în preajma ta.* Îl împinse în jos pe vrăjitor, respirând cum îl învăţase Chioma să facă, ori de câte ori spaima punea stăpânire pe el. Încleştă pumnii, îi descleştă, mişcă din degetele de la picioare şi se bătu pe obraji cu vârful degetelor. Deja respira mai domol. Îşi recăpătase stăpânirea de sine. Vrăjitorul se cuminţise. Privi prin fereastra de la bucătărie, unde îl vedea pe Obi, cu figura lui de nigerian; alături era Nikki, pistruiată toată. S-ar putea să fiu în siguranţă aici, se gândi el.

— Vino înapoi aici, Jasmin! Nu-i frumos ce faci.

Mama ei era înaltă şi avea nişte ochelari de soare uriaşi, proptiţi pe creştetul capului.

— Ia uite ce băiat! Eu sunt Chanel, mătuşa ta, spuse ea, scuturându-i mâna atât de tare, încât i s-a zguduit tot corpul. Chanel se lăsă în genunchi ca să-l poată vedea mai de-aproape, iar el la rândul lui reuşi să o vadă mai bine. Văzuse o fotografie cu mătuşa Chanel stând în picioare lângă Nikki, dar în fotografie purta o jachetă de ploaie şi avea pielea albă, fără niciun pic de fard. În realitate, Chanel arăta ciudat. Avea pielea portocalie şi strălucitoare, exact ca o mandarină, dar mirosea a piscină. Pe pleoape avea doi fluturi. Arăta ca un manechin dintr-o revistă de modă în care greşiseră culorile la tipar sau pe care se amestecaseră culorile, de la ploaie. Era foarte machiată, iar faţa nu se potrivea deloc cu gâtul.

— Ce băiat chipeş! Superb! Ca un manechin în miniatură.

Chanel întoarse capul spre Nikki şi zâmbiră amândouă, după care se uită iarăşi la Elijah.

— Eşti trăsnet, frate. Jay-Z sadea! Oh, Doamne, arăţi exact ca un Jay-Z tânăr!

— Chanel, spuse Nikki, ţâţâind din buze şi, venind spre ei, îl trase pe Elijah lângă ea. Pe bune!

— Ce-am făcut?! Doar mă minunam şi eu de micuţul rapper, cât de miştocuţ este!

Nikki trase aer în piept atât de brusc, încât Elijah auzi şuierătura. Apropiindu-se de urechea mătuşii Chanel, Nikki şopti:

— Chanel, ajunge!

Mătuşa Chanel îşi dădu ochii peste cap.

Nikki se uită o vreme la ea, iar apoi se întoarse spre Elijah şi zâmbi.

— Ce-ar fi să te duci să te joci cu Jasmin? spuse ea, arătând spre celălalt capăt al grădinii, unde Jasmin se dădea în leagăn, foarte-foarte repede.

Elijah avea o sumedenie de întrebări, ca, de pildă, de ce Chanel purta fluturi pe ochi, şi de ce avea pielea portocalie, şi de ce îl strigase pe el J. C. (adică aşa cum spunea Mama, uneori, când vorba despre *Jesus Christ)*. Dar Nikki îl împinse uşor spre Jasmin, aşa că trebui să plece.

Răsucindu-se pe călcâie, o văzu pe Chanel făcând un balon mare din gumă de mestecat; balonul îi plesni în nas şi ea râse. Elijah nu mai văzuse niciodată un om mare făcând baloane din gumă de mestecat. Chanel purta nişte jeanşi care fuseseră tăiaţi prea scurt, iar cine-i tăiase nu se pricepuse deloc, fiindcă marginile erau inegale şi deşirate, iar buzunarele spânzurau în jos. Elijah nu se pricepea la croitorie, dar precis el s-ar fi descurcat mai bine cu pantalonii aceia. Poate că Jasmin tăiase pantalonii aşa, pentru mămica ei.

Mătuşa Chanel o luă pe Nikki pe după umeri.

— Băiatul e un miracol, zise ea. E superb, şi doarme noaptea! S-ar putea să înfiez şi eu unul, data viitoare.

Nikki îi zâmbea lui Elijah.

El păşea încet spre leagănul din capătul grădinii, respirând adânc. Vrăjitorul îi dădea târcoale pe dinăuntru. Se uita la Jasmin, cum se legăna până sus spre cer, zburătăcind păsărelele spre nori, în timp ce părul strâns în coadă şfichiuia aerul în sus şi în jos. Jasmin îşi făcea vânt cu picioarele, urcând cu leagănul din ce în ce mai sus. Dar nu-i era frică de înălţime. Elijah nu-şi dezlipea ochii de la părul ei castaniu, şfichiuitor, dar zărea şi chipul de dedesubt, obrajii ei rotunzi, ochii mari, căprui, şi tresărirea discretă a pleoapelor.

— Jasmin, scumpete, joacă-te cu Jay-Z! spuse mătuşa Chanel, pufnind în râs. Hai, Jasmin; adu-ţi aminte ce-am vorbit noi două.

Elijah simţea că îi ardea faţa. Toată lumea vorbea despre el. Jasmin ştia probabil că Elijah nu avea voie să mai locuiască la Mama. Brusc, Jasmin încetă să-şi mai facă vânt cu picioarele şi, de la o înălţime destul de mare, sări jos, drept pe iarbă. Se uită la Elijah, apoi îl prinse de mână şi îl trase spre *swingball*, unde îi puse în palmă o rachetă de plastic şi împinse mingea sus, după care o lăsă să cadă la loc. Elijah încercă să lovească în minge, dar din burtică vrăjitorul chicotea pe seama lui. Râsetele erau suficient de sonore încât să le audă şi Jasmin, presupunea el, deşi ea nu spuse nimic. Mingea zbura între ei, proiectată de rachetele din mâinile lor, fără să trebuiască să se mişte prea mult. Elijah o auzea pe mătuşa Chanel scoţând un fel de lătrături, apoi râzând în hohote. Mugea ca o vacă, după care striga:

— A văzut careva nişte animale în grădină? Eu am auzit nişte animale de la fermă, parcă.

Jasmin ţâţâi din buze, lovind tare de tot în minge.

— O urăsc, spuse ea, uitându-se la mătuşa Chanel.

Lui Elijah i s-a tăiat respiraţia. Jasmin se încruntase furioasă.

— Nu mă lasă să mă duc să locuiesc în America cu tata. Şi mereu vrea să mă îmbrace cu rochii scorţoase, şi repetă acelaşi lucru de o sută de ori. E atât de jenant.

Jasmin deschise gura, scoase limba spre casă, apoi o băgă la loc în gură şi rânji. Îi lipsea un dinte. Observă că Elijah se holba la ea şi închise gura repede.

— O fată din clasa mea are paisprezece ponei de plastic. E complet ţicnită şi şi-a vopsit în violet unghiile de la picioare. Nu e prietena mea cea mai bună. I-a spus mamei ei că aveam o gumă de mestecat pe fundul îngheţatei şi mama ei mi-a luat-o, a zis că eram prea mică pentru *gumă* şi a mâncat-o ea! Era prietena mea cea mai bună, dar acum nu mai e.

Jasmin veni mai aproape de Elijah. Puse mâna pe părul lui, frecându-l cu degetul mare pe creştetul capului.

— O să plec curând în America, la tata. America este cel mai grozav loc din lume. Nu trebuie să mergi la şcoală şi toată lumea e normală acolo. Nu există persoane ciudate ca mami. Lady Gaga trăieşte acolo, şi ea e preferata mea.

Luă mâna de pe capul lui Elijah şi apoi îl mângâie pe braţ. Elijah avea un semn rotund în partea de sus a braţului, acolo unde Darren îl arsese cu ţigara. Un semn de mărimea unui bob de mazăre. Jasmin puse degetul peste semn, astupându-l complet. Elijah îşi ţinea răsuflarea.

— Noi doi suntem veri, spuse ea. Eu n-am mai avut niciodată un văr.

Se uita la faţa lui Elijah, fără să clipească deloc.

— Dar nu vreau să fiu prietenă cu tine doar fiindcă aşa zice mama. Eşti complet ţicnit.

În seara aceea, Nikki îl înveli frumos pe Elijah, îi citi câteva pagini din *Micul prinţ* şi îl sărută pe cap de două ori.

— Pot să te întreb ceva? zise el.

— Sigur că da.

Elijah inspiră adânc. Îi venea foarte greu când trebuia să ceară ceva.

— Poţi să-mi dai, te rog, o lanternă?

Nikki râse. Desfăcu un pic draperia şi apoi o trase la loc.

— Ştiu de ce ai nevoie de o lanternă, spuse ea. Cum a fost cu Jasmin? Ţi-a plăcut de ea?

— Se dă în leagăn până sus de tot, spuse el.

— Da, am văzut şi eu, zise Nikki aranjând plapuma mai bine, pe lângă urechile lui Elijah. Nu îi e frică deloc.

Elijah căscă bine urechile auzindu-i cuvintele.

— Nu se sperie de nimic?

Nikki scutură din cap.

— Nu, de absolut nimic. Bun, atunci, o să-ţi aduc o lanternă. Am una în sertar, la parter. Dar trebuie să-mi promiţi că nu te joci decât cinci minute, OK? Să nu stai toată noaptea să-ţi faci semne cu lanterna, cu Jasmin.

— Promit, spuse Elijah, privind-o drept în ochi, ca să ştie că nu o minte.

Când Nikki ieşi să aducă lanterna, Elijah încercă să-şi imagineze cum era să nu te sperii de nimic. Lui nu i se întâmplase niciodată să nu se sperie de nimic. Niciodată. Şi nici nu cunoscuse pe nimeni care să nu se sperie de nimic. Pesemne că Jasmin avea puteri supranaturale. Îşi dorea şi el să aibă acea putere supranaturală, care să-l facă să nu îi fie frică de nimic.

— Uite, am găsit-o, spuse Nikki, intrând în cameră cu lanterna în mână.

Îi arătă cum să o folosească, apoi îl sărută din nou pe cap, înainte de a stinge lumina.

— Poţi să mă săruţi şi tu, de noapte bună, dacă vrei, spuse Nikki.

Elijah se uita la pielea de pe obrajii ei. Era foarte palidă. Se temea că, dacă o săruta, vrăjitorul ar fi putut să-i iasă pe gură. Dar ochii lui Nikki continuau să zâmbească şi pistruii erau mai întunecaţi ca oricând, aşa că se aplecă spre ea şi se încumetă să îi dea un pupic rapid pe obraz, exact în locul unde se îngrămădeau majoritatea pistruilor. Iar vrăjitorul nu făcu nicio mişcare.

— Noapte bună, Elijah, şopti Nikki şi îi zâmbi larg, aşa încât Elijah zări undeva, în spate, un dinte de argint.

— De ce ai o comoară în gură? întrebă el, arătând cu degetul spre dinte.

Nikki nu spuse nimic, dar îl sărută pe cap şi râse, ieşind din cameră şi închizând uşa.

Elijah se furişă jos din pat şi trase draperia la o parte. Jasmin era deja la geam, în faţa hărţii ei de pe perete. O văzu în lumină, dar apoi fata dispăru. Brusc, Jasmin aprinse lanterna şi o stinse, de trei ori la rând.

Elijah ţinea lanterna în mâini, în faţa lui, aprinzând-o şi stingând-o de cinci ori. Jasmin se va mira foarte mult, probabil, văzând că avea şi el una.

Se uită în jos, la lanterna din mâna lui, desluşindu-i conturul în întuneric. Când ridică privirea din nou, Jasmin aprinsese lumina şi se plesnea peste cap. Scoase limba la el şi pe urmă trase draperiile.

Elijah avea senzaţia că Mama zâmbea ori de câte ori el îl vedea pe bunicul. Faţa bunicului era mai nigeriană decât a lui Obi, iar bunicul mergea tot timpul la biserică. Ori de câte ori bunicul era pe-aproape, Elijah se simţea învelit şi ocrotit, ca şi cum ar fi stat într-o păturică. Îi plăcea când vedea în uşă părul moale al bunicului, şi îi plăcea cum se lumina Obi la faţă, ca o torţă, când tatăl lui era prin preajmă. Pielea lui Elijah avea aproape exact aceeaşi culoare ca pielea lui Obi şi a bunicului, dar pielea bunicului era uscată şi atârna la coate, ca şi cum el trăise în pielea aceea foarte mulţi ani. Când bunicul începuse, săptămâna trecută, să-i aducă mortăciuni şi chestii nigeriene, Nikki îşi dăduse ochii peste cap, dar îi lăsase în pace. La început a fost o blăniţă de iepure, atât de catifelată, exact de forma unui iepure strivit. Elijah o ținea tot timpul în mână, și dormea noaptea cu ea sub pernă. Petrecuse ore în șir holbându-se la măștile de lemn, cu rânjetele lor largi și fantele unde ar fi trebuit să fie ochii, și râsese când Nikki i-a spus că ea se înfiora văzându-le. A doua zi dimineață, după distracția cu lanternele, bunicul i-a adus o tobă făcută dintr-o piele bine întinsă și foarte moale. Elijah și-a amintit brusc de Mama, când l-a pus să țină mâna într-un castron și a umplut castronul cu apă sfințită. Elijah avea atunci o tăietură urâtă la mână, îl ustura rău, iar apa se umpluse cu clăbuci de sânge, care i se lipeau de vârful degetelor. Mama îi fredonase un cântecel și îi zâmbise din ochi, și ăsta fusese cel mai duios lucru pe care îl simțise vreodată.

Dar în ziua aceea, când bunicul a apărut la ușa din spate, avea pe cap ceva ciudat. Coarne de cerb! Nikki se uită la Obi și mormăi:

— Nici să nu văd așa ceva!

Dar Obi rânji larg și șopti:

— Uau! Oare de unde face rost de toate chestiile astea?

— Salut, Elijah; mă bucur că te-am prins acasă. Ți-am adus ceva pentru colecția ta.

— Colecție?! repetă Nikki, punând mâinile în șold, ca două triunghiuri de avertizare. Este exclus să colecționeze mortăciuni. Chestiile nigeriene nu mă deranjează — chiar și măștile alea sinistre —, dar alte mortăciuni nu mai accept, să fie clar. Ajunge și-așa blana de iepure, nu mai vrem și alte chestii.

Obi râse, iar bunicul mișcă ușor din coarnele de cerb. Erau foarte frumoase: albe, netede și ascuțite ca niște creste de munți.

— Astea nu sunt lucruri moarte, spuse bunicul. Aceste obiecte din natură sunt vii.

Pe urmă îşi puse coarnele de cerb pe cap şi dansă prin bucătărie, scoţând nişte sunete neomeneşti. Elijah se uită la Nikki, care zâmbea deja.

După dejun, bunicul îl ajută pe Elijah să pună coarnele de cerb pe perete.

— Poţi să le foloseşti în loc de cuier, ca să-ţi agăţi halatul, zise el. Camera ta începe să arate mult mai bine. Mai potrivită cu preocupările tale.

Elijah privi prin cameră. Dăduse deja jos posterele cu fotbalişti, la fel şi orice urmă de dinozaur. Se simţea aproape ca acasă. Avea blăniţa de iepure, pietrele pe care bunicul începuse să le colecţioneze pentru el într-un borcan mare, transparent, şi coarnele de cerb, care făceau umbre pe perete. Aşa cum arăta camera lui acum, putea spune că era cea mai frumoasă dintre toate camerele în care stătuse vreodată.

— Mami şi tati vor să stea de vorbă cu Ricardo, aşa că mă gândeam ca noi doi să mergem la o plimbare pe jos, spuse bunicul, lăsându-se în genunchi. Ştiu că tu crezi în Dumnezeu. Ricardo a zis, înainte de a accepta să ne cunoaştem, că ai vrut să ştii dacă şi noi credem în Dumnezeu, aşa că mă gândeam să îmi duc nepotul la biserică, zâmbi el. Sau, dacă vrei, mergem în parc să vedem veveriţele. Alegi tu, cum vrei.

Ceva fojgăi în stomacul lui Elijah, căruia i se pusese un nod în gât. Mama spunea întotdeauna că el trebuie să se roage la Dumnezeu, ca să-l ajute cu vrăjitorul. Mama credea că biserica era locul unde aveai parte de toată ocrotirea posibilă. Poate dacă se ducea acum la biserică va găsi pe cineva care să-l ajute, sau vrăjitorul se va speria atât de rău, într-un lăcaş sfânt, încât va fugi pur şi simplu departe.

Elijah încuviință din cap.

— Mi-ar plăcea să merg la biserică, te rog, zâmbi el şi îl luă de mână pe bunicul, care zâmbi.

— Ce băiețel cuminte, zise el.

Dar Elijah simțea cum vrăjitorul îi răscolea stomacul pe dinăuntru şi ştia că trebuia să se țină strâns de mâna bunicului, ca nu cumva vrăjitorul să-i înhațe trupul cu totul şi să zboare departe cu el.

— Haidem, spuse bunicul.

Ieşiră din casă şi merseră pe jos cam zece minute. Bunicul vorbea despre o vulpe pe care voia să i-o cumpere lui Elijah — moartă, dar împăiată, astfel încât părea vie.

— O tot urmăresc de cinci zile, dar sunt prea mulți care licitează, spuse el.

Elijah încuviință din cap, dar nu era în stare să vorbească. Se concentra să scape de vrăjitorul care îi răscolea stomacul.

— O luăm pe-acolo, spuse bunicul.

Intrară pe o străduță şi vrăjitorul se urcă în ochii lui Elijah şi trase zidurile înspre ei, tot mai aproape, şi ridică trotuarul. Elijah încerca să respire rar.

Ieşiră din nou pe stradă, unde era prea multă lumină şi cântau îngeri.

— Am întârziat! spuse bunicul, trăgându-l pe Elijah vizavi, spre o clădire scundă din cărămidă, cu o turlă înfiptă în acoperişul plat. Sunetele îngerilor se auzeau mai tare. Îngerii erau nespus de fericiți, iar vrăjitorul era nespus de furios, învârtindu-se nervos în trupul lui Elijah.

Nu voia să-l lase să intre acolo. Îi lipise tălpile de pământ. Bunicul se uita înapoi, spre el. Acum precis o să-şi dea seama. O să vadă că era atât de plin de vrăjitorul din el, încât nici nu putea să intre într-o biserică, şi le va spune lui Nikki şi Obi, care îl vor goni de-acasă.

— Ai păţit ceva, Elijah? spuse bunicul, punând o mână pe fruntea lui.

Elijah încercă să scuture din cap, dar nu putea.

— Poate că astăzi nu este o zi potrivită pentru mersul la biserică, zise bunicul. Au un pastor care a venit în vizită şi am auzit că nu e prea bun.

Elijah clipi de câteva ori. Vrăjitorul încetă să-i mai bubuie în urechi şi, ridicându-şi mădularele, se duse înapoi să-i umble prin burtă. Elijah încuviinţă din cap.

— Da, cred că astăzi e mai bine să-l căutăm pe Dumnezeu în natura din parc.

Elijah simţea că i se încreţeşte fruntea. Ce să caute Dumnezeu în parc?

— Elijah, Dumnezeu este pretutindeni. Nu e nevoie să mergi la biserică pentru a vorbi cu el. Dumnezeu este chiar şi aici.

Bunicul apropie o mână de pieptul lui Elijah şi a fost ca şi cum a pus o fărâmă de Dumnezeu în el; vrăjitorul a îngheţat şi s-a sfrijit complet.

Au plecat, lăsând biserica în urmă.

— Hai să vorbim despre ceva vesel, spuse bunicul.

— OK, zise Elijah.

Văzu un sturz trecând glonţ pe sub un gard viu şi se opri să se uite la el. Bunicul îl trase uşor de ureche şi Elijah ridică privirea spre el.

— Îţi mulţumesc pentru coarnele de cerb.

— Cu plăcere! spuse bunicul zâmbind, şi porniră mai departe. O să mai caut şi alte lucruri pentru colecţia ta. Este incredibil câte lucruri poţi găsi pe eBay în ziua de azi!

Elijah nu ştia ce însemna eBay, dar dădu aprobator din cap, oricum. Intrară într-un parc spaţios, cu o colină mare, iar el îşi imagină că alerga la vale acolo, cu braţele întinse în lături.

— Am auzit că ai cunoscut-o pe Jasmin. E o fetiţă cu multă personalitate, spuse bunicul, mergând repede.

— A scos limba la mine, zise Elijah.

Bunicul râse.

— Da, aşa-i Jasmin.

Deşi era foarte bătrân, picioarele bunicului se mişcau la fel de repede ca ale unui om tânăr. Afară era rece şi Elijah simţea că are şi el picioare puternice. Îi plăcea să simtă pe nas aerul rece, îi plăcea cum se vedeau copacii.

— Planetariul de la Greenwich nu e departe de-aici, iar noi avem la dispoziţie o oră, spuse bunicul. Hai să intrăm.

O luă înainte. Elijah venea în urma lui, ţinând ritmul mersului, ca nu cumva să se piardă. Era un urcuş lung până sus în Greenwich Park şi Elijah gâfâia. Încercă să numere treptele, dar erau prea multe. Erau mulţi oameni care zâmbeau şi îşi făceau fotografii. Multe familii. Inima îi bătea tare.

În cele din urmă, ajunseră la un dom strălucitor, sclipind sub razele soarelui. Elijah privi în jos spre întregul Greenwich şi văzu blocurile turn strălucind în depărtare.

— Canary Wharf, zise el. Poţi să vezi aproape toată Londra de sus, de-aici.

Îl luă de mână pe Elijah şi intrară împreună pe poartă.

Înăuntru erau fotografii cu rachete spaţiale şi deodată se făcu întuneric. Parcă ar fi fost într-un vis. Un vis frumos. Îl căută pe vrăjitor, dar nu-l simţea nicăieri.

Bunicul a cumpărat nişte bilete pentru un scurt spectacol şi ochii îi licăreau în lumina difuză. Se aşezară jos amândoi, în întuneric.

— Acesta este unul dintre locurile mele preferate, spuse bunicul. Îmi place să vin aici şi să văd stelele nigeriene. Londra este atât de murdară şi de poluată, încât nici nu poţi vedea cerul noaptea. Cerul de-acasă îmi lipseşte cel mai mult, şopti el spre urechea lui Elijah, dar cuvintele se revărsau peste tot, iar cineva din spatele lor tuşi.

— Mi-e dor de tot ce-a rămas acasă. Aşa este când trăieşti în exil.

Elijah vedea doar profilul bunicului, părul alb şi moale. Se gândi dintr-odată la ghiozdanul lui, pus lângă uşă, aşteptând ziua de luni. Se gândi la Nikki, ţinându-l strâns de mână. La Ricardo, vorbind cu Nikki şi Obi. La Mama.

Se auzi o muzică şi o cuvertură de stele căzu peste ei.

— E ca în Nigeria, şopti bunicul.

Ridicară privirea amândoi; cineva le povestea despre stele şi planete, iar Elijah se simţea foarte mic, mic de tot, ca o furnică. Se gândea cum ar fi să stea în Nigeria cu bunicul, cât de cald le-ar fi şi cât de multe stele ar putea vedea. Stelele cădeau parcă în corpul lui Elijah, unde umpleau locurile pustiite. Vrăjitorul nu mai era nicăieri înăuntrul lui. Elijah era plin de stele nigeriene. Bunicul îşi puse braţul în jurul umerilor lui şi împreună priviră şi tot priviră. Pentru câteva clipe, lui Elijah i s-a părut că Mama era foarte aproape, foarte-foarte aproape. Închise strâns ochii şi îşi aminti vocea ei, mirosul ei, dragostea ei — mai mare decât necuprinsul cerului.

— De obicei, Obi face o pauză de doar câteva minute pentru prânz, spuse Nikki, apăsând pe interfonul de la biroul lui. Dar l-am convins să îşi ia liber o oră întreagă, ca să meargă la masă cu noi.

Erau pe o stradă aglomerată, cu o mulţime de maşini şi oameni care se îmbulzeau. La biroul lui Obi, afară, era un ciorchine de femei care purtau nişte cearşafuri negre lungi şi aveau găuri doar pentru ochi. Elijah a încercat să se uite la ochii lor, dar ele dădeau mereu din cap şi vorbeau tare, într-o limbă care suna ca tusea. Se întreba dacă veniseră ca să le ajute Obi. Serviciul lui era să ajute oamenii. El avea grijă de drepturile omului, care erau drepturile oamenilor, aşa cum Nikki avea grijă de drepturile câinilor. Oamenii aveau o sumedenie de drepturi, iar Obi îi povestise despre câteva dintre ele.

Nikki sună din nou şi zâmbi în jos, spre Elijah. În fine, se ivi ţeasta lui Obi, care deschise larg uşa, îl luă pe Elijah în braţe şi îl duse înăuntru, urmaţi de Nikki care zâmbea la băiat din spatele umerilor laţi ai lui Obi. Încăperea nu arăta deloc cum s-ar fi aşteptat el. Serialul preferat al lui Fola era *Investigaţii la locul crimei*, dar el nu-şi mai amintea mare lucru, fiindcă trecuse mult timp de când stătuse cu Fola, însă îşi amintea birourile avocaţilor, toate scânteietoare şi pline de femei blonde cu pielea albă şi tocuri înalte. În biroul lui Obi erau multe pioneze pe pereţi şi doar o singură blondă cu pielea albă, aşezată la un birou mic, însă ea nu semăna cu niciuna dintre femeile din *CSI*: purta un tricou cu mânecă scurtă, care avea o pată oranj pe piept.

— Pauline, el e Elijah, zise Obi şi îl răsuci pe Elijah prin aer, înainte de a-l aşeza jos în faţa femeii.

— Numai despre tine vorbeşte tot timpul, spuse Pauline, strângându-i mâna. Mă bucur să te cunosc.

Elijah dădu mâna cu ea. Avea degetele lipicioase.

Obi se întoarse spre Nikki.

— Mai am de dat doar un telefon, apoi sunt gata să mergem.

O sărută pe obraz, după care se duse în altă cameră şi închise uşa în urma lui.

Nikki îl strânse uşor de umăr pe Elijah. Pauline băgă mâna în sertar şi scoase un tub cu bomboane.

— „Farfuriile zburătoare" îmi plac cel mai mult, spuse ea şi întinse tubul spre Elijah.

Elijah se uită la Nikki. Ea aprobă din cap.

— O singură bomboană nu face rău.

Elijah îl auzea pe Obi vorbind tare la telefon. Părea supărat.

— De fapt, cred că o să-ți fur şi eu una, spuse Nikki, luând o boboană rotundă, violet.

Elijah luă şi el una şi o băgă în gură. Se auzea vocea lui Obi:

— Va fi deportată. E simplu, asta se va întâmpla. O vom trimite la...

Elijah se întreba ce însemna „deportată".

— Cred că mai bine aşteptăm afară, spuse Nikki.

Elijah o luă de mână.

— Mulțumesc pentru bomboană, zise el.

Pauline întinse mâna peste birou şi îl ciupi de obraz, cu degetele ei lipicioase.

— Cu plăcere, spuse ea.

Afară era soare şi pe stradă tocmai se crease un ambuteiaj, o mulțime de maşini claxonau, iar oamenii stăteau cu brațele spânzurate afară, pe geamurile deschise complet. Lui Elijah i-ar fi plăcut să rămână înăuntru, ca să se uite mai bine prin jur, dar când au ieşit, femeile îmbrăcate cu cearşafuri erau tot acolo, aşa că i se părea la fel de interesant şi pe stradă. A încercat să se uite la ochii lor, ca să poată ghici ce fel de persoane erau sub cearşafuri. Femeile continuau să vorbească în limba lor ca o tuse, iar una dintre ele gesticula rotund cu mâinile.

Nikki se rezemă de zid şi îl trase pe Elijah mai aproape, plimbându-şi degetele prin părul lui.

— Nici nu ştiam că părul cuiva poate creşte aşa de repede, spuse ea. El închise ochii, ca să se poată concentra la degetele ei, care îl mângâiau duios pe cap.

Uşa de la birou se deschise şi ieşi Obi. Se uită la Nikki şi ridică din umeri.

— Îmi pare rău, dragii mei, dar nu voi putea veni cu voi, ca să ne distrăm împreună. Se aplecă şi îl ciufuli afectuos pe Elijah.

— Iertaţi-mă că nu pot merge, dar a intervenit ceva foarte important, extrem de important.

O sărută pe Nikki pe obraz şi îl mângâie pe Elijah pe cap.

— Pe tine te rog să-mi păstrezi şi mie nişte prăjitură, OK? O s-o mănânc diseară, când vin acasă.

Nikki oftă.

— Dar ne doream atât de mult să mergem la masă împreună.

— Îmi pare rău, dar nu am timp acum, spuse el, mângâind-o cu degetul pe obraz. Mai ţii minte cazul despre care ţi-am povestit? Amira şi Youssef?

Nikki încuviinţă.

El îşi înclină uşor capul. Nikki îşi muşcă buzele.

— Sigur, spuse ea şi îl strânse uşor de braţ, fără să-şi ascundă tristeţea de pe chip.

— Chiar nu pot.

— OK, nu, înțeleg, zise ea. Dar s-ar putea să-ți mâncăm prăjitura, te previn.

Obi râse.

— Elijah, pot să mă bizui pe tine că n-o vei scăpa din ochi pe Nikki? Ai grijă să nu-mi mănânce prăjitura, da?

Elijah îşi ridică privirea spre Nikki, care clătină din cap şi se frecă pe burtă, cu subînțeles.

— Probabil că nu, spuse Elijah. Nikki şi Obi râseră, apoi Nikki îl luă de mână pe Elijah şi plecară. În timp ce se îndepărtau pe stradă, Elijah întoarse capul şi îl văzu pe Obi vorbind cu femeile de-afară, care intrară după el în clădire. Se întreba dacă Pauline avea să le ofere şi lor „Farfurii zburătoare", şi dacă da, ele cum le vor mânca oare? Nu aveau nicio gaură în dreptul gurii. De fapt, cum reuşeau să vorbească, totuşi?

12.

Băiețelul meu drag, iubirea mea, sufletul meu,

Tu te-ai născut la Spitalul Levisham, într-o cameră unde erau prea mulți bărbați și prea puține femei, și instrumente metalice reci cu care te-au tras afară din mine. Elijah, nașterea este o minciună pe care femeile și-o spun unele altora și lor însele. Nu voi minți singura persoană care a fost acolo cu mine, fiindcă, pe cât de rău a fost pentru mine, pe atât de rău a fost și pentru tine.

Nașterea este cel mai groaznic lucru cu putință. Dar la mine a fost mai rău decât la nașterea oricărui alt copil, și nu spun asta așa cum fac femeile când ajung mame prima oară. A fost mai rău. Nu se poate să nu-ți aduci aminte. Te-au smuls dinăuntrul meu, și primele ceasuri le-ai trăit tremurând firav ca o frunză de toamnă pregătindu-se să cadă.

Pârâitul a venit primul. Nu a fost nicio dilatare și nu au fost valuri din ce în ce mai furtunoase, doar pârâituri bruște și rupturi, și despicături. Bineînțeles, am văzut mătuși și verișoare născând copii, acasă, demult, unde femeile se adunau în jur și se țineau una de alta, cântând, plângând, râzând. Ele o ajutau pe femeia în travaliu să se dilate, să tragă și să împingă și să se lărgească tot mai mult, cât să devină o ușă prin care pruncul să intre în această lume. Corpul meu nu s-a dilatat la Spitalul Levisham. În schimb, s-a sfărâmat. Fiecare pârâitură a instrumentelor metalice te-a adus mai aproape și fiecare pârâitură m-a împins pe mine mai departe. Am crezut că nu vom supraviețui, tu și eu. Timp de câteva secunde, după ce ai părăsit corpul meu, am rămas amândoi una și aceeași persoană.

Și asta, Elijah, este esența tuturor lucrurilor.

Și pe urmă ne-au separat. Noi n-am urlat, dar lumea a urlat în jurul nostru.

Akpan cânta și murmura, și se ruga lângă mine — lângă noi — și făcea tot ce putea el, dar nici măcar cel mai bun bărbat din lume nu este femeie în acea situație. Aș fi dat orice să o fi avut acolo pe mama sau pe vreo soră de-a mea, sau pe amândouă.

— Ce frumoasă ești, spunea Akpan, când eu nădușeam, vomitam, căcam și pișam orice ieșea din mine, numai pe tine nu. Dar el era sincer, Elijah. Avea ochii înlăcrimați de fericire tot timpul. Mă masa pe spate și pe picioare și pe stomac și mă ținea de mână, iar eu îi strângeam mâna până auzeam cum îi trosneau oasele, dar el nu s-a plâns nici măcar o dată.

În cele din urmă a fost ca și cum m-aș fi golit. Ceva lipicios și fierbinte. Tremuram — tremurături peste tremurături. Nu mai aveam centru; centrul meu erai tu, iar tu plecaseși din mine.

— Felicitări! O voce a pătruns în creierul meu explodat. Ai un băiat.

Un băiat, mă gândeam eu. Akpan m-a sărutat pe gură și te-a sărutat și pe tine pe gură, și era plin de sânge pe faţă, dar nici nu-i păsa. N-am văzut niciodată un bărbat atât de fericit.

Tu te-ai uitat drept la mine şi te-ai încruntat. Aveai nasul turtit pe faţă şi capul ascuţit în partea de sus, buze moi şi trandafirii. Am ridicat o mână tremurândă şi te-am mângâiat cu degetul pe obraz. Eu eram degetul şi tu erai obrazul. Ai ţipat brusc şi am ţipat şi eu cu tine.

Treptat, faţa ta a căpătat formă, ochişorii s-au închis, trupul s-a descolăcit, şi, când te-am apăsat cu degetul pe obraz, n-am mai simţit decât degetul meu. Erai real şi viu, eu te făcusem, eu te creasem. Toate celelalte lucruri din viaţa mea nu erau nimic. Acele câteva momente când te-am ţinut în braţe au fost cele mai fericite minute din viaţa mea, şi au meritat toată durerea îndurată.

Eram acolo unde femeile sunt regi.

E adevărat, Elijah. Există trei locuri unde femeile sunt regi. Unul este în acel moment de după naştere, când generaţii întregi de femei se scurg în trupul uneia singure şi toată lumea se înfioară, iar natura ne aminteşte cine este rege. Al doilea loc este Nigeria, unde — ţii minte — o femeie, o prostituată chiar, era atât de respectată, încât a fost făcută rege. Şi în Rai femeile sunt regi, negreşit, căci în Rai toate relele de pe pământ sunt îndreptate. Nigeria, Naşterea unui copil şi Raiul: acestea sunt locurile unde orice este posibil pentru femei.

Akpan s-a aplecat spre mine — spre noi.

— Uite ce copil am făcut noi doi, spuse el. Dumnezeu ne-a binecuvântat cu adevărat.

În momentele de după naşterea ta, celelalte mame îşi ţineau bebeluşii la sân şi stăteau lungite pe spate, cu ochii închişi, dar nu şi eu. Te-am ridicat în dreptul ochilor ca să văd cum mă priveşte Nigeria. Tu te-ai născut în Lewisham, Anglia, dar chipul tău aparține Nigeriei. M-am rugat atât de fierbinte în noaptea aceea, Elijah, ca să-i mulțumesc lui Dumnezeu pentru darul pe care mi-l făcuse prin tine. Țin minte cum, împreună cu Akpan, te-am dus la fereastră şi ți-am arătat noaptea plină cu stele nigeriene şi o lună plină cum nu mai văzusem vreodată, umflându-se pe cer ca o inimă mustind de dragoste.

— Micuțul meu fiu Elijah, a şoptit Akpan. Uite, vezi, până şi luna te iubeşte.

13.

— Câți câini sunt acolo? întrebă Elijah.

— Sute!

Nikki abia aştepta să vadă reacția lui; uneori îl găsea în camera de zi, uitându-se la fotografii cu ea şi cățeii.

— Dar ține minte ce ți-am spus. Nu putem lua niciunul acasă, OK? Poate peste câțiva ani.

Era duminică dimineață şi ploua, dar vremea mohorâtă nu avea să-i strice buna dispoziție. Se ducea, în sfârşit, la Battersea, ca „să păstreze legătura" şi să-i arate lui Elijah cum era acolo. De asemenea, intenționa să stea de vorbă cu şeful ei despre reluarea activității. Elijah se descurca atât de bine, încât nu exista efectiv niciun motiv să mai amâne revenirea la serviciu după ce începea el şcoala. Vacanța de vară era pe sfârşite şi septembrie se apropia cu repeziciune. Se îndreptau amândoi spre intrare, pe lângă zidul lung şi înalt, ținându-se de mână. Pe lângă ei a trecut un cuplu care discuta aprins despre un câine de la adăpost. Femeia îl luase de braț pe bărbat: „E adorabil", spuse ea, şi se uitară unul la celălalt.

— Şi-au luat un cățel? întrebă Elijah, uitându-se la Nikki.

Ea a dat din cap.

— Da, aşa cred.

Au ajuns la poarta masivă, unde le-a deschis Pete, un tip solid care era paznic acolo şi uneori mai lua la el câte un căţel care nu se adapta imediat la viaţa din adăpost. Pete se uită la Elijah, arcuind o sprânceană.

— Bună, Pete, spuse Nikki zâmbind. Am venit în vizită. El este celebrul Elijah.

Pete zâmbi, făcându-i cu ochiul lui Nikki.

— Salutare, voinicule, spuse el.

— Putem să vedem câinii? întrebă Elijah, cu vocea aproape piţigăiată de emoţie.

Pete a râs şi le-a deschis larg uşa.

— Intraţi. Distracţie plăcută, spuse el.

Elijah aproape că o luă la fugă. La uşa recepţiei, afară, erau două statui de câini, iar câţiva oameni plimbau căţei prin faţa lor. Nikki îl luă de mână pe băiat şi îl conduse spre recepţie, unde a fost întâmpinată cu îmbrăţişări şi sărutări, fiindcă toţi colegii ei ieşiseră să îl vadă, mângâindu-l pe cap şi foindu-se în jurul lui. Pe el, nu părea să-l deranjeze. Ce mult se schimbase, în doar câteva săptămâni, se gândea Nikki.

— Vrei să mergem să vedem căţeii? întrebă ea.

— Da, te rog! strigă Elijah şi colegii ei izbucniră în râs. Ştiau cât de mult şi-l dorise pe Elijah. Şi prin câte suferinţe trecuse.

Nikki îl luă de mână. Împreună, ieşiră pe uşă şi urcară rampa spre câini.

— Trebuie să fii cuminte şi să nu te zgâieşti prea mult la ei. Câinilor nu le place când lumea se zgâieşte la ei, îi spuse ea.

Primul câine, un husky, veni spre uşiţa cuştii şi ridică o labă.

— Uau! Seamănă cu un lup.

— Ştiu. Ne vin tot mai mulţi câini din rasa asta la Battersea. Nu ne dăm seama de ce, spuse Nikki.

— Dar de ce are o cuşcă atât de mică?

— Păi, nu e o cuşcă, ci mai degrabă un fel de căsuţă temporară. Câinii pot ieşi din căsuţele lor, prin spate. Uite. De asemenea, o oră pe zi sunt scoşi afară şi se bucură mult de plimbare. Uită-te la asta, spuse Nikki, arătând spre un săculeţ de pânză agăţat în afară, pe un perete al cuştii. Înăuntru sunt flori de levănţică şi alte plante, care să-i liniştească pe căţei.

— Dar de ce e nevoie să fie liniştiţi aşa?

Elijah se lipise cu faţa de gratiile cuştii. Se uita drept în ochii câinelui şi începuse să respire foarte sacadat. Nikki era îngrijorată. Dacă îi trezeau lui Elijah nişte amintiri anume? Desigur, existau paralelisme. Unde erau stăpânii lor? Unde era mama lui Elijah? Privi repede spre însemnările de deasupra fiecărei cuşti, apoi spre nota din faţa lor:

Edith este o căţea frumoasă şi cuminte, care se apropie de bătrâneţe. Are nevoie de o familie specială, care să fie învăţată cu rasa şi care să stea acasă aproape tot timpul. Edith poate fi un adorabil animal de companie pentru o familie cu copii mai mari, dar fără alte animale de companie.

Nikki îl trase pe Elijah spre ea.

— Cred că ar trebui să mergem în birou. În fiecare zi, este ales câte un câine să fie căţelul biroului. Sunt sigură că, dacă o să-i rugăm frumos, o să ne dea voie să scoatem la plimbare căţelul biroului.

— Da, te rog!

Au plecat repede de la cuştile cu câini, fără să se uite înapoi. Nikki îşi puse braţul în jurul umerilor lui Elijah.

În acea după-amiază, Elijah n-a vorbit decât despre căţei; a povestit cum cel pe care l-au scos la plimbare avea un trup ca un cârnat şi lătra la toate păsărelele din parc. Când băiatul a ieşit din cameră, Nikki i-a spus lui Obi că vizita la adăpost stârnise ceva în Elijah, şi a povestit cum se nelinişteа băiatul în preajma câinilor care aşteptau să fie luaţi acasă de cineva.

— Vor exista nenumărate situaţii de acest fel, spuse Obi. Dar uite ce bine te-ai descurcat.

Şi, aplecându-se spre ea, o sărută pe gură.

Însă, în noaptea aceea, un urlet sfâşie tăcerea din casă, făcându-i pe amândoi să alerge în dormitorul lui Elijah. Băiatul era lac de transpiraţie, cu muşchii crispaţi şi încordaţi, cu faţa schimonosită şi bătrânicioasă. Plângea şi ţipa; avea braţele pline de zgârieturi roşii.

— Elijah, ce-i cu tine? Elijah?

Nikki alergă spre el şi îi puse mâna pe frunte: ardea cumplit. Se holba stupefiată la zgârieturile pe care şi le făcuse.

— Să chemăm salvarea? Se uită la Obi, care rămăsese înlemnit la uşă, cu gura căscată.

Nikki urcă în pat şi îl luă în braţe pe Elijah, lipindu-i de ea trupul rigid. Ochii lui aveau o privire rătăcită.

— Şşşş! Îl legănă uşor. Dar Elijah ridică brusc mâna şi o zgârie zdravăn sub ochi.

Nikki se trase înapoi.

— Elijah! Elijah! Duse mâna la ochi. Durerea încetă aproape imediat.

Elijah se făcu ghem pe pat. Plângea în hohote.

— Ar trebui să întrebăm la telefon cum să procedăm. Să nu ne băgăm aşa în sufletul lui. Şi să îndepărtăm toate obiectele cu care ar putea să-şi facă rău singur, spuse Obi, luând veioza de pe noptieră.

Nikki se lungi la loc pe pat, lângă Elijah.

— Nu, spuse Obi. Nu trebuie să-l sufocăm aşa.

Dar ea şi-a mulat trupul după al băiatului.

Obi îngenunche lângă pat.

— Verifică zgârieturile, şopti el. E nevoie de dezinfectant sau de pansamente?

Ridicând capul de lângă Elijah, Nikki spuse:

— Nu sângerează. Sunt doar julituri superficiale.

Apoi se lipi din nou de băiat.

— E OK, Elijah, n-ai păţit nimic.

Hohotele de plâns se mai domoliră, iar în final nu i se mai auzea decât respiraţia.

— Elijah, vrei să vii să dormi în camera noastră? spuse Obi, aşezându-se din nou în genunchi, lângă pat.

— Nu cred că te aude, spuse Nikki. Du-te înapoi în pat, rămân eu aici. Mâine-dimineaţă te scoli devreme, pentru tribunal.

— Ar trebui să cerem sfatul cuiva, spuse Obi tuşind.

— Pe cine vrei să suni la ora asta?! E OK totul, zise Nikki. Crede-mă. A avut un coşmar, atâta tot.

— OK, dacă zici tu.

Obi se uită la Elijah o bună bucată de timp. Băiatul avea ochii închişi şi respira regulat. O sărută pe Nikki, stinse lumina şi ieşi din cameră.

Nikki simţea cum îi bubuia inima în piept, aşa cum stătea lipită de spatele lui Elijah. Ricardo îi prevenise în legătură cu aceste accese de furie şi le spusese că Elijah putea fi violent, dar din ziua când îi văzuse cicatricele de pe corp, Elijah fusese mereu calm şi afectuos. Se pipăi pe faţă, în locul unde o zgâriase. Ce se întâmplase cu fiul ei? Îl strânse mai tare în braţe.

La un moment dat, Elijah se întoarse cu faţa spre ea. Nikki vedea că avea ochii larg deschişi, chiar dacă în cameră era aproape beznă. Părea îngrozit.

— Iartă-mă, şopti el.

— Dacă ne ţinem strâns în braţe amândoi, spuse ea, vei putea să visezi visele mele, iar eu n-am niciodată coşmaruri. Eu visez frumos întotdeauna.

Nikki nu avea cum să vadă dacă Elijah zâmbea, dar simţea că aşa era.

— Îţi mulţumim că ne-ai primit aşa, fără să te fi anunţat în prealabil, îi spuse Nikki Chiomei.

A plăcut-o imediat. Avea un chip din acela expresiv şi deschis, şi lui Nikki i s-a părut că este sinceră. După ce a vorbit cu Ricardo şi i-a povestit incidentul, el a liniştit-o, spunându-i că era de aşteptat să se întâmple aşa şi că Elijah nu făcea decât să îşi exteriorieze anxietăţile lăuntrice. Cazurile de coşmar şi crizele de nervi erau relativ normale în prima etapă a adopţiei propriu-zise. Dar îi recomandase să ia imediat legătura cu Chioma, iar Nikki se bucurase că putea face lucrul ăsta. Până atunci o văzuse pe Chioma numai pe geam, când îl aducea pe Elijah la şedinţele de terapie. Băiatul nu voia să intre şi ea acolo.

— Vă mulţumesc că aţi venit toţi trei.

Elijah ridică privirea spre Chioma. Judecând după limbajul trupului, se vedea că era relaxat în prezenţa ei. Trupul i se destinsese şi umerii i se lăsaseră un pic. Pe drum, în maşină, Elijah fusese încordat. O rugase pe Nikki să stea cu el pe bancheta din spate, şi o ţinuse de mână tot drumul. Obi, pe de altă parte, stătea cu umerii ridicați până la urechi. Şi se juca încontinuu cu un pix, închis, deschis, închis, deschis.

Se trezise devreme cu o durere de cap şi se dusese să caute în baie un calmant.

— Dar crezi că terapia prin joacă este suficientă? întrebase el. Nu ştim deocamdată ce probleme are şi, cu izbucniri emoționale de acest fel, poate că ar avea nevoie mai degrabă de un consult medical. Obi a coborât tropăind la parter, unde l-a auzit trântind şi pocnind uşile de la dulapuri. Când Obi s-a întors în dormitor, Nikki a căscat şi s-a ridicat în capul oaselor.

— Poate că e timpul să i se facă un nou examen psihiatric. S-ar putea să aibă nevoie chiar de un tratament medicamentos. Bărbatul a dispărut din nou în baie, unde s-a auzit un zgomot puternic, când suportul pentru periuțe de dinți a căzut în cadă şi Obi a tras o înjurătură.

— Nu mai există aspirină în casa asta? Pe bune? Uşa dulăpiorului din baie s-a trântit violent şi Obi a reapărut în uşă.

— Aspirină?

Nikki ridică din umeri.

— Eu pot să suport durerea asta de cap, dar tu ce faci?

— Haide, Obi, spuse ea.

— Vorbesc foarte serios. Pe bune? Nu mai avem aspirină?

În afară de riscul avortului spontan, boala lui Nikki presupunea şi o predispoziție la tromboză venoasă, de aceea trebuia să ia mereu aspirină.

— Am avut alte griji în ultima vreme, spuse ea, încruntându-se.

Câteva clipe, s-au privit furioşi unul pe celălalt. Apoi Obi şi-a cerut scuze şi i-a povestit lui Nikki despre un nou dosar, care îi dădea de furcă la serviciu: o femeie din

Congo şi surorile ei fuseseră atacate brutal şi violate de nişte bărbaţi, care le mutilaseră apoi cu revolverele lor. Una dintre surori murise din cauza hemoragiei.

— Cealaltă a trecut prin operaţii de chirurgie reconstructivă, i-a povestit Obi.

Nikki clipea uimită. Vasăzică asta îl frământase pe el. Oftă adânc.

— Doamne, în ce lume trăim. În ce lume trăieşti *tu*.

Ororile astea o îngrozeau.

— Cum reuşeşti să rămâi întreg la minte? Cum faci să fii normal când vii acasă?

Obi ridică din umeri.

— Întotdeauna mă străduiesc din răsputeri să rezolv problemele, dar când nu se mai poate face nimic, trec la următorul caz. N-am încotro. Există întotdeauna un alt caz.

Şi Nikki se cuibărise lângă el.

— Perfect, hai să începem, spuse Chioma. Nu mai fi aşa timorat, tati; Elijah poate să-ţi spună că aici nu ai motive să fii timorat.

Chioma zâmbea.

Elijah îi dădu dreptate, dând din cap, iar Obi râse.

— Nu sunt timorat, zise el. Suntem dispuşi să facem orice ca să ne ajutăm fiul.

Fiul. Puse pixul jos şi zâmbi.

Chioma dădu aprobator din cap.

— OK, atunci. Păi, mă gândeam ca astăzi să începem cu nişte muzică. Luaţi-vă câte o tobă şi un stetoscop, spuse ea, arătând spre grămada de tobe şi teancul de stetoscoape negre, medicale.

Nikki şi Obi se uitară unul la celălalt.

— Ăăă, OK, spuse Nikki, luându-şi obiectele indicate.

Elijah sări în sus de bucurie.

— Ce mult îmi place jocul ăsta! spuse el. Astea sunt tobe nigeriene.

Nikki râse. Se aşezară toţi într-un semicerc, cu Chioma în faţa lor.

— OK, acum, Elijah, de câte ori ne-am mai jucat aşa înainte, tu ai ascultat bătăile inimii tale, dar de data asta aş vrea să baţi toba în ritmul inimii lui mami şi a lui tati.

Elijah se uită la Nikki, apoi la Obi.

— Pe cine să aleg? întrebă el.

— Pe cine vrei tu. Apoi, vine la rând celălalt.

Elijah îşi luă stetoscopul şi puse în urechi cele două capete. Întinzându-se, ridică tricoul lui Nikki şi strecură stetoscopul dedesubt. Avea degetele calde. Cu o mână ţinea stetoscopul fix şi cu cealaltă începu să bată în tobă. Sunetul era puternic, constant şi sonor. Elijah începu să se legene în ritmul bătăilor tobei. Apoi, Nikki se legănă odată cu el.

Amândoi începură să râdă. Obi îşi luă stetoscopul şi îl puse pe spinarea lui Elijah, apoi începu să bată şi el în tobă. Sunetul era mai rapid şi mai delicat, dar se potrivea perfect cu cealaltă tobă. Cele două tobe, împreună, se auzeau exact ca o inimă bătând. Nikki închise ochii. Ascultă cum băteau în tobă soţul şi fiul ei, în ritmul inimii ei. Când Chioma le spuse să se oprească, Elijah trase stetoscopul de sub tricoul lui Nikki, dar rămase lângă ea. Nikki respiră parfumul pielii lui.

— A fost frumos, Elijah. Faci şi cu tati acum? spuse Chioma.

Elijah puse stetoscopul sub cămaşa lui Obi. Începu să bată ritmul. Obi i se alătură din nou, bătând atât în toba lui, cât şi în toba lui Elijah, după care Chioma luă o tobă şi începu să bată şi ea. Camera răsuna de sunetul tobelor.

Când au terminat, Obi răsufla greoi. Obosise.

— Să bați la tobă în ritmul inimii, îi spuse Nikki lui Obi.

— Am citit un articol în *Lancet*, despre efectele terapeutice ale muzicii. Era un număr din luna trecută, spuse Obi, privind-o pe Chioma.

— Excelent, spuse Chioma. Este o terapie extraordinară. Şi nu numai atât: e şi foarte amuzant. Cum vreți să ne jucăm acum? Cred că tu ar trebui să alegi, Elijah.

— De-a mama şi tata. Zâmbi radios şi o privi pe Nikki. Haideți să ne jucăm de-a mama şi tata.

— Bună idee. Acesta este alt joc preferat de-al meu. Cum împărțim rolurile?

— Tu o să fii câinele, spuse Elijah, arătând spre Chioma, care spuse imediat:

— Hau! Hau!

— Şi tu o să fii tati — arătând spre Obi, care a zâmbit şi i-a făcut cu ochiul — şi tu o să fi mami, spuse el, ridicând privirea spre Nikki.

— Şi tu cine o să fii, Elijah?

— Pot să fiu eu bebeluşul?

Nikki se uită la Chioma.

— Foarte bună ideea, zise ea.

Şi au început să se joace. Elijah se prefăcea că plânge, Nikki îl mângâia pe cap. Obi a ieşit din cameră şi pe urmă a venit înapoi.

— Am avut o zi groaznică la serviciu, spuse el. Unde-i cina mea? Şi râse.

— Hau! Hau! făcu Chioma. Se târa în patru labe şi chipurile dădea dintr-o coadă imaginară. Nikki se gândea că o dureau genunchii, probabil, tot târându-se aşa pe podea, dar Chioma nu lăsa să se vadă că ar fi deranjat-o cumva.

— Mama, spuse Elijah, ridicând brațele spre Nikki. Nikki îl îmbrățișă strâns și îl mângâie pe cap. Obi veni spre ei și puse mâna peste a lui Nikki. Chioma zâmbea.

La cină, au avut somon copt în folie de aluminiu, cu ulei de susan și sos de soia, asezonat cu ceapă verde, ardei iute, usturoi și ghimbir. Nikki pusese deoparte două porțioare de somon peste care turnase doar miere, apoi le băgase pe toate la cuptor, dar când Elijah a văzut peștele din farfuria lui Obi, s-a lins pe buze.

— Îmi dai și mie o bucată dintr-ăsta? Se uită la somonul lui cu miere și apoi din nou la somonul din farfuria lui Obi. Se comporta absolut normal, ca și cum incidentul din noaptea trecută nici nu ar fi existat. Dacă n-ar fi fost așa de obosită, Nikki s-ar fi gândit că totul fusese doar un vis. Bucătăria era însuflețită de arome picante și dulci și de zgomotele conversației în familie. Timp de câteva minute, Nikki se uită la ei toți, adunați în jurul mesei de lemn: Elijah, Obi, Chanel, Jasmin și tata. Ai fi zis că fuseseră împreună dintotdeauna. Elijah râdea la glume și șușotea cu Jasmin, tata era în elementul lui, vorbind întruna, și Chanel părea și ea într-o pasă bună. Afară era lumină și soarele strălucea încă, dar Nikki aprinsese niște lumânări, pentru o atmosferă mai intimă și mai caldă. Așezat în cealaltă parte a mesei, Obi îi prinse privirea și zâmbi. Se supărase un pic pe el în seara trecută, fiindcă stătuse deoparte, în loc să îl fi îmbrățișat și el pe Elijah, și apoi fiindcă era mai necăjit din cauza serviciului decât din cauza situației fiului său, dar la Chioma se comportase perfect. Nikki parcă auzea și acum bătăile tobei. Zâmbi, amintindu-și.

— Vreau două bucăți simple, doar cu miere, spuse Jasmin. Somonul e bun pentru dezvoltarea creierului, și pentru că vreau să fiu biolog marin, am nevoie de un creier bun. Se întinse peste masă şi trase peştele lui Elijah pe farfuria ei. Şi să ştii că îmi place cum ai pregătit somonul cu miere. E mult mai bun decât fileurile de peşte făcute de mami.

— Hei! strigă Chanel. Îl jigneşti pe Căpitanul Birdseye[11].

— Bună idee să faci câteva porţii în plus, spuse Obi, făcându-i cu ochiul lui Nikki.

— Ce este acela un biolog marin? întrebă Elijah, care înfuleca deja din farfurie şi îşi turnase lângă peşte şi o grămadă de cuşcuş.

— Biolog marin! râse Chanel. Tu nu vrei nici măcar să-ţi faci temele pentru şcoală, darămite să mai studiezi pentru aşa ceva?

Şedea lângă Jasmin, dar se trase într-o parte când fetiţa încercă să-i dea coate.

— Hei! Ştii bine că am dreptate. Mereu încerci să te eschivezi de la lecţii.

— Ba nu-i adevărat, spuse Jasmin, care purta un tricou pe care scria *Pop Star*, cu litere roz, sclipitoare. Doamna Pullen spune că sunt cea mai deşteaptă din clasă, iar dacă mi-aş pune mintea, aş putea face orice.

— Exact, spuse Chanel. Pune-ţi mintea, atunci. Asta înseamnă să-ţi faci temele fără să te vaiţi. Pun pariu că Jay-Z o să înveţe foarte bine la noua lui şcoală, nu-i aşa, voinicule?

Nikki ţâţâi din buze spre Chanel:

— Nu-i mai spune aşa!

— Nu mă deranjează, zise Elijah.

---

[11] Mascota produselor congelate cunoscute în Europa sub brandul „Iglo". (*N. red.*)

E amabil cu toată lumea, chiar şi cu Chanel, se gândea Nikki.

— Oricum, să ştii că îmi dau silinţa la şcoală, zise Jasmin, după care se întoarse spre Elijah. Un biolog marin este o persoană care înoată cu delfinii, zise ea. Ca o sirenă omenească.

Tata îşi dădu ochii peste cap şi pufni pe nas.

— În Nigeria, când eram eu mic, existau doar trei meserii: medicină, drept şi inginerie. Copiii primeau o carte şi o palmă după ceafă, fiindcă jucau fotbal prea mult. Acum primesc o palmă după ceafă fiindcă citesc cărţi şi, în schimb, li se dă o minge de fotbal, spuse el, izbucnind în râs. Asta ca să vedeţi cum s-au schimbat vremurile!

— Tu ce vrei să fii când te faci mare? întrebă Obi, uitându-se la Elijah. Ai un plan măreţ, ca Jasmin?

Elijah privi de jur împrejurul mesei, la chipul fiecăruia, pe rând.

— Nu trebuie să te decizi acum, zise Nikki. Mai ai încă mulţi ani de şcoală.

Elijah râse.

— Ştiu deja ce vreau să fiu, spuse el.

— Biolog marin, ca mine? întrebă Jasmin. Am putea să ne mutăm împreună în California, fiindcă acolo e locul cel mai bun pentru meseria asta. Sunt milioane de delfini şi vedete de cinema de la Hollywood, care trăiesc în vile mari, ca nişte palate.

Elijah scutură din cap, zâmbind în continuare. Nikki simţea că o plăcea pe Jasmin. Se lumina tot la faţă când era în preajma ei. Uitându-se la Nikki, băiatul spuse:

— Vreau să lucrez cu tine. Vreau să fiu îngrijitor de animale la Adăpostul de câini din Battersea.

14.

Lui Elijah nu-i plăcuse niciuna din şcolile la care mai fusese, dar unele dintre ele erau mai rele decât altele. Şcoala Horton School era mai mare decât Şcoala Appletree şi avea iarbă mai multă decât Şcoala St. John's, mai multe clădiri decât Grove Field şi St. Anne's, mai multe maşini în parcare decât Lowry Park School, dar mai puţine flori în grădină decât St. Peter's şi, categoric, copii mai mari decât Şcoala Kennedy Court Primary. Cel mai rău a fost până la urmă la St. Peter's, unde Elijah a aflat că florile de afară, de la poartă, nu erau o garanţie că înăuntru erau profesori buni la suflet.

— Haide odată, mototolule, îi spuse Jasmin, trăgându-l de mănuşile cu un singur deget pe care Nikki i le cususe de mânecile hainei. „Ca nu cumva să le pierzi", îi spusese ea, sau dacă ţi se face frig la mâini. Jasmin dăduse ochii peste cap.

— E abia septembrie. N-a venit încă iarna, pufni ea, dar pe Elijah nu-l deranja. Îi plăcea să aibă mâinile calde.

Privi în spate, la Nikki şi mătuşa Chanel, care vorbeau şi râdeau. Nikki purta o haină subţire, ca a lui, şi avea o eşarfă cu model înfăşurată în jurul gâtului. Mătuşa

Chanel purta pantaloni cu imprimeu leopard şi o vestă roz strălucitoare sub o geacă de piele, şi avea tocuri înalte, care păcăneau pe trotuar. Elijah şi-ar fi dorit să nu fie nevoie să meargă la şcoală. Şi-ar fi dorit să meargă în parc şi la râu, unde Nikki îl ducea uneori, să stea pe o bancă şi să se uite la apă.

— E-n regulă, spuse Nikki, observând că Elijah se uita la ea. Poţi s-o iei înainte, cu Jasmin. Doamna Pullen vă aşteaptă la poartă, oricum. Dar vino încoace mai întâi.

Elijah îşi smulse mănuşile din strânsoarea degetelor lui Jasmin. Veni la Nikki.

— Aşa, îţi aminteşti tot ce ţi-am spus? E prima zi de şcoală, atâta tot. Dacă ţi se pare prea greu, spune-i profesoarei, iar ea o să-mi telefoneze ca să vin să te iau imediat. Îi spui doamnei Pullen, da?

Nikki îl sărută pe obraz. Răsuflarea ei mirosea a mentă. Nikki scoase o bucăţică de hârtie din buzunarul de la spate şi i-o arătă lui Elijah. Era un desen pe care îl făcuse ea — un prinţ purtând o coroană şi o inimă cu doi pupici pe ea.

— Ţine asta în buzunar şi gândeşte-te la mine, spuse ea.

Obi îi dăduse deja un alt bileţel pe care scrisese cuvintele *carpe diem*. I-a zis că înseamnă „trăieşte clipa", dar, chiar şi traduse în engleză, pentru Elijah nu prea aveau sens, pentru că Obi îi spusese că „trăieşte" însemna, aici, să exploatezi din plin şi fără ezitare, ori nu poţi exploata o zi. Dacă el ar putea face acest lucru, ar alege ca pentru totdeauna să poată trăi ziua aceea în care văzuse chipul Mamei pentru ultima oară. Dar nu i-a spus asta lui Obi.

— O să fiu OK, murmură el. Ştia că Nikki îşi făcea griji; seara trecută o auzise vorbind cu Ricardo la telefon: *Prea curând, nu e pregătit, s-ar putea să îi declanşeze din nou acel comportament.* Dar, deşi auzea în ureche cuvintele lui Nikki: „Nu te frământa prea mult din cauza şcolii — nu-i aşa important", Elijah auzea în inimă cuvintele Mamei: *Băieţelul meu scump, când vei fi sănătos, vei avea norocul să mergi la şcoală. Şcoala este ca un bilet de călătorie spre orice loc unde vei vrea să pleci, şi dacă înveţi foarte bine, vei putea călători la clasa întâi.*

Dar, deşi Elijah purta în inimă cuvintele Mamei, oricât de mult s-ar fi căznit el, lui tot nu-i plăcea şcoala. Lecţiile erau prea grele pentru ochii lui şi vrăjitorul înceţoşa totul, ca el să nu mai poată vedea bine, şi îi râdea la ureche, încât nu-i mai putea auzi pe profesori, care se supărau pe el. Dacă Elijah nu avea destulă grijă, vrăjitorul putea să-l acapereze complet. Iar atunci profesorii s-ar fi înfuriat rău de tot, certându-l că spunea cuvinte urâte sau lovea din picioare sau spărgea geamul, deşi Elijah habar n-avea despre ce vorbeau. Lucrul acesta îi înfuria şi mai tare. De câteva zile nu-l mai simţise deloc pe vrăjitor, dar era sigur că el va reapărea în prima zi la noua lui şcoală. Pe măsură ce trecea timpul şi începutul şcolii era tot mai aproape, visele rele îi reveneau din ce în ce mai des. Acum câteva nopţi, Elijah crezuse că vrăjitorul se întorsese, torturându-l cu vise urâte, aşa că ţipase şi se zgâriase pe corp ca să scape de el, dar până la urmă a fost doar un coşmar. În timp ce Nikki dormea lângă el, Elijah căutase şi căutase înăuntrul lui vreun semn al prezenţei vrăjitorului, dar nu l-a găsit nicăieri. Însă vrăjitorul se întorcea întotdeauna. Elijah ridică ochii spre cer. I se făcuse frig.

Se apleacă spre Nikki şi o îmbrăţişă repede, luând hârtiuţa şi punând-o în buzunar.

— Să nu vii la poartă, îi spuse el. Deşi Nikki era o persoană deosebită şi bună la suflet, Elijah nu voia să fie văzut cu ea, de teamă că ceilalţi copii, zărindu-i împreună, şi-ar da seama că nu locuia cu mama lui adevărată. Ce păcat că Obi nu putuse să vină cu ei. Dar pe urmă văzu expresia nedumerită de pe chipul lui Nikki şi îi păru rău. Îl ţinuse atât de strâns în braţe, în noaptea aceea. Mai strâns decât Ricardo. La fel de strâns ca Mama. Alergă înapoi şi o mai îmbrăţişă repede o dată.

— O să fie bine, spuse el, iar ea zâmbi şi ridică privirea spre mătuşa Chanel, care îşi puse mâna pe inimă şi zise: „Ahhh".

Mergeau spre poartă, iar Jasmin începu să vorbească repede.

— Am vrut să discut cu tine acum câteva seri, dar n-am putut, din cauză că mami şi toţi ceilalţi erau acolo. Trebuie să-ţi explic despre codul secret pentru lanterne. Ultima oară ai făcut ceva absolut jenant.

Elijah privi înapoi la Nikki şi mătuşa Chanel, care stăteau de vorbă, venind încet în spatele lor.

— Există un cod? Pentru felul în care luminezi cu lanterna?

— Bineînţeles că există un cod. Şi, dacă vrei să-mi dai un mesaj, codul acesta este foarte important. Trei semnale luminoase şi pe urmă unul scurt înseamnă că voi trece dimineaţă să te iau la şcoală; trei semnale luminoase rapide înseamnă că voi veni la tine ca să ne jucăm, iar patru semnale luminoase înseamnă că vii tu la mine ca să ne jucăm. Dar tu ai făcut cinci semnale luminoase lente!

— Şi ce înseamnă asta?

Elijah atinse bileţelul de la Nikki, pe care îl avea în buzunar. Hârtia i se părea foarte catifelată la pipăit, ca pielea de pe obrazul Mamei.

— Cinci semnale luminoase lente nu trebuie folosite niciodată! Singura dată când aş folosi cinci semnale luminoase lente ar fi dacă Justin Bieber s-ar muta în cartier, dar tu nu semeni deloc cu Justin Bieber şi, oricum, noi doi suntem veri, adică suntem ca un frate şi o soră, aşa că e penibil să faci cinci semnale lente.

Elijah nu avea idee ce tot spunea Jasmin, însă i-a plăcut când a zis că ei doi erau ca un frate şi o soră. El nu mai avusese niciodată o verişoară sau un prieten, un frate sau o soră.

Jasmin privea spre şcoală.

— Este în regulă să foloseşti codul. De fapt, trebuie să folosim codul, fiindcă mami nu mă lasă să am o staţie radio *walkie-talkie*, ceea ce ar fi mult mai practic. Dar niciodată, pricepi, absolut niciodată să nu mai foloseşti cinci semnale luminoase. Se aplecă spre urechea lui Elijah, şoptind:

— Cinci semnale luminoase înseamnă „te iubesc".

O doamnă ieşi pe poartă şi veni spre ei.

— Bună dimineaţa, Jasmin, spuse ea. Ce mai faci?

Se opriră pe loc şi aşteptară să-i ajungă din urmă Nikki şi mătuşa Chanel.

Jasmin zâmbea.

— Bună ziua, doamnă Pullen. A fost foarte frumos în vacanţa de vară. Am mers în America şi am văzut Statuia Libertăţii, şi am urcat până sus de tot în Empire State Building.

Elijah chicoti şi duse repede mâna la gură.

— Jasmin, spuse maică-sa, scuturând din cap. Nu mai născoci poveşti. Se întoarse apoi spre doamna Pullen.

— Am fost două zile la prietena mea, care era cu rulota în Great Yarmouth, şi ne-a pişat ploaia nonstop.

— Chanel!

— Scuze, spuse mătuşa Chanel. Am vrut să spun „torențial". A plouat torențial.

Jasmin se întoarse spre profesoara ei.

— Vedeți cu cine am de-a face?!

Apoi îl luă de mână pe Elijah şi îşi scutură energic părul strâns în coadă de cal.

— Va trebui să pui o liră în borcanul de înjurături, mami. Haide, Elijah. Să mergem.

— Eşti OK, Elijah?

Nikki părea derutată, de parcă s-ar fi rătăcit prin oraş, deşi erau la doar două străzi de casa lor.

Elijah încuviință din cap. Doamna Pullen îl luă de cealaltă mână.

— Vino cu mine; eu sunt noua ta profesoară, zise ea.

— O să fie bine, mătuşă Nikki. Nu-i aşa?! spuse Jasmin, zâmbindu-i lui Elijah, care încuviință din nou.

Porniră toți trei spre şcoală, intrând pe porțile mari de metal, iar Elijah nu mai privi în urmă, fiindcă ştia că Nikki o să plângă şi că s-ar putea să plângă şi el, văzând-o. Jasmin îşi scutură iarăşi coada.

— În America, nu trebuie să mergi la şcoală, declară ea.

— Jasmin, nu poate fi întru totul adevărat, nu crezi? spuse doamna Pullen, făcându-i cu ochiul lui Elijah.

Avea un păr roşu, stufos şi cearcăne în jurul ochilor.

— Unii copii învață de-acasă, fără să meargă la o şcoală. Asta înseamnă că se uită la televizor toată ziua. Mi-ar plăcea să trăiesc şi eu în America, ca să nu mai fiu nevoită să merg la şcoală şi să mi se spună să mă potolesc, când mă foiesc prin clasă.

— Atunci nu te mai foi! râse doamna Pullen, iar Jasmin zâmbi, ceea ce îl făcu pe Elijah să înțeleagă că erau prietene. Nu poate să stea locului. Nu-i aşa, Jasmin?

Jasmin îşi dădu ochii peste cap. Elijah nu mai întâlnise niciodată o fată ca ea. Nu era ca un băiat, dar nu era nici ca vreunul dintre ceilalţi copii pe care îi cunoscuse. O parte din sufletul lui dorea să se împrietenească cu ea, dar se temea de reacţia vrăjitorului, care le făcea rău tuturor celor pe care îi îndrăgea. Ar fi mai bine pentru Jasmin dacă ei doi nu s-ar împrieteni, dar când Jasmin era în preajma lui, Elijah se simţea un pic mai bine, ca şi cum ea ar fi fost plină de soare, luminând întunericul lui. Era imposibil să nu îţi placă. Chiar dacă ea îi spunea că nu voia să-i fie prietenă. Chioma îl învăţase cum să respire atât de încet, încât să oprească timpul şi să poată gândi în linişte, fiindcă aşa vrăjitorul se făcea mic, mic de tot. Asta însemna că el nu mai avea puteri speciale — fără vrăjitor, dispăreau puterile speciale —, dar nu-l deranja. Ar fi dat orice pe lume numai să-l facă pe vrăjitor să plece. Dacă acesta pleca, el era în siguranţă, Mama s-ar putea însănătoşi şi ar putea vedea că el este un băiat normal.

Când ajunse pe terenul de joacă, Elijah se opri brusc. Rămase nemişcat câteva minute, fiindcă picioarele nu-l mai ascultau. Pe urmă porni spre uşa mare, de unde se auzeau mulţi copii ţipând. Dădu drumul mâinii lui Jasmin şi mâinii doamnei Pullen şi îşi acoperi urechile cu palmele. Copiii treceau ca vântul pe lângă el, iar el nu cunoştea pe nimeni. Lumea întreagă era plină de copii care nu îi erau prieteni. Unii l-au îmbrâncit şi Elijah s-a tras la o parte şi s-a uitat spre perete, unde era o urmă mare de tencuială cojită.

Doamna Pullen se lăsă în genunchi în faţa lui şi, cu multă blândeţe, îi luă mâinile de pe urechi.

— Vino, hai să ieşim din haosul ăsta. Te conduc eu în clasă. O să vezi — copiii sunt prietenoşi şi vom face multe lucruri amuzante împreună.

Totul se înceţoşă, ca şi cum ar fi avut o problemă cu ochii. Poate că vrăjitorul îi înceţoşa privirile. Le urmă pe culoar pe doamna Pullen şi pe Jasmin, până la o încăpere cu o uşă de sticlă. Elevii erau deja în clasă şi înăuntru era linişte. Când au intrat, Elijah a simţit cum toată lumea se uita la el. Se întreba care dintre copii îl va lovi primul sau îi va da o poreclă urâtă, sau va râde de el. Ridică ochii. Jasmin era acolo, lângă el. Şi zâmbea cu gura până la urechi.

— OK, Elijah, bun venit în clasa 3F. Poţi să te aşezi lângă Jasmin. Ea a insistat! Şi ştiu că nu are niciun rost să mă cert cu ea atunci când insistă! spuse doamna Pullen, făcându-i cu ochiul lui Jasmin.

Elijah se aşeză pe un scaun, în faţă; Jasmin se aşeză lângă el. În timp ce doamna Pullen striga catalogul, fetiţa scoase un creion din penar şi desenă, pe foaia de hârtie de pe pupitrul lui Elijah, un craniu cu două oase în jurul lui, ca emblema cu un craniu şi două oase încrucişate de pe steagul piraţilor. Apoi, începu să îşi facă de lucru cu penarul, scoţând toate lucrurile afară şi pe urmă punându-le înapoi la loc. Şi fredona destul de tare.

Elijah se uită în jurul lui: sala de clasă era la fel ca toate celelalte în care mai fusese. O tablă mare neagră şi o tablă mare albă, sute de desene, sertare nenumărate cu diverse instrumente, cu etichete pe partea din faţă, dar pe care el nu ştia să le citească, un glob pământesc mare pe catedra din faţă şi mulţi copii uitându-se la el. În toate locurile unde fusese, urâse şcoala. Niciodată nu îşi făcuse niciun prieten, nici măcar unul singur. Dar dintr-odată, aşezat lângă Jasmin, simţea că lucrurile s-ar putea schimba. Respira mai uşor, iar vrăjitorul amuţise complet. Se aşeză mai drept pe scaun şi nimeni nu râse de el. Nici chiar vrăjitorul. Pentru prima oară, Elijah avea un prieten. Mai mult chiar decât un prieten. Avea o verişoară. Ştia că este periculos să se împrietenească cu alţi oameni, fiindcă vrăjitorul putea să le facă rău. Dar, şezând acum lângă Jasmin, îşi dădu seama că vrăjitorul nu se trezea niciodată când Jasmin era pe-aproape. Dacă totuşi încerca să se trezească, Elijah putea să îl ţină sub control, aşa cum îl învăţase Chioma. Era ca şi cum, dacă se afla lângă Jasmin, Elijah devenea mai puternic. Ei nu-i era frică de nimic. Nici chiar de vrăjitor. Elijah decise să rişte. Se uită direct la chipul lui Jasmin şi zâmbi. Dar Jasmin era atât de ocupată să-şi ascută creioanele unul câte unul, încât nici nu băgă de seamă.

Doamna Pullen oftă.

— Jasmin, spuse ea. Potoleşte-te, te rog.

15.

Nikki întrebă dacă nu era prea târziu să facă un grătar în octombrie, dar Obi îi răspunse că era ridicol să-şi pună o asemenea problemă.

— Cred că sunt douăzeci de grade afară. O să ne punem mănuşi dacă trebuie. Am cea mai bună reţetă de marinată pentru pui şi nu pot aştepta până la primăvară ca s-o testez.

Nikki râse.

— Obi face mereu grătar în curte. Sunt singurele ocazii în care găteşte. Ca un rege, doar el are voie lângă grătar. Zice despre mine că fac dezordine când gătesc, dar aşteptaţi să-l vedeţi pe el la grătar. Atunci să vedeţi ce înseamnă cu adevărat dezordinea.

Elijah nu fusese niciodată la un grătar în curte, dar nu-i spuse lui Nikki. Odată, Mama prăjise banane pe balcon, dar ei îi plăceau aproape arse, fiindcă atunci erau dulci de tot, spunea ea. Uitase să stingă focul pe care îl făcuse din hârtie de împachetat şi un scaun vechi. De aceea, fotoliul de pe balcon luase foc cumva şi ea fusese nevoită să arunce peste balcon scaunul în flăcări. Se arsese la mâini şi plânsese de durere.

Ceva mai târziu, Nikki îl luă pe Elijah cu ea la mătuşa Chanel, ca să-l lase pe Obi să pregătească grătarul pe îndelete. Apartamentul mătuşii Chanel era plin de postere mari, prinse pe pereţi cu plastilină adezivă, înfăţişând staruri pop cam despuiate. Jasmin îşi dădu ochii peste cap când îl văzu pe Elijah uitându-se la ele.

— Mami le-a pus, zise ea. E foarte jenant.

Privi în jur, apoi se aplecă spre Elijah.

— De fapt, se duce la o audiţie pentru *X-Factor*, dar tu n-ai de unde să ştii ce e asta, fiindcă voi nu aveţi televizor. Este un concurs de cântat, dar nu există pe lume emisiune TV mai grozavă.

Elijah încercă să şi-o imagineze pe mătuşa Chanel pe scenă, cântând. Şi chicoti amuzat.

— Nu-i nostim deloc, şopti Jasmin. Să nu spui nimănui la şcoală.

— Nu spun, zise el.

O auzea pe mătuşa Chanel cântând sub duş, tare de tot.

— Poate o să câştige, zise el.

Jasmin pufni furioasă.

— Nu fi ridicol. E aşa de ciudată. Îl luă de mână pe Elijah şi se duseră în camera ei. Era straniu să se afle în odaia la care se uitase adesea de peste drum. Îi plăcea că draperiile ei erau mereu trase la o parte. Îi plăceau caii de pe pilotă. Jasmin avea pe birou un glob pământesc şi pe perete o hartă uriaşă, plină cu repere înfipte din loc în loc.

— Astea toate sunt locurile pe care o să le vizitez când o să fiu mare, spuse ea. Vreau să văd toată lumea. Îşi plimbă degetele pe hartă şi citi cu glas tare denumirile: „Peru, Brazilia, Australia, Rusia, Mongolia, Sudan, Alaska..."

— Ricardo e din Brazilia, spuse Elijah. Zicea că au acolo o pădure imensă.

Jasmin ridică privirea spre hartă.

— Bineînțeles, va trebui să merg şi în Nigeria, zâmbi ea. Fiindcă, judecând după laudele pe care i le aduce bunicul Ozo, ai crede că e locul cel mai frumos din lume.

Nigeria, un loc ca o gură de Rai. Elijah auzea vocea înăuntrul lui. Se uita la Nigeria, pe harta lui Jasmin. Rusia era mai mare. Întotdeauna avusese impresia că Nigeria trebuia să fie mare cât bolta cerului, dar de fapt era mică şi strivită între alte țări.

Puse degetul mare pe Nigeria şi îl mută apoi peste celelalte state. Nigeria nu se simțea altfel pe piele. Se aştepta să fie fierbinte.

— O să călătoresc în toată lumea, spuse Jasmin.

Elijah băgă mâna în buzunar. Scoase de-acolo cartea poştală pe care o văzuse la magazin, unde se rugase de Nikki să i-o cumpere. Era o fotografie cu Empire State Building, în alb şi negru, şi dedesubt scria *Heart NYC*.

— Uite, ți-am luat asta, spuse el. Şi îi dădu lui Jasmin cartea poştală ilustrată.

Zâmbetul ei se arcui larg, cât să cuprindă în el toată camera.

— Mulțumesc, spuse ea, uitându-se atentă la fotografie. Arată mai bine în realitate, adăugă, apoi ridică din umeri.

— Poți veni şi tu cu mine dacă vrei.

— Pot, serios?

— Bineînțeles. Dar va trebui să cari bagajele. Trebuie să luăm cu noi tone de dulciuri. Nu găseşti dulciuri bune în Rusia, ci doar cartofi.

Elijah dădu repede din cap.

— OK, spuse el. Şi, când atinse harta gigantică, simți totuşi că i se încălzeşte degetul.

Jasmin rezemă cartea poştală pe măsuţa de lângă pat, apoi veni şi ea în faţa hărţii. Întinzând braţul, puse degetul mare peste al lui Elijah.

— O să mergem în toate locurile pe care punem degetul, OK?

Elijah încuviinţă din cap. Şi-au plimbat degetele, lipite, pe toată suprafaţa hărţii, până când nu mai rămăsese niciun colţ din lume unde să nu meargă. În timpul ăsta, degetul lui Elijah se încălzi din ce în ce mai mult, dar nu era fierbinte ca atunci când vrăjitorul pornea incendii folosindu-se de trupul lui. De fapt, vrăjitorul nu îi dădea târcoale pe dinăuntru. Era adevărat că, de fiecare dată când Jasmin era pe-aproape, vrăjitorul se micşora până când nu mai rămânea nimic din el. Poate că îi era frică de puterea supranaturală a lui Jasmin, se temea de faptul că ea nu se speria de nimic pe lumea asta. Poate că pentru a creşte, vrăjitorul avea nevoie ca lui Elijah să-i fie frică. Era ca şi cum, în sfârşit, îl avea sub control pe vrăjitor, sau ca şi cum acesta începea să dispară. Oricare ar fi fost motivul, Elijah ridică privirea spre Jasmin, îşi apăsă tare degetul mare peste al ei şi şopti:

— Îţi mulţumesc.

Jasmin râse.

— E-n regulă, prostuţule. Bineînţeles că vei putea veni cu mine în călătoria în jurul lumii. Apoi ridică din sprâncene.

— Oricum. Tu trebuie să mă păzeşti tot timpul. În L.A., poliţia răpeşte copii ca să le fure pielea şi să o pună pe faţa unor oameni bătrâni şi zbârciţi.

Când ajunseră înapoi, Elijah a simţit miros de ars. Bunicul apăru înfăşurat cu totul într-o pătură.

— Îl ştiu eu pe taică-tău, îi spuse el lui Elijah. O să vrea să mâncăm afară pe gerul ăsta.

Apoi apăru şi mătuşa Chanel, îmbrăcată doar cu o vestă, fără pulover.

— Hei, Jay-Z, zise ea. Te faci tot mai chipeş de la o zi la alta, nu-i aşa, Jas?

Jasmin stătea în spatele ei, îmbrăcată cu o haină mare cu gluga trasă pe cap, dar Elijah văzu că roşise toată.

Simţea că se îmbujorase şi el. Se concentră la grădină, la florile lui Nikki şi la mica parcelă noroioasă din capăt, unde ea zicea că Elijah putea să cultive legume. Zicea că are şi el talent la grădinărit, la fel ca ea.

— Nu vă mai legaţi de bietul băiat, o să se fâstâcească de tot, spuse Nikki, trecând pe lângă ele cu un castron mare cu salată de varză, pe care o pregătise împreună cu Elijah. Ia, haideţi încoace şi voi două, să daţi o mână de ajutor.

A adus afară castroane cu mâncare: orez, salată, cartofi, sosuri, apoi tacâmuri, şerveţele, o carafă cu suc, pahare, o sticlă de vin roşu pentru mătuşa Chanel şi o cutie de bere pentru bunicul. Obi puse nişte muzică şi pe urmă se postă lângă grătar, întorcând bucăţile de pui. Grădina se umplu de cântece, de sunetul vocilor lor, de mirosul apetisant al friptarii de pui la grătar, marinată de Obi după o reţetă specială, încât Elijah închise ochii câteva clipe, ca să păstreze toate lucrurile astea înlăuntrul lui. Apoi sună telefonul mobil al lui Obi, iar el îl scoase din buzunar şi răspunse, vorbind în şoaptă, apoi fugi spre casă.

— Tu eşti responsabil de friptură, murmură el pe tăcute spre Elijah şi îi făcu semn cu ochiul, înainte să dispară înăuntru.

— Hai, facem treabă împreună, spuse Nikki, venind repede spre grătar şi luând cleştele pentru carne.

— Eu o să trăiesc probabil în California, spuse Jasmin. Acolo locuiesc cei mai cool oameni din lume. O să fac surf la plajă şi o să văd o mulţime de celebrităţi. Va trebui să-mi iau, probabil, vreo două sau trei caiete pentru autografele pe care o să le primesc.

Jasmin vorbea despre America în acelaşi fel în care bunicul vorbea despre Nigeria, dar totodată diferit, parcă. Când bunicul vorbea despre Nigeria, Elijah vedea ţara în mintea lui, dar când Jasmin vorbea despre America, nu o vedea decât pe ea visând la acele locuri.

Mâncară cu multă poftă, lingându-se pe degete, iar grădina se umplu de plescăiturile lor, fiindcă friptura era delicioasă. Când Obi reveni înapoi în grădină, Elijah mâncase deja trei bucăţi de pui. El le făcu semn, fluturând din mână, dar vorbea în continuare la telefon.

— La prima oră totuşi, OK?

Mătuşa Chanel sorbi din vin şi ridică o sprânceană spre Nikki.

— Contez pe tine, spuse Obi.

Apoi vârî telefonul înapoi în buzunar. Veni să se aşeze lângă Elijah, iar Nikki, de cealaltă parte, îl prinse de braţ, spunând:

— Te-aş ruga să pui deoparte obiectul acela.

— L-am pus! Apoi ridică demonstrativ braţele, ca să arate că nu mai ţinea nimic în mână.

Nikki scutură dojenitoare din cap, dar Elijah observă că zâmbea.

— V-a plăcut puiul? întrebă Obi.

Au scos cu toţii zgomote pline de încântare, dând aprobator din cap.

— Eşti un bucătar desăvârşit, îi spuse mătuşa Chanel lui Elijah.

— Are asta în sânge, zise bunicul.

Mătuşa Chanel râse şi Jasmin se duse să se aşeze pe genunchii bunicului, deşi el spunea mereu că se făcuse prea mare pentru asta.

— Cred că o să intru în comă alimentară, spuse mătuşa Chanel.

Elijah ridică ochii spre cer, unde, în ciuda luminilor portocalii proiectate din oraşul de dedesubt, el putea număra multe stele.

16.

Ricardo purta nişte şlapi roşii, chiar dacă afară era frig şi îţi puteai vedea respiraţia în aer, ca un pufăit de fum. La gât avea mărgele noi, pe care le tot atingea cu degetele. Dacă ar fi mers la şcoala unde învăţa Elijah, doamna Pullen l-ar fi pus să se potolească, să nu se mai foiască atâta. Şedeau într-un restaurant McDonald's, ceea ce era o tratație excepțională pentru Elijah, fiindcă Obi nu-l lăsa niciodată să mănânce acolo. Nikki îl dusese odată la McDonald's şi îşi luaseră amândoi un Happy Meal.

— Hai să nu-i spunem lui Obi, îi zisese Nikki, şi râseseră amândoi. Obi spunea că mâncarea fast-food era ca o otravă şi că el nu putea să îi dea unei persoane dragi o mâncare atât de proastă. Asta l-a făcut pe Elijah să zâmbească.

— Bun, ia spune, cum merg treburile? Am impresia că te-ai adaptat perfect! Nici nu-mi vine să cred că au trecut deja trei luni de când stai cu Nikki şi Obi. Cum a zburat timpul!

Ricardo muşcă dintr-un burger de legume. Era vegetarian şi nu mânca deloc carne. Îi spusese lui Elijah că acesta era motivul pentru care nu locuia în Brazilia.

— Acolo nu există vegetarieni, îi explicase el. Este ilegal. Când n-o să mai pot răbda să nu mă întorc în Brazilia, o să mănânc o friptură de bună calitate. Dar, până atunci, rămân la specialitatea asta cumplită de burger vegetarian.

Mai luă o muşcătură şi se strâmbă.

— Nikki spune că te-ai acomodat foarte bine.

— Obi mă învață să joc fotbal. La şcoală e bine. Şi Nikki m-a dus la serviciul ei şi m-a lăsat să mă joc cu câinii, spuse Elijah râzând. Sunt aşa de nostimi. M-au lins pe față.

— Ziceai că la şcoală e bine? Fantastic. Da, Nikki mi-a povestit ce bine te descurci cu cățeii, de parcă ai fi făcut asta dintotdeauna, zise Ricardo. Şi mi-a zis că te pricepi să-i îngrijeşti. Dar, ce-i drept, mi-a mai spus şi că ți-a fost un pic greu la început, când ai văzut câinii de la adăpost. Şi că în noaptea aceea ai fost furios.

Elijah ridică din umeri.

— Păreau foarte trişti, spuse el. Ăsta-i motivul pentru care vreau să am grijă de ei, cum face Nikki.

— Sunt sigur că în curând vor căpăta şi ei o familie, pentru totdeauna, exact cum ai şi tu. Nikki şi Obi mi-au spus că furia ta a fost trecătoare şi că pe urmă ai redevenit drăguț ca înainte. Deci acum petreci timp şi împreună cu ceilalți din familie? Îi ştii pe toți?

— Mătuşa Chanel este foarte nostimă. E om mare, dar se poartă ca un copil. Iar Jasmin stă lângă mine la şcoală. Îmi place de Jasmin. În vacanța de Paşti vom merge în Țara Galilor, ca să o cunosc pe bunicuța mea şi pe celălalt bunic. Am vorbit cu ei pe Skype şi m-au făcut să râd. Şi, de asemenea, Obi a zis că o să mă ducă în Nigeria la anul, spuse Elijah, zâmbind încântat.

Ricardo râdea.

— Pare un program încărcat! Şi cum te pregăteşti pentru ziua de adopţie oficială?

Elijah se opri din mestecat.

— Va trebui să vorbesc?

— Nu. Adopţia oficială înseamnă un eveniment special, la tribunal, când Nikki şi Obi vor semna actele pentru a deveni pentru totdeauna mama şi tatăl tău. Este un motiv de sărbătoare, aşa că o să mâncăm tort şi, pe urmă, o să mergem la o masă festivă, în oraş. Nu trebuie să vorbeşti acolo, dar trebuie să arăţi bine, preciză Ricardo, râzând. De exemplu, eu o să mă încalţ cu pantofi de-adevăratelea. Nu sandale, nu şlapi. Şi o să folosesc cel mai bun aftershave, pe care îl păstrez doar pentru ocazii fabuloase.

Elijah nu şi-l putea imagina pe Ricardo încălţat cu pantofi.

— Te simţi bine cu familia ta adoptivă?

Elijah se gândi la întrebare. Îi plăcea să stea cu Nikki şi Obi, fiindcă la ei era mai bine decât în toate celelalte locuri unde fusese înainte. Nu voia să locuiască în altă parte. Îi era încă foarte dor de Mama, dar Nikki spunea că era OK. Spunea că era normal.

O familie *pentru totdeauna.*

— Când pot să o văd pe Mama?

— Nu se simte deloc bine, Elijah, şi aşa cum am discutat, s-ar putea să fie mai bine pentru tine să o vizitezi doar de două ori pe an. Dacă am alege să o vezi mai des, s-ar putea să nu îţi facă bine.

— Dar este tot bolnavă?

— Da, este bolnavă, spuse Ricardo. Însă mai are şi alte probleme, care nu se vor rezolva, probabil. Nu poate să îţi poarte de grijă, chiar şi dacă s-ar însănătoşi, or, tu ai nevoie de îngrijire şi ocrotire, aşa cum se cuvine. Poţi păstra legătura cu ea. Eventual, poţi să-i trimiţi o scrisoare. Nikki şi Obi te vor ajuta să îi scrii.

Elijah lăsă umerii în jos, cu un aer abătut.

— Mama avea grijă de mine.

— Iar acum Nikki şi Obi au ei grijă de tine.

Elijah îşi îndreptă spatele.

— Da, aşa cred, zise el, mestecând încet un cartof prăjit. Cred că răutatea s-a dus.

Ricardo puse jos bucata de burger din care mânca.

— N-ai mai spus în ultima vreme că ai fi un băiat rău, Elijah.

Făcu o pauză.

— Crezi că e posibil ca acum, odată ce te-ai acomodat cu Nikki şi Obi, să nu mai ai senzaţia că există în tine ceva rău? Poate ai început să mă crezi pe mine, când îţi tot spun că eşti un băiat bun. Poate acum eşti pregătit să vorbeşti despre ceea ce ţi s-a întâmplat mai demult?

Elijah băgă în gură un *chicken nugget*. Vrăjitorul nu mai preluase controlul de multă vreme. Ultima oară când simţise prezenţa lui fusese în prima zi de şcoală, dar, chiar şi atunci, fiind în preajma lui Jasmin, puterile vrăjitorului erau foarte slăbite. De fapt, nu-l mai simţea niciodată dându-i târcoale pe dinăuntru. Elijah era stăpân pe situaţie. Zâmbi.

— Cred că vrăjitorul a plecat, spuse el. Apoi, sări de pe scaun şi îl îmbrăţişă pe Ricardo. Se gândea la Mama şi la cât de fericită va fi ea.

Elijah observă expresia de pe chipul lui Ricardo, care bulbucase ochii şi rămăsese cu mâncarea în gură, fără să mai mestece. Îi povestise lui Ricardo despre vrăjitor; ştia că nu o va mai vedea niciodată pe Mama.

— Vrăjitorul? spuse Ricardo, reuşind să înghită îmbucătura şi ştergându-se apoi la gură.

Elijah stătea nemişcat, dar nu se întâmplă nimic. Dacă vrăjitorul plecase într-adevăr, atunci poate că nici nu mai conta.

— Elijah?

Deschise gura, vrând să vorbească. Efectiv, nu îl mai simţea pe vrăjitor.

— Am scăpat de răul din mine.

Ricardo se aplecă în faţă.

— Dar ai spus „vrăjitor".

Da. Spusese „vrăjitor", dar pământul nu i se clintise de sub picioare, soarele era încă sus pe cer, nimeni nu îl târâse pe Elijah de-acolo şi nici nu-i spusese că nu avea voie să o mai vadă pe Mama vreodată. Elijah ridică din umeri.

— Răul din mine a dispărut.

Era adevărat. Mama avea dreptate — pentru a fi în siguranţă, tot ce trebuia să facă era să găsească un nigerian care să creadă în Dumnezeu, iar el îi găsise pe Obi şi pe bunicul. O găsise şi pe Nikki, care nu era nigeriană, dar era plină de sărutările îngerilor, numite pistrui, şi pe Jasmin, căreia nu-i era frică de nimic. Nici chiar de un vrăjitor.

— OK, zise Ricardo, dând aprobator din cap şi îmbrăţişându-l strâns pe băiat.

Elijah se gândea că ar putea să stea cu Nikki şi Obi până se făcea un pic mai mare. Şi că, pe urmă, poate îi dădeau voie să locuiască din nou cu Mama? Poate că Mama se va însănătoşi acum şi va fi în stare să vină să stea şi ea cu Nikki şi Obi.

După McDonald's, mătuşa Chanel l-a dus pe Elijah în oraş, ca să-l lase pe Ricardo să stea de vorbă cu Nikki şi Obi.

Mătuşa Chanel puse mâna pe creştetul lui Elijah şi râse.

— O să umblăm haimanale pe străzi, Jay-Z! Să vezi ce mişto o să fie. Mătuşa Chanel avea alţi doi fluturaşi pe pleoape, dar aceştia păreau rupţi, ca şi cum le-ar fi lipsit jumătate din aripi, iar din cauza asta ochii ei priveau în direcţii diferite, unul aproape şi celălalt departe. Avea pe cap două acoperitoare pentru urechi, în formă de ursuleţi panda. Elijah nu mai văzuse niciodată un adult purtând acoperitoare în formă de animale.

— Trebuie să facem ceva cu părul ăsta al tău, tinere, spuse ea, punând mâna din nou pe capul lui Elijah.

Mătuşa Chanel avea patru inele pe degete, şi când îl atinse, între mâna ei şi umărul lui ţâşniră mici scântei, care l-au făcut să sară cât colo.

— Te-ai electrizat, spuse ea.

Elijah merse cu ea la staţia de autobuz, unde mătuşa Chanel scoase din poşetă un pachet cu gumă de mestecat şi îi dădu şi lui una. Elijah nu mai mestecase niciodată gumă.

— Să nu-i spui lui mami că ţi-am dat gumă, zise ea.

Elijah scutură din cap şi începu să mestece repede de tot. Guma avea gust de pastă de dinţi. Mătuşa Chanel întotdeauna o numea „mami" pe Nikki, ceea ce pentru Elijah suna ciudat. Nikki era cumva mama lui, dar nu era Mama.

Jasmin ieşi în fugă pe poarta şcolii.

— Uraaa! Şcoala s-a terminat! Cum a fost la întâlnire?

— Bine, spuse Elijah.

— Mergem să îl tundem pe Elijah, zise mătuşa Chanel. O tunsoare *cool*.

— Grozav! exclamă Jasmin, luându-l de mână pe Elijah.

— Nu cred că am voie să mă tund, spuse Elijah, imgi-nându-şi reacţia lui Nikki şi cum ar certa-o ea pe mătuşa Chanel. Lui Nikki îi plăcea că Elijah avea părul cârlionţat şi moale, aşa îi spusese. Cârlionţii îi crescuseră atât de repede, de când se mutase la Nikki şi Obi, de parcă până atunci ar fi stat pitiţi în capul lui. Nu avusese niciodată atât de mult păr, fiindcă înainte îl tundeau mereu foarte scurt. Îşi pipăi părul.

— Auzi, voinicule, când eşti cu mine, ai voie să faci orice spun eu, OK? Tanti Chanel se apropiase atât de mult de faţa lui, încât Elijah simţea mirosul de chimicale despre care Nikki îi spusese că provenea de la bronzul artificial al mătuşii, cel care o făcea atât de portocalie. La început, mirosul i s-a părut oribil, dar acum se obişnuise cu el şi îi plăcea. Ştia că Jasmin nu reuşise să-l accepte; strângea din nas şi se strâmba urât de fiecare dată când maică-sa se apropia prea mult de ea.

— Haideţi, a venit autobuzul.

Mătuşa Chanel îl trase pe Elijah spre ea şi toţi trei traversară strada în fugă. Se urcară în autobuz şi se aşe-zară în partea din faţă. Mătuşa Chanel stătea pe scaunul care avea un semn înfăţişând o poză cu doi oameni cu bastoane, dar nu s-a ridicat când în autobuz s-a urcat un bătrân; s-a uitat mai departe pe geam, la străzile pe care treceau în goană. Pe scaunul lui Jasmin nu era niciun semn, iar ea privea afară pe fereastră, cu faţa lipită de geam. Bătrânul avea picioare strâmbe, care probabil îl cam dureau. Elijah se ridică, arătând din cap spre scau-nul lui. Dar bătrânul nu se aşeză. Se prefăcea că nici nu-l văzuse. Elijah se întreba dacă nu era cumva invizibil, însă vrăjitorul nu îi mai dădea târcoale pe dinăuntru. Vrăjitorul părea să fi plecat definitiv. Abia când a coborât o doamnă din autobuz, bătrânul s-a dus şi s-a aşezat pe scaunul ei. Poate că îi plăcea mai mult cum se vedea afară de pe scaunul doamnei. Lui Elijah nu-i păsa. Vrăjitorul dispăruse! Abia aştepta ca Mama să se facă mai bine, ca să-i poată spune şi ei.

Rămase în picioare, oricum, până când mătuşa Chanel şi Jasmin se ridicară de pe scaune, şi coborâră toţi trei din autobuz pe o stradă aglomerată, plină de oameni. Unii aveau pielea de aceeaşi culoare ca Elijah şi alţii aveau pielea albă ca Nikki, dar nimeni nu avea pielea portocalie ca mătasea, aşa că Elijah a prins-o de mână. Nu voia ca ea să se simtă singură şi părăsită.

Mătuşa Chanel se uită repede în jos, spre el.

— Parcă aş fi Beyonce, zise ea.

Jasmin îşi dădu ochii peste cap atât de tare, încât a dat şi capul pe spate.

— În sfârşit, am ajuns! După asta, mergem să te rezolvăm şi cu hainele. Mă refer la pantofii sport, în primul rând; nu vreau să mai văd pantofii ăştia oribili cu care te încalţă soră-mea. Fata asta nu se pricepe deloc la chestiile astea, tinere. Noroc cu mătuşă-ta Chanel!

Jasmin se postase în spatele unui felinar.

— Dar ăsta va fi un început, oricum. Prima ta tunsoare adevărată!

Arătă spre magazinul din faţa lor, unde stăteau pe scaune o mulţime de băieţi şi bărbaţi. Toţi păreau chei. Elijah îşi atinse părul cu mâna, era cârlionţat, exact cum îi plăcea lui Nikki. Când se apropiară de vitrină, Elijah rămase cu gura căscată şi o strânse mai tare de mână pe mătuşa Chanel.

— E o frizerie. Aici trebuie să mergem; ai nevoie de un frizer pentru băieţei negri, care să îţi aranjeze claia asta de păr!

Un băiat privi afară, prin geamul vitrinei, spre Elijah. Părea exact de vârsta lui şi foarte dichisit. Avea pielea de aceeaşi culoare ca Elijah şi ochi căprui-închis. Purta o cămaşă, jeanşi şi nişte bocanci mari, cu şireturile desfăcute. Arăta ca un star pop.

Mătuşa intră prima în frizerie, urmată de Elijah şi Jasmin, care şopti:

— O să arăţi aşa de *cool*; ce mult mi-ar plăcea să mă tund şi eu.

Până acum, mătuşa Chanel îl dusese la un parc de distracţii şi îi dăduse vată de zahăr; îl dusese chiar şi la *pub*, unde îi tratase, pe el şi pe Jasmin, cu două cola şi două pungi cu chipsuri pentru fiecare. Lui îi plăcea peste tot unde fusese cu mătuşa Chanel.

Când au intrat, au fost întâmpinaţi de un bărbat masiv.

— Salutare, isteţule, spuse el. Ce te-ar interesa?

Elijah voia să pară dezgheţat ca băiatul din vitrină, dar era prea speriat ca să vorbească — omul acesta era mai masiv decât Obi.

Însă mătuşa Chanel vorbea de zor:

— Tundeţi-l scurt, luat cu maşina, apoi aş vrea un model pe o parte — mă gândeam la simbolul Nike. Ceva *cool*. Înţelegi, ceva care să-i stea bine.

Jasmin, care era mai în spate, scoase un sunet, ca un chiţăit de şoricel.

Mătuşa vorbea şi vorbea, fără să observe că bărbatul ridicase sprâncenele până în tavan. Elijah nu înţelegea de ce. Nu ştia ce însemna „simbolul Nike“, dar prefera să tacă. Se gândea la Nikki. Oare se va supăra când îl va vedea tuns? Nikki se supăra uneori pe Obi. Mai ales dacă o certa pentru dezordinea din casă când venea acasă de la serviciu. Nikki se schimba la faţă şi spunea: „Încetează! Te rog!".

— Haide, vino aici.

Bărbatul îl aşeză pe Elijah pe un scaun lângă celălalt băiat şi luă aparatul de tuns, pe care începu să îl plimbe pe ţeasta lui Elijah.

— O să arate nemaipomenit! spuse mătuşa Chanel, după care se aplecă spre urechea lui Elijah: Jasmin e invidioasă!

Ea şi Jasmin stăteau în faţa oglinzii, una lângă cealaltă, dar fără să se atingă. Mătuşa Chanel se privi îndelung în oglindă.

— Trebuie să mă duc şi eu la coafor. Au început să mi se vadă rădăcinile. Îşi trase de pe cap acoperitoarele pentru urechi şi, despărţindu-şi o cărare prin păr, le arătă o linie închisă la culoare, exact pe mijlocul capului.

Jasmin ridică ochii în tavan. Îşi lipise pe cravata de şcoală un abţibild în formă de steluţă, cu bandă adezivă. O profesoară îi dăduse abţibildul cu mult timp în urmă, iar Jasmin ţinea să-l poarte, chiar dacă lipiciul iniţial se dusese.

— Ce vreţi să mâncăm azi? râse mătuşa Chanel. Ar trebui să vă fac nişte pui picant. Am chef să gătesc. Sau poate nişte supă de crab pentru suflet.

Elijah nu ştia ce însemna supă pentru suflet, dar suna drăguţ.

Jasmin îşi scutură părul prins în coadă de cal.

— Tu nu găteşti niciodată nimic, decât fileuri de peşte pane, spuse ea.

În noaptea aceea, Obi îl trezi din somn pe Elijah, scuturându-l uşor de braţ. Băiatul se ridică brusc în capul oaselor. Obi duse un deget la buze. Dacă voia să-l gonească pe Elijah de-acasă, din cauza tunsorii?

— Mătuşa asta a ta! râse Obi. Nu mai fi îngrijorat, îi spuse el. E OK. Plecăm într-o expediţie.

Şi aprinse o lanternă drept în faţa lui Elijah.

— Unde mergem? Elijah se frecă la ochi şi se dădu jos din pat. Obi îi pregătise nişte haine — jeanşi, pulover, haină, fular, şosete şi bocanci — şi îl ajută să se îmbrace. Elijah nu ştia cât era ceasul, însă pe sub draperia lui nu pătrundea nicio fâşie de lumină. Pesemne că era în toiul nopţii.

— Ştiu că mâine ai şcoală, aşa că expediţia noastră va fi scurtă. Voiam neapărat să-ţi arăt ceva. Hai să ne grăbim, să nu ratăm momentul.

Se furişară din casă atât de încetişor, încât Elijah îşi auzea bătăile inimii. Intră în panică. Dacă Obi voia să-l izgonească de la ei? Chiar dacă vrăjitorul plecase, ei poate îşi doreau totuşi să adopte un alt copil. Un bebeluş. Toată lumea îşi dorea un bebeluş. Pesemne că tunsoarea lui Elijah, cu bifa aceea mare pe o parte a capului, îi făcuse să se răzgândească.

Când veniseră acasă, Nikki le deschisese uşa şi icnise. Pe urmă îl ţinuse îmbrăţişat pe Elijah mult timp, înainte de a-l trimite afară, în grădină. După aceea, se dusese acasă la mătuşa Chanel, să stea de vorbă cu ea, ceea ce însemna că aveau un secret. Să fi fost oare faptul că ea voia ca Elijah să locuiască în altă parte? Când s-a întors Nikki, l-a strâns în braţe pe Elijah, dar el tot era îngrijorat. Cârlionţii fuseseră preferaţii ei. Zicea că îi aminteau de părul unui nou-născut. Probabil că Nikki îi spusese lui Obi că ea nu putea să îl mai iubească fără părul acela şi îl pusese să îl gonească de-acasă.

Obi îl trase de braț pe Elijah și, împreună, alergaseră spre parc. În aer mirosea a umezeală, deși nu plouase. Sub razele lunii, totul părea albastru ca cerneala, iar tufișurile de la marginea parcului foșneau și se mișcau. Elijah începu să plângă. Nu voia să plece de la ei.

Obi se opri dintr-odată.

— Ce e? Ce-ai pățit?

— Unde mergem? șopti el, smiorcăindu-se. Nu putea suferi când era plângăcios.

— Îmi pare rău că nu mai am cârlionți.

Obi râse.

— Păi, știu că lui Nikki nu-i place că te-ai tuns. Și mai știu că mătușa Chanel are niște idei foarte fistichii. Dar o să-ți spun un secret, zise el, punând mâna pe umărul lui Elijah. Mie mi se pare că arăți foarte *cool* așa.

— Pe bune?!

Elijah ridică mâna și atinse bifa de pe o parte.

— Bineînțeles! Haide, nu mai fi speriat, zise Obi. Am pornit în expediție ca să căutăm niște viețăți. Am avut o zi grea la serviciu astăzi, și în timp ce veneam spre casă prin parc, am văzut ceva ce ție ți-ar plăcea mult. Asta e tot. Nu trebuie să te neliniștești.

Îl ridică pe Elijah în brațe și îl puse pe umerii lui, ținându-i picioarele cu mâinile lui uriașe. Elijah puse palmele peste mâinile lui Obi, ținându-se strâns de el.

Mergeau prin noaptea rece, iar Elijah urmărea umbrele și pustietatea parcului, liniștea lumii. Luna era ca o felie.

Simțea sub coapse umerii calzi ai lui Obi și îi plăcea la înălțime. Putea vedea totul, chiar și în bezna de-afară. Obi îi dădu o lanternă și îi spuse să lumineze cu ea în jur. Dintr-odată, o formă mică și neagră trecu fulgerător prin dreptul lor. Elijah auzi un fel de scârțâitură, ca un ecou ascuțit într-o cameră mare.

— Uite, acolo!

— Ce este asta?

Vietatea se lăsă în jos din nou, urmată de o alta, şi de o alta. Zbura mult mai repede decât o pasăre.

— Un liliac! spuse el. Lilieci! Ai mai văzut vreodată lilieci?

Elijah nu putea să răspundă. Mişca de zor lanterna în toate direcțiile, ca să prindă în lumină câte un liliac ici şi colo; aveau aripile aproape străvezii şi atât de frumoase, încât băiatul amuțise de-a dreptul.

A doua zi dimineață, Elijah mâncă o porție uriaşă la micul dejun: două castroane de cereale, iar apoi două felii de pâine prăjită. Nikki zâmbea şi se uita la Obi, dar el citea ziarul. Îl ținea sus, în dreptul ochilor, ca un zid între el şi Nikki. Bunicul se uita la Elijah, care mânca şi povestea despre lilieci.

— Îmi place tunsoarea ta! spuse el. În afară de semnul acela de pe partea laterală. Restul arată foarte şmecher. În Nigeria, oamenii merg la frizer mai mult decât cei de-aici. Acolo nu există băieți ciufuliți şi netunşi. Mătuşa Chanel are ea uneori idei ciudate în privința modei, dar de data asta a avut dreptate. Îmi place cum te-ai tuns.

Elijah vorbea şi mânca întruna.

— Cred că erau acolo o sută de lilieci, spunea el. Sau poate cinci sute. Şi zburau atât de repede. Şi foloseau ecoul pentru orientare. I-am auzit cum cârâiau pițigăiat.

Nikki îl tot mângâia pe păr.

— Of, soră-mea asta! spunea ea, dar râzând. Uneori, spuse ea, cu ochii scânteind, uneori copiii pot auzi liliecii, dar adulții nu.

Apoi se îndreptă spre chiuvetă.

Obi puse ziarul jos şi se uită la ea.

— Poate mergem cu toții să vedem liliecii, la sfârşitul săptămânii, zise el.

Elijah se duse la Nikki şi, brusc, o strânse în brațe.

17.

— Bun, aşadar aceasta este a doua întâlnire de evaluare pentru voi, iar acum au trecut cincisprezece săptămâni de la începutul plasamentului familial.

Paula, pe care nu o mai văzuseră până atunci, dar care se prezentase ca făcând parte din echipa de asistenți maternali, bătea ritmic cu pixul în masă şi se uita la Nikki.

Nikki aprobă din cap. Privi la toți cei care se aşezaseră, destul de înghesuiți, în jurul mesei din bucătărie: Elijah, făcut sandvici între Obi şi Ricardo, care arătau de parcă ar fi fost bodyguarzii lui, Chioma, împreună cu o altă asistentă socială, Meena — o femeie minionă, cu un breton inegal, care îi zâmbea liniştitor lui Nikki. Se uită la Ricardo. Expresia lui era întotdeauna caldă, dar de data asta avea o cută între sprâncene, ca şi cum s-ar fi încruntat prea mult. Ricardo îi zâmbi şi el.

— Suntem cu toții mulțumiți de felul cum evoluează lucrurile, spuse Ricardo. Desigur, suntem încă la început şi e de aşteptat să mai apară unele hopuri, dar, în ansamblu, plasamentul familial a demarat excelent.

Totul era diferit de ceea ce se aşteptase Nikki. Li se spusese de atâtea ori că Elijah era un copil cu nevoi speciale, că suferise traume importante, aşa că ei îşi făcuseră griji, aşteptându-se la tot felul de necazuri. Cu toate astea, Elijah era un copil adorabil. Se acomodase acasă, ba se acomodase chiar şi la şcoală. Profesorii spuneau că recuperase mult la învăţătură şi că purtarea lui era ireproşabilă. Apăruse incidentul provocat de vizita la Battersea, şi din cauza asta Nikki nu putuse să îşi reia serviciul, dar — Obi avea dreptate — Elijah era un copil sensibil, înţelegător şi bun la suflet. La început, păruse mai în largul lui în prezenţa bărbaţilor aşezându-se pe genunchii lui Obi sau ai bunicului, ori de câte ori avea prilejul. Dar acum era relaxat şi în preajma lui Nikki.

Meena zâmbea, iar Paula notă ceva la repezeală într-un caiet mare, după care se uită la Elijah.

— Ce mai faci, Elijah?

— Bine, mulţumesc.

Vorbea aproape în şoaptă. Probabil că era îngrozit. Nikki încerca să nu-şi imagineze prin câte întâlniri asemănătoare fusese nevoit să treacă de-a lungul scurtei lui vieţi. Îi pusese pe masă o carte de colorat şi o cutie plină cu creioane, dar deocamdată Elijah prefera să stea cuminte şi să asculte. Se uita mereu la ea şi ea încuviinţa din cap de fiecare dată.

Paula se întoarse spre Nikki.

— Spune-mi, Elijah este înregistrat la un medic de familie? Are vreo problemă de sănătate?

Punea întrebări după întrebări, bifând pe un fel de listă în caietul ei uriaş. Nikki încerca să se concentreze la întrebările Paulei: la ce oră se culcă seara Elijah? La ce oră se trezeşte dimineaţa? La ce oră mănâncă cina?

Nikki răspunse la majoritatea întrebărilor. Obi se dusese înapoi la serviciu, la scurt timp după venirea lui

Elijah, iar Nikki îşi petrecea tot timpul cu el. Era un pic tristă, fiindcă Obi pierdea atâtea momente din viaţa de zi cu zi: Elijah ajutând-o să facă mâncare, încântarea lui când putea să ude grădina, căldura palmei lui când o lua de mână. Aştepta şi ea cu nerăbdare să îşi reia serviciul, dar ştia că îi va fi foarte dor de Elijah.

— Cum se înţelege Elijah cu ceilalţi membri ai familiei? Tatăl lui Obi, sora ta, Chanel? Nepoata ta? Jasmin, parcă, nu-i aşa?

Dintr-odată, Elijah începu să vorbească şi tăcură cu toţii.

— Jasmin este prietena mea, spuse el. Suntem veri, dar totodată şi cei mai buni prieteni.

Nikki se uită la Obi şi zâmbi. Paula scria în caietul ei.

— Uită-te la tine, spuse Chioma. Ce te mai mândreşti cu prietenii tăi! Este un sentiment minunat, Elijah. Zâmbi cald spre Nikki. Din punctul meu de vedere, terapia familială funcţionează foarte bine. Atât Obi, cât şi Nikki folosesc la maximum orice prilej pentru a încuraja ataşamentul faţă de persoanele dragi.

Paula scria de zor în caietul ei, în timp ce Chioma vorbea. Ce spunea ea nu era întru totul adevărat. Chiar dacă Obi îşi făcuse timp să vină la întâlnirile cu Chioma, nu era acasă prea des, ca să se joace cu Elijah. Însă, incontestabil, se străduia. Elijah spusese că niciodată nu făcuse ceva mai frumos, ca atunci când fusese cu Obi să vadă liliecii.

Chioma se întoarse spre băiat.

— Ce jocuri îţi plac ţie cel mai mult?

— Îmi place să mă joc de-a mama şi de-a tata. E foarte frumos. Obi se vaită mereu de serviciu, ca un tată adevărat, şi Nikki îşi dă ochii peste cap, ca o mamă adevărată, şi totul e foarte nostim — dar Nikki nu se pricepe la bebeluşi. Când un bebeluş plânge, trebuie să-i dai să bea cu biberonul.

Nikki căscase ochii mari. Elijah zâmbea, dar Obi se încruntă.

— Elijah, tu eşti un băiat mare, nu mai ai nevoie de biberon! râse el.

— Dar e doar o joacă, spuse Elijah.

Paula se opri din scris.

— Corect. Şi, oricum, nu-i o idee prea rea, nu credeţi?

Nikki se uită la Obi şi Ricardo. Ricardo ridică din umeri.

— Elijah nu a apucat să fie bebeluş cu tine, spuse el. Poate simte nevoia să recupereze timpul pierdut.

— Copiii aleg exact ceea ce le lipseşte, spuse Chioma. Dacă Elijah vrea să se joace de-a mama şi de-a tata şi vrea un biberon, faceţi-i pe plac, spuse ea.

Nikki simţea că i se încing obrajii. Îşi imagina cum ar fi fost să-l ţină în braţe pe Elijah ca pe un bebeluş. O durere îi încleştă stomacul, urmată apoi de un gol enorm. Simţea ochii Chiomei îndreptaţi spre ea.

— Uneori, noi recomandăm aceste lucruri pentru copii mult mai mari chiar, spuse ea, zâmbindu-i apoi lui Elijah. Bun, acum hai să mergem noi doi la o plimbărică, şi să-i lăsăm pe mami şi pe tati să discute un pic, OK? Chiar am poftă de o îngheţată.

Elijah se uită la Nikki.

— Pe frigul ăsta? zise Nikki, râzând. E aproape noiembrie! Dar cred că o îngheţată ar fi o idee bună. Elijah ştie drumul până la cea mai bună cofetărie.

Ţinându-l de mână, Chioma ieşi din bucătărie cu Elijah, iar pălăvrăgeala lui se stinse, pe drum spre ieşire.

— Bun, acum, în primul rând vreau să îţi mulţumesc că ne-ai spus imediat ce ai văzut prima oară cicatricele lui Elijah. Totodată, este foarte bine să discutăm deschis şi cu el despre lucrurile astea. Aş spune că te-ai descurcat foarte bine, înainte ca situaţia să se agraveze, zise Paula.

— De asemenea, îţi mulţumim că ne-ai spus despre citatele din Biblie, interveni Ricardo, îndreptându-se în scaun. Psihiatrul a încercat să o facă pe Deborah să vorbească despre religia ei, dar deocamdată este prea bolnavă ca să poată răspunde coerent. Cel mai mult vorbeşte despre rudele ei din Nigeria, dar nu am reuşit să îi contactăm familia.

Paula se opri din scris şi ridică privirea.

— Elijah a mai avut coşmaruri?

Nikki scutură din cap.

— Nu, recent nu. Au fost câteva înainte să înceapă şcoala, dar de atunci nimic.

— S-a simţit excelent, spuse Obi.

— Sunt de aşteptat unele mici probleme pe viitor, dar Elijah s-a acomodat cu voi mai bine decât în orice altă parte, de când îl ştiu eu, spuse Ricardo, cu un aer încântat. Vă potriviţi perfect.

— Îl adoră pe tatăl lui Obi, spuse Nikki. Când vine aici, Elijah nu mai are ochi şi urechi decât pentru el.

Obi râse.

— Oricum, e ca şi cum ar locui la noi, fiindcă e mai tot timpul aici. I-a făcut o cheie lui Elijah, pentru ca atunci când va mai creşte să poată intra oricând acasă la bunicul!

— Ce frumos! spuse Paula. Cred că am încheiat pe ziua de astăzi. A mai rămas doar problema cu vrăjitorul, despre care pomeneai tu, Ricardo, zise ea, bătând cu pixul pe caietul din faţa ei. Elijah a mai spus ceva pe această temă?

Nikki se încruntă şi ridică privirea spre Ricardo.

— Probabil că nu e nimic, spuse Ricardo. Eu am crezut că sunt Batman până la vârsta de unsprezece ani.

— Nouă nu ne-a spus nimic despre aşa ceva. Ce e cu „vrăjitorul“ ăsta?

— Eh, bine, acum ceva vreme Elijah m-a întrebat dacă ştiu să omor un vrăjitor. N-am dat prea multă atenţie atunci, dar pe urmă, la ultima noastră întâlnire, a zis ceva legat de acelaşi subiect, anume că „vrăjitorul a plecat“. Este o afirmaţie îmbucurătoare, chiar dacă nu ştim exact la ce se referă, însă, având în vedere spiritul religios exacerbat în care a fost crescut şi toate acele citate din Biblie, cred că trebuie să fim atenţi pe viitor, poate chiar să-l întrebăm despre asta.

Paula lăsă pixul să cadă pe caietul din faţa ei.

— Nu cred că e cazul să ne creăm îngrijorări suplimentare. În această fază, a trage nişte concluzii pripite, în special în materie de universuri culturale specifice, poate fi destul de riscant.

Nikki îi dădu dreptate, dând din cap.

— Te referi la credinţa în vrăjitorie? Am văzut un documentar pe Channel Four despre copiii etichetaţi drept vrăjitori, spuse Nikki, cu un aer îngrozit.

Paula ridică din umeri.

— În fine, posibil, dar efectiv nu avem informaţii suficiente, iar datele pe care le deţinem nu ne trimit la...

Ricardo îi tăie vorba:

— Suntem siguri că abuzurile fizice suferite de Elijah au venit de la mama lui naturală, ceea ce este foarte neobişnuit. Şi, aşa cum spuneam, mama lui naturală este mult mai canalizată asupra casei ei din Nigeria şi a familiei de-acolo decât asupra bisericii.

— Aşa cum ne-ai spus când am discutat despre asta prima oară, zise Paula, nu este ceva neobişnuit ca nişte copilaşi să rețină expresii pe care le-au auzit, şi de aceea cred că nu trebuie să reacționăm în mod exagerat. Să fim vigilenți, da, dar să nu forțăm nota. Atâta vreme cât Elijah continuă să facă progrese, vom putea ajunge în mod firesc la esența lucrurilor, fără să-l tulburăm cu întrebări supărătoare.

— Toți copiii mici cred în magie şi supereroi, spuse Obi.

— Exact, confirmă Paula, închizând caietul cu un plesnet sec. Voi faceți o treabă minunată, zise ea, zâmbindu-le lui Nikki şi lui Obi. Minunată. Nu ezitați să ne contactați dacă apare vreo problemă. Directorul nostru este în concediu de boală, iar eu voi pleca în concediul anual de odihnă până în data de şase, dar există întotdeauna cineva de serviciu, pentru cazurile urgente.

Nikki zâmbi timid spre Obi, care căscase ochii un pic, insesizabil.

A doua zi dimineață, Ricardo se întoarse la ei. Nikki îl zări prin fereastra de la dormitor. Ținea o servietă în mână şi purta un costum elegant, cu pantofi adevărați care păcăneau pe caldarâm. A alergat repede la parter, dar a găsit doar o scrisoare pe preşul de la uşă. A deschis uşa, însă Ricardo se îndepărta deja pe alee.

— Ricardo! Ricardo!

El se întoarse repede în loc şi veni înapoi.

— Scuze. Sunt atât de prins astăzi, am vrut doar să las raportul evaluării de ieri, despre situația îngrijirii copilului încredințat spre adopție. Nu pot să stau, trebuie să fiu la tribunal în cincisprezece minute, în plus sunt şi de serviciu la birou — trei dintre colegii mei au concediu de boală astăzi, dacă poți să-ți imaginezi un asemenea ghinion.

Dacă Ricardo n-ar fi ținut în brațe un teanc de hârtii, plus o servietă, Nikki îşi imagina că ar fi gesticulat din mâini la fiecare cuvânt.

— OK, zâmbi ea. Bietul de tine! Dar să ştii că voiam să discutăm despre întâlnirea de ieri. Aşa că dacă reuşeşti să-ți faci un pic de timp...

— Ştiu, ştiu. E ridicol, în ce tensiune trăim, zi de zi. Pare îngrozitor, mai ales când simți că nu îți poți face meseria cum trebuie, fiindcă nu ştii cum să te împarți în toate direcțiile. Ridică din umeri. Dar cel puțin voi, dragii mei, familia mea minunată, vă descurcați atât de bine, încât nu trebuie să-mi fac griji în privința voastră. Ținem legătura, strigă el deschizând portiera şi urcându-se la volan, sub o ploaie de hârtii care aterizară peste tot în jurul lui.

Nikki privi în urma maşinii. Ştia că n-are de ce să fie îngrijorată şi că, dacă echipa de asistenți maternali care se ocupaseră de Elijah hotărâseră să lase lucrurile să curgă de la sine, atunci asta trebuia să facă şi ea. Dar, uneori, i se părea că Elijah era trist, iar de fiecare dată când îi vedea cicatricele simțea că i se frânge inima. Erau atâtea lucruri pe care nu le ştia despre fiul ei.

Raportul evaluării situației copilului încredințat spre adopție. Decizii şi planificare 2:

1. Raportul susține dorința lui Obi şi a lui Nikki de a înregistra cererea pentru adopția lui Elijah. Cei doi au adunat documentația şi actele necesare, care vor fi trimise săptămâna aceasta.

2. Vizitele asistentului maternal vor deveni lunare. Ricardo îi va vizita la o dată stabilită de comun acord.
3. Chioma va continua activitatea de terapie prin joacă. Aceste şedinţe s-au dovedit extrem de benefice petru Elijah.
4. Munca de reconstituire a poveştii de viaţă nu va începe până ce Elijah nu se va fi acomodat pe deplin, deoarece poate declanşa comportamente nedorite din trecut. Această muncă se va desfăşura în combinaţie cu terapia.
5. Contactul convenit cu mama naturală se va păstra, deşi vizitele faţă în faţă devin problematice, deoarece de o bună bucată de timp Deborah nu a fost în măsură să aducă la îndeplinire acest program. Scrisorile sunt păstrate de Ricardo. Scrisul/arta lui Deborah, adresându-se lui Elijah, sunt neadecvate pentru el la această vârstă, iar ea refuză să le modifice, pentru a le face acceptabile. Există o înţelegere conform căreia mesajele sunt păstrate de echipa de asistenţi sociali.

— Vrei să ne jucăm de-a mama şi de-a tata? întrebă Elijah înainte de culcare.

Nikki se uită la ceas. Era deja opt.

— OK, spuse ea.

La lumina veiozei, Nikki se uită în jur la umbrele din dormitorul lui. Cândva, acolo ar fi trebuit să fie odăiţa unui nou-născut. Luaseră un pătuţ, pe care Obi s-a căznit ceasuri întregi ca să-l asambleze, constatând la sfârşit că îi rămăsese un şurub în plus şi că habar n-avea unde ar fi trebuit să-l pună. Înjurase atât de tare, încât ea urcase scara în fugă. Îşi luaseră perdele în carouri alb cu roz şi o masă de înfăşat, cu o salteluţă de muşama asortată, în carouri alb cu roz.

Dar amintirile se estompau deja, iar aici, în faţa ei, era chipul lui Elijah, radiind, real. Acum, era mama unui fiu căruia îi plăceau animalele şi îi plăcea să se joace. Şi totul era perfect. Pentru prima oară, de atâta timp, prezentul conta mai mult decât trecutul. Elijah se uita la ea cu ochi limpezi.

Se prefăcea că scâncea şi închidea ochii şi se ghemuia tot, gângurind ca un bebeluş.

— Eu ziceam că abia m-am născut, şopti el. Tu ziceai că erai mama mea.

Nikki îl mângâia pe faţă.

— Nu e nevoie să „zicem" asta, şopti ea. Eu sunt mama ta.

18.

Băieţelul meu drag,

Această scrisoare va fi dificilă. Trebuie să-ţi povestesc acum nişte lucruri groaznice fiindcă, aşa cum ţi-am spus de multe ori, între o mamă şi fiul ei nu trebuie să existe secrete. Dar va fi greu pentru tine să citeşti aceste rânduri, aşa că mă rog la Dumnezeu ca atunci când vei face asta să fii cu o familie care să te iubească mult.

Elijah, câteodată lucrurile se deplasează în univers şi se mişcă de-a-ndăratelea, sau se întorc de pe faţă pe dos. Dumnezeu vrea să ne reamintească din când în când de urgia lui. În Cartea Regilor, tizul tău, Elijah[12], a stăpânit focul din cer şi a zburat sus, în Rai, într-un vârtej. Dacă tu, micuţul meu fiu, ştii să stăpâneşti focul şi să zbori, imaginează-ţi atunci ce puteri are Dumnezeu însuşi. Şi dacă Dumnezeu poate face asemenea lucruri spre cea mai mare slavă a sa, atunci şi diavolul poate cu siguranţă să fie egal cu el în lucrările lui.

Akpan era plecat mult timp. Studia Administrarea Bunurilor Imobiliare la University of East London şi seara lucra la o firmă de pază, ca să ne întreţină, dar

[12] Referire la Prorocul Ilie. (*N.t.*)

întotdeauna venea acasă la timp, întotdeauna. Mă uitam la ceas când se făcea ora cinei, cratița cu tocăniță clocotea pe foc, tu erai în cârca mea în timp ce mă foiam prin casă, făcând ordine și împachetând haine. Simțeam că erai treaz, deși nu-ți vedeam fața, dar erai fericit, răsuflând încetișor și lin, ghemuit sus spre ceafa mea, ca un mic semn de întrebare. Se însera, ceasul ticăia. Tu ai început să plângi, nu fiindcă erai supărat sau înfometat, ci fiindcă simțeai schimbarea din mine — neliniștea. Eram încă legați unul de celălalt cu acel cordon dintre noi, vizibil sau nu.

— Pe unde o fi oare? am zis eu. Unde e tăicuțul tău?

Am oprit focul la tocăniță, am stins lumina și am stat pe întuneric câteva secunde. Ceva groaznic mă mușca de măruntaie. M-a cuprins panica și am început să plâng. Iar pe urmă am auzit amândoi. Sirena. Am înfășurat o pătură peste noi și am ieșit din apartament alergând, am apăsat de nenumărate ori pe butonul de la lift și am auzit tot mai multe sirene. Alte sirene. Țipete și strigăte. Când am ajuns jos cu liftul și am ieșit afară din clădire, se adunase deja lumea, erau acolo două ambulanțe, o mașină de poliție. Mi-amintesc atât de clar totul: o femeie într-un hanorac albastru, forma ochilor ei, un bărbat de lângă ea vorbind tare la telefonul mobil și alții formând un cerc în jurul a ceva. Tu plângeai și te zbăteai; simțeam cum îți bătea inimioara, repede-repede. Luna era acoperită de o jumătate de nor și nu erau stele deloc, nici măcar una. Am mers încet spre mulțimea aceea. Șoferii de ambulanță se agitau în jur, cu niște rucsacuri uriașe, verzi, și cu jachete galbene luminoase, mai strălucitoare decât semiluna de pe cer. Nu puteam vedea nimic încă, fiindcă mulțimea de oameni se îngrămădea mai aproape, strigând, iar aerul îmi vâjâia prin urechi, plânsul tău. Apoi, luna a ieşit din nori. La lumina jachetelor galbene, am putut vedea un pantof negru. Pantoful tăicuţului tău.

Elijah, tăicuţul tău se grăbea să ajungă acasă la noi, când l-a lovit maşina aceea. A murit pe stradă, în faţa apartamentului nostru. A murit pe loc, cu faţa întoarsă spre fereastra noastră, gândindu-se la tine şi la mine, la mine şi la tine, la noi trei împreună. Akpan mă iubea, aşa cum niciun bărbat nu a iubit vreodată o femeie. Te iubea pe tine, aşa cum niciun tată nu a iubit vreodată un fiu.

După aceea, totul s-a schimbat. Am căzut într-un abis de depresie, de am crezut că n-o să mai ies niciodată de-acolo. Dar a trebuit s-o fac. Trebuia să mă ocup de înmormântare. Suferinţa mea era atât de mare, încât nu mă simţeam în stare să vorbesc cu rudele lui Akpan, nici cu familia mea, aşa că am făcut o îngropăciune fără cântece, doar cu o mână de oameni, iar eu n-am vărsat nici măcar o lacrimă. Episcopul m-a luat de umeri şi mi-a spus că Akpan era un om bun şi că toţi oamenii buni merg în Rai. Mi-a spus că Raiul era un loc mai bun. Dar eu nu voiam ca Akpan să fie în Rai. Eu îl voiam acolo, cu mine şi cu tine, voiam să avem un viitor împreună toţi trei. Stăteam în faţa tăicuţului tău, cu măruntaiele sloi de gheaţă. Atunci mi-am dat seama că se rupsese ceva în mine. Şi nu am spus nimănui din Nigeria că Akpan murise. Ştiam că îi protejam. Voiam ca ei să creadă în continuare că el era fericit şi trăia prosper la Londra, cu familia lui. Voiam să cred asta eu însămi. Aveam un plan, totuşi. Voiam să las tristeţea să mă copleşească o lună, dar apoi, imediat ce făceam rost de bani şi mă întremam pentru călătorie, voiam să ne suim în avion şi să plecăm acasă definitiv. Dar planul acela nu s-a întâmplat niciodată.

Luna aceea a venit şi a trecut, eu am încetat să mai mănânc, am încetat să mă mai spăl sau să mă mai pieptăn. Te auzeam cum plângeai mereu, dar nu puteam să fac nimic ca să te ajut. Nu mai sugeai pe săturate şi a trebuit să-ți dau lapte din biberon, dar efortul de a pregăti sticluțele era uneori prea mare. Şi ce lucru simplu, să pregăteşti un biberon. Tu plângeai şi plângeai, iar eu nu făceam nimic altceva decât să mă simt amețită şi deconectată parcă de trupul meu. În unele zile, pur şi simplu, îmi doream să mor şi să mai văd o dată chipul lui Akpan, să mai aud vocea lui spunându-mi că mă iubea. Dar, în fiecare zi, soarele reuşea iar să răsară. Cumva. Singurul lucru care mă oprea erai tu, în brațele mele. Am făcut ce-am putut, Elijah, şi probabil că nu a fost destul, dar am făcut ce-am putut. Tu mă priveai cu nişte ochi atât de trişti. Eu mă rugam, mă rugam. Dar cu fiecare nouă zi mă simțeam şi mai pierdută, rătăcindu-mă parcă tot mai adânc într-un loc întunecos, de unde nu mai găseam drumul înapoi.

Eram atât de singură, Elijah, încât aproape că am sărit cât colo când am recunoscut pe cineva. S-a întâmplat în drum spre casă. Fusesem să cumpăr nişte scutece, când el a trecut pe lângă mine.

— Bună, am zis eu, fără să-mi dau măcar seama că vorbisem.

El s-a întors, ridicând o sprânceană.

— Nu ai fost la biserică.

Când s-a întors, am observat că purta jeanşi până la jumătatea piciorului. I-am privit chipul. Era oare un om de la biserică? Cunoşteam într-adevăr pe cineva de la biserică, prietenos, care îl cunoscuse bine pe Akpan. Dar unde îi era vesta? Mintea îmi era confuză, îmi rătăcea înainte şi înapoi, învârtindu-se în cerc. Totul fusese atât de clar când mă rugam, dar acum, pe stradă, pe trotuarul unui drum atât de circulat, în ploaie şi ceaţă, nu mai ştiam parcă cine eram, Elijah, nu mai ştiam dintr-odată nimic, ceea ce este un lucru înspăimântător când eşti o femeie cu picioarele pe pământ, ca mine. Unde eram? Cine era el?

— Hei, spuse el. Biserică?

El era, precis. Avea aceeaşi geacă. Acelaşi zâmbet.

— Unde ai fost? am spus eu. Tu erai? Adică — iartă-mă. Nu mai ştiu... Akpan, adică...

Eram pierdută. Anihilată. Aveam picioarele grele. Am făcut un pas şi m-am împiedicat de propriul meu picior, de parcă ar fi aparţinut altei persoane. El era oare? Prietenul lui Akpan? Ştia oare că Akpan murise? Fusesem atât de sigură. Dar nu avea nicio vestă în dungi înfăşurată peste piept. Purta un tricou cu ceva scris pe piept, dar nu reuşeam să citesc, fiindcă totul mi se înceţoşase în faţa ochilor. Îşi suflecase mânecile şi i se vedea desenul de pe piele.

Zâmbea.

— Am întârziat la biserică, spuse el. Întotdeauna întârzii la biserică! Şi a râs. S-a uitat undeva, în spatele meu.

— Biserica aceea, a zis. Eu ajung întotdeauna târziu. Apoi a tras aer în piept, atât de şuierător, încât a sunat ca un şarpe cu clopoţei.

— Auzi, surioară, văd că ţi-e frig. Vrei să te conduc acasă?

Mi-era frig. Dârdâiam şi tremuram din tot corpul. M-am uitat dincolo de el, la grupul din spatele lui, bărbaţi adunați ciorchine ca nişte mormoloci. Am auzit râsete şi scuipături. Un fluierat. Unul dintre ei striga. Unde eram oare? Ajunsesem deja acasă? M-am uitat la clădirile de lângă mine, dar arătau altfel. Cum aveam să ajung acasă? Mă rătăcisem? Cerul cenuşiu şi betonul clădirilor erau exact de aceeaşi culoare, ca şi cum lucrurile se prelingeau unele în altele sau ca şi cum lumea se închidea în ea însăşi. Câteva păsărele au zburat şi au aterizat la picioarele noastre, ciugulind zadarnic de pe pământul uscat şi gol. Nu mai ştiam cine eram. Pe urmă am văzut-o: maşina roşie care mă urmărea pretutindeni, chiar şi în vise. Se mişca lent în lungul drumului, odată cu noi, iar geamurile erau atât de întunecate, încât nu puteam vedea nimic înăuntru. Dar, chiar şi aşa, inima îmi bubuia în piept. Tu erai sus, la etaj, singur în apartament, în pătuțul tău. Ieşisem doar un minut din casă, dar maşina aia mă pândea. Lipsisem oare prea mult? L-am înşfăcat de braț pe omul acela.

El m-a prins de braț cu cealaltă mână.

— Nu pățeşti nimic, spunea el. Nu pățeşti nimic. Lasă-mă să te conduc acasă. Şi vocea lui era blândă, iar el era de la biserică.

Şi l-am lăsat să mă conducă spre trepte, dincolo de mormoloci, iar ei râdeau. Am ajuns la apartament. El a intrat, l-am privit din nou şi mi-am dat seama că nu semăna cu el, cu bărbatul din rândul al treilea, care era prieten cu Akpan. Am observat ochii lui de străin, acolo, în apartament, iar el vorbea moale, împingându-mă să mă întind pe pat; şi avea dinți ascuțiți, iar eu nu spuneam nimic — nici măcar „nu“ —, dar el vorbea şi vorbea şi pe urmă se împingea cu totul în mine şi zicea: „Sunt eu, de la biserică; nu pățeşti nimic; nu pățeşti nimic“, dar pe urmă vocea lui se schimba, şi răsuflarea lui se schimba şi am ştiut că nu era de la biserică. Şi tu erai acolo, Elijah, în pătuțul tău de lângă pat, uitându-te la mine cu ochi mai trişti decât luna, şi nu plângeai, dar nici nu întorceai privirea, nici măcar o clipă.

Elijah, nu mai pot să scriu. Nici chiar în engleză.

19.

Alte câteva luni au zburat ca vântul, iar cu învățătura lucrurile mergeau foarte bine. Elijah a început să-şi dorească să meargă la şcoală, să se joace cu Jasmin şi să facă lungi plimbări pe jos cu bunicul. Avea senzația că locuise dintotdeauna cu Nikki şi Obi. Se mai ducea încă la Chioma, iar Ricardo venea o dată pe lună. A venit apoi Crăciunul, cu multe cadouri şi mâncare, iar Nikki şi Obi au cântat (cam fals) colinde. La masa de Crăciun au venit Jasmin, Chanel şi bunicul, au mâncat friptură de vită şi de curcan, şi au desfăcut pocnitori cu surprize. Fiecare îi pregătise un cadou şi Elijah a primit cel mai frumos dar din lume: un aparat special pentru copii, care făcea fotografii şi filme. A pozat grădina, copacii, cerul, o pasăre. Pe urmă, i-a împrumutat camera video lui Jasmin, şi ea l-a filmat pe bunicul, care ațipise după dejun; l-au înregistrat în timp ce sforăia şi i-au pus filmul când s-a trezit.

— Eu nu fac aşa, a zis el, râzând. Ați adăugat voi efecte sonore.

Pe 18 ianuarie, a venit în sfârşit momentul ca Nikki şi Obi să semneze actele de adopție pentru Elijah. Din acea zi, le spusese Ricardo, însemna că toți trei erau uniți pentru totdeauna. Elijah se încumetase să îi iubească pe Nikki şi Obi un pic de tot, şi ei nu păţiseră nimic rău, aşa că în fiecare zi se încumeta să-i iubească un pic mai mult. Îi plăcea cum Nikki îşi peria părul de o sută de ori înainte de culcare, fiindcă spunea că aşa făcuse şi bunica ei. Şi îi plăcea că Obi avea un glob pământesc cu toate ţările din lume şi îl lăsa pe Elijah să îl învârtească, ţinând ochii închişi, şi să pună degetul pe o ţară, la întâmplare. Indiferent care ar fi fost aceea, Obi întâlnise cândva pe cineva care era de-acolo. Dar Elijah tot se gândea la Mama când se trezea din somn dimineaţa.

Tribunalul era o clădire mare şi rece, făcută din cărămidă, cu anunţuri pe toţi pereţii. Elijah le-a citit. Citea destul de bine acum, pentru că învăţase la şcoală, iar Nikki îl lăsa să citească poveşti în fiecare seară. Erau la *Comoara din insulă* şi, chiar dacă era foarte greu, Nikki îl ajuta să citească zilnic câteva pagini. Cuvintele din tribunal erau mult mai uşoare decât cele din cartea *Comoara din insulă,* dar mult mai puţin interesante, fiindcă nu exista nimic despre piraţi:

Interzis cu telefoane mobile
Interzis cu mâncare
Păstraţi liniştea

Elijah purta costum şi cravată, iar în picioare nişte pantofi cu care alunecase pe gheaţa şi zăpada de-afară. Niciodată nu mai fusese îmbrăcat cu haine de om mare, iar tălpile pantofilor păcăneau pe pardoseală. Nikki i-a spus că toată familia urma să fie prezentă la acel eveniment special. Jasmin purta o rochie mov şi avea părul strâns cu o agrafă roşie, care să-i lase faţa liberă. Îi mai căzuse un dinte, aşa că singurii dinţi pe care îi avea erau cei doi mari, din faţă, iar când îşi trăgea buza sub ei semăna cu un iepure. Elijah râdea, iar mătuşa Chanel — îmbrăcată cu pantaloni de piele şi o cămaşă roşie strălucitoare, cu un cordon auriu în talie — ţâţâia din buze, cu un aer dojenitor.

Nikki şi Obi s-au ţinut de mână toată ziua şi arătau atât de fericiţi şi eleganţi — Nikki într-o rochie bleu, la fel ca ochii ei, iar Obi într-un costum şic, cum purta şi Elijah. Bunicul era îmbrăcat cu o tunică dintr-o ţesătură imprimată şi cu pantaloni în culori asortate, verde şi albastru, iar pe cap avea o pălărioară. Tunica era ţesută cu fire aurii pe piept, ca nişte vârtejuri.

— Ce zi memorabilă! spuse Ricardo, care intră în încăpere alături de un bărbat care purta o perucă albă, uriaşă.

— Bună ziua, zise acesta. Tu eşti Elijah, aşa-i? Vrei să vii în sala mea specială de judecată? Astăzi este o zi deosebită!

Îl urmară pe judecător în sală, o încăpere foarte mare, care avea multe şiruri de scaune şi bănci din lemn, iar în faţa lor se afla un fel de catedră mai înaltă şi un fotoliu. Jasmin şi Elijah se aşezară pe diferite scaune, încercându-le pe rând, pe fiecare, în timp ce judecătorul vorbea cu Nikki şi Obi.

— Elijah, vrei să vii să stăm un pic de vorbă amândoi? îl întrebă judecătorul. Am aici un formular care trebuie completat, iar acest formular stabileşte că tu vei fi înfiat de Nikki şi Obi, care vor fi mama şi tatăl tău. Am citit multe despre tine şi cred că lucrul cel mai bun ar fi ca ei să te înfieze şi să fie părinţii tăi pentru totdeauna. Ce părere ai despre asta?

Elijah se aşeză pe un scaun cu spătar înalt.

— Sunt fericit, spuse el. Dar vreau să o mai văd şi pe Mama mea.

— Mă bucur să aud asta. Mama şi tatăl tău mi-au spus că tu îi scrii lui Deborah, mama care te-a născut, şi că ei te vor susţine dacă vei vrea să păstrezi legătura cu ea pe viitor.

Elijah se uită la Nikki şi Obi. Îl vor lăsa să o vadă pe Mama. Ştia asta. Însă Mama nu se simţea niciodată suficient de bine, încât să o poată vizita. Era sigur, totuşi, că se va face bine fiindcă vrăjitorul plecase.

Judecătorul ştampilă o foaie de hârtie şi apoi se semnă pe ea cu un stilou argintiu, care părea foarte scump. Ridică hârtia, arătându-i-o lui Elijah.

— Este certificatul tău de adopţie, spuse el. Este un act oficial. Eşti înfiat, în mod oficial.

Toată lumea bătu din palme, iar Nikki îl îmbrăţişă pe Elijah. Respira cu greutate. Bunicul chiui de bucurie şi îl ridică pe Elijah în aer, sus de tot.

— Nepotul meu! strigă el. Apoi, toţi, pe rând, urmară exemplul lui Nikki şi îl îmbrăţişară pe Elijah.

După aceea s-au dus la Pizza Express. S-au aşezat la o masă lungă, iar Nikki şi mătuşa Chanel au băut mult vin roşu. Toţi râdeau şi erau fericiţi. Vrăjitorul nu era pe nicăieri şi Elijah ştia că Mama va fi încântată. Se va însănătoşi şi atunci vor putea să se întâlnească din nou.

20.

Înainte ca Elijah să intre în viața lor, Nikki avusese adesea un vis, mereu același: se făcea că era într-o cameră închisă, unde auzea cumva zgomotul mării și un bebeluș plângând în depărtare. Dar, acum, în visele ei apărea Elijah, râzând, iar bebelușul era și el acolo — fetița Rosy-Ify, în brațele ei —, și râdeau toți trei. În cameră era cald și luminos, de la flăcările focului din cămin. Obi nu era prezent fizic, ca persoană, dar îi auzea bătăile inimii.

Nikki voia să rămână în camera aceea, însă, când visul a început să se risipească, s-a dat jos din pat, punând picioarele pe covor. Rosy-Ify era în jurul ei și în ea încă; pe Nikki o dureau sânii și îi bolborosea stomacul. Pieptul i se mărise și o durea, și Nikki s-a trezit din somn; visul îi lăsase un gust dulce, însă detaliile se estompau deja, până când tot ce își mai amintea erau bătăile puternice ale inimii lui Obi și sânii ei dureroși. *Mă dor sânii.*

Nikki vârî mâna sub bluza de la pijama, pipăindu-și pieptul, iar somnul îi fugi pe loc. Brusc, se ridică în capul oaselor. Sânii ei. Nu, nu se putea. Imposibil; absolut imposibil. Dar când îi venise ciclul ultima oară? Începu să socotească înapoi: acum opt săptămâni. Opt săptămâni!

O mulțime de gânduri îi veniră în minte, însă încercă să-și păstreze calmul. Ei nu puteau avea copii. Încercaseră, încercaseră de atâtea ori, dar de fiecare dată Nikki pierduse sarcina, iar după ultima nenorocire, când fusese oribil, doctorii îi spuseseră că existau foarte puține șanse să mai rămână vreodată însărcinată. Trebuiseră să o opereze; avusese o hemoragie puternică, o chiuretaseră atât de mult pe dinăuntru. Atâția doctori îi spuseseră. Aproape. Imposibil. Camera se învârtea cu ea și a trebuit să se lungească iar în pat. Era imposibil să fi rămas gravidă. A rostit cuvintele cu voce tare: „Imposibil. *Aproape* imposibil". Aproape! Își amintea diverse conversații, alte opinii, cuvinte dureroase: prea multe traume, țesuturi vătămate irecuperabil, suferință.

Ținea minte că-și luase cu sfințenie contraceptivele, până când i s-au terminat, dar n-a avut timp atunci să meargă să reînnoiască rețeta. De când venise Elijah, preocupările ei se concentraseră în jurul lui; uitase să-și mai ia vitaminele, pastilele contraceptive, aspirina pentru boala de care suferea.

Aproape imposibil. Dintr-odată, se simțea foarte vinovată. Îi spusese lui Ricardo că lua anticoncepționale. Dar fusese neglijentă — uitase să înghită pastila într-o dimineață, se dusese repede să își ia cutia, însă în momentul acela și-a dat seama că nu își ridicase rețeta. Nu se neliniștise prea mult, fiindcă *Nikki nu putea să rămână însărcinată*. Oh, Doamne; nici lui Obi nu-i spusese măcar. Nu se putea să fi rămas gravidă. Dar o dureau sânii, erau sensibili la atingere, iar organismul ei știa ce însemnau aceste simptome, și le amintea din trecut. Dinainte de Elijah. Elijah! Și de câte ori nu le spusese Ricardo cât de important era ca Elijah să fie singurul lor copil. Și că, dacă țineau totuşi să mai încerce, să aştepte cât mai mult timp cu putință — până când Elijah mai creştea.

Dar Elijah era la ei doar de şase luni, iar Nikki rămăsese deja însărcinată. Va avea senzația că îl înlocuiau. Ricardo le spusese că, din cauza traumelor suferite, Elijah avea nevoie de stabilitate, fără schimbări majore în viața lui. Le spusese că ataşamentul lui depindea de acest lucru. Auzea parcă aievea vocea lui Ricardo: *Într-o situație de acest fel, e posibil ca Elijah să nu poată face față, sau e posibil ca voi să nu puteți face față comportamentului lui, şi ultimul lucru pe care ni-l dorim este ca el să revină în sistemul de îngrijire maternală*. Riscau să îşi piardă fiul.

Când se dădu jos din pat mai târziu, în acea dimineață, Nikki nu reuşi să scape de gustul acela pe care îl avea în gură. La fiecare mişcare o dureau sânii, îi simțea tari şi umflați. Coborî la parter ca de obicei, îi sărută pe Elijah şi pe Obi, discută cu ei despre cât de minunată fusese ziua anterioară, când semnaseră actele pentru adopție. Pentru prima oară de ani de zile, şi-ar fi dorit să fie cu maică-sa. Şi-o imagina cum stătea cu tata în fața televizorului, cu picioarele ridicate pe un scăunel. Îi promisese că îl va aduce pe Elijah în vizită la ei, în Țara Galilor, în vacanța de Paşti. Îşi imagina vocea mamei, felul cum împărțea cu tata acelaşi pliculeț de ceai, cum îi spunea lui Nikki că aşa era într-o căsnicie, la bătrânețe: împărțeai un pliculeț de ceai între două căni vechi.

— Vom înrăma fotografiile, spuse Obi, foarte mândru. Au fost atâtea fotografii frumoase, va trebui să facem o selecție. Precis o să vrea şi tata una.

Nikki închise ochii o clipă. Tata. Ce va spune el? Cum va reacționa? Nu, era o prostie. Era exclus să fi rămas însărcinată.

— Noi mergem să înotăm în dimineața asta, spuse Obi. Am decis înainte să cobori tu. Au o mașină de făcut valuri la piscină, care funcționează sâmbăta. Jasmin a zis că vine și ea. Ți-ar plăcea să mergi cu noi?

Nikki se încruntă.

— Pe zăpadă?! Nici gând. Dar parcă spuneai că trebuie să te duci la serviciu.

Chipul lui Obi se încordă.

— Nu mai e nevoie. Am depus cererea de recurs. Nu mai rămâne decât să așteptăm acum, adăugă el, destinzându-se. Așa că vreau să mă distrez până atunci — indiferent că ninge afară sau nu. Vii cu noi?

— Nu, cred că rămân acasă să mă odihnesc. Simt nevoia de liniște un pic.

— Cum vrei tu. Voinicule, du-te și ia-ți slipul de baie, îi spuse el lui Elijah.

Elijah se uită la Nikki, cu ochii mari.

— Ești OK? întrebă el, punând o mână pe brațul ei, iar Nikki îl cuprinse strâns în brațe, sperând parcă să scape de durerea pe care o simțea în sâni.

— Da, sunt OK, șopti ea, cu buzele lipite de părul lui, care crescuse la loc, acoperind semnul Nike. Sunt doar obosită, după ziua de ieri, spuse ea, îndepărtându-l ușor pe Elijah. Cred că mătușa Chanel mi-a dat să beau prea mult vin.

Obi râse, iar Elijah se hlizi cu gura până la urechi. Nu, nu putea să fie însărcinată. Nu putea să treacă din nou prin grozăvia de a pierde un copil. Și nu putea risca să-l tulbure pe Elijah. Lucrurile se aranjaseră atât de bine.

După ce Elijah și Obi au plecat, Nikki a rămas câteva clipe nemișcată, lăsându-se învăluită de tăcerea din jurul ei, iar apoi şi-a pus cizmele şi paltonul şi a ieşit să dea o fugă până la farmacie. De câteva ori a alunecat pe poleiul de pe stradă. La farmacie şi-a luat la repezeală un test de sarcină, pe urmă încă unul. Ştia toate tipurile de teste, deşi tot apăruseră unele noi de când folosise ea ultima oară aşa ceva. Când a plătit inima îi bătea de emoţie. Se simţea ca o adolescentă. Vino-ţi în fire, îşi spuse ea. Eşti o femeie în toată firea, eşti mamă. Şi, oricum, testul nu va ieşi pozitiv. Nu are cum să iasă pozitiv.

Intră în casă şi urcă scara în fugă, desfăcând ambalajul testului şi trăgându-şi hainele de pe ea, apoi făcu pipi pe beţigaş, aşa cum mai făcuse de sute de ori înainte.

Îşi trase la loc chiloţii, pantalonii, se spălă pe mâini, după care se foi încolo şi încoace prin baie, numărând cu voce tare. „O sută şapte, o sută opt." Numără până la cinci sute, nu fiindcă aşa trebuia, ci fiindcă nu avea curajul să se uite la rezultat.

Într-un final se opri, trase aer adânc în piept şi se uită la testul de pe marginea chiuvetei:

Sarcină 8-9.

Opt până la nouă săptămâni de sarcină! Era oare posibil? Se uită în oglindă. Părea îngrijorată, *îngrozită*. Dar în mintea ei, în ciuda tuturor îndoielilor, era o imagine cu ea, ţinând la piept un prunc.

Pe parcursul lunii următoare, Obi a venit acasă din ce în ce mai târziu, de fiecare dată; era tras la faţă, cu fălcile încleştate. Se destindea când stătea cu Elijah, dar când rămâneau doar el şi Nikki, ofta şi îi povestea despre cele trei surori, care aveau să fie deportate. Cele trei femei locuiau în Marea Britanie de şase ani. Nikki decisese să nu-i spună deocamdată lui Obi. În afară de Ify, pierduse toate sarcinile la unsprezece săptămâni, şi exista riscul să o piardă şi pe aceasta. Detesta ideea de a avea secrete faţă de el, însă acum i se părea că este îndreptăţită. Era vina ei că ajunsese în această situaţie şi de aceea nu voia ca Obi să sufere. Trăia, oricum, sub un stres prea mare la serviciu.

Fără să vrea, Nikki a început să se documenteze pe internet despre sindromul de care suferea, despre posibilităţile de tratament pentru păstrarea sarcinii, despre rezultatele posibile. S-a dus la doctor, apoi la medicul de specialitate, şi a început să ia aspirină în fiecare zi, în loc de contraceptive. Probabil că era prea târziu, îşi spunea ea, dar trebuia să încerce. Doctorii îi spuseseră că ar fi trebuit să ia aspirină cu regularitate, dar că aveau motive să fie foarte optimişti. Nu îi venea să le dea crezare. Doctorii greşeau adesea. O programaseră pentru un alt control, când ziceau că îşi vor da seama cu certitudine ce şanse avea să ducă sarcina până la termen.

Încerca să se comporte în continuare ca de obicei şi să nu se gândească la asta, alungând gândul că ar fi însărcinată de fiecare dată când îi venea în minte. Dar faptul că avea un secret faţă de Obi o făcea să se trezească adesea în toiul nopţii, transpirată leoarcă şi cu palpitaţii. Nu reuşea să se liniştească decât după un timp, uitându-se la Obi cum dormea respirând regulat, privind cum pieptul lui puternic se ridica şi cobora ritmic, cu fiecare răsuflare. Apoi, când aţipea iar, simţea în suflet licărirea speranţei că de data asta totul va fi bine. În timpul zilei, îl înconjura pe Elijah cu dragostea ei. Asta venea de la sine.

Prima oară când a spus-o erau în parc, într-o zi însorită de februarie, prima zi senină după patru zile de ploaie. Elijah alerga repede de tot, apoi se opri brusc şi veni în fugă înapoi.

— Uitaţi-vă la mine!

Ea şi Obi mergeau pe o alee noroioasă, încălţaţi cu cizme de cauciuc, iar Elijah, în pantofi de sport, era plin de nămol. Lui Nikki i se părea nostim să-l vadă aşa, năpădit de glod.

— Lasă-l să se murdărească, spuse Nikki, amuzată de îngrijorarea de pe faţa lui Obi. Aşa trebuie să fie băieţii.

— Mda, dar nici în halul ăsta, totuşi, spuse el, uitându-se la Elijah care venea alergând spre ei. Parcă ai fi împăratul noroaielor. Un monstru din nămol, ieşind din smârcurile mlăştinoase ale pământului, din adâncuri unde pământul este făcut numai din glod, un glod gros...

Obi alergă spre Elijah, pleoscăind cu cizmele prin noroi.

Elijah chiui piţigăiat, fugind mai încolo, dar Obi îl prinse din urmă şi, luându-l în braţe, îl legănă prin aer. Râdeau cu poftă amândoi.

Privindu-i pe amândoi — soţul ei, fiul ei —, Nikki simţi o emoţie în piept: sentimentul că orice era posibil.

Trebuia să-i spună şi lui, îşi propuse ea în gând; îi va spune lui Obi în următorul weekend, după controlul la doctor. Îi va explica pe îndelete că era posibil ca de data asta să reuşească, să poată duce sarcina până la termen. Trebuia să fie tari amândoi, ca să-l ajute pe Elijah să se adapteze noii situaţii. Nikki ştia că împreună puteau face asta.

Elijah se întoarse din nou.

— Uită-te la mine! Uită-te la mine, mami!

Mami!

Un val de fericire o cuprinse pe Nikki. Se uită la Obi şi zâmbi; chipul lui strălucea parcă, totul deveni foarte limpede şi luminos, de parcă soarele şi-ar fi trimis razele direct prin trupul lui. Totul va merge bine. O familie. Mami. Mamă a doi copii. Se lăsă furată de extazul acestei dorinţe.

21.

Nikki se ruja, uitându-se la imaginea ei în oglindă. A venit momentul, Nik, îşi spuse ea în gând, privindu-şi ochii. A venit momentul şi trebuie să-i spui. Îşi finisă machiajul, se parfumă în spatele urechilor şi se întoarse spre Chanel.

— Gata; ai numerele noastre de telefon, iar pe frigider am lipit numărul de la restaurant, numărul medicului de familie şi numărul lui tata.

— Hei, calmează-te, da? spuse Chanel, care traversase strada în pijama şi halat de casă. N-am avut niciun chef să mă îmbrac astăzi, spuse ea.

— Ce jenant, mormăi Jasmin, dând ochii peste cap.

Elijah chicoti amuzat.

— Arăţi foarte bine, îi spuse Chanel lui Nikki.

Se îmbrăcase cu o rochie neagră, îşi pusese tocuri înalte şi îşi răsucise părul sus, într-un coc. Chanel se uita la talia ei. Nikki îşi coborî braţele în faţă. Începuse să i se îngroaşe talia, doar un pic de tot, însă sora ei remarca întotdeauna orice variaţie de greutate. Chanel se încruntă.

— Eşti..., făcu o pauză, uitându-se în ochii ei, strălucitoare.

Nikki întoarse repede privirea, încercând să nu roşească. Se uită în oglindă, aranjându-şi chipurile pieptănătura, dar o simţea pe Chanel holbându-se la ea în continuare.

— Uauu! exclamă Obi, intrând în dormitor. Bună, Chanel. Mulţumesc că ai venit să stai aici cu copiii.

— E-n regulă. N-o să am nicio treabă cu ei toată seara. Sunt foarte prinşi amândoi să inventeze un cod secret, în camera lui Elijah.

Obi râse.

— Eşti gata?

— Oh, da, e gata, spuse Chanel. Petrecere frumoasă, adăugă ea, zâmbindu-i lui Nikki. Sunt sigură că va fi interesant.

— OK, atunci, spuse Obi. Mă duc doar să-i spun la revedere lui Elijah.

Ieşi din cameră, lăsându-le pe cele două surori faţă în faţă.

— Ce mama dracului mai e şi asta? şuieră Chanel. Când aveai de gând să-mi spui şi mie?

— Ce tot îndrugi acolo? zise Nikki, încercând să păstreze un ton calm, deşi vocea şovăitoare îi trăda emoţia.

— Hai, termină. Sunt sora ta şi te cunosc mai bine decât oricine. Ştiu ce secret ascunzi. De ce vrei să treci din nou prin aşa ceva? Am crezut că ăsta era sensul adopţiei!

Nikki trecu pe lângă Chanel, împingând-o la o parte din drum.

— Să nu te prind că spui ceva, şopti ea. Te rog, adăugă ea, uitându-se în ochii surorii ei.

Chanel oftă.

— Sunt doar îngrijorată, atâta tot. Nu vreau să mai pierzi o sarcină; gândeşte-te prin câte ai trecut. Şi te-ai gândit ce ar simți Elijah? Abia a început să se acomodeze.

— Ești gata? strigă Obi, din hol.

— Da, vin într-o secundă.

O îmbrățișă pe Chanel.

— Te rog. Te rog să nu spui nimic. Nimănui. O să-i spun eu lui Obi în seara asta, dar nu vreau ca Elijah să știe. Nu încă.

Chanel o sărută și ea pe Nikki. Apoi puse mâna pe pântecul ei.

— N-o să spun nimic, zise ea.

Obi alesese restaurantul, așa că era cu specific franțuzesc, elegant, cu mese mici și lumânări peste tot, cu un meniu scris doar în franceză și cu ospătari afișând un aer plictisit. Nikki își dorise să meargă la noul restaurant mexican, care arăta foarte nostim și unde serveau coctailuri în boluri-acvariu, dar din moment ce ea oricum nu bea, îl lăsase pe Obi să aleagă. Cât de diferiți erau unul de celălalt! Oricum, măcar se îmbrăcase și ea elegant. Nici urmă de cizme de cauciuc prin local. Obi a ales o sticlă de vin roșu și a comandat. Nikki l-a lăsat să-i toarne vin, dar a sorbit doar un pic din pahar, sperând că Obi nu va remarca acest lucru, înainte ca ea să-i spună. Desigur, un singur pahar nici nu conta de fapt, dar avea în continuare în gură același gust metalic și, oricum, nu avea chef să bea nimic, în afară de apă. Obi nu remarcase că Nikki nu mai bea ceai sau cafea, dar de fapt el era la serviciu până seara târziu. Nikki nu se întorsese încă la job. Iar acum, când exista șansa de a face un copil, posibilitatea de a-și relua slujba părea tot mai îndepărtată. Dar nu o deranja. Avea straniul sentiment că totul va ieși bine până la urmă. Îşi amintea cât de mult se frământase înainte de a-l înfia pe Elijah, şi cum totul se rezolvase minunat. Aşa va fi şi acum.

Li s-au adus antreurile, apoi li s-au luat farfuriile. Obi vorbea mult şi, uneori, îi lua mâna lui Nikki şi i-o săruta.

— Ce bine e să avem puţin timp doar pentru noi. Acum, când Elijah s-a acomodat bine de tot, ar trebui să ieşim mai des în oraş.

Ce chipeş arăta Obi în lumina lumânărilor; avea trăsături puternic conturate şi pielea atât de catifelată.

— Îţi mulţumesc, spuse el. Îţi mulţumesc că eşti o mamă extraordinară. Am ştiut că Elijah era hărăzit să fie al nostru.

— Ai avut dreptate, spuse Nikki. Ai fost atât de sigur, spuse ea zâmbind, dar îi tremura mâna. Am să îţi spun ceva; despre alt lucru.

Obi ridică privirea.

— La ce te referi?

Nikki tăcu preţ de câteva clipe, ca să îşi adune curajul.

— Sunt însărcinată, şopti ea.

Obi tăcea, iar Nikki crezu, pentru o secundă sau două, că încearcă să înţeleagă, aşa cum i se întâmplase şi ei. Dar pe urmă expresia de pe chipul lui se schimbă subit.

— Ce vrei să spui? Cum adică?

— Ştiu, zise ea. Ştiu... am avut şi eu aceeaşi reacţie... nici mie nu mi-a venit să cred. Ţinând seama de tot ce ni s-a spus...

O tresărire ciudată pe faţa lui Obi o făcu să se oprească.

— Ştiu că e un şoc, Obi, dar n-am vrut să se întâmple aşa, nici măcar nu m-am gândit că ar fi posibil.

— Eşti însărcinată? Ce vrei să spui? Cum adică însărcinată? spuse el, pe un ton tot mai aspru. Şi vrei să... Trebuie să discutăm despre asta.

Privirea îi fugi de la faţa ei spre pântece.

— Te-ai gândit cât de riscant este? Cât de afectat va fi Elijah?

Nikki închise ochii. Cum va reacţiona Elijah când va afla că ar putea să aibă un frate sau o soră? Sau, mai rău chiar, cum ar reacţiona Elijah dacă i-ar muri un frate sau o soră? Nikki se îmbărbătase tot timpul, spunându-şi că ei doi erau suficient de puternici încât să-l ajute pe Elijah să treacă peste asta, dar, dintr-odată, în faţa ochilor ei nu mai era decât chipul lui Elijah. Brusc, deschise ochii. Îşi aminti cuvintele lui Ricardo, când le spusese că pentru Elijah orice nouă pierdere ar fi extrem de dificilă şi că, în cazul cel mai bun, naşterea unui alt copil în familie i-ar putea afecta sentimentul de apartenenţă, iar în cazul cel mai rău ar putea face din el un copil periculos, chiar violent faţă de un copil mai mic.

— Nu-mi vine să cred că e adevărat, spuse Obi, dar vocea i se frânse.

— Este adevărat, şopti Nikki. Sunt deja în trei luni.

Chelnerul veni spre ei, cu un carneţel în mână.

— Vreţi să vă recomand un desert? întrebă el.

Obi ridică privirea.

— Nu, spuse el, după care se uită înapoi drept la Nikki. Chelnerul se retrase mergând cu spatele, apoi se întoarse şi dispăru.

— Ai fost grosolan.

Obi oftă.

— OK, zise el. Trebuie să discutăm despre asta; să ne gândim bine cum să procedăm.

— Nu am aflat cu certitudine decât acum o lună. Dar va fi bine, spuse ea. Simt eu. De data asta, nu voi pierde copilul, spuse ea, podidind-o lacrimile. Îmi iau medicamentele şi doctorul mi-a confirmat că voi putea duce sarcina până la termen. Ţii minte cum ziceau: o şansă de optzeci la sută, cu medicamentaţia potrivită.

— Dar parcă luai anticoncepţionale!

— Da, Obi, dar am avut atâtea pe cap în ultima vreme. Probabil că am uitat să iau pastila de câteva ori. Nu m-am gândit că avea prea multă importanţă — de fapt, luam pastile doar ca să-mi regleze ciclul. Nu am crezut că era posibil aşa ceva. Când Elijah a început să se acomodeze, am uitat să iau pastila de vreo două ori. Dar, Obi, mi-au spus că era aproape imposibil...

— Oh, Nikki, zise Obi, începând să respire mai calm. Cum rămâne cu Elijah? Cum rămâne cu fiul nostru, băiatul nostru care vorbeşte, trăieşte, respiră, care are nevoie de noi, pe care noi avem datoria să îl ocrotim? Adu-ţi aminte ce ne-a zis Ricardo. Cel mai bine pentru Elijah este să fie singur la părinţi; ne-a spus că, dacă ne gândim să facem un copil, e bine să mai aşteptăm, să lăsăm să treacă suficient timp. Să treacă ani, Nikki. Ani, nu luni. Nu ne-au spus degeaba toate aceste lucruri, Nik. Şi, oricum, există riscul să pierdem acest copil. Un risc de douăzeci la sută, nu uita. Cum crezi tu că va reacţiona Elijah aflând acest lucru? De ce nu mi-ai spus şi mie că ai uitat să-ţi iei pastilele? De ce nu mi-ai spus şi mie imediat ce ai aflat?

Obi închise ochii. Nikki şi-ar fi dorit să îi ia mâna iarăşi şi să i-o sărute, cum făcuse mai devreme. Dar Obi încrucişase braţele în dreptul pieptului.

— Îmi pare rău, îmi pare rău. Dar eu vreau acest copil, zise Nikki, cu glasul frânt. Nu ţi-am spus, fiindcă presupuneam că voi pierde sarcina. Şi, oricum, ce aş fi putut să fac? Să fac un avort? După ce am pierdut atâtea sarcini până acum? Vreau acest copil, Obi, spuse ea, uitându-se în ochii lui.

Dar Obi preferă să se uite în altă parte. Apoi, întoarse brusc capul spre ea.

— Nu-mi vine să cred că ai putut să faci aşa ceva. Să mă minţi. Nu-mi vine să cred că ai putut să îi faci aşa ceva fiului nostru. Doctorii nu au spus că era imposibil. Au spus că ar fi foarte greu, aproape imposibil, ceea ce este complet diferit, Nik. Cum ai putut uita să-ţi iei pastila? De ce te-ai gândit că nu avea importanţă?

Nikki coborî pleoapele. Nu voia să vadă schimbarea apărută pe faţa lui Obi.

— Stabilitatea emoţională a lui Elijah este în mâinile noastre, iar tu consideri că nu merită să-mi spui că ai uitat să îţi iei pastila contraceptivă, şi nici măcar nu te-ai gândit să recurgi la precauţii suplimentare? Ce-o să spună Ricardo? El, care crede că este imposibil să se întâmple aşa ceva.

— Erai acolo când am vorbit cu Ricardo. Amândoi am discutat cu el...

— Da, eram acolo. „Aproape imposibil" şi contraceptivele fac să fie chiar imposibil, pur şi simplu. Dar tu m-ai minţit.

Nikki ridică pleoapele. Îi venea să se bage sub masă şi să îşi astupe urechile. În schimb, întinse braţul şi încercă să acopere cu palma mâna lui Obi, dar el îşi trase brusc mâna, mişcând masa atât de tare, încât paharele se clătinară zornăind.

Când au ajuns acasă, Elijah şi Jasmin dormeau, iar Chanel citea o revistă.

— Cum a fost la restaurant? întrebă ea, mijind ochii.

— Splendid, spuse Nikki.

Obi se duse direct în bucătărie.

Chanel clipi repede.

— OK, bine, mă duc s-o iau pe Jasmin. Am auzit-o vorbind mult timp după ce Elijah tăcuse. Sunt sigură că fata asta vorbeşte şi-n somn, spuse ea râzând.

Chanel urcă la etaj şi Nikki veni după ea. Uitându-se prin uşa deschisă a dormitorului, o văzu pe Jasmin cuibărită lângă Elijah, cu braţul arcuit protector peste umerii lui.

— Cum a fost? şopti Chanel.

— Oribil.

Chanel o mângâie uşor pe obraz.

— Discutăm mâine.

O trezi pe Jasmin şi, cumva, o târî în jos pe scări. Nikki coborî şi ea.

Chanel o sărută pe Nikki pe obraz şi îi zâmbi lui Obi.

— Ne vedem mâine.

— Mulţumesc, spuse Obi.

Nikki o conduse pe Chanel şi apoi închise uşa.

Când ajunse înapoi în bucătărie, Obi era în picioare.

— Mă duc să mă culc, spuse el.

A doua zi, el a părut şi mai distant. Cât a făcut Elijah baie, Obi a venit şi a rămas lângă ea, în bucătărie.

— Trebuie să vorbeşti cu Ricardo, spuse el. Dar senzaţia mea este că nu e bine să-i spunem lui Elijah deocamdată. Cel puţin câteva săptămâni de-acum încolo. Trebuie întâi să ne limpezim noi la cap şi să ne lămurim cum să procedăm mai bine. Dacă îi spunem, iar apoi pierzi sarcina, asta ar însemna o nouă traumă pentru el, zise Obi, luându-şi capul între mâini.

— Of, Doamne. Va trebui să-i spunem şi lui tata. Apoi, ridicând privirea:

— Chanel ştie?

— Şi-a dat seama aseară, spuse Nikki.

— Asigură-te, te rog, că nu îi spune lui Jasmin. OK?

Nikki încuviinţă din cap.

— Îmi pare rău că nu ţi-am spus. Am avut mari mustrări de conştiinţă că am ţinut totul secret faţă de tine — faptul că am fost la mai mulţi doctori, panica iniţială, apoi speranţa, dar am avut motive *întemeiate*. Nu voiam să suferi din nou, la fel cum spuneai şi tu că nu vrei să mă mai vezi suferind. Dar toţi doctorii au spus acelaşi lucru, mai ales acum, când am trecut de momentul critic al primelor douăsprezece săptămâni. Au spus că este întru totul posibil să ţin sarcina până la capăt. Îmi pare rău de momentul nepotrivit în care s-a întâmplat totul şi de toate grijile pe care ni le facem acum, neştiind cum va reacţiona Elijah, dar cel mai mult regret că ţi-am ascuns adevărul. Însă oricum nu s-ar fi schimbat nimic.

— Eu nu aş fi ţinut secret niciodată aşa ceva faţă de tine. Absolut niciodată, spuse Obi, după care se ridică în picioare şi ieşi din cameră, fără să o sărute nici măcar pe obraz.

Ricardo amuţi câteva momente la capătul firului, când Nikki îi povesti la telefon.

— Şi aţi discutat despre asta? Aţi luat vreo decizie concretă?

Nikki îşi ţinu respiraţia şi închise ochii.

— Ricardo, nu pot să fac un avort. Îmi doresc acest copil din tot sufletul. Voi păstra sarcina. Doctorii spun că nu există niciun motiv să nu o pot duce până la termen.

Ricardo oftă.

— Dar nu există nicio garanție.

— Niciodată nu există vreo garanție, zise Nikki.

— Păi, atunci, felicitările mele, spuse el, dar oftă din nou. Voi discuta cu colegii, însă ştiu că această chestiune trebuie tratată cu multă delicatețe. Sfatul meu este să nu îi spuneți încă lui Elijah — cel puțin, până nu începe să se vadă că eşti însărcinată. Dar apoi va trebui să îl cooptați în absolut tot ce faceți; să-l luați cu voi când faci ecografii şi aşa mai departe. Dacă va simți că face parte din toate aceste lucruri, cresc şansele să facă față mai bine venirii pe lume a unui nou copil. Nu vreau să vă sperii inutil, dar, din experiența noastră, copiii care au suferit în trecut traume ca Elijah pot fi grav afectați de o asemenea situație în familie. Va fi nevoie să comunicați sincer şi deschis cu el. Să îi spui că suferi de o anumită boală, că există un risc, fie el cât de mic, ca bebeluşul să nu trăiască.

Făcu o pauză.

— Trebuie să îl pregătiți pentru eventualitatea unei asemenea pierderi. Nikki, important este ca Elijah să fie pregătit şi să ştie la ce să se poată aştepta. Desigur, sper că medicii nu se înşală, că vei naşte acest copilaş, însă, indiferent de rezultatul final, pentru Elijah va fi greu.

Elijah se dusese acasă la Jasmin, iar tata şedea la masa lor din bucătărie, când Obi i-a spus vestea. Nikki a închis ochii. Nu mai suporta încă o reacție negativă.

S-a aşternut tăcerea o bună bucată de timp, după care tata s-a ridicat încet de la masă şi, dând un ocol, a venit şi a îmbrățişat-o pe Nikki din spate.

— Un bebeluş! strigă el. Felicitări!

Obi tuşi nervos.

— Tată, cred că nu ai înţeles bine.

Tata se desprinse de lângă Nikki, se duse înapoi la locul lui, se aşeză jos şi arcui sprâncenele:

— Nu am înţeles bine?!

— Am pierdut atâţia copilaşi, şopti Obi. Ce s-a întâmplat înainte se poate întâmpla din nou. În plus, toţi spun că Elijah va fi afectat foarte grav. E un dezastru, zise Obi scuturând din cap.

Tata râse.

Nikki şi Obi se uitară unul la celălalt.

— Un dezastru?! repetă el, gesticulând sugestiv. Un copilaş nu este niciodată, în vecii vecilor, un dezastru, oricât de grea ar fi situaţia. Un copilaş, spuse el, cu ochii strălucind, este un dar de la Dumnezeu.

22.

Elijah nu reuşea să adoarmă. Mami şi tati nu se mai pupau ca înainte şi nu se mai ţineau de mână. Şi acum spuneau că vor amâna pentru la vară excursia în Ţara Galilor, la bunicii lui. Îşi dădea seama că se întâmpla ceva. Îi urmărise foarte atent, dar păreau foarte înstrăinaţi unul de celălalt, de parcă acum n-ar mai fi fost cei mai buni prieteni. Rămase treaz ore în şir, i se păru lui, cu ochii deschişi pe întuneric, uitându-se la umbre. Vedea coarnele de cerb, draperiile, uşa. Se gândea la mami şi la tati, cum tati părea un pic departe, chiar şi când era în aceeaşi cameră, şi cum mami avea mai puţini pistrui pe faţă. Mai puţine săruturi de la îngeri. Nu ştia de ce, dar ocrotirea îngerilor se ştersese un pic de pe faţa ei. Închise strâns ochii, dar mami şi tati i se iviră sub pleoape, cu spatele unul la celălalt. Apoi, Elijah simţi ceva în burtică. Ceva târându-se. Gura i se umplu de vomă. Înghiţi repede şi alungă departe vietatea târâtoare. Vrăjitorul plecase. Nu trebuia să-l lase să vină înapoi. Nu trebuia.

Dar pe măsură ce orele înaintau în noapte, capul lui Elijah se umplu de griji şi burtica i se umplu de târâtoare.

Obi şi Nikki şedeau la masă unul în faţa celuilalt, ţinându-se de mână. Elijah nu reuşise să adoarmă deloc toată noaptea; avea ochii roşii şi îl dureau. Ce se întâmplase? Se ţineau de mână din nou, ceea ce însemna că reveniseră la normal, dar Ricardo nu mai venise în vizită de mult timp şi, chiar dacă Obi îi spusese că nu era nimic rău în asta şi că nu avea motive de îngrijorare, Elijah simţea că i se uscase gura complet. Oare se întâmplase ceva cu Mama?

Ricardo era ras în cap pe părţile laterale. Ciuful rămas în mijloc era zbârlit în sus. Părea îngrijorat, chiar dacă era pieptănat aşa caraghios. Şi din cauza asta Elijah se simţea îngrijorat şi el. Să fii îngrijorat este ca şi cum ai fi un soare şi ai un nor în faţă, iar norul nu te mai lăsa să vezi oamenii şi nici măcar să străluceşti. Elijah se uită la chipul lui Ricardo, încercând să vadă ce spunea expresia lui. Ricardo observă că îi analiza tunsoarea caraghioasă şi atunci îşi puse o pălărie pe care scria: *De vrei să slăbeşti un pic, cheamă-l repede pe Rick.*

— Încerc să îmi schimb profesia, spuse el, când îl văzu pe Elijah holbându-se la pălăria lui. Ştii că îmi place să mă ocup de fete şi de băieţi, dar slujba mea se schimbă şi n-am avut timp să fac asta cum trebuie, spuse el, uitându-se la tati. E imposibil acum — atât de nesigur —, nimeni nu mai are timp să-şi facă meseria cum ar vrea şi, bineînţeles, asistentul maternal este întotdeauna ţapul ispăşitor, imediat ce apare vreo problemă.

Îl strânse pe Elijah de braţ.

— Mă bucur nespus, Elijah, că tu ai acum familia ta, care te iubeşte şi are grijă de tine. Asta a fost o mare reuşită în viaţa mea profesională, iar dacă fiecare copil şi familie de care mă ocup ar fi ca tine, munca mea ar fi foarte uşoară, spuse el râzând, după care bătu cu palma în pălăria de pe cap. Am nişte pastile de slăbit din Brazilia — sunt pe bază de plante, absolut organice şi inofensive — şi am pornit o mică afacere, le vând unor clienţi privaţi. Îi măsură pe Obi şi Nikki din cap până-n picioare.

— Dar voi, frumoasa mea familie, nu aveţi nevoie de aşa ceva. Aşa sănătoşi şi în formă.

Privirea lui mami fugi iute spre tati.

— Fac bine la orice boală?

Ricardo râse.

— Nu prea cred, Elijah. Dacă ar fi aşa, aş fi foarte bogat.

Se auzi soneria, urmată de un ciocănit în uşa de la intrare.

— Bun, spuse Ricardo. Eu trebuie să vorbesc cu mami şi tati, aşa că Jasmin a venit aici ca să vă jucaţi împreună.

— Da? spuse Elijah, uitându-se la mami, care avea faţa umflată şi cu pete roşii.

— Da, zise ea.

Apoi se ridică în picioare şi se duse la uşă. Jasmin dădu buzna înăuntru.

— Bună! Pa! strigă Jasmin, fugind în sus pe scări şi fluturând din mână, în spate.

Elijah porni după ea. Nu se uită înapoi ca să vadă despre ce vorbea Ricardo cu mami şi tati, dar el credea că nu putea fi decât ceva rău. Aerul părea mai încărcat decât de obicei şi erau umbre prin colţuri.

— Eşti cea mai bună elevă din clasă, Jasmin, îi spuse Jasmin lui Elijah. Niciodată n-am avut o elevă mai bună la învăţătură decât tine. Sunt sigură că vei ajunge astronaut sau chiar preşedintele Statelor Unite ale Americii. De fapt, Jasmin, tu eşti cea mai disciplinată elevă pe care am avut-o vreodată.

Jasmin era profesoara şi Elijah era o fată pe nume Jasmin. Avea o tablă neagră în spatele ei, pe care desena cu cretă albă.

— Jasmin, spuse ea. Vino aici. Tu vei fi şefa clasei şi vei avea misiunea să suni din clopoţel pentru recreaţia mare.

Elijah veni spre Jasmin şi imită clinchetul unui clopoţel.

— Bun. Tu eşti şefa clasei astăzi...

Jasmin tăcu în momentul în care auzi de jos voci vorbind pe un ton ridicat. Elijah auzi glasul lui Nikki, apoi glasul lui Obi. Nu auzea glasul lui Ricardo.

— Oho, vorbesc cam tare pentru o întâlnire obişnuită.

Elijah se apropie de Jasmin. Îi tremura braţul.

— Mami şi tati vorbeau mult mai tare decât ce auzi tu acum. De fapt, mami şi tati ţipau tot timpul, se certau în fiecare zi, înainte ca tati să se mute în America, spuse Jasmin, uitându-se la faţa lui Elijah, care începuse să plângă. Dar mămica şi tăticul tău nu sunt ca mămica şi tăticul meu. Toţi adulţii vorbesc uneori pe un ton mai ridicat.

Apoi îşi puse braţul în jurul umerilor lui.

— Vino, hai să ne jucăm mai departe de-a şcoala. Fii tu profesorul acum, dacă vrei.

După aceea, Jasmin plecase, dar Ricardo era încă acolo, la masa din bucătărie, cu o cană de cafea goală în faţă.

Elijah se aplecă spre mami.

— Eh bine, Elijah, am venit astăzi aici ca să-i ajut pe mami şi tati să îţi dea o veste extraordinară. Ne-am gândit toţi trei, eu, mami şi tati, că ar fi mai bine dacă ţi-am spune vestea aceasta toţi trei împreună. Vrem să îţi spunem o mulţime de lucruri, aşa că, te rog, pune întrebări, având în vedere că vestea este impresionantă, chiar şi pentru noi.

Atunci mami a zâmbit, dar zâmbetul ei nu era vesel deloc, iar Ricardo a renunțat să mai bată cu mâna în pălărie. Elijah îi auzise pe mami şi pe tati vorbind despre Ricardo. Uneori râdeau de el şi de faptul că odată îşi vopsise părul în albastru. Elijah se gândea că îl plăceau mult pe Ricardo, probabil, chiar dacă li se părea că era cam fistichiu. Şi lui Elijah îi plăcea de el. Mai demult, fusese prietenul lui cel mai bun, dar acum Jasmin îi luase locul.

— Bun, spuse Ricardo, apoi scoase un carnețel şi îl aşeză pe masă, în fața lui. Sunt foarte mulțumit de felul cum merg lucrurile, zise el, zâmbindu-i lui Elijah, dar şi surâsul lui părea supărat, ca al lui mami. Ce-ai mai făcut, Elijah, ia spune-mi? A trecut o lună de când nu ne-am mai văzut.

— Sunt bine, mulțumesc.

Elijah avea senzația că vocea lui venea parcă din exterior, deşi ştia că venea dinăuntrul lui, ca şi cum ar fi vrut să zboare în altă cameră.

— Am fost la acvariu, unde am atins cu mâna o pisică de mare, pe spinare. Şi am văzut un film la bunicul, se numea *Planeta înghețată*, cu o omidă care moare în fiecare an când se face foarte frig afară şi, pe urmă, învie din nou. Bunicul mă ajută să colecționez lucruri din natură.

Ricardo mută hârtiile de pe masă, din fața lui.

— Uau, spuse el. Una peste alta pare că te-ai distrat minunat. Felul în care râdea făcea ca pălăria să-i sară în sus şi în jos pe cap. Mami şi tati mi-au spus că te descurci foarte bine şi că te-ai adaptat perfect. Ceea ce este extraordinar.

Ricardo râse din nou, dar Elijah nu râdea. Fără să vrea, se gândi la toți băieții care erau ca el şi la toate mamele care erau ca Mama, toate complet singure. Ricardo îl făcuse pe Elijah să se simtă foarte fericit, dar apoi, foarte repede, un pic trist. Elijah își mușcă obrazul pe dinăuntru.

Ochii lui mami nu-i căutau ochii deși de obicei o făceau.

— În primul rând, începu Ricardo, foarte serios dintr-odată, vreau să știi că vestea aceasta poate fi un lucru foarte bun, dar că nu va fi nicio problemă dacă pe tine te va deranja, poate. S-ar putea să te simți tulburat, sau chiar furios, însă noi suntem cu toții aici ca să te ajutăm să înțelegi ce se întâmplă. E bine să ai reacții sincere. De fapt, vom aranja să mergi din nou la Chioma, ca să te mai joci cu ea. Ea este foarte pricepută când vine vorba să ajute pe cineva să depășească un moment mai dificil.

Elijah se uită în jur, la toți trei. Poate că nu-l mai puteau iubi din cauză că era atât de afurisit.

— N-am nevoie să mă joc cu Chioma, spuse Elijah.

Mama pățise ceva rău. Știa el asta. Începu să plângă, lacrimile i se rostogoleau pe obraji, picând pe masă una câte una. Mami își desprinse mâna din mâna lui tati, iar mâna lui tati căzu ca lacrimile lui Elijah, apoi mami își împinse scaunul și mai aproape de el.

— Elijah, nu mai plânge, spuse ea, trăgându-l spre ea. Totul va fi bine.

Însă Elijah știa că se întâmplase ceva rău, fiindcă mami mirosea altfel.

— Nu există niciun motiv să te sperii, spuse ea. De fapt, cred că e o veste foarte bună și eu cred că vei fi fericit, spuse mami, iar apoi, mușcând parcă din aer cu dinții, anunță: Vei deveni frate. Un frate mai mare.

Și Eliajah se gândi la Mama și la un bebeluș, care nu era el, crescând în burtica ei: un bebeluș normal, fără un vrăjitor în el. Şi Mama va putea să aibă grijă de el şi se va însănătoşi şi va putea să se vadă cu el din nou. Lacrimile se opriră imediat.

Dar, pe urmă, văzu expresia de pe faţa lui mami. Simţi mirosul ei, când îl trase din nou spre ea.

— Mă bucur aşa de mult că eşti fericit. Va fi nemaipomenit de frumos, spuse ea, iar el îşi dădu seama, dintr-odată. Simţea căldura din adâncul fiinţei ei. Un bebeluş adevărat în corpul lui mami. Bebeluşul ei şi al lui tati.

Nu exista niciun bebeluş în burtica Mamei. Mama era complet singură.

Mami îşi dorea un nou-născut la fel de mult cum Elijah îşi dorea să fie cu Mama. Dar el nu putea să stea cu Mama. Nu va mai putea niciodată să stea cu Mama.

Ricardo se aplecă în faţă.

— S-ar putea să devii un frate mai mare, spuse el. O privi îndelung pe mami. Dar partea tristă a acestei veşti este că mami are o boală în organism, care nu o face să fie bolnavă, însă face ca bebeluşilor să le fie greu să crească în burtica ei. Îi face să iasă de-acolo prea repede şi din cauza asta nu pot trăi în lumea de-afară. Noi nu credem că se va întâmpla aşa cu acest bebeluş, fiindcă mami ia doctorii speciale care îl ajută să crească, însă este posibilă şi această situaţie.

Tati întinse braţul şi puse mâna pe umărul lui Elijah.

— Ce păţeşte bebeluşul dacă iese afară prea devreme? întrebă Elijah, uitându-se la mami.

Ea scutură din cap.

— Noi sperăm să nu fie aşa, dar este important să discutăm totul, spuse Ricardo, uitându-se la Elijah. Un bebeluş care iese afară prea repede va fi prea mic pentru a putea trăi după ce a ieşit din burtica ei. Bebeluşul ar muri, iar lucrul acesta ar fi foarte trist, însă bebelușul nu ar suferi.

Pământul se mișcă dintr-odată și totul începu să se învârtă în capul lui Elijah. De ce era mami bolnavă? Întotdeauna fusese sănătoasă, până acum. Boala. Moartea. Se țineau după el pretutindeni. Asta era lucrarea vrăjitorului. Dacă bebelușul moare, va fi din vina lui. A vrăjitorului. Și dacă vrăjitorul dădea greș, atunci bebelușul putea crește în corpul lui mami, acolo unde Elijah nu fusese niciodată. Un bebeluș pe care ei îl vor iubi și îl vor îngriji. Un bebeluș care îi va lua lui camera, iar el va trebui să se ducă înapoi la casa lui Nargis, și Darren îl va arde cu țigările, și totul va fi FOC, și el va topi lumea întreagă, și brusc Elijah țipa și țipa și țipa și, chiar dacă țipa, l-a văzut pe tati cum și-a împins scaunul în spate și cum a ridicat sus mâinile și a văzut cum Nikki și-a acoperit gura cu mâinile. A văzut privirea pe care și-au aruncat-o unul celuilalt din cauza lui, o privire plină de foc și ură și flăcările iadului, și el a urlat și a urlat fără vreun cuvânt. Acesta era vrăjitorul. Precis, vrăjitorul era. Totul se rotea amețitor. Simțea gust de sânge, îi țiuiau urechile și simțea că îl împingea ceva sus de tot în tavan, și privea acum în jos spre capul lui, apoi cădea, cădea repede, încât stomacul i se răsuci și zbură în sus înăuntrul lui. Scaunul lui se azvârli singur de perete, cu o trosnitură puternică, și toți întinseră mâinile spre el, dar vrăjitorul era mai iute decât ei, și Elijah a văzut atunci cum un teanc de farfurii de lângă chiuvetă s-a făcut țăndări pe pardoseală, milioane de cioburi, ascuțite și ucigașe, vrând să-l zgârie, și s-a uitat în jos la mâinile lui, pline de cioburi ascuțite, tăindu-l pe piele și apoi zburând prin toată camera.

Simţea braţele lui Ricardo în jurul lui, în timp ce el se zvârcolea şi muşca şi urla şi dădea pumni, iar în final a început să plângă, plângea în hohote, şi Ricardo l-a cărat pe scări, sus la etaj, ţinându-l strâns de tot.

— Şşşş. E în regulă, şopti Ricardo. Va fi bine, Elijah.

Dar de undeva, din spate, Elijah a auzit cum vocea lui tati spunea cu răutate către mami:

— Asta e din vina ta, şi atunci Elijah a ştiut că nimic nu va mai fi bine din nou.

După plecarea lui Ricardo, Elijah a simţit din nou cum vrăjitorul îi dădea târcoale pe dinăuntru, ca şi cum se chircise dinadins şi încerca să scape. O senzaţie de răceală s-a întins peste tot. A încercat să-l blocheze pe vrăjitor acolo, astupându-şi nările şi punând mâinile peste urechi, însă în noaptea aceea coşmarurile au reapărut. A visat despre Babilonul-cel-mare, mama desfrânatelor şi-a urâciunilor pământului[13], şi s-a trezit din somn urlând şi zgâriindu-se, iar mami şi tati au venit în camera lui şi au încercat să-l liniştească, l-au mângâiat pe păr până a adormit din nou şi murmurele din urechile lui au dispărut, înlocuite de urlete:

FIARĂ STACOJIE, PLINĂ DE NUME BLASFEMIATOARE, AVÂND ŞAPTE CAPETE ŞI ZECE COARNE[14].

---

13 „Apocalipsa sfântului Ioan Teologul", cap. 17:3, în Noul Testament, pag. 460, Editura Institutului Biblic şi de Misiune al Bisericii Ortodoxe Române, 1995, Bucureşti. (*N.t.*)

14 „Apocalipsa sfântului Ioan Teologul", cap. 17:3, în Noul Testament, pag. 460, Editura Institutului Biblic şi de Misiune al Bisericii Ortodoxe Române, 1995, Bucureşti. (*N.t.*)

23.

Obi se foia de colo-colo prin cameră, în timp ce Nikki şedea pe canapea, cu picioarele ghemuite sub ea. Nu era în stare să gândească raţional. Vocea lui răsuna atât de tare, încât îi umplea tot corpul.

— Am citit asta de nenumărate ori: atunci când părinţii fac un copil, după adopţie, riscul unui eşec este extrem de mare. Se poate produce un dezastru. Ştii ce înseamnă asta? Cred că am mai discutat despre aspectul ăsta. Cred că ţi-am explicat, la scurt timp după ce tu m-ai dus la o cină frumoasă la restaurant şi mi-ai servit cu brutalitate o sarcină în douăsprezece săptămâni. Îţi aminteşti ce înseamnă o adopţie care a dat greş? Îţi aminteşti cursurile de pregătire pentru adopţie, pe care le-am făcut mai demult, unde ni s-a spus că douăzeci la sută din copiii înfiaţi ajung să se întoarcă în centrele de plasament?

Obi continua să se învârtă de colo-colo prin cameră.

— O viaţă în centre de plasament. Un lucru evitabil în totalitate. O copilărie distrusă de egoismul părinţilor.

— Egoismul meu, spuse ea, încetişor.

— Da! exclamă Obi, răsucindu-se spre ea şi privind-o drept în ochi. Elijah se acomoda perfect, Nikki. Aveam o familie. Aveam un fiu.

Nikki îşi trase picioarele de sub ea.

— Avem un fiu, spuse ea cu o voce mică.

Dar Obi continuă, fără să-i dea atenţie:

— Şi s-ar putea nici măcar să nu existe un bebeluş! Chiar şi cu anticoagulante, cum crezi că ar putea supravieţui cu şanse de doar optzeci la sută? Emoţiile şi grijile, goana la spital în toiul nopţii, toate analizele şi toată aşteptarea, toate lacrimile tale, ai uitat cum a fost? Cum se poate el simţi în siguranţă, când tu eşti distrusă de supărare? Ce se va întâmpla când bebeluşul va muri? Elijah este plin de cicatrice din cap până-n picioare. Şi-a pierdut mama. Vrei să piardă şi un bebeluş? Să te piardă pe tine?

— Te rog! strigă Nikki, bătând cu mâinile în canapea. Am mai discutat toate astea. Ce rost mai are să reluăm totul acum? Oricum, nu se mai schimbă nimic.

Vocea ei suna înfundat, ca şi cum ar fi vorbit printr-un geam.

— Vasăzică, odată ce am vorbit, nu se mai poate face nimic? Putem să ne vedem de viaţă mai departe, aşa zici tu? Dar realitatea rămâne, să ştii. Elijah se confruntă cu un risc de douăzeci la sută de a pierde un frăţior sau o surioară. Se confruntă cu un risc de douăzeci la sută de a ajunge înapoi într-un centru de plasament. Dar riscul acesta a crescut acum, când tu ai fost atât de proastă.

Nikki rămase cu gura căscată; respiraţia ei era ca un şuierat.

— Şi eu ce să fac? Şi eu ce să fac?

— Elijah nu trebuie să treacă prin aşa ceva.

— Dar asta este situația. Nu știu ce aștepți acum de la mine. Este și copilașul tău. Vrei să fac o întrerupere de sarcină? Asta vrei? Vrei să ucid copilașul nostru?

Obi se răsuci în loc, apropiindu-și fața de a ei:

— Am spus eu așa ceva? Crezi că aș putea spune asta?! Se trase înapoi. Știai foarte bine că, lăsând sarcina să ajungă la douăsprezece săptămâni, mă pui în fața unui fapt împlinit.

Nikki simțea că arde toată pe dinăuntru. Își strânse brațele peste stomac și se uită atentă la Obi.

— Se mai poate încă, spuse ea rar, fără să clipească.

Obi strânse din buze și scutură din cap.

— Știai. Știai. Douăsprezece săptămâni! Când tu ai aflat la opt săptămâni! Bineînțeles că se mai poate încă.

— Și?

— Cunoști opinia mea despre asta! Știai! Iar acum ne-am trezit iarăși în situația asta, cu un făt care poate supraviețui sau nu, dar care, în ambele variante, va strica totul, oricum.

— Spune cuvintele, spune-le. Oricum, știu că vrei să fac un avort, zise ea, încleștând pumnii. Dar nu voi face o întrerupere de sarcină, Obi; nu voi face așa ceva copilașului nostru. Însă putem oricum să ne lămurim, așa că spune măcar ce gândești.

— Nu asta am spus.

— Atunci, ce? Ce vrei să spui, de fapt? urlă ea.

— Totul mergea bine. L-ai auzit pe Ricardo? Ai văzut cât de îngrijorat a fost, imediat ce i-am povestit? Îl cunoaște pe Elijah. Știe că nu va putea să se adapteze unei asemenea situații.

— Nu mai spune asta, ajunge!

— Criza aceea de nervi? Toate zgârieturile acelea de pe brațele lui Elijah?

— Ce? *Ce?*

Obi nu se mai uita la ea. Continua să zbiere fără oprire, reluând mereu aceleaşi idei: cât de bine fusese totul, ce promiseseră ei echipei de asistenți maternali, cercetările, felul cum Nikki îl dezamăgise pe Elijah, abandonându-l. Era blocat. Obi nu reuşea să depăşească situația.

Nikki se şterse la ochi şi se trase mai în față, pe marginea canapelei. Apoi, începu să spună, pe un ton blând:

— Obi, eu sunt însărcinată cu bebeluşul tău, iar noi doi îl avem pe Elijah. Aceasta este situația. Mi-am asumat toată vina. Acum, trebuie să începem împreună să ne ocupăm de noile noastre probleme.

— Oh, tu crezi că e atât de simplu, da? Eu consider că tu nu ai înțeles gravitatea situației, Nikki. Efectiv, eu aşa am impresia.

— Te rog, am înțeles perfect totul, dar acum trebuie să acționăm uniți.

— Să acționăm uniți?! repetă Obi, râzând.

— Exact cum spunea Ricardo. Trebuie să îl cooptăm pe Elijah în tot ce facem. Ricardo a zis că este firesc ca Elijah să simtă că este înlocuit, ca şi cum noi nu l-am mai iubi.

Obi se holba la ea, scuturând din cap.

— Nu trebuia să se întâmple aşa ceva, spuse el.

Nikki închise ochii.

— Te rog, Obi, trebuie să încercăm. Mai mult decât oricând, nu e bine să ne certăm acum. Lucrul ăsta îl va tulbura şi mai mult pe Elijah.

— Cred că este prea târziu deja, ce zici, Nikki?

Nikki se încruntă, încrețindu-și sprâncenele. Ce voia să audă de la ea?

— Elijah nu merita să i se întâmple aşa ceva.

Nikki încuviință din cap.

— Ştiu, spuse ea.

— Nu trebuia să se fi întâmplat aşa ceva.

Nikki închise ochii din nou şi oftă.

— Am căzut de acord în această privință, Obi. Crede-mă, îți dau dreptate.

Lacrimi uriaşe i se rostogoleau de sub pleoape, iar hohote de plâns îi zgâlțâiau tot trupul.

În cele din urmă, Obi se aşeză la masă şi îşi trase hârtiile spre el. Deschise un dosar şi îşi scoase stiloul.

Când Elijah veni la parter mai târziu, Nikki încercă să îl țină de mână, dar el se smulse de lângă ea. Mâncară cina aproape în tăcere, iar Nikki nu reuşi să înghită aproape nimic. Nici Obi, nici Elijah nu voiau să se uite în ochii ei.

În timp ce Nikki spăla vasele, Elijah dispăru în grădină, cu lanterna în mână, ca să caute lilieci, iar Obi se apucă din nou de lucru. După un timp, Obi se ridică în picioare.

— Mă duc să fac o plimbare.

Nikki se rezemă de bufet, căznindu-se să nu plângă. Împături şervetul de vase şi şterse plita. Afară se întunecase deja. Se uită atentă în bezna de-afară, după care deschise uşa.

— Elijah? strigă ea, mijind ochii.

Elijah stătea ghemuit pe vine lângă bazinul din curte. Era frig afară, iar Nikki se înfăşură strâns în jacheta de lână, traversând repede peluza.

— Elijah?

Se lăsă jos lângă el, dar băiatul nu voia să se uite la ea. Punând amândouă braţele în jurul lui, îl trase spre ea.

— Îmi pare rău că eu şi tati ne-am certat, Elijah. Tati era supărat pe mine. Dar acum a trecut. E OK totul.

Simţea pe gât lacrimile lui fierbinţi.

— Sărăcuţul de tine, şopti ea. Noi te iubim, Elijah. Nimic nu va putea schimba acest lucru.

Elijah se ghemui lângă ea. Era atât de micuţ. Îl luă în braţe cu totul şi îl duse aşa înapoi, în casă. Când îl înveli la culcare, se agăţă de mâna ei, aşa că se aşeză pe pat lângă el. O trase de braţ, iar Nikki se lungi lângă el. Elijah se cuibări alături, cât de aproape putea, iar ea îl sărută de multe ori pe păr. Încetul cu încetul, băiatul reuşi să adoarmă. Trupul i se destinse, iar Nikki rămase lângă el, mângâindu-l pe păr şi aşteptând să audă paşii lui Obi, când avea să ajungă acasă.

24.

Când s-a trezit din somn, Elijah a avut senzația că era gol pe dinăuntru, ca şi cum nu mai avea absolut nimic în corp. În următoarele zile, mami se uitase la el ca la televizor, iar tati a început să vină de la serviciu mai devreme, ca să aibă timp să se joace împreună, însă Elijah nu se putea abține să nu-şi astupe nările, ca să-l împiedice pe vrăjitor să iasă afară. Simțea cum se împingea în el pe dinăuntru, dând la o parte tot ce-i stătea în cale. Pesemne că vrăjitorul se pregătea să-l oblige pe Elijah să facă un lucru foarte rău. La şcoală reuşea să nu se gândească la el, ci să se concentreze la lecții. Profesorii îi spuneau că învăța bine, iar vrăjitorul stătea cuminte. Dar acasă, Elijah nu se gândea decât la vrăjitor. Uneori, o urmărea din priviri pe mami, iar vrăjitorul îi şoptea la ureche: *Nu e a ta.* Şi, chiar şi atunci când îi spunea să se potolească, vrăjitorul tot nu se astâmpăra. *Nu e mămica ta. Ai furat-o.*

Seara, a simțit că se întâmpla ceva foarte rău. Când a intrat el, tati şedea în camera de zi, în fața lui mami. Amândoi au ridicat privirea din cărțile pe care le citeau şi au zâmbit. Mami citea o carte despre grădinărit, cu o floare frumoasă pe copertă, cu petalele larg deschise şi galbene. Tati citea o carte care nu avea nicio poză pe copertă, ci doar cuvinte lungi. Cartea lui tati nu era prea bună, pesemne, fiindcă dintr-odată a azvârlit-o pe canapea.

În săptămânile care urmaseră veştii despre noul bebeluş, deşi uneori lucrurile erau aproape normale, în casă era prea linişte şi tati stătea cu ochii pe Elijah tot timpul, ca şi cum ar fi ştiut că avea ceva rău în el.

— Eşti OK, fiule? îl întrebă tati, mijind ochii.

— Da, sunt bine, spuse Elijah, dar totul era schimbat, de fapt. Vrăjitorul îi dădea târcoale pe dinăuntru tot timpul. Şi, deşi spusese că se simţea bine, în realitate nu era adevărat.

— Du-te sus la culcare, Elijah, spuse mami. Vin şi eu într-un minut, da?

Se uită la tati, dar ochii lui tati nu se mai uitau la el. Se uitau la burtica lui mami, care creştea.

Elijah urcă scara şi se băgă în pat, unde era gol şi pustiu. Un pat parcă prea mare. Aceeaşi pustietate o simţea şi el în adâncul pieptului. Mami veni în cameră şi privi afară pe fereastra întunecată. Apoi trase draperiile.

— În seara asta nu citim, Elijah, spuse mami, aplecându-se spre obrazul lui. Sunt prea obosită. Când eşti însărcinată, te simţi mereu obosită...

Se uită în jos, spre burta ei, şi zâmbi. De la ultima vizită a lui Ricardo, faţa ei se schimbase tot mai mult. Uneori părea speriată, iar alteori părea mai fericită decât o văzuse el vreodată.

— Bine, zise el. Dar era prima seară când ea nu-i citea o poveste. Se uită la chipul lui mami. Apoi se uită mai atent. Elijah nu mai găsi decât cinci pistrui pe faţa ei.

Încleştă pumnii; ştia că îngerii pierdeau teren. Dumnezeu pierdea teren. Aerul deveni periculos. Elijah se uită la burtica ei, la locul unde ceva creştea în ea.

— Noapte bună, şopti mami.

În cameră era mai întuneric decât oricând, iar el simţea ceva în burtică, de parcă i-ar fi fost foame, dar, oricât ar fi mâncat, tot nu s-ar fi săturat. Îl auzea pe episcop înăuntrul lui: *Cât despre cei fricoşi şi necredincioşi şi spurcaţi şi ucigaşi şi desfrânaţi şi VRĂJITORI şi'nchinători la idoli şi TOŢI CEI MINCINOŞI, partea lor este'n iezerul care arde cu foc şi cu pucioasă, care este moartea cea de-a doua*[15].

Elijah urmări umbrele o vreme, apoi simţi ce se întâmpla. Glasul episcopului nu se oprea. Vrăjitorul se împingea să iasă afară din el. Elijah simţea asta. Vrăjitorul se făcuse mic şi împingea, împingea, se strecura prin el, până când totul a tăcut şi s-a făcut întuneric, iar Elijah nu a mai putut să se mişte deloc. Nu era în stare decât să asculte vocea vrăjitorului, care îi repeta mereu: *Pistruii ei au dispărut aproape complet. Eu îi voi mânca bebeluşul şi pe urmă o voi mânca pe Nikki. Ea nu este mama ta. Nimeni nu te va mai iubi vreodată. Răul din tine l-a ucis pe tatăl tău şi a vătămat-o pe mama ta.*

---

15 „Apocalipsa sfântului Ioan Teologul", cap. 21:8, în Noul Testament, pag. 460, Editura Institutului Biblic şi de Misiune al Bisericii Ortodoxe Române, 1995, Bucureşti. (*N.t.*)

25.

Au plecat la spital cu maşina lui Nikki. Pe drum până acolo, au tăcut cu toţii, privind afară pe geam, la copacii care se înălţau parcă până la cer, la străzile aproape necirculate. De câte ori oprea la semafor, Nikki se uita spre Obi şi Elijah, dar amândoi priveau afară, fiecare pe geamul din dreptul lui. Nikki se surprinse că îşi muşca buza. Trebuia să fie totul OK. Trebuia, nu se putea altfel.

Intrând în spital, au străbătut un labirint de coridoare pe care Nikki le cunoştea, din păcate, prea bine. Au fost chemaţi imediat în cabinet, deşi în sala de aşteptare erau şi alte femei, unele cu copilaşi deja, altele cu burta mare. Nikki se uită în jos la pântecul ei, protejându-l cu mâinile. Se urcă pe masa de consultaţii.

— Trage-ţi pantalonii mai jos, te rog, şi ridică-ţi bluza, îi spuse o femeie pe care nu o mai văzuse până atunci. Se foia prin cabinet, luând diverse instrumente şi tuburi, apoi un teanc de şerveţele din hârtie.

În încăpere era linişte şi întuneric, dar se simţea ceva mai profund decât simpla absenţă a zgomotului; singura lumină venea de la un monitor; exista o senzaţie de apăsare, plutind parcă în aer. Nikki şi-i imagina pe cei care mai fuseseră acolo: copilaşii, mamele care priviseră spre ecranul din faţa lor, aşteptând bătaia inimii, cum făceau şi ei acum, aşteptând momentul special când totul se schimbă, când viaţa se bifurcă.

Se uitau la ecran împreună, dar Elijah nu putea să înţeleagă rostul acestui lucru, pur şi simplu nu putea, deşi Nikki ştia că Elijah avea capacitatea instinctivă de a sesiza indicii imperceptibile, poate chiar mai bine decât ea. Nikki ar fi vrut să-l tragă mai aproape de ea, dar era aşezat prea departe. Se uită la Obi. Pe chipul lui nu se putea citi nimic.

Nikki renunţă să mai încerce să ghicească la ce se gândea el şi se concentră la ecran, la imaginea ecografiei, pâlpâind confuz, greu de desluşit. Apoi, dintr-odată, ceva căpătă contur. Da, era acolo. *Ea* era acolo, şi-a dat seama Nikki, fulgerător.

— Doamna marchează nişte puncte pe ecran, ca să-i poată măsura circumferinţa capului, spuse Obi, iar Elijah căscă ochii mari. Iar osul acela lung este foarte important pentru rezultatul ecografiei. Se numeşte femur. Dacă acele două oase, femururile, au dimensiuni normale, putem afla vârsta exactă a oaselor bebeluşului.

Nikki încerca să ignore vocea aspră a lui Obi şi să privească drept spre ecran.

O pâlpâire. O inimioară bătând. O viaţă.

Şi toată neliniştea şi durerea din ea se risipiră brusc. Ea. Fetiţa. Inimioara bătând. Nikki zâmbi, simţind cum şi ei îi bătea inima în piept, emoţionată. Îl prinse pe Obi de mână, întinse mâna şi spre Elijah — care trebui să-şi tragă scaunul mai în faţă —, şi apoi, ţinându-i de mână pe amândoi, priviră toţi trei imaginea de pe ecran.

— Acolo sunt bătăile inimii, spuse femeia care făcea ecografia, mişcând apoi scanerul peste pântecul lui Nikki. Da, repetă asistenta, inima bate sănătos. Totul pare normal. Toate măsurătorile sunt bune. Un făt sănătos. Şi estimez că eşti în şaisprezece săptămâni plus patru zile, deja. Doctorul Seaton va analiza ecografia chiar acum, aşa cum s-a stabilit, iar dumneata vei reveni pentru o ecografie de rutină, în vederea depistării unor eventuale anomalii, peste câteva săptămâni. Dacă vreţi să aşteptaţi, doctorul vă poate primi chiar în dimineaţa asta.

— Şaisprezece săptămâni, spuse Nikki. Da, vă rog, aşteptăm să ne primească doctorul Seaton.

Cu excepţia lui Ify, pierduse toate sarcinile mult mai devreme, la zece sau unsprezece săptămâni.

— Şaisprezece săptămâni, repetă ea, uitându-se la Obi. Un făt sănătos.

— Sunteţi sigură? întrebă Obi. Şaisprezece săptămâni?

Obi studia imaginea din toate unghiurile, citind cifrele care apăreau pe ecran, întrebând-o pe asistentă despre măsurătorile circumferinţei capului, despre femur, despre nivelul lichidului amniotic. Pe măsură ce asimila toate informaţiile, fruntea începu să i se descreţească şi un început de zâmbet i se ivi pe chip. Se uită de la ecran la pântecele lui Nikki, apoi înapoi la ecran.

— Este real, şopti el.

Nikki închise ochii. Nu vor pierde acest copilaş. De data asta, va putea să păstreze sarcina.

— Eşti OK, Elijah? îl tot întreba ea.

Deşi tăcut, băiatul încuviinţa mereu din cap. Părea uimit. Au făcut fotografii şi i-au dat una dintre ele şi lui Elijah. A împăturit-o de multe ori, făcând-o mică de tot, aproape cât un timbru poştal, şi a ţinut-o strâns în pumn, înainte de-a o pune în buzunar. Tot drumul spre casă, s-a pipăit încontinuu pe buzunar, ca şi cum ar fi vrut să verifice dacă poza era încă acolo. Nikki interpretă atitudinea lui drept o dovadă că era fericit.

Doctorul Seaton era un bărbat înalt, teribil de slab, care mirosea a terebentină şi avea o porţiune laterală din păr pieptănată invers, peste creştetul capului.

— În această fază, totul este perfect. Vom continua să monitorizăm hemograma şi numărul trombocitelor, iar dumneata trebuie să iei în continuare medicamentaţia prescrisă, dar fătul se dezvoltă foarte bine şi, în momentul de faţă, ţinând seama de tratamentul pe care îl urmezi, nu prevăd niciun fel de probleme pe viitor.

Lui Nikki îi venea să dea la o parte bucata aceea de păr de pe capul lui pleşuv şi să-l pupe pe frunte.

— Vă mulţumim, domnule doctor, spuse Obi.

Se uita mereu spre uşă. Elijah rămăsese afară, jucând un Nintendo. Voise să intre cu ei în cabinet, dar un băiat din sala de aşteptare scosese o consolă de joc şi începuseră să se joace împreună. Era plăcut să-l vadă că începea să-şi facă prieteni.

— Vreau să începem un tratament cu injecţii cu heparină, până la finalul sarcinii. Este o injecţie subcutanată, pe care o poţi face singură, acasă, o dată pe zi. Mulţi pacienţi îşi fac injecţia în burtă. Nu doare şi este un tratament suplimentar, ca să fim siguri că sângele nu se va mai îngroşa, explică el, scriind deja reţeta. Daţi asta asistentei şi o să vă dea injecţiile.

Nikki luă reţeta. Tot ce trebuia era o simplă injecţie care să-i subţieze sângele. Se gândea la toate analizele pe care le făcuse înainte, de fiecare dată când i se spusese că avortul spontan era des întâlnit şi că nu trebuia să-şi facă probleme. Iar apoi, după Ify, o trimiseseră în sfârşit la doctorul Seaton. Fusese prea târziu pentru ca fiica lor să mai poată fi salvată — Nikki puse mâinile peste pântec —, dar nu prea târziu şi pentru această fetiță.

Obi îi luă mâna şi i-o sărută. Se uită la el. Obi nu şi-a cerut iertare, dar nici nu era nevoie. Nikki îşi alungă din minte toate vorbele lui de dinainte. Acum, când o văzuse pe fetița lor şi auzise el însuşi ce spusese doctorul, nu mai avea de ce să fie supărat. Nu le rămânea decât să se concentreze amândoi în efortul de a-l face pe Elijah să se simtă ocrotit şi iubit.

În drum spre casă, Obi se întoarse spre Elijah, care stătea pe bancheta din spate.

— Ce frate minunat o să fii tu, spuse el.

Nikki îi urmări toată ziua din priviri pe Obi şi Elijah, savurând căldura aerului care umplea spațiul dintre ei. Simțea un fel de bolboroseală în ea, copilaşul începea să mişte. Nikki zâmbea, lăsându-şi inima să se bucure. Copilaşul acesta va trăi. Iar ei vor fi părinți cu doi copii. O familie.

Stăteau toți trei cuibăriți împreună pe canapea, ascultând muzica aleasă de Obi: o formație cubaneză pe care Nikki nu o mai auzise până atunci. Elijah bătea din picior în ritmul tobelor. Acum părea mult mai liniştit. După prima reacție, când aflase că era gravidă, Nikki se temuse că Elijah nu se va putea adapta noii situații. Dar văzându-l cât de calm era acum, după ce fuseseră la ecografie, văzând felul în care împăturise poza, îşi dădu seama că redevenise bun şi afectuos ca înainte, deşi trecuseră doar două săptămâni de când îi dăduseră vestea.

— Într-adevăr, a avut o reacție extremă, spusese Ricardo. Dar asta nu înseamnă că nu se va acomoda. Vestea a declanşat ceva în el: o furie teribilă. Dar se va domoli cu timpul, pe măsură ce îl veți coopta în tot ce faceți.

Şi Ricardo avusese dreptate. După ce îl luaseră cu ei la spital, Elijah devenise mai calm şi nu se mai smucise de lângă ea când voia să îl mângâie.

— Cum e să fii un frate mai mare? întrebă el.

Obi zâmbi cu gura până la urechi. Uitase complet de supărarea lui pe Nikki.

— E ca şi cum ai avea o prietenă cu care să te poți juca toată ziua.

— Ca Jasmin?

— Da, cam aşa, zise Obi. Doar că fetița va fi mult mai mică, aşa că tu o vei putea învăța o sumedenie de lucruri.

— Dar doar dacă ție nu ți se face sângele mai gros, spuse Elijah.

Nikki încuviință din cap.

— Exact. Dar, aşa cum ți-am spus mai devreme, acum am un medicament special pentru asta. Medicamentul va face ca sângele meu să nu se mai îngroaşe.

Obi îl luă de braț pe Elijah, ca şi cum tocmai decisese ceva important.

— Totul va fi bine, zise el.

Nikki se aplecă spre Obi şi îl sărută pe gură, pe deasupra capului lui Elijah.

— Jasmin ar zice că e naşpa, spuse Elijah.

— Dar tu, tu cum ai zice, Elijah? Spune, tu cum ai zice? Ție ți se pare că e naşpa? făcu Nikki, gâdilându-l, iar el zâmbi, zvârcolindu-se ca să scape.

În seara aceea, Obi o trase spre el. Îi puse mâna pe pântec. Ea respiră adânc, ca şi cum şi-ar fi ţinut răsuflarea zile în şir.

— Îmi pare rău că nu ţi-am spus că sunt însărcinată, zise ea. Mi s-a părut oribil să nu-ţi spun. Dar, efectiv, aşa am crezut atunci că este mai bine. Iartă-mă, şopti ea, lipindu-şi obrazul de gâtul lui.

Au adormit aşa, unul lângă celălalt, iar când s-a trezit, el îşi ţinea în continuare mâna pe pântecul ei. Se uită peste umărul lui, la cărţile de pe noptieră, o combinaţie de informaţii despre adopţie — *Cum să creşti un copil dificil; Când traumele influenţează comportamentul; Probleme de sănătate secundare cauzate de ataşamente negative* — şi cărţi despre sarcină: *O sarcină normală şi sănătoasă; Ataşamentul începe de dinainte să ne naştem.*

26.

Elijah scoase din buzunarul de la pantaloni poza împăturită bine şi o netezi frumos. Se uita la liniile curbe şi la unghiuri, la formele şi umbrele care formau bebeluşul. Imaginea nu semăna deloc cu un copil, ci mai degrabă cu un extraterestru. Mami, tati şi Ricardo îi tot spuneau diverse lucruri pe care el nu voia să le audă. Îi spuneau că bebeluşul pe care mami îl avea în burtică ar putea să nu crească suficient de mare pentru a se naşte, şi că ar putea să moară. Iar Elijah nu ştia ce să spună. Nu îi venea în minte niciun cuvânt.

Studia fotografia. Vedea nasul bebeluşului. „Trebuie să creşti mare-mare", spuse el. Şi ştia că pozele nu puteau auzi şi că era posibil ca bebeluşul să nici nu aibă încă urechi, dar el oricum repeta acel îndemn.

— Trebuie să creşti mare-mare şi să nu mori.

Apoi s-a făcut ghem pe pat, imaginându-şi cum creştea în burtica Mamei. Auzea foşnetele dinăuntru şi simţea căldura. După aceea însă, auzi altceva şi se ridică în capul oaselor.

Medicamentul nu îşi va face efectul. Când tu dormi, eu o să mă furişez în corpul lui mami, ca să o îmbolnăvesc şi să îi rănesc copilaşul. Medicamentul nu poate opri un vrăjitor.

Elijah lipi poza de piept şi încercă să respire mai rar.

Tati era ascuns în spatele celui mai mare buchet de flori pe care Elijah îl văzuse vreodată. Nikki alergă la uşă, la tati şi la flori. Elijah era în bucătărie, desenând ceva şi încercând să îşi scoată din minte gândul că vrăjitorul ar putea să mănânce bebeluşul lui mami.

— Sunt superbe!

Tati scoase capul pe deasupra florilor.

— Bună, Elijah. Mami şi cu mine trebuie să stăm un pic de vorbă, OK? Pe urmă vin să jucăm un fotbal, înainte de cină. Am rezervat o masă la restaurantul Chimichanga, pentru ora şapte; Jasmin, Chanel şi bunicul vin să mănânce cu noi.

Elijah nu răspunse, dar tata nu băgă de seamă. Îi auzea vorbind în cealaltă cameră, chiar dacă uşa era închisă:

— Băiatul e bine. A fost bine toată ziua.

— Ştiu. Eram aşa de speriat cum o să reacţioneze. Eram aşa de speriat. Dar nu s-a mai întâmplat nimic de atunci. Nicio criză; nicio manifestare de furie.

— Şi doctorul Seaton a fost aşa de optimist.

— Sunt atât de încrezător, Nik, simt că va fi minunat. Îmi pare atât de rău că înainte am fost...

— Eu o să iau o margarita, vă rog, spuse bunicul, care studiase îndelung meniul înainte de a se decide.

— Eşti sigur, tată? E cu tequila...

— Vreau şi eu una, spuse mătuşa Chanel, fără să se uite la meniu. Şi întotdeauna îmi iau fajitas cu pui, preciză ea.

— O să iau şi eu o margarita, vă rog, spuse Jasmin, care îşi făcuse două codițe ca nişte pămătufuri şi îşi pusese cinci agrafe pe mijlocul capului.

— Nu puteți să luați margarita, domnişoară, spuse chelnerul plictisit. Conține alcool.

Jasmin se întoarse spre mătuşa Chanel.

— Cât de nedrept. Toții copiii din Mexic beau tequila. Li se pune în biberon, ca să doarmă bine, fiindcă în Mexic este o gălăgie îngrozitoare, din cauza oamenilor care cântă toată ziua la naiurile alea enervante, spuse ea şi, îngustând privirea, i se adresă chelnerului: Măcar dumneata eşti din Mexic?

— Jasmin, făcu mătuşa Chanel, ridicându-se. Vino un pic, te rog.

Jasmin plecă după ea, țâțâind din buze.

Bunicul scutură din cap, chicotind.

— Ei să-i aduceți o limonadă, vă rog, spuse el.

Ca de obicei, când Jasmin era pe-aproape, Elijah nu-şi făcea prea multe griji în privința vrăjitorului. Se uită la bunicul. Încă cerceta preocupat meniul şi citea cu glas tare toate cuvintele, rugându-l pe chelner să îi recomande un fel.

— Vin înapoi cu băuturile, domnule, spuse chelnerul, iar până atunci aveți timp să vă decideți.

Obi râse. Îşi ținea palma peste mâna lui Nikki.

— Întotdeauna îi trebuie o veşnicie ca să se decidă. Îi place să cumpănească bine totul.

— Oamenii înțelepți cumpănesc bine totul, spuse bunicul.

Elijah întoarse capul spre ochii bunicului. Da, era înțelept. Şi deştept. Ştia totul despre Nigeria şi o mulțime de lucruri despre stele. Iar atunci îşi dădu seama de ceva important:

Precis, bunicul se pricepea la vrăjitori.

— Putem să mergem în parc astăzi? întrebă Elijah.

Privea pe fereastră. Era o zi frumoasă de primăvară, cum îi plăcea lui. Cum îi plăcea Mamei.

Tati se uită la Elijah. De când făcuseră ecografia bebeluşului, tati începuse iar să o țină de mână pe mami şi să o pupe mereu, chiar şi când Elijah se uita la ei. Tati punea mâna pe burtica ei şi zâmbeau amândoi, îşi zâmbeau unul celuilalt, ca şi cum Elijah nu ar fi fost în cameră. Ca şi cum Elijah nu ar fi fost nicăieri. Pe bunicul nu-l mai văzuse de când fuseseră la restaurant şi nu mai avusese ocazia să fie singur cu el. Dar, chiar şi dacă ar fi singur cu bunicul, nu ştia dacă avea curajul să-i spună despre vrăjitor. Bineînțeles, era posibil ca el să ştie ce trebuia făcut şi să-l poată ajuta. Bunicul ar crede-o pe Mama şi l-ar crede pe Elijah. Dar se puteau întâmpla lucruri rele dacă îi povestea despre vrăjitor.

— Din păcate, trebuie să mă duc la serviciu şi să rezolv nişte treburi. Dar când vin acasă, ce-ar fi să jucăm ceva?

Elijah ridică din umeri.

— OK.

— Va trebui să lucrez foarte mult, mult de tot, de-acum înainte, ca să-mi pot lua liber când vine frățiorul tău. Sau surioara ta, spuse el zâmbind şi se uită la mami.

Aerul dintre ei părea un câmp de forță care îi izola de ceilalți, aşa că Elijah nu putea înțelege semnificația acelei priviri.

— Sunt atât de mândru de tine, Elijah, te-ai adaptat aşa de bine. Este o schimbare importantă când urmează să devii frate mai mare, spuse Obi.

Mami se uită la Elijah şi zâmbi.

— Suntem foarte mândri de tine, zise ea.

Burta lui mami era din ce în ce mai rotundă, de parcă ar fi crescut cu o viteză supraomenească. Ea se apleca și îl îmbrățișă pe Elijah. Încercă să o îmbrățișeze și el, încercă tare de tot. Dar îl încurca burta ei.

Elijah așteptase ore în șir ca tati să vină să-l învelească și să-i spună noapte bună. L-a auzit când a ajuns acasă; și-a ținut respirația, dar tati nu s-a năpustit sus pe scări ca de obicei, și în cele din urmă Elijah a trebuit să tragă aer în piept. Îi auzea pe mami și pe tati, și pe bebelușul din corpul lui mami, cum râdeau la parter.

— Îmi pare rău, spuse tati, învelindu-l cu plapuma până la gât.

Se uita spre ușa dormitorului de parcă abia aștepta să se ducă înapoi la ei.

— Putem citi o poveste, dacă vrei, da? Una foarte scurtă?

Elijah scutură din cap.

— E OK.

— Îmi pare rău. Poate mâine. Doar că am enorm de lucru în următoarele luni, până... Se întrerupse, adulmecând.

— Simți și tu mirosul?

Brusc, se auzi un țiuit ascuțit. Tati sări de pe patul lui Elijah și alergă spre ușă. Băiatul alergă după el. Când ajunseră în bucătărie, încăperea era plină de fum gros și mami stătea în picioare pe un scaun, făcând vânt cu o revistă în fața detectorului de fum.

— Scuze! strigă ea. Am ars mâncarea.

Elijah tușea. Tati alergă spre ușa din dos și o deschise larg.

— Afară! strigă el. Hai, afară, până iese fumul.

Dar Elijah nu voia să fie trimis afară. Simți un pocnet în cap şi apoi o fojgăială în burtică. Ştia că nimic nu se întâmpla fără un motiv; auzea glasuri spunându-i: *Din cauza ta a murit tăicuțul tău. Tu provoci boală şi suferință şi moarte. Tu provoci incendii.*

Elijah se uita la burtica lui mami. Încerca să folosească lasere ca să vadă ce era înăuntru. Mami îl mângâie pe păr.

— Haide, te rog eu, nu plânge, spuse ea. Nu e un foc rău. Doar un accident. Hai, vino să aşteptăm afară, până aeriseşte tati aici. Focul e stins acum. Nu plânge, Elijah.

Dar el nu plângea. Acum nu mai plângea. Se uita la chipul ei, în lumina lămpii; mirosul de fum i se lipise de măruntaie. Pe față nu mai avea niciun pistrui. Nici măcar unul singur. Niciunul! Îngerii care o ocrotiseră cu săruturile lor plecaseră departe. Se uita la mami cu ochi umezi şi speriați. Inima îi bubuia în piept. Îngerii nu o mai ocroteau. Auzea vocea din el, mai puternică decât alarma detectorului de fum:

Din cauza ta, îngerii s-au speriat şi au fugit departe. Nimic nu mă mai poate opri acum. Voi ucide bebeluşul din burta ei. O voi ucide şi pe ea. La fel cum l-am ucis şi pe tăicuțul tău.

27.

Elijah,

Niciodată nu simţisem o dragoste aşa de mare ca iubirea mea pentru tine, Elijah, şi presimţeam că cineva voia să-ţi facă rău. De fiecare dată când mă duceam la fereastră, zăream maşina roşie parcată acolo, afară, urmărindu-ne. Ceva cumplit se schimbase înăuntrul meu. Tot timpul auzeam oameni şoptind. Strigând. Uneori, cruzimea vieţii este în însăşi continuarea ei, Elijah. Lumea mergea înainte. Doar eu mă schimbasem. Am început să fiu îngrozită şi să aud voci, nu numai de la Dumnezeu, ci şi de la diavolul însuşi.

Pe tine te ţineam departe de fereastră; aş fi făcut orice ca să te ocrotesc. Orice. Mă uitam la tine, cum stăteai ghemuit, un copilaş mic, dulce şi nevinovat. Nu erai conştient de primejdie, visai frumos şi priveai cu ochi mari în jurul tău. Eram nespus de îngrijorată de răul pe care oamenii aceia ţi l-ar fi putut face, băieţelul meu superb şi perfect, plin de bunătate şi speranţă. Elijah, îmi putrezeau măruntaiele pe dinăuntru.

Mă mişcam de colo-colo prin apartament, cu tine în braţe, privindu-mă cu ochi mari de tot. Ţi-era atât de foame, Elijah, şi eu te hrăneam cât puteam de mult, ca orice femeie care își hrănește pruncul. Dar era atât de greu, Elijah. Să pregătesc biberoanele. Un lucru atât de simplu, totuși. Iar tu plângeai, plângeai mereu. Știam că aveam nevoie de ajutor. Frica îmi mistuia măruntaiele și mă amețea îngrozitor. Mi-era dor cu disperare de tăicuțul și de măicuța, de surorile mele, cel mai mult mi-era dor de Rebekah, dar era peste putință să plec acasă, fără un soț și cu un bebeluș de care nu aveam grijă cum trebuie, un bebeluș pe care îl iubeam atât de mult, dar pe care nu eram capabilă să-l ocrotesc, să-l îngrijesc și să-i dau lapte pe săturate. Te-am înfășurat într-un pulover — un pulover de-al tăicuțului tău — și am fugit afară cu tine, trecând pe lângă ușa cu oamenii aceia groaznici și cu mirosurile acelea groaznice, și am alergat în jos pe scara plină de urină, de cuvinte scrise pe pereți și de cotloane întunecoase. Am alergat așa tot drumul, până pe strada mare — și fugind m-am simțit altfel, disperată, de parcă fugeam de necuratul, ca să scăpăm cu viață. Intestinele se răsuceau în mine la fiecare pas, inima îmi bătea în ritmul pașilor mei pe caldarâm. Tot drumul m-am rugat să fiu iertată, fără să știu prea bine pentru ce. Am alergat spre singurul loc unde știam că puteam primi ajutor. Singurul loc unde femeile cu măruntaie putrede puteau fi ajutate.

Când am năvălit pe ușă, Biserica Izbăvirii era pustie, însă lumânările din față erau aprinse și pâlpâiau lin. Te duceam în brațe, înfășurat în puloverul tăicuțului tău; erai tot ce mai rămăsese din el, carne din carnea lui. Episcopul stătea în față, citind revista *Time*, răsfoind repede paginile.

— Bun venit, spuse el, de parcă m-ar fi așteptat — pe mine, pe noi doi. Ce mai faci, Deborah? M-am rugat pentru tine. Nu te-am mai văzut de la înmormântare, dar m-am rugat pentru tine.

Am dat din cap şi te-am strâns mai tare la piept. Încercam să mă comport cât mai normal cu putinţă, deşi eram ciufulită, cu ochi străini şi cu un bebeluş înfăşurat într-un pulover.

Şi-a întins mâinile spre mine şi le-am atins, dar m-am tras repede înapoi, fără să mai aştept să văd dacă şi-a dat seama ce degete murdare aveam şi ce murdară eram eu, cu totul. Aveam senzaţia că putea privi până în adâncul inimii mele păcătoase; mi se părea că îşi dăduse seama imediat ce fel de femeie eram. Simţeam păcatul curgând prin mine, Elijah, drept în suflet.

Acest episcop era aproape de Dumnezeu şi Dumnezeu îi şoptise probabil secrete, direct la ureche. Putea să vadă cât de îngrozită eram, cât de prost te ţineam în braţe, în loc să te fi purtat sus, pe spinare, cum se cuvenea.

De aproape, chiar şi în halul de disperare în care eram, am observat cât de fercheş era episcopul. Barba lui era tunsă frumos şi ordonat în jurul gurii, avea buze roz, roz de tot, ca tăicuţul tău după ce cânta multe ore la saxofon. O femeie cu mutră acră stătea în picioare, în spatele lui. Am observat-o abia când a tuşit. Ţinea o tavă pe care era un pahar cu apă. Avea fruntea înaltă şi faţa turtită. Nu zâmbea deloc şi mă întrebam dacă ea, ca femeie, putea să-şi dea seama cât de distrusă eram.

— Ah, ea.

Episcopul îi făcu semn cu mâna şi ea îi aduse tava. El luă paharul şi sorbi un pic din el, apoi îl puse la loc. Femeia dispăru înapoi, în umbrele din spatele lui.

— Mă refer la ea. E asistenta mea. Nu una dintre cele douăzeci şi şapte de neveste ale mele — eu nu sunt Fela! Eu sunt însurat cu munca mea. Cu Iisus însuşi.

Apoi, episcopul veni mai aproape de mine, atât de aproape, încât vedeam până şi firimitura de biscuit de pe buza lui de jos.

— Bun, ce pot face pentru tine, surioară?

Cuvintele se revărsară din gura mea.

— Îmi pare rău că v-am deranjat, domnule. E vorba despre pruncul meu. Nu ştiu cum să-i fiu mamă şi mi-e teamă pentru el. Nu mi-e bine singură în Anglia, fără familia mea din Nigeria. Ceva nu este în regulă cu mine — cu sănătatea mea. Îmi doresc atât de mult să fiu bună, dar am nevoie de ajutor — am spus eu şi am inspirat adânc — ...cu copilul. Nu sunt o mamă bună. Mi-am plecat ochii.

— După ce soţul meu, după ce soţul meu a murit...

Voiam să-i povestesc totul, Elijah, despre maşina roşie care mă urmărea pretutindeni şi despre alte lucruri pe care niciodată nu le-aş putea scrie pe hârtie, lucruri între mine şi Dumnezeu şi tine, fiindcă doar noi am fost acolo; dar nu am îndrăznit să vorbesc despre asta. Eram convinsă că un om religios nu ar vrea să ajute o asemenea femeie.

Episcopul aproape că zâmbea, amabil. A pocnit din degete şi femeia din spatele lui a apărut din nou. La început, am crezut că nu mă auzise. Dar pe urmă s-a uitat la tine, cum erai înfăşurat în pulover, şi a dat din cap.

— Du-o pe femeia asta amărâtă să stea jos în biroul meu confortabil. Nu vezi cât o preocupă să-i fie bine copilului? Câtă suferinţă ai îndurat, doamnă. Lasă-ne să te ajutăm. Are nevoie de ajutorul nostru, aici, la Biserica Izbăvirii. M-a privit.

— Ai auzit de serviciile noastre. Noi putem ajuta pe oricine. Nu te mai frământa, surioară; ai venit în locul potrivit. Eu sunt un doctor al sufletelor, un medic pentru spirit. Un farmacist pentru slăbiciunea omenească.

Glasul lui era blând şi pur. Te-am tras spre mine, înfăşurat cum erai în pulover, şi ţi-am simţit răsuflarea pe faţă. Alinarea este o forţă incredibilă, am simţit un sentiment de uşurare până în adâncul fiinţei mele păcătoase. Totul avea să fie bine. Puteam să te feresc de rele. Puteam să fiu o mamă bună, episcopul mă va ajuta în suferinţa şi păcătoşenia mea, mă va ajuta să redevin eu însămi, din nou.

28.

Un zgomot nedesluşit o trezi pe Nikki dintr-un somn fără vise. Un clinchet; un clopoţel. Dar nu era decât Obi care sforăia în întunericul din odaie şi senzaţia unei vieţi mişcându-se în ea; mici lovituri, care deveneau pe zi ce trecea tot mai puternice. Îl atinse pe Obi pe spate, avea pielea caldă, de la somn; voia să-l trezească şi să-i spună să pună mâna pe pântecul ei, să o liniştească, şoptindu-i că totul va fi bine.

— De ce n-am încercat oare mai repede? şoptise Nikki.

Şi Obi a zâmbit.

— Eram atât de obosiţi, spuse el. Pur şi simplu extenuaţi.

Nikki îi ridică mâna şi îi aşeză vârfurile degetelor pe obrazul ei.

— Eu nu mă mai simt obosită, zise ea. Se gândea la Elijah, la copilaşul din ea şi şi-i imagina pe amândoi, împreună.

Elijah fusese bine, mai liniştit decât de obicei, fără alte crize de nervi, cum prezisese Ricardo şi cum se temuse Nikki. Îl subestimase. Poate, când va veni copilaşul, Elijah va reacţiona foarte bine. Parcă îl vedea deja: un frate mai mare, ocrotitor, iubitor. Îşi petrecuseră după-amiaza în bucătărie, mâncând şi vorbind; în timp ce Elijah desena cuminte, Nikki şi Obi vorbiseră despre copilaş, cum va fi el, cum îl va iubi toată lumea.

— Şi tu, ca frate mai mare, vei fi extraordinar, spuse Obi, iar Elijah se uitase atent la Nikki şi făcuse un desen cu o familie: Nikki şi Obi, şi el, toţi ţinându-se de mână. O stea uriaşă deasupra lor şi cerul albastru-închis. Desenase zeci de pistrui pe faţa lui Nikki.

— Unde-i bebeluşul? întrebase Nikki. Elijah ridicase privirea spre ea.

— Bebeluşul nu este încă aici, spuse el.

Întunericul se făcu mai negru, iar lui Nikki inima începu să-i bată mai iute. Un zgomot ciudat: ceva metalic, ceva strălucitor. Zâmbetul lui Elijah umplu întunericul, dar era ceva straniu la el. Nikki atinse spatele lui Obi, însă pielea lui nu mai era caldă ca înainte, ci rece, lipicioasă, cleioasă, ca şi cum un veşmânt de griji ieşea din măruntaiele lui.

Se întâmpla ceva rău. Nikki avea senzaţia că lângă ea se afla cineva şi, brusc, se ridică în capul oaselor. Obi gemu şi se întoarse. O siluetă se contură în întuneric.

— Elijah? Tu eşti?

El se apropie şi Nikki îi recunoscu silueta. Inima începu să îi bată mai normal. Aproape normal.

— Elijah, m-ai speriat îngrozitor. Dumnezeule, am crezut că e un hoţ în casă!

Obi se ridică în capul oaselor.

— Ce se întâmplă? Eşti OK?

Patul se mişcă sub greutatea lui Obi. Elijah veni mai aproape. Ochii lui Nikki începuseră să se obişnuiască deja cu întunericul, aşa că a putut să vadă că Elijah avea ceva în mână.

— Elijah, eşti OK? Părea supărat, dar ce ţinea în mână? Un obiect strălucitor şi metalic, cum era gustul din gura ei. Nikki auzi un plânset de bebeluş, de undeva de departe. Scâncete. Din altă parte. Toată fiinţa ei vuia de plânsete şi scâncete.

Întinse mâna spre braţul lui Obi, dar ochii lui nu vedeau ce era în faţa lui, în faţa lor.

— Eu nu sunt Elijah, spuse el, şi păşi spre ei.

Ţinea cuţitul îndreptat spre pântecele lui Nikki. Şi ea înţelese atunci, în acele secunde, cât de mult se înşelaseră, cât de puţin înţeleseseră din ceea ce se întâmpla cu adevărat.

Elijah nu era în toate minţile. Ochii lui arătau altfel, şi în spatele lor se ascundea ceva: o umbră cumplită.

— Eu nu sunt Elijah, spuse el din nou.

Fără să-şi dea seama, Nikki a început să ţipe, iar vocea ei suna îndepărtată, ca într-un vis, încercând să scape. Obi striga şi el, iar apoi se aprinse o lumină. Se întâmplă brusc şi totul se calmă. Inima lui Nikki bătea liniştit, trăgând totul spre sine. Obi se întinse spre ea, iar Elijah înaintă. Ochii lui Elijah străluceau ca metalul cuţitului, şi în ei, adânc, se citea ceva înfricoşător, mai teribil decât toate fricile pe care le avusese vreodată. Nikki se îndoi de mijloc, puse mâinile în faţa burţii, iar Obi se aruncă peste ei, dar era prea târziu, cuţitul se implântă şi o străpunse până în adâncul trupului.

29.

Elijah,

În timp ce stăteam în biroul episcopului, m-a învăluit un sentiment de speranță, cum întinzi gemul pe o felie de pâine. Elijah, aveam sentimentul că ne putea ajuta pe amândoi. Aveam să fiu o mamă atât de bună pentru tine. Ce mult te iubeam, Elijah. Trebuia să fi venit imediat aici, mă gândeam eu, de când au început amețelile, de când tăicuțul tău plecase. Trebuia să fi venit la episcop după ce s-a întâmplat totul. Biserica își ajută întotdeauna credincioșii. Ne purifică. Ne spală de păcate, spală păcatele altora. Eram și eu unul dintre copiii lui Dumnezeu, iar biserica era familia mea. Episcopul era fratele meu.

— Bun, spune-mi mai exact, cu ce te pot ajuta eu?

Episcopul se uita foarte atent la hainele mele și la geantă, de parcă le-ar fi pus o întrebare.

Îți simțeam gura lângă pieptul meu, răsuflarea ta fierbinte, suavă și dragă.

— Am avut un mare ghinion, un ghinion mare, iar acum simt că nu mai sunt bună pentru el, pentru copilașul meu.

Mă uitam la episcop, iar expresia lui era blândă și caldă, ca răsuflarea ta.

— M-a tot urmărit o maşină plină de bărbaţi. De când a murit Akpan, n-am mai ştiut de mine. Era pe stradă, în drum, am spus eu, înghiţind greu, fiindcă mi se pusese un nod în gât. Maşina aceea roşie l-a lovit pe el. Ceea ce era în ea...

Ochii mi s-au umplut de lacrimi atât de mari, încât, când s-au rostogolit direct pe faţa ta, te-ai speriat şi ai început să plângi.

— Te rog, copilă, a spus episcopul, cu vocea lui blândă şi sufletul lui milostiv.

Am început să plâng atât de tare, încât chipul episcopului s-a înceţoşat în faţa mea, schimbându-se în chipul altcuiva — arăta aproape la fel ca unchiul Pastor.

— Mă străduiesc, dar nu pot să-l hrănesc cum trebuie, şi copilul nu e în siguranţă.

Episcopul ridică mâna în aer.

— E OK; te rog, nu mai plânge, surioară. Eu văd cât de mult îţi dai silinţa ca mamă cu un copil atât de mic. Maternitatea nu este un lucru uşor şi, din câte îmi povesteşti tu, ai trecut prin mari necazuri. Ce soartă cumplită. Dar eu pentru asta sunt aici. Hai, arată-mi şi mie copilaşul acesta drăgălaş.

Am desfăcut puloverul tăicuţului tău. Erai ghemuit tot acolo. Am simţit o imensă uşurare, povara fricii dispăruse de pe umerii mei, şi exact acolo, în biserică, am simţit, pentru prima oară de când veniseşi pe lume, că puteam fi o mamă vrednică de un copilaş ca tine, că vei fi al meu pentru totdeauna.

Episcopul s-a aplecat în faţă şi s-a uitat la tine. Apoi, s-a încruntat.

— E un lucru cumplit să-ţi moară soţul. Surioară, nu trebuie să te necăjeşti. Te voi ajuta. Destinul tău se va schimba, negreşit, spuse episcopul, punând mâna peste mâna mea. Ia spune-mi, acum, ai mai dus copilul ăsta să-l vadă cineva? Un medic, poate? Sau vreun asistent social?

Am scuturat din cap.

— Copilul nu are nimic, eu sunt cea care nu face faţă, am şoptit eu, dar episcopul nu-şi lua ochii de la tine.

— Dar familia ta? Rudele tale ştiu că ai venit la mine? Prietenii? Sunt sigur că prietenii ţi-au recomandat să vii la mine!

— Familia mea este în Nigeria. Vreau să mă duc acasă la ei — de îndată ce o să mă simt mai bine, de îndată ce o să încep să mă descurc mai bine. Când lucrurile o să meargă mai bine. Din păcate, trebuie să recunosc că nu le-am spus deocamdată nimic despre moartea soţului meu...

Episcopul aproape că zâmbea. Avea o faţă atât de blândă.

— Ai ajuns în locul potrivit. Eu te pot ajuta, cu siguranţă. În orice problemă de natură spirituală. În lipsa tatălui tău, voi deveni tatăl tău. În lipsa soţului tău, voi avea grijă de tine ca şi cum ai fi nevasta mea. Nu trebuie să-ţi mai faci griji. Voi trata acest copil ca şi cum ar fi trup din trupul meu. Îl voi ajuta şi te voi ajuta pe tine.

Ce uşurare am simţit, micuţul meu Elijah.

Tu ai deschis ochii şi ai clipit.

Expresia episcopului nu s-a schimbat. Continua să se uite la tine, dar nu cum ar face cineva care admiră un nou-născut. Te măsura din priviri, de sus până jos, îţi mişca fiecare braţ, îţi întindea fiecare picioruş, apoi le lăsa să se îndoaie la loc. Ţi-a deschis ochii mai larg, între degetul lui mare şi cel arătător. Ochi mari privind spre lume. Episcopul se uită aşa la tine câteva secunde, după care păru să-şi fi amintit ceva important. Brusc icni, de parcă i se tăiase respirația. Apoi se uită, cu sprâncenele posomorâte, la femeia aflată în spatele lui, în umbră, care icni şi ea.

— Tu ce crezi că are copilul? Eu, unul, îmi dau seama perfect, dar eu sunt expert. Am văzut aşa ceva de nenumărate ori în statul Akwa Ibom, când am realizat pentru prima oară că sunt binecuvântat cu harul de a tămădui. M-am ocupat de această chestiune timp de peste douăzeci de ani şi ştiu care este problema, iar vindecarea pe care o pot face eu este garantată sută la sută. Dar trebuie să aflu ce părere ai tu. Ce crezi că are copilul? Există ceva anume care te îngrijorează la el?

— Copilul nu are nimic, problema e la mine, domnule episcop. Eu nu pot face față situației. Mă simt atât de singură. De când am avut ghinionul ăsta...

Episcopul zâmbi şi puse mâna pe umărul meu.

— Tu trebuie să înțelegi un lucru.

Şi-a tras mâna şi am simțit că mi se înfierbântase umărul.

— Problema nu este la tine. Cu toate lucrurile astea rele care s-au întâmplat, mie îmi este foarte clar — de fapt, e foarte clar pentru oricine — de ce s-au întâmplat toate. Problema nu este la tine, surioară. Chestiunea este clară pentru mine. Sunt specialist în asemenea chestiuni. Copilul nu este bine. Nu este în apele lui.

M-am uitat în jos, la tine. Respirai atât de repede şi aveai fața încă udă de la lacrimile mele, deşi putea să fi fost şi transpirație. Într-adevăr, aveai pielea lipicioasă. Erai oare bolnav? Eram eu o mamă atât de rea, încât nici nu băgasem de seamă acest lucru?

— L-ai dus la vreun medic specialist? Eşti sigură că nu ai fost la vreunul dintre doctorii aceştia albi? Fiindcă, dă-mi voie să-ţi spun, unii dintre ei sunt nişte şarlatani. Sunt în stare să-ţi ia banii pe reţete şi să-ţi dea în schimb nişte surogate; ai auzit de placebo? Sunt nişte tablete care nu conţin decât aer! Iar medicii aceia nu au habar că vindecarea nu vine doar din celule, din corp, din organe şi din sistemul imunitar; vindecarea vine în primul rând de la Dumnezeu, prin harul şi înţelepciunea lui. A trata corpul fără a trata totodată şi sufletul este ca şi cum ai găti pilaf fără să pui sare: nu are niciun rost. Dar tu ai avut noroc, ai auzit glasul din tine care ţi-a spus să-l aduci pe copil aici, la mine, la doctorul de suflete. Lucrul acesta este foarte important: ai mai spus şi altcuiva ce voiai să faci?

Am scuturat din cap.

— Nu m-am gândit că el are ceva — am crezut că eu sunt cea care nu se simte bine. Un sentiment de uşurare mi s-a revărsat în suflet, în timp ce te priveam. Dacă tu erai bolnav însemna că puteai să te faci bine repede, iar asta însemna că eram totuşi o mamă bună. Un copilaş bolnav poate fi vindecat mai uşor decât o mamă păcătoasă, nu? Omul acesta religios, omul lui Dumnezeu, putea să ne ajute. Puteam avea încredere în el. El îmi va lua durerea pe care o simţeam de atâta vreme. O voce îmi şoptea la ureche. Vindecă-mă; vindecă-ne, mă rugam eu. Elijah, îmi imaginam că mă voi însănătoşi şi că voi merge înapoi la familia mea, acolo unde Rebekah râdea mereu, iar părinţii mei vor avea grijă de noi amândoi.

— Ai procedat foarte bine. Văd că eşti o femeie înţeleaptă, din moment ce l-ai adus întâi la mine. Nu spun că va fi uşor, dar cred cu tărie că îl pot ajuta pe acest copilaş să se facă bine. Bineînţeles, ştii că e plin de vrăjitor?

Am tras peste tine puloverul tăicuţului tău şi te-am strâns la piept.

— Vă înşelaţi, domnule; eu sunt cea bolnavă. Eu aud voci şi văd lucruri tulburi...

Episcopul s-a rezemat de spătarul fotoliului. Avea ochii plini de milă.

— Doamnă, haide să privim faptele: copilul acesta se află deja în corpul tău, când încep să se întâmple diverse lucruri rele. Soţul tău moare pe stradă. Aşa de tânăr, să-l calce maşina? Aceste lucruri nu se întâmplă fără un motiv, iar dumneata, ca nigeriană, înţelegi asta, desigur. Şi această maşină roşie te urmăreşte şi începi să te simţi foarte rău. Şi mai apar şi alte lucruri rele — sau şi mai rele.

Am închis ochii strâns, Elijah, dar bărbaţii erau în spatele meu, aşteptând. I-am deschis brusc.

— Doamnă, trebuie să ştii că o soartă nefastă ca aceasta provine dintr-o forţă mai puternică decât putem noi conştientiza, decât putem noi înţelege. Ai uitat rostul dumitale pe lume — de unde vii şi în ce crezi?

Te ţineam atât de strâns, Elijah. Văzusem în Nigeria cazuri în care copilul fusese înfierat drept vrăjitor. Văzusem filmul *Sfârşitul afurisiţilor*. Cine nu-l văzuse? Văzusem vrăjitoare adevărate în Nigeria şi felul cum puneau stăpânire pe trupul unui copil, până când cineva reuşea să le exorcizeze. Ştiam că pastorii care se ocupau de vrăjitorie aveau cei mai mulţi adepţi şi cele mai pline biserici. Văzusem asta. Şi nu uitasem, dar acum nu-mi venea să cred aşa ceva.

— Copilul are nevoie de ajutorul şi ocrotirea noastră. Acest copil trebuie să fie mântuit de răul care sălăşluieşte în el! Ca mamă, ai această datorie, iar eu, în calitate de episcop, am aceeaşi datorie. De fapt, ca episcop cu o experienţă atât de îndelungată în slujba lui Dumnezeu, pot afirma cu sinceritate că nu cred să mai fi văzut un asemenea grad de afurisenie cum există în bietul tău fiu...

Am început să plâng în hohote. În mod sigur, episcopul avea dreptate! Parcă totul se lămurea, totul avea un rost, fiindcă altminteri ce sens mai avea lumea asta? Erai în primejdie, Elijah! Erai plin de omul rău. Dumnezeu, în urgia lui, își întorsese privirea de la noi, lăsase diavolul să intre şi te umpluse de vrăjitor, eram sigură de asta. Precis, asta se întâmplase, căci doar diavolul ar fi putut să mă facă să sufăr aşa. Scumpul meu, micuţul meu, te iubeam mai mult decât pe mine însămi. Viaţa ta era în pericol.

Elijah, lucrurile acestea ţi se par probabil stranii — faptul că noi, nigerienii, credem cu atâta tărie că nelegiuirile se întâmplă ca o consecinţă a atacării spiritului. Crescând aici, în Anglia, lucrurile acestea par străine şi cumva lipsite de înţeles. Dar trebuie să ştii că eu eram foarte înfricoşată. Eram îngrozită să nu ţi se întâmple o nenorocire. Cât de mult te iubeam şi cum doream să te pot ocroti!

— Nu te mai frământa, surioară. Mă pricep la izbăvirea copiilor de răul cel mare. În statul Akwa Ibom, unde am fost episcop, am vindecat peste o sută de vrăjitoare şi vrăjitori, i-am alungat din trupurile lor. Haide, nu mai plânge: situaţia asta este mai simplă în Anglia. Avem acces la cea mai bună aparatură şi medicamentaţie. Vrăjitorul rău este plantat în creierul copilaşului tău, dar eu pot să ajung la el, prin puterea lui Dumnezeu. Nu pot promite că va fi uşor, dar calea spre străluminare nu este niciodată uşoară. Iar Iisus ne va mântui de toate relele. Eu voi salva acest copil şi îl voi alunga pe vrăjitorul din el. Cu mine, copilul va fi în siguranţă. Lucrul cel mai important este ca tu să nu spui nimănui. Englezii ăştia nu îl înțeleg pe Dumnezeu așa cum îl înțelegem noi. Ei nu cred în diavol. Și, mai rău, am auzit că ei iau copii — africani — și fac experimente pe ei, sau îi dau unor cupluri de albi sterpi, sau Madonnei. Da, eu te voi ajuta. Îți voi salva copilul.

Doamne, cât am plâns. Aveam senzația că cineva îmi implântase un cuțit în stomac și îl răsucea încet, încet în mine. Dar, după durere, episcopul era tot acolo, cu bunătatea din ochii lui. Și dintr-odată am simțit că exista, poate, speranță. Dacă erai bolnav, atunci el te putea ajuta. Îmi puneam viața în mâinile lui, Elijah, ba chiar și pe-a ta. Mă gândeam la toate lucrurile rele care ni se întâmplau, la vocile din capul meu. Aș fi dat orice să pot fi o mamă bună pentru tine. Orice.

— Ne poți ajuta?

— Bineînțeles. Nici măcar nu îți voi cere tariful obișnuit, surioară. Îți voi lua doar prețul minim pentru exorcizare. Nu se cade să iau bani de la o soră. În cazul tău, nu voi cere mai mult de o sută. Nici chiar dacă va trebui să-mi rup de la gură luna asta. Acoperișul bisericii, cu voia lui Dumnezeu, nu va cădea și corul nu se va supăra dacă va avea mai puține mese pe zi. Copilașii aceia pe care îi întrețin în bisericile de acasă nu se vor supăra dacă vor avea mai puțină mâncare. Nu. Tu, surioară — tu o să plătești prețul de acasă, din țară.

M-am ridicat brusc în picioare.

— Dar nu am o sută de lire. Este imposibil.

— Aha! exclamă episcopul, sărind de pe scaun. Este imposibil să ții în funcțiune o biserică în Deptford. Este imposibil ca aici să atrag la fel de mulți enoriași și adepți care să asculte cuvintele Domnului. Este imposibil pentru mine, un flăcău din statul Delta, să țin predici și să dau porunci miilor de adepți din biserica mea? Adepți din lumea întreagă? Este imposibil pentru o simplă ființă umană să aibă puterea lui Dumnezeu în mâinile sale, dar eu am puterea Lui. Exact aici! Toate aceste lucruri sunt imposibile. Oh, sunt sigur că o femeie ca tine se descurcă foarte bine cu problemele financiare. Dacă nu te poți descurca deloc cu un lucru simplu cum sunt banii, cum să pot eu — cum să poată Dumnezeu — să îți încredințeze un copilaș de care să ai grijă? Dumnezeu trebuie să găsească motive să creadă în capacitățile tale de mamă, altminteri nu va interveni și îl va lăsa pe diavol să pună stăpânire pe tine. Acesta este motivul pentru care un vrăjitor ți-a luat copilul. Sunt sigur că o femeie ca tine este gata să-și dea viața pentru copilul ei. Dacă ai cunoaște răul din el, diavolul care sălășluiește în trupul lui micuț, știu că nu ai spune asemenea lucruri. Și, după cum știi, bunul renume al bisericii este motivul principal pentru care vreau să te ajut. Un episcop care poate să ajute în asemenea probleme are cel mai mare număr de adepți. Desigur, faima episcopului îi atrage pe enoriași, și de aceea renumele lui reprezintă cel mai important factor, dar el tot trebuie să perceapă o sumă cât de mică, altminteri ar ajunge de râsul lumii și și-ar pierde credincioșii, la fel de repede cum și-ar pierde păstorul turma, dacă ar uita poarta deschisă, iar câinele ciobănesc ar dormi buștean! Această taxă este simbolică pentru tine, care ești sora mea, însă trebuie să insist asupra ei, este o necesitate. Imaginează-ți situația în ansamblu! Salvându-l pe Elijah, ferindu-ți unicul copil de răul cel mare, eu voi atrage mai mulți adepți și, propovăduind astfel adevărul lui Dumnezeu, voi putea să mântuiesc și sufletele lor. Știu că eu pot ajuta acest copil...

— Îmi cer iertare, domnule, nu am vrut să...

— Ca să ştii, eu nu ofer acest tarif pentru exorcism în piaţă sau pe stradă; biserica s-ar nărui imediat. Dacă vrei leacul pentru a-l vindeca pe fiul tău, costă o sută de lire. Şi acum, ieşi afară de-aici. Sunt un om foarte ocupat şi trebuie să mă lupt cu o mulţime de alţi vrăjitori. Tu n-ai decât să te descurci singură cu acest vrăjitor afurisit. Sper să ai somn noaptea, surioară.

M-am rugat, Elijah; cât de mult m-am rugat! Nu îţi pot descrie ce efect au avut cuvintele episcopului asupra mea, însă cred că m-a impresionat atât de mult fiindcă mi-era dor de unchiul Pastor. Cu toţii suntem un produs al trecutului nostru, Elijah; tu ştii asta mai bine decât oricine. Cu cât mă rugam mai fierbinte, cu atât mai tare se auzeau vocile, şi tu plângeai aşa de rău! Nu se putea să fie adevărat. Nu se putea să fii plin de vrăjitor. Te mângâiam pe cârlionţi şi mă uitam la trupul tău, şi vedeam în ochii tăi cât de dureros era totul. Mi se frângea inima cu fiecare suspin şi scâncet de-al tău. Îmi spuneam că trebuie să merg înainte şi să te consider un copil normal, fiindcă aşa poate că vrăjitorul ne va lăsa în pace şi va găsi un alt bebeluş, cu o mamă care nu se pricepuse să-l crească şi nu se rugase destul. Eu ştiam să am grijă de bebeluşi. Ei simt nevoia să fie purtaţi în braţe pretutindeni şi mereu. Nu le place să fie desfăşaţi sau să le fie frig, fiindcă se sperie. Le place să doarmă cu mămica lor şi să îi simtă mirosul, să sugă lapte de la sânul ei ori de câte ori vor ei. Ce mult îmi doream să te alăptez, Elijah! Şi totuşi, cumva mi-era frică: o frică mai mare decât orice, inima zbătându-se în pieptul meu, până când urlam, până când urlai şi tu.

— Încetează! strigam eu. Încetează! Încetează!

Mi-o imaginam pe Bukky, care probabil că născuse deja un bebeluş dolofan şi fericit pe care îl ducea în cârcă, îmi imaginam guriţa bebeluşului ei sugând lapte de la sân. Ce dor mi-era de unchiul Pastor. De tăicuţul meu. De familia mea. Cât de speriată eram de ceea ce trăia înăuntrul tău. Cât de îngrozită eram pentru soarta ta. Cât de îngrozită eram că o altă persoană dragă mie putea să moară, că oamenii răi aveau să vină înapoi. Frica este mai puternică decât orice, Elijah; creşte mai repede decât focul şi ucide toate celelalte sentimente, până când rămâne doar ea singură, frică pură şi primejdioasă. Îmi imaginasem întotdeauna că dragostea era cel mai puternic sentiment. Însă frica întrece dragostea, până la urmă, şi asta este ceea ce ne face atât de umani.

Elijah, dragostea mea, universul meu.

Îmi amintesc cum te ţineam la fereastră şi îţi arătam stelele. Îţi cântam, te legănam cu cântecele, iar tu te uitai la mine cu ochi mari. Şi am văzut, în adâncul trupului tău, că tu erai acolo. Puteam să te ajut. Îţi zâmbeam şi îţi dădeam doctorii şi tu zâmbeai, cu gingiile tale golaşe, şi mă făceai să râd în hohote. Te lăsam să bei tot biberonul, apoi ne lungeam împreună pe patul meu şi mă uitam la tine cum încercai să prinzi în pumnişor câte o rază de lună. Dădeai din picioruşe şi suflai clăbucei din buze, iar eu te gâdilam pe burtică, şi râdeai, râdeai, până adormeai.

30.

Nikki simțea că lumea se agita în jurul ei, luminile se aprindeau, se auzeau țipete şi era atât de mult sânge, dar în ea totul se calmase parcă şi se afla din nou în trecut, iar Rosy-Ify aluneca din îmbrățişarea vieții. Obi apăsa pe ea cu o mână, iar în cealaltă ținea telefonul şi striga, iar Elijah stătea acolo cu un cuțit şi părea atât de departe. Apoi se legăna într-un colț al camerei, înainte şi înapoi, înainte şi înapoi.

— Ce-ai făcut? i-a spus ea lui Elijah, şi ei înseşi, şi lui Obi, şi aerului tăios din jurul lor, lumii întregi.

— Ce-ai făcut? Simțea încă prezența lui Elijah în fața ei, o siluetă mică, înspăimântată, tremurând, cu ochi mari, îngroziți, ochi care văzuseră deja prea multe, lucruri care nu mai pot fi niciodată şterse de pe retină: un băiețel singur de tot. Apoi, Nikki a închis ochii pentru o fracțiune de secundă şi şi-a amintit un vis frumos. Îşi ținea copilaşul în brațe, iar el avea sclipiri aurii în ochişori, pielea moale, curată, copilaşul ei viu, respirând, zâmbind. Viu.

Când s-a trezit erau deja la spital, unde o femeie îi desena ceva pe burtă. Ea se uita în tavan. Culoarea. Lumina.

A privit într-o parte, apoi de jur împrejur: plin de paturi goale şi draperii pe jumătate trase în jurul fiecăruia, o chiuvetă lângă perete, o găleată galbenă. Ochii lui Obi erau lipiţi de ecran. Nikki nu putea să se uite. Şi-ar fi dorit să o ţină de mână, dar nu avea putere să îi facă semn. Se concentra, în schimb, la oribilul pansament alb pe care îl avea pe o parte a abdomenului, lipit cu bandă adezivă. Încerca să se lase cuprinsă de durere, dar nu simţea decât o amorţeală. Nimic.

— Totul arată perfect, spuse femeia care făcea ecografia. Inima bate puternic şi totul e bine. Ai fost foarte norocoasă.

Obi răsuflă adânc şi se uită la ea, fără lacrimi în ochi.

Dar ea nu răsuflă uşurată. Nimic nu era bine. Nimic nu va mai fi bine vreodată.

— Unde e Elijah? spuse ea, ridicându-se în capul oaselor.

Obi nu răspunse pe moment, mulţumindu-se să clipească.

— E cu Ricardo, spuse el, scuturând din cap. Pur şi simplu, nu îmi vine să cred. Cuvintele sunau de parcă ar fi fost rostite de altcineva; Obi părea sigur pe el, ca de obicei.

Asistenta o şterse pe burtă cu un şervețel aspru şi îi trase tricoul peste bandaj.

— Ce s-a întâmplat? întrebă Nikki.

— Ai leşinat, dar probabil a fost din cauza spaimei. Elijah a suferit un fel de disociere psihică. A vrut... A vrut...

Vocea lui Obi s-a pierdut.

— A vrut să te rănească, Nikki. A încercat să te rănească, pe tine şi pe bebeluş. Ceva i-a declanşat o criză emoţională. Parcă nu era în toate minţile. Nu ştiu ce s-a întâmplat. Am încercat să-l opresc, spuse Obi, ţinându-şi respiraţia. S-a întâmplat atât de repede.

Nikki se pipăi peste rană, unde o durea.

— Nu pare prea grav.

Obi nu-şi găsea locul, foindu-se pe scaun, bătând din picior.

— Am acceptat acest risc când am decis să îl înfiem pe Elijah. Ştiam că avusese mulţi îngrijitori maternali, că se mutase din loc în loc, dintr-o casă în alta, şi ştiam că suferise abuzuri fizice şi emoţionale, ştiam că fusese un copil neglijat. Şi, dintre toate traumele, neglijarea şi abandonul sunt cele mai periculoase pentru dezvoltarea creierului, însă cu timpul se pot forma noi căi nervoase, noi circuite.

Obi tăcu şi se ridică în picioare. Patrula de colo-colo prin salon, cu ochii pironiţi în podea. În cele din urmă, se uită la Nikki şi se aşeză lângă ea.

— La serviciu am de-a face cu tot felul de scenarii...

Apoi tăcu din nou. Avea ochii roşii şi buzele uscate. Părea foarte singur, deşi şedea acolo, lângă Nikki. Ar fi vrut să-l mângâie, dar mâna ei nu voia să se mişte. Obi se scărpina în cap, se sucea, se frământa, dar nu mai putea să scoată niciun cuvânt.

Nikki plângea încetişor lângă el.

Obi o văzu uitându-se în jos, spre pântec, şi se întoarse cu spatele. Fiecare respiraţie de-a lui era un oftat. Arăta ca un om care îşi terminase răspunsurile. Lumea lui se schimbase complet.

31.

Elijah,

Când aveai un an şi jumătate, eu trecusem de la faza în care nu voiam să cred că în tine există un vrăjitor, la faza în care doream, cu toată fiinţa mea, să scot vrăjitorul dinăuntrul tău şi să te salvez, micuţul meu Elijah. Pătuţul tău era ca o barcă în furtună. Eu mă simţeam atât de bolnavă, Elijah, auzeam tot timpul voci, nu dormeam, nu puteam să mănânc, şi ştiam că totul era din cauza vrăjitorului din tine, care ne distrugea pe amândoi. În mine se târau insecte.

— Vrăjitorul e atât de puternic în copilul ăsta. Când eram în statul Akwa Ibom, am găsit un vrăjitor la fel de puternic ca el! Vai! Vrăjitorul acela a rezistat atât de crâncen. A trebuit să încerc o sumedenie de doctorii şi ştii bine cât de greu e să procuri aşa ceva acolo. Dar partea bună a fost că am putut să folosim *muti*[16]*, fiindcă muti* este un leac miraculos din plante, cu care poţi izgoni vrăjitorii. Vrăjitorilor le este foarte frică de *muti*. Când mă gândesc la Akwa Ibom, inima mea se face rotundă

[16] Derivat, în dialectele africane, de la cuvântul „copac". (*N. red.*)

ca luna. Sunt sigur că ştii ce înseamnă să îţi fie dor de casă, surioară. Haide să tămăduim acest copil, astfel încât familia lui să fie mândră să îl primească în vizită în Nigeria. Ţi-a atras atenţia vreun vis urât? Sunt sigur că vei avea mari ghinioane şi boli rele, cu acest vrăjitor lângă tine.

Am încuviinţat din cap. Da, visele mele începeau să se transforme în coşmaruri cumplite, pe care le trăiam necontenit. Aveam ochii roşii şi împâcliţi, obrazul îmi zvâcnea tot timpul, mâinile îmi tremurau încontinuu.

— E plin de nemernicie. Ia spune, ţi s-a terminat doctoria? Este teribil cât de încrâncenat e ticălosul ăsta, care nu vrea să iasă din copilaş. Se simte ca acasă în fiul tău. Va fi nevoie de un leac foarte puternic ca să-l izgonim pe vrăjitor. Nu te mai frământa, surioară; te ajut eu să scapi de nemernicul ăsta. Ţine-mă de mână şi hai să ne rugăm.

Biserica era goală noaptea, în afară de o femeie care stătea mereu în umbră şi se ocupa de socoteli. Episcopul îmi spunea să vin întotdeauna noaptea, iar duminica, la predică, povestea cum îl ajuta el pe cel mai vulnerabil membru al parohiei şi cum exorciza răul şi diavolul împieliţat din el. Tu, Elijah, băiatul meu. Şi aşa se întâmpla, noi eram nişte umbre alergând din apartament la biserică şi înapoi la apartament. La început mi-a dat o doctorie şi mi-a zis că te vei vindeca. Şi ţi-am dat doctoria aceea în fiecare zi, deşi îţi făcea rău şi îţi irita intestinele. Mă rugam atât de intens, Elijah, tot timpul. Dar vocile erau mai puternice ca oricând. Îmi venea să mă zgârii pe faţă, să urlu. Vedeam cât de bolnav erai, cum te îmbolnăvea spiritul rău din tine. Erai bolnav tot timpul, micuţul meu fiu. Atât de bolnav, încât nici măcar nu mai plângeai.

— În numele mântuitorului nostru Iisus, acest copilaş va fi vindecat! Avem nevoie de un miracol, Doamne Dumnezeule, în seara asta. Te strig pe tine, eu, credinciosul tău slujitor, omul care şi-a închinat viaţa învăţăturilor tale, care şi-a închinat viaţa propovăduirii cuvintelor tale: te rog, Părinte ceresc, mântuieşte-l pe acest băieţel din bezna neagră. Adu-l înapoi pe Elijah, fiul nostru, din ghearele diavolului. Alungă acest demon, care a ales să sălăşluiască în trupul lui. Pune puterea ta în mâinile mele!

Mâna i s-a ridicat de pe capul tău, iar în mine se limpezea totul, încetul cu încetul. Totul părea mai clar când episcopul era pe-aproape. Mi-i imaginam pe unchiul Pastor, pe măicuţa şi pe tăicuţul, acasă, şi ştiam că, dacă reuşeam să te fac bine, să te salvez, vom putea să ne întoarcem în Nigeria, iar totul va fi în regulă.

— Trebuie să îi dau o doctorie mai puternică. Dar, bineînţeles, asta înseamnă un preţ mai mare.

— Nu pot să plătesc; nu mai am nimic. Te rog, ajută-mă, părinte episcop. Te rog, te implor. Ajută-l pe fiul meu.

— Nu pot garanta că vei fi în siguranţă în preajma acestui copil. Vrăjitorii ajung, cu timpul, la crime tot mai mari. La început, da, sănătatea ta se deteriorează, nu mai ai bani, visezi urât, dar cine ştie ce poate urma în continuare? Vrăjitorul din fiul tău poate provoca încă o moarte. L-a ucis pe soţul tău; cine va fi următorul?

A făcut o scurtă pauză.

— S-ar putea chiar să zboare în Nigeria, unde locuieşte familia ta, şi să provoace moarte printre ai tăi.

Mă ţineam de marginea mesei şi mă uitam la tine, dar în faţa ochilor nu-i vedeam decât pe ai mei — mami, tati, surorile şi fraţii mei, unchiul Pastor, toţi cei de acasă.

— Va costa cinci sute de lire sterline. Bagă de seamă, asta este cu reducere, pentru serviciile mele de expert. Nu va fi uşor, surioară. Nu e un lucru simplu, iar tu va trebui să te ţii tare. Vrăjitorul va încerca să te păcălească, să te facă să crezi că a plecat şi că îi faci rău copilaşului tău, în loc să-l ajuţi să se facă bine. Dar, dacă vrei cu adevărat să salvezi acest copil — şi, desigur, să-ţi salvezi familia din Nigeria —, trebuie să rămâi o femeie puternică. Ai încredere în mine, doctorul vostru, singurul care te poate ajuta. Forţele lui Lucifer nu pot învinge. Diavolul nu va înfrânge niciodată un adversar ca mine.

— Dar nu am bani, am repetat. Nu am bani.

Elijah, m-am rugat de el. M-am rugat în genunchi de episcop să mă lase să achit tariful mai târziu, dar el nici nu a vrut să audă.

— Dacă Dumnezeu nu se poate încrede în tine nici în privinţa banilor, atunci cum să îţi ofere el darul unui copil sănătos? Vino înapoi la mine când vei avea cinci sute de lire, iar atunci voi vedea dacă eşti o creştină cu adevărat credincioasă.

M-a privit în felul acela aparte, de parcă putea vedea înăuntrul trupului meu.

— Bineînţeles, când copilul va fi vindecat, destinul tău se va schimba complet, iar atunci presupun că vei vrea să te duci cu el înapoi, în Nigeria.

Şi asta a fost, Elijah. Am încercat să nu mănânc, să nu mai folosesc curentul electric, şi am economisit fiecare bănuţ ca să i-l dau episcopului. Ne-am străduit din răsputeri să îl înfrângem şi să îl înfometăm pe vrăjitor, ca să plece. Tu plângeai şi plângeai, iar episcopul lovea mai tare, fiindcă spiritul malefic încerca să ne împiedice, nu tu.

— Căci urâciune este un vrăjitor înaintea Domnului! *striga episcopul*. Mâna martorilor va fi cea dintâi asupră-i ca să-l ucidă, şi numai după aceea mâna'ntregului popor; şi astfel voi înşivă veţi azvârli răul din voi.[17]

Mă căzneam din toate puterile fiinţei mele, micuţul meu fiu. Dar, oricât de multă otravă te puneam să bei şi oricât de tare îţi loveam trupul, ca să-l scoatem pe vrăjitor — orice am fi încercat noi —, vrăjitorul rămânea. Inima mi se rupea în două când mă uitam în ochii tăi, micuţul meu fiu. Vedeam cât de departe erai de mine. Voiam atât de mult să te aduc înapoi, încât eram în stare să fac orice.

— Chestia asta va avea efect, a spus episcopul. Mi-a dat o sticluţă cu un lichid. Este pentru baie, nu pentru lapte.

— Pentru baie?

— Da, un leac puternic, care îl va goni afară pe vrăjitor. În Akwa Ibom, noi îl folosim în stare pură şi scăldăm vrăjitoarele direct în el, însă este greu de procurat, aşa că tu toarnă-l în apa din cadă. Şi ai grijă să clăteşti bine cada după aceea.

Mi-a dat şi nişte mănuşi de cauciuc.

— Să nu atingi leacul cu mâna. Este foarte puternic.

Mai târziu, în seara aceea, când te-ai trezit din somn, eu îţi pregătisem deja băiţa şi pusesem în apă leacul pe care mi-l dăduse episcopul. Mă uitam la cartea lui de vizită, prinsă cu plastilină deasupra patului nostru, şi o mângâiam ca să simt acolo amprentele lăsate de degetele lui Akpan. Akpan credea în episcop. Ştiam că el s-ar fi priceput să ne ajute. Te-am luat din pătuţ şi te-am dezbrăcat de salopetă. Doctoria pe care o înghiţeai începea să

[17] „Deuteronomul", cap. 17:7, în Pentateuhul, pag. 345, Editura Institutului Biblic şi de Misiune al Bisericii Ortodoxe Române, 1997, Bucureşti. (*N.t.*)

lucreze şi de la brâu în jos erai plin de diaree puturoasă: un semn, spusese episcopul, că tratamentul era eficient. Din cauza leacului, îmi lăcrimau ochii şi aveam senzaţia că totul mirosea foarte curat. Te-am ridicat şi am mers cu tine în braţe la căditã. Aveai pielea rece, simţeam asta chiar şi prin mănuşile de cauciuc pe care le purtam, şi erai foarte slab. Îţi simţeam oasele cu vârful degetelor, de parcă ar fi fost clapele de la saxofonul tăticului tău. Te-am ridicat deasupra căzii şi ţi-am înmuiat picioarele în apă, încet de tot.

Urletele tale mi-au năpădit inima şi au frânt-o. Ţi-ai tras piciorușele afară, şi dintr-odată totul a început să sfârâie, şi erau numai urlete, urlete, iar pielea de pe picioarele tale îşi schimba culoarea, făcându-se roz sub ochii mei. Arzând.

Te-am tras afară şi m-am uitat la faţa ta. Chipul îţi era un urlet uriaş, ca şi cum lumea întreagă nu cunoscuse vreodată o durere mai mare. Te-am înfăşurat într-un prosop, pe urmă încă într-un prosop, dar mirosul trecea prin ele. Ştiam că îţi arsese pielea.

Baia era plină de leac.

Leacul era acid.

32.

Prima noapte era întotdeauna cea mai rea.

Elijah avea senzaţia că visa, fiindcă nu îşi mai amintea ce se întâmplase. Ştia, totuşi, că vrăjitorul se întorsese, fiindcă el avea sânge pe mâini, iar Ricardo plângea şi se spăla pe mâini în acelaşi timp. Erau într-un loc necunoscut, cu doi adulţi care nu semănau a părinţi, ci mai degrabă a doctori. Ricardo zicea că erau specialişti în comportamente extreme. Elijah stătea în baia lor, aşezat pe marginea căzii de culoarea fructului de avocado, rodul acela moale pe care mami îl punea în salată. Odată i-a zis că îi dă o liră sterlină dacă mănâncă o felie, iar el i-a zis că voia douăzeci de lire ca să mănânce o felie, şi mami râsese toată după-amiaza.

— Vin mami şi tati să mă ia, mai târziu? şopti el. Unde sunt mami şi tati?

Ricardo continua să se spele pe mâini, deşi acum păreau foarte curate.

— Nu ştiu, Elijah. Ce ştiu sigur este că în seara asta vei rămâne aici.

— Vreau să merg acasă.

Vocea îi suna ciudat. Nimic nu părea real. Elijah se aşeză jos.

— Ştiu că vrei. Dar s-a întâmplat ceva foarte rău şi, pentru ca toată lumea să fie în siguranţă, trebuie să te ţinem aici în seara asta. Iar mâine-dimineaţă ne vom aşeza cu toţii să stăm de vorbă, ca să putem decide ce trebuie făcut.

— Dar eu vreau să merg acasă acum.

Elijah începu să plângă. Nu voia să se poarte aşa, fiindcă vedea cât de supărat era Ricardo, de parcă era gata să plângă şi el din nou, iar Elijah nu putea suferi să îi întristeze pe oameni. Era cel mai groaznic lucru cu putinţă.

— Vrăjitorul s-a întors, şopti el. Nu-i aşa?

Ricardo se lăsă în genunchi în faţa lui.

— Ce vrăjitor, Elijah? Ce vrăjitor? La ce te referi?

Elijah smiorcăi din nas şi încercă să întoarcă privirea. Nu putea să vorbească despre vrăjitor. Dacă vorbea, nu o va mai vedea niciodată pe Mama. Dar cum să-l oprească el pe vrăjitor de unul singur? Elijah se uită în ochii lui Ricardo şi trase adânc aer în piept, cum nu mai făcuse niciodată, întărindu-şi stomacul ca o piatră.

— În mine este un vrăjitor, sunt plin de el. Un vrăjitor adevărat, şopti el, apoi închise ochii şi suflă aerul afară. Un vrăjitor afurisit. Vrăjitorii au milioane de ani. Bântuiau pe pământ la începutul lumii. Ei au fost aici înainte de oameni. Înainte de dinozauri chiar, spuse Elijah, liniştindu-se brusc. Vrăjitorii aduc boli şi ghinioane, şi moarte, zise el, deschizând din nou ochii. Şi, noaptea, vrăjitorul se târăşte afară de sub pielea mea şi zboară prin aer, înainte de a-şi alege victima.

— Vrei să spui că tu crezi că un vrăjitor trăieşte înăuntrul tău? spuse Ricardo, aruncând priviri în toate părţile şi cercetând chipul lui Elijah. Sau vrei să spui că eu vorbesc de fapt cu un vrăjitor. Fiindcă să ştii că mie mi se pare că tu semeni leit cu un băieţel pe care îl cheamă Elijah. Nu există vrăjitori, Elijah. Nu sunt reali, spuse Ricardo, fără să se mişte. Apoi scutură încet din cap. Cine ţi-a spus ţie asta, Elijah? Mama ţi-a spus? Episcopul?

Ricardo nu-l credea. Elijah începu să plângă iarăşi.

— Eu sunt un vrăjitor. Există un vrăjitor înăuntrul meu. Uneori face lucruri rele.

— Of, Elijah, ştii că mie poţi să îmi spui orice?! Îţi va fi de ajutor. Îţi va fi de ajutor ţie, va fi de ajutor şi pentru mine, la fel şi pentru restul echipei, va fi de ajutor chiar şi pentru Deborah, mama ta.

Elijah ridică privirea, însă vedea în ochii lui Ricardo că nu îl credea. Dacă Ricardo nu credea în existenţa vrăjitorului, cum putea să spună că ar putea ajuta pe cineva? Elijah era singur cu vrăjitorul. El va fi întotdeauna singur cu vrăjitorul.

Ricardo îl strânse în braţe.

— Tu nu eşti un vrăjitor, Elijah. Nu eşti, spuse el, dar glasul i se frânse iarăşi. Nu vreau să te mai gândeşti la asta acum. Tot ce ne interesează în momentul de faţă este ca toată lumea să fie bine şi tu să fii în siguranţă. Mami e bine.

— Mami? spuse Elijah, ridicându-se în picioare în faţa lui Ricardo.

Ricardo stătea în genunchi, ochii lor erau exact la acelaşi nivel şi se uitau direct unul la celălalt.

— Mami a păţit ceva?

Ricardo întoarse privirea, iar Elijah înţelese atunci că se întâmplase ceva cumplit. Ştia că vrăjitorul o rănise, probabil. Începu să plângă de-a binelea, plângea în hohote. Ricardo vru să-l îmbrăţişeze, însă Elijah nu voia să-l atingă nimeni. Făcea rău oricui se apropia de el. Probabil că vrăjitorul era încă acolo şi putea să-l rănească pe Ricardo. El rănea pe oricine. *Meriţi să putrezeşti în iad. Du-te înapoi la Satana, unde este locul tău.*

— Elijah, eşti în siguranţă acum. Situaţia se va îmbunătăţi mâine, crede-mă. Tot ce trebuie să faci este să rămâi aici în seara asta şi să dormi bine toată noaptea, iar mâine vom rezolva totul, ai să vezi.

— Nu vreau să rămân aici. Vreau să merg acasă.

— Ştiu, Elijah. Ştiu. Haide, vino.

Ricardo deschise uşa de la baie şi aşteptă ca Elijah să vină după el în dormitor. Cei doi adulţi erau afară şi au spus noapte bună când au trecut pe-acolo. El nu le-a spus nimic. Nici măcar nu s-a uitat la ei. Vrăjitorul ar fi încercat să-i mănânce dacă le-ar fi recunoscut chipurile.

— Vreau să merg acasă, şopti el din nou.

Dar Ricardo îl puse într-un pătuţ, împreună cu un ursuleţ de pluş, şi îl înveli bine de tot, până la gât.

— Încearcă să dormi, micuţul meu Elijah. Mâine va fi mai bine.

Lăsă uşa un pic întredeschisă, iar Elijah încercă să vadă ce era în jurul lui. Nu era o cameră de copil. Nu existau jucării, iar pe perete era un panou de lemn cu milioane de găurele vechi, de la ace cu gămălie. Probabil că era un birou. Încercă să închidă ochii, dar era prea înspăimântat. Ce păţise mami? Ce îi făcuse vrăjitorul? Bebeluşul era OK?

Căuta prin aer nişte praf magic, dar aerul era gol. Fără raze de lună, fără peştişori săgetând iute pe fundul oceanului, doar un univers pustiu şi părăsit.

Elijah simţea cum îi clănţăneau dinţii în gură, şi plângea, plângea, dar pe urmă a auzit nişte bubuituri. Apoi, nişte strigăte.

— Lăsaţi-l să vină cu mine; e ridicol ce faceţi! Altfel o să avem probleme mai grave decât până acum! Chemaţi poliţia — ce-o să-mi facă? Să mă aresteze? Nu mă interesează, eu îl iau acasă.

Bunicul! Elijah se ridică în capul oaselor, deschise ochii şi ascultă. Inima îi bătea nebuneşte. Bunicul urca scările, înjurând şi ţipând. Cei doi adulţi vorbeau cu el.

— Poate e mai bine să aşteptaţi până mâine şi să îndepliniţi toate formalităţile...

Bunicul dădu buzna în cameră şi îndepărtă jumătate din întuneric. Părul lui alb era ca o aureolă în jurul capului, iar Elijah a ştiut imediat că bunicul era un înger trimis de Dumnezeu ca să îl ocrotească, exact cum îi spusese Mama.

— Elijah. Nepoţelul meu.

Veni repede spre pat şi îl ridică pe Elijah în aer, sărutându-l pe obrajii uzi de lacrimi. Mirosea a nuci de cocos.

— Sunt plin de răutate.

— Nu vorbi acum despre asta. Trebuie să vii acasă. Ia-ţi puloverul.

Bunicul se întoarse să discute cu cei doi adulţi, în timp ce Elijah îşi punea puloverul şi jeanşii peste pijama.

— Nu mă interesează ce spune Ricardo. Acest băiat este fiul nostru şi eu îl duc acasă. Nu vă faceţi griji; îmi asum toată răspunderea.

— Dar este complet contra regulamentului — va trebui să sunăm la poliţie.

Elijah se uita la bunicul prin lumina difuză din cameră; cu părul lui alb şi moale, părea cel mai important dintre toți îngerii. Bunicului nu-i păsa de regulamente. Îl trase pe Elijah de braț și împreună coborâră scara, ieșind afară, în noapte. Mergeau pe jos, repede, prin aerul rece. Bunicul îl ținea strâns de mână. Au așteptat să vină autobuzul numărul treizeci și șase, iar bunicul a folosit permisul lui de călătorie. Când au urcat la etaj, în autobuz, Elijah s-a uitat pe geam, în noaptea de-afară, spre lumea plină de umbre. Își imagina vocea lui mami citindu-i basme, râsetele din burtica lui tati, și sânge peste tot. Atât de mult sânge.

— Vrăjitorul a venit înapoi, îi spuse el lui bunicul.

Nu se putea să nu-l creadă. Bunicul era nigerian, mergea la biserică și uneori mirosea exact ca Mama. Dar bunicul se uită foarte atent la Elijah, drept în ochii lui.

— Deschide gura, spuse el. Mare de tot.

Elijah a căscat mare gura, cât putea el de mult, până a simțit că îl dor colțurile buzelor.

— Exact cum bănuiam, spuse bunicul, dând din cap. Nu există niciun vrăjitor în tine. Absolut niciunul.

33.

Nikki se trezi înainte de răsăritul soarelui. Nu o durea rana de la abdomen, dar se uita mereu la pătratul de tifon alb cu care o pansaseră asistentele. Îl sunase pe tata de şase ori deja. Elijah dormea. Băiatul era foarte zdruncinat, dar era puternic. Tata voia să discute cu ea, faţă în faţă, cât mai repede cu putinţă. Ricardo telefonase la opt şi jumătate, înainte de a ajunge la birou. Nikki patrula prin bucătărie, oprindu-se din când în când ca să îşi rotească gleznele umflate.

— Astăzi vor veni toţi, ca să stăm de vorbă. Crezi că vor să-l ia pe Elijah înapoi în centrul de plasament?

Şi-ar fi dorit ca Obi să vină lângă ea, să o ţină în braţe şi să o mângâie pe păr, dar el nu se mişca din loc. Arăta ca un om distrus, frânt în două, parcă micşorat la trup. Privea fix în podea, cu ochi stinşi.

— Vreau să vină Elijah acasă, şopti ea. Sunt speriată, dar vreau să vină acasă. Mi-e teamă să nu ni-l ia. Crezi că ar putea? spuse ea, cu glasul gâtuit. Şi dacă o s-o facă din nou? Îşi imagina ochii lui Elijah căutând-o. Glăsciorul lui.

— Spune ceva, zise ea.

Obi nu răspunse. Nikki privi în jos, spre hainele boțite de pe ea, adunate la repezeală de pe podeaua din dormitor. Obi făcuse duş şi se îmbrăcase ca de obicei. Avea fața netedă, se bărbierise frumos. Îl auzise chiar răspunzând la telefon.

Nikki făcu un pas în spate.

— Te rog, zise ea, dar nu ştia ce voia de fapt.

Obi se uită la ea în fugă, cu ochii împăienjeniți.

— Dar dacă vine acasă, s-ar putea să fie riscant, spuse Nikki. Dacă va face iarăşi la fel?

Se ținea cu mâinile de pântec. Bebeluşul o lovea tare în burtă, ca şi cum ar fi fost supărat pe ea. Ca şi cum ea nu ar fi fost o mamă bună pentru copil, chiar dacă se afla încă înăuntrul ei. Încerca să ignore usturimea rănii.

— Elijah este cel pentru care trebuie să ne facem griji. Nu pentru noi. Ce se va întâmpla cu el dacă nu va veni acasă? Riscă să îşi petreacă restul vieții în grija unor asistenți maternali, spuse Obi, ridicându-se în picioare. Cum s-a putut întâmpla aşa ceva? Noi suntem cei care l-am abandonat pe Elijah.

Glasul îi părea distant, iar trupul lui refuza să se întoarcă spre ea.

Nikki începu din nou să plângă.

— Te rog, Obi. Te rog, nu mai fi supărat pe mine. Dacă vrei să dai vina pe cineva, dă-o pe mama lui naturală, spuse ea, simțind cum o cuprindea furia. Ce i-au făcut lui Elijah, de a ajuns în situația asta?

Nikki veni şi se postă în fața lui. Văzu că ochii i se umeziseră un pic şi nu voia să se uite la ea. Sau poate doar i se părea ei.

— Tot ce ştiu cu certitudine, spuse, este că nu a fost vina lui Elijah. Noi trebuia să ne fi comportat cum scrie la carte.

Nikki clipi nedumerită.

— Tot ce ştiu eu, zise ea, este ce simt. Viaţa nu se trăieşte după cum scrie la carte. Viaţa este un haos.

Întinse mâna spre Obi.

— Dar tu ai dreptate, trebuie să încercăm să ţinem cont de sfaturi. Trebuie să aflăm cât mai multe lucruri despre Elijah, despre alţi copii ca el, spuse ea, scuturând din cap. Noi nu ştim nimic, de fapt. Nu ne-au spus nimic clar despre el.

Obi se uită lung la ea, ca şi cum încerca să ia o hotărâre. Părea un pic încruntat.

— Elijah trebuie să vină acasă. Noi trebuie să lămurim aceste probleme, spuse el.

Nikki se încruntă.

— Cum să lămurim aceste probleme dacă nici măcar nu ştim ce a păţit fiul nostru?

Obi scutură din cap şi ridică braţul, vrând parcă să se apropie de Nikki, dar apoi lăsă braţul în jos, ca şi cum gestul l-ar fi vlăguit de tot.

Când au sosit toţi asistenţii sociali, Obi vorbi din nou, dar prea tare; cât de mult voiau ca Elijah să vină înapoi! Elijah, fiul lor, pe care ea îl iubea cum nu credea că ar fi putut iubi vreodată pe cineva. Dar în ea exista o voce lăuntrică, despre care nu putea vorbi cu echipa de asistenţi maternali. Dacă Elijah o va ataca din nou? Sau pe Obi? Sau pe Jasmin? Sau pe bebeluş? Dacă data viitoare nu va mai fi la fel de norocoasă? Stătea între Ricardo şi Obi. În faţa lor, la masă, erau o asistentă socială pe care o vedeau pentru prima oară; şi un specialist în îngrijirea copilului în familii de plasament, Mike. La el îl trimiseseră pe Elijah atunci când bunicul venise valvârtej să îl ia acasă. Venise acum şi noua directoare a echipei, o femeie cu mutră acră, cu firicele de vene sparte pe pometi. Era cu ei şi Chioma, singura persoană zâmbitoare dintre toti.

— Ați avut un şoc cumplit, spuse Chioma. Ne-am adunat cu toții aici ca să descoperim ce anume a putut declanşa această atitudine şi cum să procedăm în continuare. Am venit aici ca să vă ajutăm.

— Nu vrem să discutăm despre acest incident, spuse Nikki, punându-şi brațele în jurul pântecului.

Obi îi dădu dreptate, clătinând din cap.

— Avem nevoie de un plan care să ne permită să fim siguri că Elijah este bine şi că noi putem avea grijă de el în condiții normale. Va avea nevoie de un consult psihiatric şi vrem un plan de sprijin postadopție.

Nikki încuviință din cap şi continuă:

— Dar, totodată, suntem îngrijorați de ceea ce ar putea face Elijah mai departe. Am vrea să aflăm exact ce nu apare în rapoartele de evaluare. De fapt, vrem toate acele rapoarte. Trebuie să ştim ce a pățit fiul nostru. Ne-ați spus câte ceva, dar niciodată nu ne-am fi aşteptat la asta.

Directoarea cu mutră acră se aplecă în față şi puse o mână rece peste mâna lui Nikki.

— Este cumplit ce s-a întâmplat, zise ea. Noi nu v-am ascuns nimic, vă asigur.

Ricardo îi dădu dreptate:

— Am discutat despre incendiu şi despre suspiciunea că a fost provocat de Elijah. În ceea ce priveşte rapoartele, puteți avea acces la toate documentele despre Elijah. Dar, din păcate, nu puteți vedea toate rapoartele despre Deborah decât dacă se referă la Elijah, deoarece este vorba despre informații personale care o privesc pe mamă. Şi să nu uitați că noi nu ştim decât ceea ce ni s-a spus.

Obi nu spuse nimic; se uita undeva, departe.

Nikki privi în jur, la toți cei de față, şi brusc simți că nu avea încredere în niciunul dintre ei.

— Eu vreau tot.

Directoarea îşi retrase mâna.

Noua asistentă socială scria de zor; era încruntată, cu o cută adâncă întinzându-se de la baza nasului până sus, pe frunte.

Ricardo se întoarse spre Nikki.

— V-am arătat tot ce am considerat că era relevant. Întreg dosarul lui Elijah. L-ați cunoscut pe medicul care s-a ocupat de caz; am discutat, de asemenea, despre traumele lui majore şi modul în care l-ar putea afecta pe viitor, spuse el, după care îşi drese glasul. Aseară însă, Elijah mi-a spus un lucru care m-a îngrijorat. Şi se pare că au ieşit la iveală şi alte informații, de la ultima evaluare psihiatrică a mamei lui naturale.

Nikki urmărea pixul mişcându-se rapid pe hârtie. Obi respira sacadat. Ea se gândea la Elijah, singur într-o cameră necunoscută, în casa bunicului, la doar două străzi distanță de ei, şi simți că i se pune o gheară în stomac. Se gândea la bebeluşul ei.

Directoarea se trase mai în față.

— Înainte ca Ricardo să continue, aş vrea doar să spun că asta nu schimbă, de fapt, nimic. În ceea ce ne priveşte, nimic nu ar fi fost abordat altfel. V-am fi dat aceleaşi sfaturi şi recomandări. Ca organizație, ne mândrim cu modul transparent în care...

— Ce alte informații au ieşit la iveală? Ce înseamnă acest lucru? Ce a zis Elijah?

Nikki se gândea la chipul lui Elijah şi plesni cu palma în masă. Asistenţii sociali se opriră din scris. Toţi ridicară privirea spre ea.

După câteva minute, Ricardo spuse:

— Elijah crede că el este un vrăjitor sau că este posedat de un vrăjitor, adăugă el, muşcându-şi buza. Asta a tot încercat să ne spună, adăugă el, îndurerat. Crede că aduce ghinion tuturor celor din jurul lui.

Nikki se holba stupefiată. Obi încremenise.

— Ţipa nişte cuvinte când s-a întâmplat, zise Nikki. Din Biblie. A mai făcut asta şi altă dată.

Ricardo continuă:

— Lucrurile acestea se potrivesc cu ceea ce am aflat despre Deborah. Din păcate, este ceea ce am bănuit noi mai demult, când Elijah a pomenit prima oară de vrăjitor. Nu am vrut să ne grăbim cu concluziile. Se pare că legătura lui Deborah cu biserica a fost mult mai profundă decât am crezut noi iniţial şi, cu certitudine, s-au produs nişte abuzuri ritualice. Liderul bisericii unde mergea Deborah a fost arestat, dar a fugit în Nigeria, însă este căutat în continuare.

— Abuzuri ritualice? Ce vrei să spui? Ce i-au făcut lui Elijah?

— Ei bine, noi v-am dat toate informaţiile aşa cum le aveam, dar s-ar părea că mama lui naturală şi liderii bisericii încercau să exorcizeze un demon din trupul lui Elijah. Credeau că băiatul era posedat de un spirit malefic. Metodele pe care le-au folosit pentru exorcizare au fost abuzive. Credem că, pe lângă neglijarea copilului şi abuzurile fizice despre care ştiţi deja, Elijah a fost otrăvit şi scăldat în baie de acid. Ştiam că cicatricele de pe trupul lui proveneau de la maltratări fizice, dar n-aveam idee de natura lor, spuse Ricardo, cu vocea gâtuită. Dintr-odată părea foarte tânăr.

— Elijah a fost torturat.

Lumea părea să-şi fi încetinit mersul şi aerul se făcuse lipicios, greu de respirat.

— Şi voi ştiaţi asta?! spuse Obi, punând mâna pe braţul lui Nikki. Acid? Otravă? Voi ştiaţi asta şi nu ne-aţi spus nimic?!

— Nu, nu ştiam amploarea abuzurilor la care a fost supus, zise Ricardo. Poate nu vom şti asta niciodată. Ştim doar ce ne-a spus mama lui naturală, fiindcă multe dintre maltratări s-au întâmplat, probabil, înainte ca Elijah să fi ajuns la vârsta la care ştia să vorbească.

Nikki simţea că i se învârtea capul. Îi venea să o omoare pe mama naturală a fiului ei şi pe toţi cei care îl chinuiseră. Îşi imagina cum arăta Elijah ca bebeluş, cât de înspăimântat fusese, probabil. Se gândea la chipul lui. Simţi că îi venea să vomite. Totul se înceţoşă în faţa ochilor ei. Era îngrozită de chinurile pe care le îndurase Elijah, de felul cum acestea se puteau reflecta ulterior, în comportamentul lui. Şi era mai ales îngrozită la gândul că l-ar putea pierde.

— Fiul nostru, spuse Obi.

Nikki se uita la el. Obi, care era atât de sigur de sine, care nu şovăia în nicio situaţie, el, care era certitudinea întruchipată, acum era îngrozit. Nikki şi-a dat seama.

— Este fiul nostru, repetă Obi. Este la tatăl meu, iar mai târziu va veni acasă. Fiul nostru nu se va întoarce în centrul de plasament.

Noua asistentă maternală se îndreptă în scaun. Se juca neîncetat cu o şuviţă de păr, o învârtea pe deget şi apoi îi dădea drumul.

— Nimeni nu vrea să-l trimită pe Elijah înapoi într-un centru de plasament. Ca să se întâmple aşa ceva, ar trebui ca voi să decideţi asta.

Ricardo îi dădu dreptate:

— Din câte vedem noi, amândoi doriţi ca Elijah să vină acasă cât mai repede cu putinţă, indiferent cât de problematice par lucrurile pe viitor, spuse el, zâmbindu-i lui Nikki.

Dar Nikki se concentra asupra lui Obi. Pe chipul lui nu se citea nimic. A deschis gura să spună ceva, dar a închis-o la loc. Nikki simţea cum bătăile inimii îi pulsau în gât.

Apoi a vorbit Chioma:

— Perfect. E bine aşa. Sunteţi supăraţi, trişti şi un pic speriaţi: dar este o reacţie absolut normală. Eu, una, sunt de acord cu voi: este nevoie să aflaţi toate informaţiile, pentru ca lucrurile să intre pe un făgaş firesc.

În timp ce Chioma vorbea, asistenţii sociali ascultau atenţi şi aproape s-au oprit din scris, de parcă şi pixurile din mâinile lor ar fi fost sub puterea vocii ei hipnotizatoare.

— Am ajuns să-l cunosc foarte bine pe Elijah, în timpul şedinţelor noastre de terapie, şi am luat legătura, de asemenea, cu doctorul Peters, de la C.A.M.H.S., care vă transmite scuzele lui că nu a putut participa la această întâlnire.

— C.A.M.H.S.? făcu Nikki, îndreptându-şi spatele.

— Child and Adolescent Mental Health Service[18], spuse Mike, care vorbea pentru prima oară.

---

[18] Centrul de Sănătate Mintală pentru Copii şi Adolescenţi. (*N. red.*)

Era un bărbat uscățiv, cu cicatrice de acnee şi cu ochi cenuşii, istoviți.

— Echipa l-a evaluat pe Elijah la scurt timp după ce a venit la noi. Desigur, a mai avut şi înainte evaluări psihiatrice, dar ținând seama de ceea ce s-a întâmplat, am vrut să fie din nou evaluat, pentru eventualitatea în care ar fi fost nevoie de internare.

— Internare?!

— Doctorul Peters l-a examinat, spuse Chioma, iar glasul ei blând o linişti un pic pe Nikki. Iar el a spus că procedăm absolut corect, preciză ea, mângâind-o pe mână. Voi procedați absolut corect. Însă Elijah are nevoie de un sprijin mai susținut, iar doctorul Peters vrea să îl consulte într-o clinică de specialitate, pentru a putea evalua opțiunile de tratament, care pot include o medicamentație adecvată, deşi Elijah este încă foarte mic.

— Voi ce părere aveți? spuse Nikki, trăgându-şi mâna de sub a Chiomei.

Oamenii o mângâiau mereu pe mână, de parcă asta ar ajuta cu ceva.

— Noi, ca echipă, am discutat problema şi credem — eu cred — că e dificil de luat o decizie. E posibil ca Elijah să aibă probleme de sănătate mintală, însă pe de altă parte e posibil ca totul să se rezolve prin afecțiune şi căldură sufletească, în familie. Iar tratamentul cel mai bun este terapia prin joacă — canalizarea îngrijirilor dintr-o singură direcție, aşa cum am făcut cu voi. Voi trebuie să fiți singurii care să îl alinați pe Elijah dacă pățeşte ceva; dacă se loveşte, voi să îl faceți bine; să vă jucați tot timpul cu el. Simte nevoia să fie în siguranță şi să ştie că va sta cu voi pentru totdeauna, orice s-ar întâmpla.

Obi ridică privirea şi spuse:

— Cum rămâne cu halucinaţiile şi delirul? Băiatul se crede un vrăjitor, pentru numele lui Dumnezeu! Este vorba de o problemă legată de sănătatea lui mintală?

— Elijah este foarte mic şi i s-a spus că este un vrăjitor, credem noi, de către persoane în care are încredere. Dar, în acelaşi timp, el se comportă potrivit experienţelor traumatice trăite. Băiatul suferă teribil şi reacţionează exact cum a făcut cu incendiul, mai demult. Începe să se simtă ocrotit şi s-a ataşat de voi, dar vrea să verifice că nu îl veţi goni de-acasă, spuse Chioma uitându-se la Nikki, iar apoi din nou la Obi. Toate persoanele din viaţa lui l-au izgonit.

Obi se aşeză mai drept, trăgând umerii spre spate.

— Noi nu îl vom izgoni niciodată.

— Atunci, va trebui să-l faceţi să creadă acest lucru, spuse cealaltă asistentă socială, oprindu-se din scris. Pentru ca această adopţie să funcţioneze normal, vom avea nevoie de evaluări periodice şi de implicarea C.A.M.H.S., dar şi de ajutorul tău, Chioma. Vă putem oferi un program de sprijin, bine structurat, care să vă ajute atât din punct de vedere practic, cât şi financiar, dacă este nevoie.

Chioma se uită la Obi:

— Şi este important să înţelegeţi că, şi în ciuda celei mai mari bune-credinţe din lume, uneori adopţiile eşuează. Şi nu e vina nimănui. Unii copii sunt pur şi simplu prea traumatizaţi ca să se mai poată adapta vreodată la o viaţă de familie.

Ricardo se grăbi să intervină:

— Dar nu vrem ca acest lucru să se întâmple şi acum. În opinia mea, nici nu se pune o asemenea problemă. Desigur, Elijah a reacţionat rău la aflarea veştii că Nikki e însărcinată — de fapt, chiar mai rău decât ne gândeam noi —, dar putem să vă ajutăm să treceți peste asta. Aş sugera că a venit momentul să îi prezentăm lui Elijah povestea lui de viață şi să începem să discutăm cu el despre trecutul lui: să-i arătăm fotografii, să-i povestim lucruri despre familia lui biologică. Până acum, a fost foarte refractar la această idee, însă acum cred că trebuie să-l forțăm să accepte să vorbim despre ce s-a întâmplat în viața lui. S-ar putea să îl ajute sau nu, dar datoria noastră este să încercăm. Eu pot oferi un sprijin pentru asta, spuse el, frecându-se pe față. Încă am două joburi, fiindcă țin locul celuilalt director, care este în concediu medical — zâmbi el —, însă, ori de câte ori voi putea, voi veni aici să îi prezentăm împreună lui Elijah povestea vieții lui, spuse el, dând din cap. Nu v-am ținut ascuns nimic, credeți-mă. Voi încerca, oricum, să obțin accesul vostru măcar la fişa medicală a mamei biologice. În plus, sunt de acord cu Chioma: fiți deschişi şi sinceri cu Elijah în absolut orice privință. Are nevoie să înțeleagă că Deborah îl iubeşte, dar că este bolnavă mintal. Că ea i-a băgat o idee în cap, dar că a fost o idee proastă, greşită, iar tot ce trebuie el să facă pentru a-l goni pe vrăjitor este să nu mai creadă în el.

Nikki se uita la toți cei aşezați în jurul mesei şi se ținea cu brațele de mijloc. Acum respira mai calm. Se gândea la pruncul din ea, la felul cum îi va povesti şi îi va explica acelui copilaş, mai târziu, ce era să se întâmple. A simțit o lovitură. Copilul era puternic. Un prunc puternic: Nikki ştia asta, era sigură de asta. Dar Elijah nu era deloc puternic. Îşi dorea să-l aibă lângă ea, în poala ei, în brațele ei. Îşi dorea să-i murmure la ureche că îl iubea şi că totul va fi OK. Îşi dorea să înlăture din amintirea lui durerea pe care o îndurase, maltratările.

— Noi vrem doar ca Elijah să vină acasă.

Se gândea la câinii de la adăpost, la cei care nu mai puteau fi salvați, care fuseseră atât de maltratați, încât nu aveau nicio şansă de a supraviețui. La cei care erau aduşi de la canisele unde fuseseră plasați, şi, în cele din urmă, eutanasiați.

Obi îi sărută mâna. Palma lui era puternică şi fermă, şi sărutul hotărât. Nikki ridică încet capul. Schimbară o privire pe care ea şi-o va aminti mereu: ochii lui Obi uitându-se în ochii ei pentru a vedea ce trebuia făcut. Şi-a dat seama, pentru prima oară, că de data asta ea trebuie să fie cea mai puternică. Că puterea ei îl făcea şi pe Obi mai puternic.

34.

Bunicul nu a mai aşteptat ca mami şi tati să vină împreună cu Ricardo ca să-l ia pe Elijah şi să-l aducă acasă.

— N-ai păţit nimic la picioare, aşa-i? întrebă bunicul.

Elijah scutură din cap.

— Atunci, hai să mergem.

Îl îmbrăcă pe Elijah cu haina, aranjându-i-o la umeri, după care ieşiră pe stradă. Bunicul vedea că Elijah se ţinea cu mâna de nas, astupându-şi nările.

— De ce te ţii mereu de nas, Elijah? zâmbi bunicul, prinzându-i nasul între două degete. Vrăjitorul a plecat. Am verificat eu — ţii minte?

Mami deschise uşa şi se năpusti afară, trăgându-l pe Elijah spre ea, ridicându-l în aer.

— Elijah! exclamă ea, sărutându-l pe obraz şi strângându-l la piept. Elijah îi simţea burta tare şi umflată.

— A venit şi Ricardo, îi spuse ea bunicului, întinzând mâna prin golul dintre braţul şi trupul lui Elijah.

— Trebuia să ne fi aşteptat, să venim să-l luăm.

— Păi, acum am venit noi, zise bunicul. Oricum, eu mă duc acasă. Sunaţi-mă mai târziu.

Îl strânse de umăr pe Elijah şi se întoarse să plece, dar mami alergă după el, îl îmbrăţişă şi îl sărută pe obraz. Apoi se întoarse în vestibul şi îl luă de mână pe Elijah. Cu cealaltă mână, băiatul se ţinea de nas. Ţinea şi buzele strânse. Nu voia să-l lase pe vrăjitor să scape afară.

La masa din bucătărie şedeau tati şi Ricardo. Perdelele erau pe jumătate trase şi de aceea camera arăta parcă altfel. Aerul era galben şi Elijah vedea firicele de praf dansând prin faţa lui. Tati sări în picioare, îl îmbrăţişă pe Elijah şi îl trase pe genunchii lui. Elijah încerca să nu plângă; nu scotea niciun zgomot, doar lacrimi uriaşe i se rostogoleau pe obraji, până pe cămaşa lui Obi.

— Vrei un suc, Elijah? Un biscuit?

Mami îl tot mângâia şi îl întreba dacă nu voia ba una, ba alta. El scutura din cap.

— Cred că trebuie să începem discuţia imediat, zise Ricardo. Elijah, tu ce crezi că s-a întâmplat?

Elijah închise gura atât de strâns, încât îşi muşcă limba. Se uita fix la teancul de hârtii pe care Obi le lăsase pe masă, lângă laptopul lui argintiu.

— Eu cred că tu te-ai gândit că vrăjitorul a înjunghiat-o pe mami. Eu cred că asta se învârte în capul tău. Dar eu vreau să-ţi spun acum foarte clar că nu există niciun vrăjitor. Vrăjitorii nu sunt reali.

Elijah se boţi ca o cârpă. Îşi astupă nările complet. Mami se repezi la el şi îi trase mâna de pe faţă.

— Este OK, Elijah. Este OK. O să trecem împreună peste asta. Eu şi tati te iubim enorm, te iubim atât de mult şi nimic nu va schimba vreodată acest lucru. Nimic. Acum eşti acasă. Eşti ocrotit. Poţi face ca vrăjitorul să dispară complet, dacă nu crezi în existenţa lui. Vrăjitorul nu există dacă tu nu crezi în el.

Vrăjitorii sunt reali, îi venea lui Elijah să strige.

Marți, Ricardo a venit din nou pe la ei. Elijah nu era la şcoală, deoarece doctorul a spus că trebuia să aibă două săptămâni de repaus. Ricardo purta nişte jeanşi rupți în genunchi.

— Îmi pare rău că programarea ta la doctorul Peters a fost anulată săptămâna trecută. Înțeleg că te duci la el luni? Oricum, îmi pare rău că nu ai fost deja la consultație la el, fiindcă azi va fi o zi dificilă, din păcate, spuse el. Urmează să ne uităm la o carte foarte specială, iar înainte de asta e nevoie să îți spun o poveste. Este o poveste foarte specială, fiindcă este povestea ta, Elijah, povestea vieții tale. Ştiu că, mai demult, ai mai discutat despre povestea vieții tale, dar de data asta vrem să ne ocupăm mai mult de ea. Ştiu că ai avut o carte specială despre viața ta, când stăteai la Nargis, şi că nu ai vrut să citeşti din ea atunci, dar nu contează. Acum, totuşi, noi considerăm că este foarte important să începi să citeşti din cartea vieții tale, împreună cu mami şi tati. Este foarte important.

Mâna lui tati era spătar pentru Elijah şi şedeau toți pe canapeaua comodă. Mami stătea lângă el, în cealaltă parte, cu brațul în jurul lui, peste mâna lui tati. Avea mâna rece ca gheața. Chiar dacă ea era acolo, lipită de el, Elijah se simțea singur.

— Nu vreau.

Mami ridică mâna şi îl mângâie pe păr.

— E OK, şopti ea.

— Ştiu că nu vrei, Elijah. Nargis mi-a spus cât de dificil era pentru tine să-ți afli povestea vieții. Cei mai mulți copii descoperă că le foloseşte cu adevărat să afle mai multe despre trecutul lor. Noi vom citi un pic. Doar un pic. Poate că, după aceea, nu vei mai fi speriat.

— Este despre Mama?

— O parte, da. Dar cel mai mult este despre tine. Şi de cele mai multe ori mami şi tati vor citi împreună cu tine, dar m-am gândit că ar fi drăguţ ca atunci când vom citi un pic prima oară să fiu şi eu aici. Astăzi, vom citi doar un mic capitol din carte şi apoi eu îţi voi explica toate cuvintele mai grele, după care ne vom opri. OK?

Elijah nu acceptă, dar nici nu refuză. Ricardo scoase cartea din servieta lui mare. Pe dinafară avea coperte albastre de plastic şi multe stele. Pe prima pagină era poza lui Elijah, o poză în care zâmbea, dar el ţinea minte ziua aceea. Darren îl ţintuise jos pe pământ şi îl împinsese cu faţa în noroi, iar cu cealaltă mână îl arsese cu o ţigară în spatele urechii. Nargis făcuse zeci de poze. Spusese că unele dintre ele erau pentru povestea vieţii lui.

Elijah se uita la cartea despre viaţa lui. Întoarse prima pagină. La început era o fotografie a Mamei. Avea o burtică rotundă şi el era înăuntru. Îi ardeau ochii. Îi venea să se caţăre în poza aceea, direct înapoi în burtica Mamei. În poză, ea nu zâmbea; avea braţele cu muşchi tari şi încordaţi, dar picioarele erau un pic crăcănate. Arăta de parcă ar fi vrut să o ia la fugă.

> Elijah. Te-ai născut la Spitalul Levisham şi ai avut o greutate de trei kilograme şi şaizeci şi opt de grame. Erai un băieţel sănătos şi fericit. Aceasta este mama care te-a născut, Deborah. Tu ai crescut în burtica ei.

Ricardo întoarse altă pagină. Acolo era o fotografie cu un bărbat, purtând haine cum purta bunicul, doar că bărbatul din poză era în culori şterse, pe când bunicul era întotdeauna strălucitor.

> Aceasta este o mică fotografie cu tatăl tău natural, Akpan, care a murit când tu erai foarte mic. Akpan era înalt şi avea pielea catifelată, exact ca tine. Deborah spune că îi plăcea jazzul şi că obişnuia să cânte la saxofon.

Elijah ridică privirea spre tati. Nu-i venea să plângă, dar era ceva foarte trist acolo, în poza cu saxofon, pe care Ricardo o decupase de undeva şi o lipise pe pagină, sub fotografia cu Akpan. Tatăl lui natural nu semăna deloc cu tati.

— Citeşti foarte bine, dar unele cuvinte sunt foarte, foarte grele, aşa că îţi voi citi eu fragmentul acesta, zise Ricardo.

Se uită la Elijah şi zâmbi, dar băiatul nu era în stare să zâmbească. Îl înjunghia inima.

> Când erai bebeluş, doctorii şi asistentele medicale şi-au făcut griji pentru mama ta biologică, Deborah. Îi era dificil să se ocupe de tine, fiindcă avea mintea confuză. Tu erai un bebeluş adorabil şi ea te iubea foarte mult, dar deşi te iubea, i se părea mult prea greu să se ocupe de tine ca să fii curat, ocrotit şi să nu-ţi fie frig, aşa cum meritai, şi aşa cum merită să fie îngrijiţi toţi copiii. Mama ta, Deborah, are o boală în creier, şi asta înseamnă că totul s-a învălmăşit în mintea ei, încât nu îşi mai putea da seama ce era real şi ce nu. Era greu pentru ea şi era greu şi pentru tine. Îţi lipseau lucrurile de care au nevoie copiii mici, fiindcă Deborah nu

putea să ți le ofere. Nu-ți dădea suficient lapte, nu te ținea curat şi nu te alinta, ca să-ți arate cât de mult te iubeşte. Şi boala din creierul lui Deborah s-a înrăutățit tot mai mult, până când a început să audă voci în capul ei, care de fapt nu existau în realitate, şi care îi spuneau să îți facă ție rău. Tu erai un bebeluş bun, exact cum EŞTI acum un băiat bun. Îți plăcea să zâmbeşti, să te joci, să fii alintat, dar nu aveai parte de ceea ce ți se cuvenea şi, de aceea, ai devenit tulburat şi trist. Nu este vina ta că Deborah nu a putut să aibă grijă de tine. Tu meriți DRAGOSTE şi OCROTIRE, meriți să trăieşti pentru totdeauna într-o FAMILIE.

Elijah se legăna în spate şi în față. Îi venea să îşi astupe urechile, fiindcă el ştia că Mama putea să îl ocrotească şi ştia că Mama îl iubea. Mama ştia că bebeluşii au nevoie de lapte, de mângâieri şi de scutece curate. Oamenii aceştia înțeleseseră greşit totul. Mama nu i-ar face niciodată rău unui bebeluş.

Tati se ridică în picioare şi se duse la fereastră, privind afară.

— Şşşş! făcu mami.

Îl mângâia pe cap, iar el a închis ochii, legănându-se în continuare, legănându-se, până când a auzit cum Ricardo a închis cartea.

Mergeau la Chioma de două ori pe săptămână, iar lui Elijah i se părea că se vedea cu ea tot timpul. Se jucau în nisip, dar odată, când au vrut să netezească la loc nisipul când au terminat joaca, Chioma i-a oprit.

— Elijah, te rog, poți să laşi nisipul aşa cum e?

Elijah s-a uitat la ea.

— Eu ştiu să citesc în nisip, spuse ea. Exact la fel cum alţi oameni ştiu să citească în frunzuliţele de ceai, aşa şi eu pot să citesc în nisip — aflu astfel cum eşti tu, în adâncul fiinţei tale.

Elijah se uita la nisip. Nu vedea nimic deosebit. Construiseră din el castele şi alte forme. Dar ceva îl făcu să întindă mâna şi să strice totul, turtindu-le repede.

— Elijah! strigă tati. Nu-i frumos ce faci.

Dar Chioma nu ţipă la el. În schimb, spuse:

— Ştii, mă pricep foarte bine să înţeleg şi de ce fac copiii diverse lucruri, a zâmbit ea. Vai, Elijah, tu chiar nu vrei să mă laşi să văd ce este în trupul tău?! Simţi, poate, că e ceva foarte rău înăuntrul tău. Ricardo mi-a povestit cum spui tu mereu că există un vrăjitor în tine.

Chioma se uita la Elijah. Dar el nu voia să discute cu ea despre vrăjitor.

Fără să mai aştepte să-i răspundă, Chioma deschise uşa şi spuse:

— Aţi lucrat excelent astăzi. Ne vedem săptămâna viitoare. Mami se uită la tati şi amândoi ridicară din sprâncene.

În seara aceea, stăteau toţi trei, împreună, iar Elijah încerca să nu se gândească la Mama, dar ea îi răsărea mereu în minte ca o stea uriaşă. Se gândea la cartea pe care o avea Ricardo — o carte plină de motive pentru care el nu putea să stea cu Mama. Îi era foarte greu, dar era în stare de orice ca să o facă pe mami să zâmbească.

— O să mă uit la ea, dacă aşa vrei tu, spuse el.

Ce n-ar fi dat să îl poată face pe vrăjitor să plece de tot. Dacă mami şi tati îl goneau de-acasă, Mama nu va mai putea niciodată să îl găsească. Şi dacă el trebuia să locuiască într-o casă de copii, ea nu va mai putea niciodată să stea cu el. Doar copiii puteau să locuiască în casele de copii. Voia ca mami şi tati să îl iubească din nou. Voia să fie un frate mai mare iubitor. Şi, mai presus de orice, el avea nevoie de Mama. Doar Mama putea să îi salveze pe ei toţi din ghearele vrăjitorului. Îşi amintea cum Ricardo îi povestise că el, Elijah, încercase să o rănească pe mami, dar el ştia că vrăjitorul fusese cel care încercase să le facă rău lui mami şi frăţiorului sau surioarei lui. Îl ura pe vrăjitor mai mult decât oricând. Elijah puse urechea pe burta rotundă a lui mami şi simţi că ea zâmbeşte.

— Ştiam eu că îi poate face bine, spuse ea, strângându-l de spate.

Tati încuviinţă din cap.

— În fiecare săptămână vom mai citi câte un pic şi asta te va ajuta să înţelegi.

Elijah ridică privirea.

— Ce e?

Elijah îşi încordă burtica.

— Pot să merg cu bunicul la biserică? Cred că o să vrea să mă ia cu el. Ştia că la biserica bunicului este în siguranţă. Se va ruga şi se va ruga acolo, încercând să se lupte singur cu vrăjitorul. Poate va găsi un episcop care îl va ajuta să îl taie pe vrăjitorul din el şi să îl scoată afară.

Mami şi tati se uitară brusc unul la celălalt.

— Ai mai încercat odată să mergi cu bunicul la biserică, dar te-ai speriat foarte tare...

Apoi, mami se uită în ochii lui Elijah.

— OK, dacă crezi că îţi face bine, spuse ea.

Au ascultat o emisiune la radio despre tigri, care erau cele mai mari şi mai puternice pisici din lume. O mamă tigroaică simțea primejdia şi îl căra în gură pe puiul ei, până când acesta era în siguranță.

— Cred că tigrii îşi iubesc mult puii, spuse el. Şi mami îl trase mai aproape, iar când făcea aşa, vrăjitorul se potolea. Nici măcar nu mai putea să râdă.

35.

Chanel, Jasmin şi tata au venit la ei, la masa de prânz. O vreme nu mai veniseră în vizită şi, în afară de faptul că vorbise cu ea la telefon, Nikki nu se mai văzuse cu Chanel de câteva zile. S-au îmbrăţişat de parcă trecuse un an.

— Eşti OK? şopti Chanel la urechea lui Nikki. Nikki dădu afirmativ din cap. Era în regulă. Începeau să depăşească criza. Elijah nu mai avusese nicio ieşire nervoasă după noaptea aceea cumplită. Era încă foarte retras, dar nu mai părea la fel de tulburat, iar dragostea ei pentru el nu se schimbase deloc. De fapt, parcă îl iubea mai mult acum, de parcă, ştiind prin ce trecuse, simţea nevoia să îl ocrotească mai mult.

Chanel puse mâna pe pântecul lui Nikki şi zâmbi. Apoi se întoarse spre Elijah:

— Tu ce mai faci, voinicule? Îi dădu o sacoşă. Apoi se întoarse spre Nikki:

— Un trening pe care l-am văzut la JD Sports.

Nikki ridică sprâncenele.

— Mulţumesc, mătuşă Chanel, zise băiatul.

Vorbea cu glasul stins, dar la față nu mai părea așa de trist. Încet, dar sigur, își recăpăta siguranța de sine. Pielea lui începea să strălucească din nou.

— Putem să mergem să ne jucăm? spuse Jasmin și, luându-l de mână pe Elijah, porniră deja pe scări în sus, până ca Nikki să apuce să deschidă gura.

Tata râse:

— He-hei, așa-s copiii.

— Vrei să jucăm un șah? întrebă Obi, iar tata încuviință din cap, uitându-se la Nikki. Bună idee.

Se așezară la măsuța de cafea, față în față, iar Obi pregăti tabla și piesele de șah. Nikki și Chanel dispărură în bucătărie și Nikki puse ibricul să fiarbă, ca să mai facă niște ceai de plante. Renunțase la cafea, așa cum recomandau toate cărțile, dar ce n-ar fi dat să bea acum un espresso!

— Cum îți e? întrebă Chanel.

— Sunt chiar bine, spuse Nikki. Serios.

Dar apoi izbucni în plâns, iar Chanel veni imediat lângă ea și o îmbrățișă strâns.

— Gata, liniștește-te. Nikki se desprinse din îmbrățișare.

— Mă port prostește. A fost, probabil, o întâmplare sinistră, care nu se va mai repeta niciodată; adică, vina a fost a noastră și o să avem grijă să nu se mai întâmple niciodată, dar m-am speriat cumplit, Chanel. Și tot ce ne-au povestit, chinurile prin care a trecut...

Nikki îi povesti totul lui Chanel: cât de mult s-a bucurat că rămăsese însărcinată și că va naște un copil; cum Obi considerase inițial că era numai vina ei; cum, la început, nu voise să o țină de mână la spital și cum avea nevoie de el acum, mai mult decât oricând. Și cât de îngrijorată era din cauza lui Elijah. I-a povestit ce spuseseră asistenții sociali, despre cât de mult suferise și îndurase el.

— Acid?! repetă Chanel, care rămăsese cu gura căscată. Păi, nu-i de mirare că e așa de tulburat, sărăcuțul de el. De fapt, mă mir că face față atât de bine după ce a pătimit în halul ăsta. Bietul băiețel, dragul de el!

Nikki dădu din cap.

— Da, știu. O urăsc pe femeia aia, zise ea. Pe mama lui naturală. Pe urmă, a început să-mi fie milă de ea. Totul pare așa de amestecat. Mi-aș dori să văd în oameni numai latura lor bună. Obi încearcă tot timpul să explice logic de ce a făcut-o...

— Și tu de ce crezi că a făcut așa ceva?

— În mod evident, are niște probleme grave de sănătate mintală, dar lucrurile sunt ceva mai complicate. Nu mai contează acum atât de mult de ce a făcut ce-a făcut, ci important este să ne dăm seama cum putem rezolva problema, cum să procedăm de acum înainte. Am citit toate cărțile alea plictisitoare pe care și le-a luat Obi și urmăm sfaturile asistenților sociali și ale Chiomei, dar toate contrazic ceea ce crede tatăl lui Obi.

— Are concepții bizare despre viață. Nu cred că trebuie să țineți seama de părerile țicnite ale unui bătrân, ci să urmați sfaturile specialiștilor.

— Știu, dar mie mi se pare logic ce spune el. Zice că nu are niciun rost să-i spunem lui Elijah că nu există vrăjitori, fiindcă există...

— Oh, pentru numele lui Dumnezeu, făcu Chanel, dându-și ochii peste cap.

— Știu că pare o nebunie, dar el crede cu adevărat în genul acesta de lucruri. Spune că a respinge din principiu un sistem de credințe spirituale, doar fiindcă este străin de noi, înseamnă a nega identitatea, or, Elijah nu se va integra niciodată decât dacă identitatea lui este acceptată.

— Mda. Şi Chioma ce spune?

— Chioma spune că e o absurditate — nu trebuie să acceptăm în vreun fel această credinţă a lui, fiindcă asta nu ar face decât să îi accentueze sentimentul de neapartenenţă şi să îi provoace noi traume.

— Asta are mai mult sens...

Nikki oftă.

— Chioma mai crede că unii copii sunt prea traumatizaţi ca să se mai poată adapta vreodată la o viaţă de familie. Ceea ce este de-a dreptul oribil, când te gândeşti.

Chanel zâmbi.

— Dar tu poţi să preiei ambele sfaturi, nu crezi? Decizi singură ce ai de făcut. Iei sfatul profesionist al Chiomei, despre cum să abordezi lucrurile în continuare, dar iei şi optimismul tatălui lui Obi. Sunt sigură că, pe lângă convingerile lui ţicnite, taică-său crede că orice copil poate fi ajutat, indiferent de moment — un lucru cu care sunt şi eu de acord. E atât de idealist. Pe el îl moşteneşte Obi.

Nikki râse.

— Obi *este* identic. Amândoi sunt atât de buni. Şi Chioma la fel, chiar dacă aş vrea să nu-mi mai spună că viaţa de familie nu este soluţia potrivită pentru orice copil.

— Într-adevăr, tu vezi în oameni latura lor bună, spuse Chanel. Aşa ai fost întotdeauna.

Din cealaltă cameră se auzeau hohote de râs. Se duseră amândouă în camera de zi, unde tata dănţuia şi striga:

— Şah mat! Şah mat! Oi fi tu mai tânăr, dar eu sunt mult mai inteligent. Neuronii mei sunt destul de iuţi.

Elijah şi Jasmin coborâră şi ei în fugă, de la etaj. Jasmin se hlizea în gura mare şi dansa în jurul tatei, strigând „şah mat!", iar apoi către Obi:

— Sâc, că ai pierdut! Sâc, că ai pierdut!

— Jasmin! exclamă Chanel. Nu mai fi prost crescută!

Elijah tăcea. Se aşezase lângă Obi, dar Nikki vedea parcă începutul unui zâmbet încolţindu-i pe buze.

Situaţia începea să devină un pic mai simplă pentru Nikki. Nu mai era aşa de speriată. Ascunsese toate obiectele care puteau fi periculoase. Cuţitele de bucătărie erau în bufetul de sus, pe ultimul raft, încuiate cu cheia. Deşi nu prea mai reuşea să doarmă, din cauza burţii enorme, pe care pielea stătea să-i plesnească, iar spatele o chinuia groaznic, lucrurile astea erau parte dintr-o sarcină sănătoasă şi, când se trezea dimineaţa, primul ei gând era la Elijah. În acea dimineaţă, băiatul se furişă în patul lor, cuibărindu-se lângă ea şi pântecul ei tot mai rotund, iar Nikki zâmbea fericită. Obi se întoarse spre ei şi îi îmbrăţişă pe amândoi în acelaşi timp, iar bebeluşul lovi atât de tare, încât mâna lui Obi alunecă şi el râse, strângându-i apoi şi mai aproape.

— Astăzi ne întâlnim cu Ricardo, spuse Nikki. Eu chiar cred că e folositor ce facem. Tu ce crezi?

Elijah încuviinţă din cap. Se trase mai aproape de ea. Pielea lui era atât de catifelată şi caldă.

Nikki îl sărută pe cap. Se simţea atât de obosită. Ar fi vrut să călătorească înapoi în timp şi să-l aibă şi pe Elijah în pântecul ei, să-l nască ea şi să aibă grijă ca nimeni, niciodată, să nu-i mai facă rău fiului ei.

— Mă bucur, spuse ea. Mă bucur mult. Crezi că acum ai putea să vorbeşti despre vrăjitor?

Elijah ridică privirea spre ea.

— Niciodată n-o să-ți mai fac rău, mami, spuse el. Tu o să mă mai iubești când o să vină bebelușul?

— O să te iubim mereu, răspunse ea.

Se uita la obrăjorii lui, la brațele lui piele și os, la coșul pieptului care i se adâncea un pic în mijloc. Arăta ca un copil care înghițise toată bunătatea lumii, nu ca un băiețel plin de orori.

În timp ce făcea duș, Nikki a simțit că pruncul se mișca tare și, uitându-se mai bine, a deslușit sub coaste conturul unui piciorușс.

36.

Sufleţelul meu,

Au fost ani la mijloc de care abia îmi mai amintesc şi despre care îmi vine greu să scriu, chiar şi pentru tine, Elijah. Întotdeauna am spus că nu trebuie să existe secrete între noi, dar acum ştiu că viaţa este plină de taine pe care nu ni le spunem nici nouă înşine. Cuvintele de pe foaia asta nu au niciun sens pentru mine acum.

Anii au trecut, Elijah, ani în care eu strângeam cu greu banii pentru episcop. Întâi, au fost toţi banii pe care îi pusesem deoparte pentru călătoria noastră spre acasă, în Nigeria. Împreună cu Akpan, economisiserăm cât am putut noi de mult, dar episcopul a luat toţi banii. Pe urmă am ajuns să mă împrumut de la vecini, să cer ajutoare sociale, chiar să cerşesc, astfel încât el să continue să facă tot posibilul pentru a-l scoate pe vrăjitorul ăla încăpăţânat din trupul tău. Nu mai exista nicio şansă să ne întoarcem în Nigeria. După baia în acid, am crezut că vrăjitorul plecase. Ai stat agăţat de mine tot timpul, până când pielea de pe picioruşe a început să-ţi crească la loc. Dar, de îndată ce trupul tău s-a vindecat, visele mele au revenit. Ameţelile. Insectele. Episcopul spunea că vrăjitorul te ucidea, iar eu mă rugam noapte de noapte să fii cruțat, mă rugam ca vrăjitorul să plece din trupul tău şi să redevii pentru mine acelaşi băiețel scump, fiul meu, iubirea mea.

Episcopul predica în fiecare duminică, numărul enoriaşilor lui crescând de la o săptămână la alta, la fel şi renumele lui de mântuitor al sufletelor. Veneau oameni acasă la noi — persoane oficiale. Întâi moaşe, apoi asistenți medicali, apoi asistenți sociali, asistenți pentru sănătatea mintală. Dar niciunul nu avea putere să lupte cu un vrăjitor care trăia într-un băiețel. Aceasta era o problemă nigeriană, şi doar o soluție nigeriană putea avea efect. Oricine ştie că dacă un păianjen te muşcă în pădure, singurul loc în care vei găsi un antidot este exact pădurea aceea. Dar, chiar şi cu ajutorul episcopului, lucrurile s-au înrăutățit tot mai mult, şi nu exista niciun semn că vrăjitorul ar putea să ne lase în pace. Aveai cinci ani când situația a devenit mai gravă decât oricând. Începuseşi să vorbeşti la trei ani, imitând cuvintele pe care ți le spuneam eu, dar pe urmă ai devenit un băiețel tăcut, neobişnuit de tăcut. Uneori cântai, dar nu erau cântecele de leagăn pe care să le pot recunoaşte, ci un fel de vaiet grav şi straniu, jelind parcă toată tristețea lumii. Eu ştiam că tu erai acolo înăuntru, Elijah; băiețelul meu trist, vrând să iasă afară. Ştiam că în adâncul ființei tale tu erai încă acolo.

— Mama, ai spus într-o bună zi. Mama, pot să merg şi eu la şcoală?

Văzuseşi pe fereastră copii mergând pe alee, cu părul aranjat frumos şi cu ghiozdanul legănându-li-se pe spate. Doream cu disperare să poți merge la şcoală, Elijah, dar erai prea bolnav ca să ieşi din casă. Prea plin de vrăjitor. Şi maşina roşie era acolo, urmărindu-ne sau stând parcată în faţa blocului. Asistenţii medicali şi sociali veneau din ce în ce mai des. Eu mă prefăceam că nu sunt acasă. Dar, pe urmă, la un moment dat, m-au găsit în apartament. Era o doamnă care avea o faţă ca de cal şi nu o puteam auzi prea bine, dar zicea că o să ţină o şedinţă pentru protecţia copilului, fiindcă avea motive de îngrijorare, şi că discutaseră cu vecinii mei, care aveau şi ei motive de îngrijorare. Nu era adevărat! Ţi-a zâmbit şi te-a întrebat dacă eşti bine şi ce lucruri îţi place să faci. Tu te-ai uitat la mine cu ochi trişti, Elijah, şi pe urmă te-ai uitat la femeia aceea.

— Mie îmi place să fiu cu Mama, ai zis tu.

După ce a plecat, am alergat tot drumul până la biserică, unde am căzut în genunchi în faţa episcopului. Dar, în loc să mă ajute să mă ridic, sau să ne ajute pe amândoi, a privit în jur şi s-a tras îndărăt.

— Cred că trebuie să mergi la altcineva, a spus el. La o altă biserică. Eu nu te pot ajuta.

M-am ridicat şi m-am uitat la episcop, cu faţa scăldată în lacrimi. Dumnezeu vorbea prin el. Dumnezeu nu ne putea ajuta. Diavolul câştiga. Când ne-am întors acasă, Elijah, te-am ţinut cu braţele lipite de corp şi m-am uitat drept la tine.

— Tu eşti un vrăjitor, nu-i aşa? Tu eşti plin de vrăjitor.

Te-ai uitat lung la mine şi pe urmă ai spus, cu vocea ta blândă şi clară:

— Voi fi un vrăjitor dacă aşa vrei tu, Mama.

Vedeam în ochii tăi tertipurile pe care le foloseai, pe care vrăjitorul le folosea ca să te ucidă şi ca să ne ucidă. Ştiam că vrăjitorul câştiga deja.

Momentul în care mă trezeam dimineaţa, când totul era liniştit, chiar şi inima mea, era preferatul meu din zi.

Îmi lăsam mintea să călătorească spre Nigeria mea cea fierbinte, spre surorile mele zâmbitoare, spre curtea unde măicuța gătea și freca oalele, până când străluceau frumos. Dar ceva mă readucea întotdeauna brusc înapoi — înapoi în apartamentul rece, fără bani pentru caloriferul electric. Vedeam că ești palid și că slăbești tot mai mult. Te uitai la mine cu ochi știutori. Vedeam toată răutatea din ei. Diavolul însuși. Mașina roșie parca sub balcon în fiecare seară și știam că te vor lua pentru totdeauna. Felul cum gura ta se arcuia un pic pe margini, ca pentru un secret pe jumătate rostit... Creșteai ca o buruiană... Abia dacă îngăimai câteva cuvinte... În unele zile, ședeai pur și simplu pe patul tău și te legănai înainte și-napoi, până se făcea ora de culcare. Încercam să nu mă uit la tine. Mă concentram la rugăciuni, mă rugam mereu, iar când te simțeai mai bine veneai să te rogi cu mine, amândoi ne rugam mereu. Dar nu se schimba nimic. Visele cumplite continuau.

Trebuia să fac ceva. Elijah, deprimarea pusese stăpânire pe mine de atâta vreme, încât abia mă mai țineam pe picioare; dar, cu puterea pe care mi-o dădeai tu, mi-am făcut curaj cumva. Îmi imaginam o altă existență pentru noi, și imaginea ne arăta pe noi în Nigeria, acolo unde ne era scris să fim, dar visul acela trecea în viața reală și îmi juca feste. Nu mai aveam nevoie de episcop. Nu mai aveam nevoie nici măcar să merg la biserică. Dumnezeu vorbea direct cu mine, oricum, spunându-mi că eram îngerul lui special și că mă putea ajuta să te scap de diavolul dinăuntru. Văzusem tratamentul care li se aplica vrăjitoarelor și vrăjitorilor. Știam că unii pastori de acasă băteau trupul păcătos până scoteau vrăjitorul din el, sau îl ardeau, sau îl otrăveau. Încercasem leacul special cu tine, dar nu avusese efect. Vrăjitorul te ucidea. Curând, nu avea să mai rămână nimic din fiul meu. Trebuia să acționez. Dintr-odată, am știut ce trebuia să fac. Tu mi-ai spus. Vocile mi-au spus. Glasul lui Dumnezeu. Auzeam glasul lui Dumnezeu peste toate celelalte:

Vrăjitorul îl ucide. Doar tu poți să îi salvezi viața.

Mă uitam la trupul tău atât de micuț. Fiul meu, sufletelul meu. Eram în stare să-mi iau singură viața dacă aş fi ştiut că aşa puteam să-ți salvez ție viața. Ştiam cu atâta limpezime ce m-ar fi pus episcopul să fac, ce trebuia să fac. Eu eram mama ta. Te cunoşteam mai bine decât cunoşteam viața însăşi. Eram o creştină credincioasă, ştiam să spun rugăciuni şi să acționez. Akpan îşi lăsase şurubelnița în sertar. Îi plăcea să meşterească tot timpul — doar mici fleacuri. Îmi aminteam cu atâta drag de Akpan, tăicuțul tău, deşi era mort de mulți ani deja. M-am uitat la tine, te-am luat în brațe. Te-ai uitat şi tu înapoi la mine, clipind încet.

— Eşti acolo, înăuntru, Elijah? Mama vine să te salveze.

Trebuia să-i dau drumul vrăjitorului din tine.

Şurubelnița era chiar micuță, serios. Pentru lucruri delicate. Lucruri mici.

Tu ai lăsat capul spre spate şi nu ai mai deschis ochii.

— Elijah! am strigat eu. Elijah! Ai început să tremuri. Tremurai din toate mădularele, ca o femeie care tocmai a născut. Pe urmă, te-ai oprit brusc şi ai rămas prea încremenit.

— Elijah! Elijah!

Nu exista niciun semn de păcătoşenie, nicio dovadă că vrăjitorul sau diavolul s-ar fi aflat acolo. În cameră era atât de linişte, încât aş fi putut auzi un ac de gămălie căzând. Pielea ta era cenuşie precum cerul de afară. Ca un porumbel.

La început am crezut că ai murit, că te ucisese vrăjitorul, şi mă pregăteam să mă omor. O cutie cu tablete mi-a străfulgerat prin minte; le auzeam strigându-mă. Voiam să le înghit pe toate. Dar pe urmă ai gemut, ca un câine bătut cu picioarele, şi am ştiut că Dumnezeu era cu mine. Dumnezeu nu mă părăsise. Aveai şanse să trăieşti.

Am înşfăcat cearşaful de pe pat şi te-am înfăşurat strâns, ţinându-te îndeajuns de aproape încât să simt dacă mai respiri. Îmi dădeam seama că ai nevoie de un doctor. Dar ameţelile şi vocile, bărbaţii şi câinii... Cum să te duc eu tot drumul până la spital? Era departe — cel mai aproape în Levisham, şi până acolo trebuia să mergem cu autobuzul. Eu nu aveam bani de autobuz. Simţeam cum sugi aerul dinspre mine spre tine.

— Taci! am urlat la vocea din urechea mea. *Vrăjitorul l-a ucis. Vrăjitorul l-a ucis pe fiul tău. Tu l-ai ucis pe fiul tău. Tu.*

— Taci!

Doamne Dumnezeule, du-mă la spital şi la un doctor care să-l ajute pe fiul meu, mă rugam eu. E aproape mort din cauza vrăjitorului şi are nevoie de ajutorul Tău. Te rog, Iisuse, lasă-mă să-l duc unde va fi ocrotit. M-am rugat aşa ore în şir, cred. Când le-am despreunat din rugă, mâinile îmi erau amorţite.

M-am rugat tot timpul cât am coborât scara, care se mişca dintr-o parte în cealaltă. M-am rugat tot timpul când am trecut pe lângă bărbaţii aceia care te-au văzut şi s-au oprit din fluierat, dar pe urmă au râs tare. M-am rugat tot timpul până am ajuns pe strada mare, unde am oprit un bărbat alb într-o maşină roşie şi am urlat, i l-am arătat pe Elijah al meu, pământiu la faţă. Maşina roşie.

Omul acela m-a dus cu maşina până la spitalul Levisham, la urgenţe, şi eu m-am rugat tot drumul, în timp ce el înjura.

— Fir-ar să fie de treabă! Băga-mi-aş picioarele în el de trafic, daţi-vă la o parte! Am un copilaş bolnav în maşină! Mama dracului, cucoană, trebuia să fi sunat la Salvare! Dumnezeule, dacă moare copilul în maşina mea... Băga-mi-aş!

Personalul medical a ieşit afară imediat, când omul s-a dat jos din maşină, ţipând.

— Ajutor! Avem nevoie de ajutor! E o urgenţă! Asistente în uniforme albastre, doctori în cămăşi, cu stetoscoapele la gât, alergând cu toţii ca să te smulgă din braţele mele, ca să fugă cu tine înăuntru.

Am alergat şi am strigat spre Dumnezeu.

— Te rog, Iisuse, fă ca băieţelul meu să trăiască! Fă-l să trăiască, oh, Iisuse! Doamne, fă-l să trăiască pe acest copilaş!

Oamenii aceia au alergat într-o cameră plină de aparate şi au tras cearşaful de pe tine, până ai rămas în pielea goală.

— O să-i fie frig! Îi e frig! Iisuse! Cerule! Daţi-i o pătură! Vă rog, daţi-i o pătură! Nimeni nu vrea să-i dea o pătură, vedeţi, şi din cauza asta e aproape mort. Îi este atât de frig. Atât de frig.

Cum m-am rugat de mult atunci, Elijah. Mai târziu, le-am auzit vorbind în biroul de alături. Aveau o şedinţă, o mulţime de femei care arătau la fel: albe, feţe de cal, mărgele colorate la gât, pantofi urâţi. Le-am văzut când au intrat în încăpere, una după alta, cu câte o cană aburindă în mână. Am recunoscut-o pe una dintre ele.

— Mă îngrijorează arsura veche de pe capul lui, a zis una. Alte răni mai vechi. Trebuie să facem o radiografie a tuturor oaselor. Peretele era foarte subţire şi uşa întredeschisă lăsa să se audă totul pe hol, deşi cineva scrisese pe o hârtie albă *Şedinţă confidenţială*, şi o lipise pe uşă. În salon nu erau alţi părinţi, în afară de mine. Era linişte, ca şi cum copiii trăiau în alt timp. Erau toţi atât de bolnavi, încât tot timpul era linişte. Prea multă linişte. Auzeam doar ţiuitul aparatelor şi vocile conspirative ale femeilor.

— Oare e un caz de tămăduire spirituală? Am auzit în ultima vreme despre tot mai multe situaţii de acest fel. E groaznic. Poate că nu e şi cazul de faţă, dar, oricum.

— Da, de acord cu tine. E problematic însă, fiind vorba despre practici normale în anumite culturi. Trebuie să fim foarte atenţi în cazul de faţă. Nu se ştie exact cu ce avem de-a face. Cred că a fost un fel de tratament cu ventuze.

— Ventuzele nu sunt o metodă chinezească?

— M-am întâlnit cu astfel de cazuri. Adică, uitaţi-vă la Climbié. A mai fost bustul fără cap, aruncat în Tamisa. Acolo a fost un fel de magie neagră — abuzuri ritualice, nu?

— Asta a fost la familia de plasament. Iar aici este vorba de mama naturală. De asemenea, situaţia este foarte diferită, ţinând seama de starea psihică a mamei biologice. Nu e neapărat ceva legat de biserică şi de credinţele specifice unei culturi etnice, ci mai degrabă sunt nişte chestiuni de sănătate mintală.

— Ceea ce face ca mama naturală să fie mai vulnerabilă...

— Mda, trebuie să avem mare grijă cum vom prezenta situaţia şi să ţinem seama de toate normele culturale specifice.

— Abuzul asupra copilului rămâne abuz asupra copilului, indiferent de conjunctură.

— De acord: dar nu putem separa o familie de cultura din care provine. Trebuie să fim prudenţi. Apropo, aţi văzut-o pe Margaret săptămâna trecută? Ştiţi că s-a mutat la Tunbridge Wells. Exact lângă casa mea, foarte aproape cu maşina. Fiica ei a dat examenul pentru gimnaziu şi a intrat la Tonbridge Grammar School. E aşa de încântată. Toate taxele şcolare şi meditaţiile au dat roade până la urmă!

Au continuat să vorbească, în timp ce eu ţi-am luat mânuţa şi am sărutat-o tare, ca să ţii minte.

— Ai grijă de tine, am şoptit eu. Vrăjitorul nu te va mai găsi acum.

M-au condus într-o cameră care avea lipit pe fereastră anunţul: *Nu deranjaţi — şedinţă în curs*. Înăuntru, pe nişte scaune aranjate în semicerc, erau patru femei pe care nu le mai văzusem niciodată şi o poliţistă, care îşi scosese de pe cap chipiul negru şi şi-l pusese în poală, bătând cu degetele în el, ca într-o tobă. Doctorul era şi el acolo, stând în picioare lângă fereastra care se deschidea doar câţiva centimetri, ca nu cumva oamenii să sară pe geam — dar dacă era un incendiu? Pe unde puteau să scape?

— Deborah, spuse una dintre femei. Trebuie să discutăm cu tine despre nişte lucruri foarte grave.

— Eu sunt Mama Elijah, am zis. Aşa ne luăm noi numele în ţara mea. Luăm numele primului nostru născut.

Era atât de linişte în cameră, încât prin fereastra întredeschisă se auzea un avion zburând departe, deasupra noastră. Ameţeala se oprise, dar aveam senzaţia că trupul meu avea să se oprească brusc şi el. Niciodată nu m-am simţit mai obosită.

Altă femeie s-a tras mai în faţă. Avea dinţi proeminenţi şi sprâncene stufoase.

— Deborah, trebuie să discutăm cu tine despre ceea ce urmează să se întâmple.

Mă uitam la aerul din crăpătura ferestrei. Nu era suficient. Simţeam în ceafă un început de ameţeală. La început, vocile din capul meu au fost tăcute. Simţeam şurubelniţa trecând prin păcătoşenia din Elijah. Simţeam cum intra în el şi în mine. Şi totul era nemişcat şi liniştit, iar lumea nu conţinea altceva decât pe mine şi pe fiul meu, cum fusese cândva. Dar apoi — oh, a fost atât de mult sânge. Atât de mult sânge de la ceva atât de mic.

Am închis contactul cu exteriorul şi m-am rugat necontenit: Doamne Iisuse Hristoase, Doamne Dumnezeule, auzi-mă pe mine acum. Te rog, Doamne...

Dar era zadarnic. Ameţeala s-a intensificat.

— Deborah, spuse poliţista. Va trebui să te ducem la secţia de poliţie şi să îţi luăm o declaraţie, dar întâi vrem să înţelegi că Elijah, când va părăsi acest spital, nu va reveni în îngrijirea ta. Pe perioada cât vor fi investigate vătămările lui corporale, va fi încredinţat unui îngrijitor maternal.

Am lăsat camera să înceapă să se mişte — la început podeaua s-a ridicat încet ca să atingă tavanul. Apoi, tavanul a venit în jos, spre podea. Ştiam că se va întâmpla asta. Că te vor lua de la mine. Te vor lua, iar vrăjitorul se va cocoţa înapoi în corpul tău.

M-am uitat prin cameră şi am încercat să mă concentrez la obiecte: o măsuţă cu trei căni de cafea, goale şi pătate pe dinăuntru; anunţul pe care se vedeau două mâini spălându-se; fâşia de lumină şi alarma de fum de pe tavan.

— Deborah, vrem să fim siguri că înţelegi. Deborah?

Camera s-a oprit brusc, nu se mai învârtea, totul apăruse din nou, dar într-o ordine greşită.

— Numele meu este Mama Elijah.

Poliţista îşi puse chipiul pe cap şi se aplecă în faţă.

— Acum o să vii cu noi. Putem chema pe cineva să stea cu Elijah? De asemenea, trebuie să vorbim cu soţul tău. Poţi să îl chemi, te rog?

— Nu pot să îl chem pe Akpan. E mort.

Femeile s-au uitat unele la altele, apoi iar la mine.

— OK, vino cu noi, te rog.

Una dintre ele s-a ridicat şi a aşteptat să mă ridic şi eu, dar eu am rămas pe scaun.

— Nu pot să îl părăsesc pe Elijah. Este în pericol. Nu pot să îl părăsesc.

Poliţista s-a aşezat la loc şi şi-a scos chipiul.

— Poţi să suni la psihiatrie? i-a spus ea celeilalte femei, care a ieşit din cameră. Uite ce e, Deborah. Vreau să-mi răspunzi la o întrebare importantă. La ce te referi când spui că Elijah este în pericol?

M-am uitat la ea. Deşi era de la poliţie, şi toată lumea ştie că poliţiştii sunt nişte hoţi, care nu fac decât să-i trateze pe oameni ca pe nişte animale, femeia purta o cruciuliţă la gât şi am ştiut că era creştină. Putea să mă ajute.

— Elijah este bolnav.

Poliţista a încuviinţat din cap.

— Deborah, ştim că este bolnav. Doctorii şi asistentele fac tot ce se poate ca să îl ajute.

Camera se învârtea atât de rău, încât abia mai puteam ţine ochii deschişi. Am şoptit:

— Are nevoie să fie mântuit.

Mă uitam la femeie şi la cruciuliţa ei. Mă gândeam la chipul tău, la pielea ta, ca pământul de acasă, şi la lună, umflându-se ca o inimă plină de iubire.

37.

Doctorul Peters se aplecă în faţă, pe marginea scaunului, şi puse un picior peste celălalt, lăsând să se vadă o şosetă în dungi.

— Asistentul social mi-a spus că ai auzit voci care îţi spuneau ce să faci.

Elijah se uită la mami. Ea încuviinţă din cap.

— Doar o singură voce îmi spune ce să fac, zise el.

Doctorul Peters amestecă nişte hârtii pe biroul lui.

— Mda, cred că nu vom începe niciun tratament medicamentos deocamdată, spuse el, uitându-se la tati. Am văzut asemenea cazuri când am lucrat la Devon — un fel de gânduri delirante şi halucinaţii, chiar în cazul unor persoane tinere —, dar nu vreau să prescriu medicamente unui copil atât de mic, preciză el, uitându-se la Elijah. De fapt, este vârsta la care credem în basme şi prieteni imaginari. A auzi sau chiar a vedea alte fiinţe la vârsta ta nu indică neapărat existenţa unei boli.

Elijah nu avea habar despre ce tot vorbea el acolo. Se concentra la şoseta în dungi a doctorului Peters şi la pielea albă şi palidă de deasupra ei.

— Tu ai fost la Devon? întrebă doctorul Peters.

Elijah scutură din cap.

— Ar trebui să-i pui pe mami şi pe tati să te ducă acolo, zâmbi el. Eu zic că foarte puţine lucruri nu îşi găsesc vindecarea la aer curat şi cu multă îngheţată.

Mami se freca pe burtică în scaunul de lângă el şi lui Elijah i se păru că aude un sunet în gâtlejul ei. Tati tuşea.

— Ei, eu atâta am avut pentru astăzi, spuse doctorul Peters.

— Asta a fost tot? făcu mami, renunţând să se mai frece pe burtică.

— Da — ne vedem în aceeaşi formulă peste două săptămâni. Sfatul meu este să continuaţi cu terapia prin joacă şi să luaţi legătura cu mine, dacă apar probleme majore. Şi, de asemenea, multă îngheţată, spuse el, făcându-i cu ochiul lui Elijah.

— Elijah, vrei să aştepţi un pic afară, te rog? întrebă mami. Vrem să discutăm ceva cu doctorul.

Elijah ridică din umeri, spuse „la revedere" şi ieşi din cameră. Lipi urechea de uşă, dar auzea doar că mami şi tati puneau întrebări pe bandă, iar într-un final s-a auzit şi doctorul Peters:

— Bun, haideţi să ne calmăm. Faceţi prea mult caz de povestea asta cu vrăjitorul. În mod evident, copilul este doar tulburat, atâta tot.

Elijah cunoştea aşa de bine codurile, încât atunci când, cu o noapte înainte, Jasmin i-a făcut semne cu lanterna de trei ori la rând, iar apoi încă o dată, aprinzând-o şi stingând-o mai lent, el a înţeles că a doua zi dimineaţa avea să treacă pe la ei, ca să-l ia la şcoală. Dar nu s-a aşteptat să facă una ca asta după ce au intrat pe poarta şcolii şi i-au spus la revedere lui mami: Jasmin l-a luat de braţ şi l-a condus spre micul gard din spatele curții, pe care l-au sărit amândoi, în partea cealaltă.

— Unde mergem?

— E secret.

Elijah a urmat-o pe Jasmin în pădure. Aerul mirosea a miere.

Îi urmărea pașii, încercând să pună piciorul exact acolo unde călcase și ea înaintea lui. Au tot mers așa, fără să scoată o vorbă, dar Elijah urmărea fiecare pas de-al lui Jasmin. Se gândea la mami și la ce vor spune profesorii la școală, când vor descoperi că Jasmin și Elijah nu erau acolo. Dar ea nu părea deloc îngrijorată. Ea nu părea niciodată îngrijorată de ceva.

— Oprește-te aici, spuse Jasmin. Își răsucea capul în toate părțile, spre lumina care se strecura printre crengi.

— Perfect, zise ea, așezându-se pe o buturugă.

— De ce nu vrei să mergi la școală?

— Câteodată n-am chef, zise Jasmin. Oricum, nu vreau să lipsesc decât un pic, explică ea, întorcându-se apoi cu fața spre Elijah. Tot timpul ești tăcut, de la o vreme. Te gândești la ea? întrebă ea. La mămica ta adevărată?

— Nikki este adevărată, spuse Elijah, dar ochii i se umplură de lacrimi.

— Eu vorbesc despre cealaltă mămică adevărată a ta. Mama în burta căreia ai crescut. Din cauza asta nu vrei să te joci după școală? Din cauza asta ești mereu așa trist?

Se uita la Jasmin și la pădurea din jurul lor. Ea era prietena lui cea mai bună. Niciodată nu avusese o prietenă ca Jasmin, nici măcar pe Ricardo. Încercă să verifice dacă vrăjitorul era pe undeva în el, dar nu-l găsi nicăieri. Pustiu totul.

— Vreau să-ți spun un secret, zise el.

Nu-i venea să creadă că urma să-i spună lui Jasmin. Dacă nu mai voia să fie prietenă cu el, după ce afla? Cine să vrea să fie prieten cu un vrăjitor? Dar poate că ea ştia deja. Se uita la chipul ei, la ochii ei strălucitori, la copacii din jurul lor. Îşi încordă stomacul, până îl simţi ca pe o piatră.

— Eu sunt un vrăjitor. Am puteri supranaturale, pot să zbor şi pot face să se întâmple lucruri rele. Pot să îngheţ creierul oamenilor, pot să pornesc incendii cu laserele din ochii mei. Şi pot să zbor. E adevărat; chiar pot să zbor.

Îşi ţinu respiraţia, aşteptând. Jasmin se uită la el şi îi suflă în faţă. Nu spuse nimic câteva secunde; apoi, se uită în spate, spre şcoală.

— Hai mai bine să mergem înapoi, zise ea.

— Nu mă crezi, aşa-i? spuse el.

— Bineînţeles că te cred.

Elijah rămase cu gura căscată.

— Zău?! El avea dreptate, precis avea dreptate, şi Mama avusese dreptate despre toate lucrurile, mereu. Iar Jasmin îl credea.

— De-asta şi ai o cicatrice ca Harry Potter. El e un vrăjitor şi are o cicatrice pe cap, exact ca a ta, spuse ea, întinzând mâna şi atingându-l pe frunte.

Elijah închise ochii şi îşi umplu tot trupul de aerul parfumat cu miere, de atingerea duioasă a degetelor lui Jasmin şi de sentimentul că era crezut.

— Oricum, şopti Jasmin, când Elijah deschise ochii. Eu sunt, de fapt, o sirenă. Şi pot să respir în apă.

Mami a împrumutat pentru o după-amiază, de la adăpostul Battersea, un căţeluş cenuşiu, pe nume Bertie, ca să îl poată scoate la plimbare împreună. Bertie lătra şi alerga, învârtindu-se în jurul cozii, iar Elijah se prăpădea de râs. Tati îl ţinea de o mână şi mami de cealaltă, iar bunicul era un pic mai în faţă, fiindcă el mergea întotdeauna foarte repede.

Parcul era plin de copii care alergau, se jucau cu mingea şi mergeau pe bicicletă. Era o zi însorită, fără vânt, dar un băieţel încerca să ridice un zmeu în aer şi tatăl lui alerga împreună cu el, azvârlind zmeul sus, în cer. Elijah nu simţea vrăjitorul dând târcoale pe-acolo. S-au plimbat prin parc şi s-au oprit la o cafenea, de unde tati a cumpărat patru limonade, după care s-au aşezat pe o bancă lângă un copac mare.

— Îmi place copacul acesta, spuse mami.

Puse braţul în jurul umerilor lui Elijah şi aşeză paharul cu limonadă pe burtă. Văzând-o, Elijah zâmbi.

— Şi mie îmi place, zise tati, uitându-se la mami peste capul lui Elijah. Care este copacul tău preferat, Elijah?

— Mie îmi plac toţi copacii, spuse el, sorbind din limonadă.

Mami, tati şi bunicul se uitară spre locul unde priveau ochii lui Elijah. Bertie ridicase un picior şi folosea copacul drept toaletă. Bunicul chicoti amuzat. Se uitau la Bertie, care alerga de colo-colo, încercând să prindă o veveriţă, apoi culoarea cerului se schimbă, făcându-se cenuşie ca blana căţelului.

— Cred că ar trebui să pornim spre casă, până nu ne prinde ploaia, spuse mami.

— Mai ales la cât de încet te mişti tu în ultima vreme, spuse bunicul.

Mami întinse mâna spre tati, aşteptând să o ajute să se ridice de pe bancă, dar în momentul acela lui tati îi sună telefonul şi el îl scoase din buzunar.

— Hei! strigă mami, dar tati pornise deja înainte, vorbind la telefon.

Mami lăsă mâna jos şi rămase nemişcată.

Bunicul luă lesa din mâna ei.

— O să-l mai lăsăm un pic să vâneze veverița aceea.

Mami se ridică anevoios, de una singură, şi porni după tati, dar el era deja departe, în față. Mami începea să calce altfel: legănat, de pe un picior pe altul, şi nu direct înainte. Bebeluşul creştea tot mai mare.

— Ia, spune, cum a fost la doctor? zise bunicul, punând lesa în poală. Mami şi tati mi-au zis că ai fost la un doctor nou.

— Nu crede în vrăjitori, zise Elijah. Unde e Devon?

— De acolo e doctorul?

Elijah încuviință din cap.

— Păi, nu mă mai mir. Oamenii din Devon nu cred în nimic, în afară de prăjiturile cu cremă. Oricum, nu contează. Eu ți-am spus deja că nu există niciun vrăjitor în tine.

— Doar tu şi Jasmin credeți în vrăjitori. Toți ceilalți spun că nu există, că dacă nu o să mai cred că există, vrăjitorul va pleca departe, cum a făcut Clopoțica. Dar eu nu ştiu cum să nu mai cred într-un lucru care este adevărat.

Bunicul sucea şi răsucea lesa în poală şi se uita cum Bertie alerga înainte şi înapoi.

— Lumea este un loc straniu. Este OK să credem în lucruri diferite. Nenumărați oameni din lumea largă au credințe diferite, şi asta e foarte bine. Tu simți că există un vrăjitor în tine tot timpul?

Elijah scutură din cap.

— Vine uneori, dar stă mereu la pândă.

— Eu nu văd niciun vrăjitor în tine.

Elijah ridică din umeri.

— Întotdeauna se întoarce.

— Eu nu cred că va mai veni, Elijah. Eu cred că vrăjitorul a plecat.

Elijah se uita la Bertie. Începuse să plouă; stropi uriaşi cădeau peste ei.

— Nu, scutură el din cap. Şi va trebui să le arăt lui mami şi lui tati, altminteri nu vor fi în siguranţă şi nu vor putea să mă ajute. Va trebui să le demonstrez că vrăjitorul există.

Bunicul îl trase mai aproape, sărutându-l pe creştet.

— Nu trebuie să demonstrezi nimic. Este OK ca oamenii să creadă lucruri diferite.

— O să le demonstrez, spuse Elijah, încetişor.

— Te iubesc, zise bunicul. Nepoţelul meu. Dumnezeu te iubeşte şi el.

Mergeau la Chioma în fiecare săptămână. Uneori se jucau, alteori vorbeau. Cu Ricardo se vedeau acasă. Mami şi tati îi citeau lui Elijah din povestea vieţii lui şi îi spuneau despre Mama lucruri pe care Elijah nu voia să le audă. Uneori era foarte furios. Nu-i venea să creadă că nu sălăşluia în el niciun vrăjitor. Ştia că există, fiindcă nu se putea ca Mama să se fi înşelat. Şi el nu ar fi putut să o rănească pe mami, fără vrăjitorul din el. Dar toţi îi spuneau că Mama era bolnavă şi că ea era cea care îl rănise, chiar dacă nu o făcuse intenţionat. Dar lui Elijah nu-i venea să creadă. Vrăjitorul nu era doar o idee pe care i-o băgase Mama în cap. Şi nu se putea ca ea să-l fi băgat pe vrăjitor în capul lui, fiindcă tot ce-şi dorea Mama, chiar mai mult decât Elijah, era să-l scoată afară pe vrăjitorul din el.

Într-una din săptămâni, mami şi tati au zis că era mai bine să se ducă toţi la Ricardo, la serviciu, fiindcă trebuiau să-i citească ceva foarte brutal şi voiau să facă asta în cel mai sigur loc cu putinţă. Ricardo a deschis un dosar pe masă.

— Acesta este raportul scris de medicii specialişti care se ocupă de adulţii cu afecţiuni la creier. Mama ta este foarte bolnavă, Elijah. Şi crede tot felul de lucruri, din cauză că nu este sănătoasă.

Elijah se uita la raport.

— Dacă Mama este bolnavă, înseamnă că toţi oamenii din Nigeria sunt bolnavi, probabil. În Nigeria, toată lumea ştie că există vrăjitori.

Ricardo zâmbi.

— Păi, da, Elijah, într-un fel ai dreptate. În Nigeria, o sumedenie de oameni cred în vrăjitori. Dar marea majoritate a poporului din Nigeria, ca şi în restul lumii, nu s-ar gândi nici în vis să rănească un copil. Nimeni pe lume, nici mama ta şi nici biserica ta, nu trebuie să rănească un copil. Tu eşti doar un copil, Elijah, un băiat minunat. Nu există niciun vrăjitor în tine. Tati, bunicul, Chioma, ei toţi sunt din Nigeria, exact din locul de unde este şi mama ta. Dar ei niciodată nu te-ar răni ca să scoată un vrăjitor afară. Mama este bolnavă şi aude voci rele spunându-i să facă lucruri rele, dar vocile acelea nu sunt reale, ci doar mintea ei îi joacă feste.

Elijah închise ochii. Glasul vrăjitorului era real. El îl auzea tot timpul.

— Mami şi tati trebuie să-ţi citească un text foarte dificil astăzi. S-ar putea ca la început să nu înţelegi sensul, dar vom discuta după aceea.

Ricardo dădu din cap spre mami şi tati, care veniră spre canapeaua unde şedea Elijah şi se aşezară de o parte şi de cealaltă a lui. Mami se lăsă jos cu multă precauţie, ţinând spatele drept şi îndoind picioarele din genunchi. Puseră fiecare câte o mână pe mâinile lui Elijah, iar Ricardo începu să citească.

Deborah declară: „Există un vrăjitor care trăieşte în fiul meu şi eu trebuie să-l gonesc afară". Deborah suferă, de asemenea, de halucinaţii auditive şi vizuale, precum şi de paranoia că o „maşină roşie mă urmăreşte permanent şi oamenii din ea vor să-mi fure fiul şi să folosească bucăţi din corpul lui pentru magie".
Elijah a fost luat din îngrijirea ei după un presupus accident, care a făcut ca Elijah să fie internat la secţia de urgenţă a Spitalului Levisham, cu o rană la cap, pentru ca ulterior să fie transferat la Spitalul King's College, în vederea unei intervenţii neurochirurgicale de urgenţă. Mecanismul producerii rănii nu a fost explicat niciodată pe de-a-ntregul, dar la radiografia sistemului osos al lui Elijah s-a descoperit că avea fracturi vechi şi că fusese supus unei grave malnutriţii. Elijah a fost încadrat în registrul pentru protecţia copilului, la categoriile neglijarea copilului şi abuzare emoţională şi fizică, iar Deborah a fost transferată la Bethlem Psychiatric Hospital, pentru evaluarea stării ei de sănătate şi pentru tratament.

Camera a început să se învârtă cu el. Elijah a început să îşi aducă aminte unele lucruri. Erau în apartament şi era frig. Razele lunii decupau un petic pe covorul ros de pe podea. Mama scotea ceva din sertar. A văzut-o venind şi i-a auzit vocea. Faţa ei era deasupra lui, dar arăta altfel: aspră şi dură.

— Ieşi afară din fiul meu! răcnea ea. Ieşi afară din fiul meu! Vocea îi era atât de diferită de vocea pe care i-o auzea înăuntrul lui.

Mama îl apăsa pe cap cu ceva foarte ascuțit şi tare, încât el aproape că nici nu mai putea vorbi.

Dar cumva a reuşit să îngaime:

— Sunt eu, Mama. Sunt Elijah. Nu sunt un vrăjitor, a zis el. Eu nu sunt un vrăjitor.

Dintr-odată, momentul s-a schimbat: Mama se plimba în sus şi în jos lângă el, ca un leopard de la grădina zoologică. Purta o haină dintr-o țesătură apretată, care pârâia când se mişca. Nu era pieptănată şi ținea în mână o sticlă goală de coca-cola, pe care o tot ducea la gură, ca şi cum uitase că era goală. Spitalul era ca o navă spațială: peste tot erau aparate albe care țiuiau şi bâzâiau, şi oameni cu măşti. Pe un ecran de televizor se vedeau valuri în diferite culori, un model, numere. El era deasupra patului, privind în jos la trupul lui de şase ani. Ace mari ca nişte râme îi erau înfipte în mijloc, în gât.

— Pune albumina prin tubul intraosos. Introdu-o rapid cu seringa.

— Adu şervetul de răcire şi pune-i gheață în jurul capului.

— Pupilele i s-au dilatat enorm. Bagă-i nişte manitol şi furosemid.

— Aduceți neurochirurgul aici, repede.

— Să vorbească cineva cu maică-sa.

El vedea tot. În patul de alături, un bebeluş dormea cu un tub în nas, cum avea şi Elijah. Pe aparatul lui se vedeau vălurele, de fiecare dată de aceeaşi mărime. Numerele lui rămâneau exact aceleaşi. Mama lui era acolo, ținându-l de mână, urmărind vălurelele şi undele. Bebeluşul nu plutea deloc în aer, deasupra patului lui.

Mama a răsturnat tava cu doctorii de lângă ea şi, când sticluleţele s-au spart pe jos, a călcat pe ele, strivindu-le sub tălpi, de parcă ar fi fost zăpadă proaspătă. O asistentă medicală şi-a dat jos masca, a luat-o pe Mama de braţ şi a tras-o spre uşă; a scos-o afară, pe coridor, şi i-a spus că doctorii făceau tot ce puteau şi că erau o echipă de buni specialişti, dar era important ca ea să-şi păstreze calmul — să nu-i încurce şi să se liniştească. Asistenta medicală nu a întrebat-o ce se întâmplase, cum de ajunseseră acolo. Abia mai târziu, după ce făcuseră radiografiile şi Elijah fusese examinat peste tot, au început toţi să se uite lung la Mama. El putea vedea totul de deasupra, de pe tavan, prin cortinele larg deschise din capul lui.

Îi vedea pe doctori operând şi pe surorile medicale trăgând medicamente în seringi, legând tuburi de plastic şi lipind pe piele tuburi de perfuzii. Îl durea peste tot şi durerea era mai mare decât universul.

— Ce problemă are flăcăul ăsta?

Doctorii păreau mai interesaţi de felul cum arăta el pe dinăuntru, decât pe dinafară, şi au stat multă vreme să se uite la ecografii care arătau ceea ce ei numeau fluxul sanguin şi centrii nervoşi, până când au dat-o pe Mama afară din cameră. Ţinea minte că s-a umplut de o urticarie pe tot corpul, roşie ca soarele la asfinţit, şi toţi doctorii au dat buzna înapoi, punându-i alte perfuzii, sârme şi tuburi, dându-i medicamente care îl făceau să plutească în valuri pe acele ecrane micuţe.

— Am vrea să te uiţi în oglindă, ca să poţi vedea rana, Elijah. Dar dacă simţi că nu eşti pregătit, e în regulă, amânăm.

Pe asistenta aceea o chema Florence. Pe ecuson avea desenată o faţă zâmbitoare şi respiraţia îi mirosea a cafea.

El a încuviinţat din cap. I-a dat o oglinjoară de plastic şi el a ridicat-o. Încet, încet de tot, Florence i-a desfăcut bandajul de la cap. Dedesubt era o linie roşie, care semăna cu fermoarul de la pantalonii lui buni, cu care se îmbrăca duminica. Pe marginile fermoarului, se vedeau bucăţele din Elijah roz şi lucioase. A mişcat oglinda de jur împrejur, până când a putut să vadă afară din cameră, pe coridor, unde doctorii treceau prin dreptul uşii, şi a văzut şi un aspirator. S-a uitat aşa o veşnicie. Dar, de-acum, Mama nu mai era acolo. Mama dispăruse complet.

Elijah deschise ochii. Auzea ţipete, undeva departe.

— Elijah! Elijah, băiatul meu, eşti bine?

— E doar un leşin, nimic îngrijorător, dar e bine să chemăm un doctor, pentru orice eventualitate. Avem un punct de prim ajutor în birou, Nikki; vrei să te duci tu?

Elijah auzi tare vocea lui mami.

— Nu. Nu, nu plec de-aici. Chemaţi o ambulanţă. Elijah, mă auzi? Elijah! Doamne Sfinte, ce s-a întâmplat cu el? Ce s-a întâmplat cu fiul meu?

Şi apoi cel mai teribil urlet cu putinţă a sfâşiat aerul, străpungând glasurile tuturor, întrebările lui mami, agitaţia lui Ricardo şi calmul lui tati. Era vocea lui.

Elijah a urlat... a urlat... a urlat, a azvârlit din picioare, a lovit cu pumnii, până când genunchii şi încheieturile degetelor i s-au umplut de sânge şi n-a mai avut niciun pic de vlagă în el, încât tot ce a putut face a fost să cadă lat şi să respire repede, sacadat, ca un şoarece prins într-o cursă.

Mami şi tati l-au ţinut strâns de tot, parcă ore în şir, cu burta tare a lui mami lipită de el, dar pe urmă urletele lui s-au oprit şi Elijah a deschis ochii. S-a uitat la mami şi la tati.

— Mama mi-a făcut rău, nu-i aşa? Mama mă iubeşte?

În seara aceea, tati a venit în camera lui ca să-i spună noapte bună. Zâmbea, dar Elijah nu. Nu putea.

— Haide, lasă, spuse tati, ciufulindu-l afectuos cu mâna pe creştet. O să treacă şi asta.

Elijah deschise ochii larg de tot, cât a putut el.

— Tu nu crezi în vrăjitori, şopti el.

— Nu, Elijah, nu cred în vrăjitori. Nu există vrăjitori. Vrăjitorii nu sunt reali şi nici nu vreau să mai aud de subiectul ăsta.

Faţa lui tati se schimbase, devenind mai aspră.

Elijah îşi încolăci braţele în jurul genunchilor, adunându-i spre piept.

— Ascultă ce îţi spun eu, zise tati, aplecându-se până ajunseră ochi în ochi. Eşti în perfectă siguranţă. Nu există vrăjitori, înţelege asta. Este o realitate. Mama ta naturală era bolnavă mintal. Una dintre obsesiile ei permanente era că tu eşti posedat de diavol, şi de aceea a încercat, prin maltratări fizice, să scoată vrăjitorul din tine, cu o brutalitate de neiertat. Dar vrăjitorii sunt un mit.

Se lipi cu faţa de obrazul lui Elijah, apoi îl sărută, dar Elijah încercă să se ferească, trăgându-se de lângă el.

— Vrăjitorii sunt adevăraţi, spuse el. Eu pot dovedi asta.

Tati se ridică în şezut pe pat şi trase pătura, învelindu-l bine pe Elijah.

— Vrăjitorii nu sunt reali şi tu nu trebuie să dovedeşti nimic. Haide acum, Elijah, am avut o zi grea. Eşti în siguranţă, teafăr şi sănătos, şi vreau să dormi liniştit şi să visezi frumos. Noapte bună. Mâine jucăm un fotbal.

Tati zâmbi din nou, înainte de a ieşi din cameră. Elijah stătea lungit pe întuneric, cu ochii deschişi. A visat-o pe Mama şi a auzit vocea ei în inima lui. *Noi am inventat sensul iubirii, tu şi eu, băieţelul meu.*

Era de-adevăratelea. Era adevărat.

În noaptea aceea, Elijah a visat. Mama era undeva sus, uitându-se la el, şi faţa ei nu spunea nimic. Îi simţea mirosul: banane prăjite. Pleoapele îi căzuseră şi pielea obrajilor îi atârna de pe oase.

— Dă-mi copilaşul înapoi, şoptea ea.

Elijah întinse mâinile şi spuse:

— Eu sunt! Eu sunt!, dar ea nu auzea.

— Micuţul meu nigerian, şopti ea. Când vei veni înapoi la mine, te voi duce acasă. O să strângem bani şi o să plecăm din locul acesta. O călătorie cu avionul: cât ai bate din palme, o să fim înapoi la familia noastră, care ne va ajuta şi ne va salva. Unchiul Pastor o să te ocrotească şi o să te ferească de alţi vrăjitori care ar vrea să intre în tine. Te vom întrema cu mâncare gătită de măicuţa şi, în doi timp şi trei mişcări, o să te faci dolofan şi zglobiu, cu picioare drepte şi cu spinarea dreaptă, iar eu o să-mi vin în fire. Mă voi însănătoşi şi ameţelile vor înceta. Nu vor mai exista insecte care să se târască prin capul meu. Vor fi alte vremuri — mai bune. Cât de mult te iubesc, băieţelul meu scump şi drag.

Şoaptele ei încetară şi Mama se aplecă spre el. Cuvintele ei sunau atât de clar. Când l-a atins pe Elijah pe spate, mâna ei era atât de moale. Se uita la ea, şedea lângă el. Celălalt braţ îl ţinea ascuns. Mama îl freca pe spate, iar el simţea prin tricou fiecare mişcare. Şi-ar fi dorit ca Mama să se lungească lângă el, să închidă ochii, amândoi, să adoarmă şi să nu se mai trezească niciodată. Să-l lase pe vrăjitor să facă după cum voia el. Vrăjitorul era împins tot mai jos înăuntrul lui Elijah, acum, când Mama era aproape. Dragostea ei era atât de puternică, încât putea fi de ajuns. Elijah o lăsă să-l mângâie pe spate şi se uită la chipul ei. Ea privi drept în ochii lui. Băiatul simţi cum i se arcuiesc colţurile gurii într-un zâmbet.

— Mama, şopti el. Sunt eu. Elijah.

Brusc, ea se aplecă în faţă şi pe chipul ei apăru o anume asprime. Mama credea că vrăjitorul vorbise.

— Ieşi afară din fiul meu! spuse ea şi scoase de la spate celălalt braţ. Avea în mână o şurubelniţă, cea pe care şi-o plimba uneori în sus şi în jos pe picior, apăsând-o aşa de tare în carne, încât durerea din exterior era mai puternică decât durerea din interior. Elijah se întreba dacă şi acum voia să îşi înfigă şurubelniţa în carne. Mama se uită la ochii lui şi se apropie mai mult de el. Mai aproape decât înainte.

— Mama, şopti el. Sunt eu. Elijah. Glasul îi suna ciudat, ca un suflu stins. Avea gâtlejul uscat, de la arsurile din urmă cu câteva săptămâni. Poate că gâtlejul lui va rămâne uscat pentru totdeauna.

— Ieşi afară din fiul meu.

Mâna ei îi împingea trupul, jos, în covor.

— Ieşi afară din fiul meu! răcnea ea, iar el nu mai putea să-i vadă chipul. Tot ce mai vedea era şurubelniţa, deasupra ochilor lui. Vârful ei se apropie încet şi i se înfipse în carne. Durerea provocată de şurubelniţă era tot mai puternică, usturătoare. Chinul dureros umplea fiecare părticică din el. Şi el dorea acel chin. Elijah dorea ca acel chin să continue, pentru ca el şi Mama şi chinul să împingă suferinţa afară, acolo, pe covor. Doar ei doi. Mama şi-a aşezat trupul deasupra şurubelniţei şi s-a proptit în ea. Se ruga. Elijah se gândea să plângă, dar cu Mama acolo, lângă el, nu avea niciun motiv. Orice s-ar fi întâmplat, Mama era acolo.

38.

Micuțul meu,

Există în lumea asta locuri mai stranii decât visele. La început, când am ajuns, mi-am amintit de Centrul pentru bolnavi mintali din Lagos, unde auzeai din capătul drumului cum urlau pacienții. M-a cuprins o asemenea panică, încât aveam senzația că fața mea aparținea altei persoane. Spitalul psihiatric pentru femei, din Greenfield, era o clădire cu un lung şir de camere; fiecare încăpere era plină de femei cu ochi sălbatici, care aveau poveşti de spus, dar pe care nu voiau niciodată să le spună. Eu stăteam într-o cameră cu trei dintre ele. Prima, Nicola, o depresivă, avea pe buze un zâmbet ce părea lipit acolo. Chiar şi când dormea (tiptil, m-am dat jos din pat într-o noapte şi m-am uitat la fața ei), zâmbetul rămânea, ca şi cum ea nu era reală, ci doar zâmbetul era real. A doua femeie avea numele surorii mele, Miriam, şi era din neamul yoruba, dar nu fusese niciodată în țara ei. Poți să-ți imaginezi aşa ceva! Îi plăcea să mă descoasă toată ziua cu întrebări şi să mă pună să o învăț cuvinte din limba noastră.

— E'karbo, a zis ea când am intrat în cameră. Mă enerva să o aud rostind pocit, cu accentul ei englezesc, cuvintele învățate de la mine. S-a așezat pe patul meu. În ziua aceea nu aveam chef de vorbă. Reduseseră pastilele pe care mi le dădeau de două ori pe zi: o căniță de plastic plină cu pilule, care mă făceau să nu mă mai gândesc atât de mult că tu erai plin de un vrăjitor, și să îmi imaginez că erai sănătos și alergai după o minge de fotbal. Înghițeam pastilele alea ca pe bomboane. Ziceau că deveneam dependentă de ele. Dar pastilele erau singurul leac care îmi amorțea stomacul, până când cuțitul înceta să se mai răsucească și imaginea chipului tău plin de sânge se estompa.

— Când o să ies eu de-aici, a zis cântat Miriam, cu vocea ei ca un palton gros englezesc, o să mă droghez ca dracu'. Prietenul meu o să rezolve totul. Trebuie să vii și tu cu mine; știi, acolo unde locuiesc eu găsim niște chestii excelente. Cea mai bună doctorie din lume!, spunea ea, apropiindu-și fața de urechea mea. Tot ce dorești. Cocaină, zăpadă[19], material bun, crede-mă.

Am închis ochii. Miriam mi-a povestit de unde își lua drogurile, dar eu știam deja locul: dintr-o cameră aflată la câteva uși mai încolo de noi pe culoar, unde era un du-te-vino permanent și unde mirosea dulceag, a ars. Încercam să nu mă gândesc că tu creșteai într-o țară unde copiii nigerieni ajungeau să fie ca Miriam, niște drogați care înjurau la tot pasul. Nu, fiul meu nu trebuia să fie așa. Nigeria nu produce asemenea caricaturi. Nici măcar pentru bogătașii *oyinbos*[20]. Slavă Domnului că femeia asta nu a ajuns niciodată în Nigeria — ar fi snopit-o în bătaie dacă o prindeau vorbind așa. Precupețele ar fi târât-o de

[19] În original „crystal meth" (metamfetamină pulbere). (*N. red.*)

[20] Om alb (în graiul yoruba). (*N.t.*)

păr, să se învețe minte. Dar, pe de altă parte, dacă ar fi fost în Nigeria, nu ar fi ajuns niciodată într-un asemenea hal, Elijah. Sunt sigură de asta.

A treia femeie nu era de fapt o femeie în toată firea, ci o tânără care stătea liniștită și ai cărei ochi se mișcau prea violent. Era atât de slabă, încât parcă vedeam prin ea, și avea pe față un fel de pufuleț, ca al unui nou-născut. În fiecare seară, asistentele veneau și o țineau jos cu forța, ca să-i bage un tub în nas, iar ea se zvârcolea și se smucea, încercând să scape din strânsoarea lor.

— Haide, drăguță, fii cuminte, ziceau ele. Jody, dragă, trebuie să-ți băgăm tubul ăsta, și cu cât stai mai cuminte, cu atât terminăm mai repede. Dacă nu ți-ai fi smuls mereu tuburile nazogastrice, nu am fi ajuns acum în situația asta.

După ce se zbătea și se zvârcolea cel puțin o jumătate de ceas, trupul ei ceda, de obicei, și rămânea întins pe pat, de parcă ar fi fost din carton. Îi băgau tubul pe nas și apoi atârnau deasupra ei o sticlă cu un lapte mirosind a acru, cu care trebuia să stea așa toată noaptea. În loc să dorm, mă uitam cum picura lichidul din sticlă și mă gândeam la tine.

Pe doctorul Phillips nu îl speria nimic. Vedeam în ochii lui, care mă fixau, că nu îi era frică de mine, spre deosebire de infirmiera care ținea tot timpul un braț la spate, și de celălalt infirmier, care se uita spre ușă ori de câte ori intra în vreo cameră unde mă aflam și eu. E cumplit ca oamenii să fie speriați de tine, Elijah. Totul devine parcă înfricoșător.

— Cum merge treaba, Deborah?

Stătea picior peste picior și mi-am dat seama că nu era însurat, văzând că purta șosete diferite și că avea pantofi scâlciați. Sau poate avea o nevastă leneşă. Mă gândeam la Akpan, cum avea mereu şoşetele pereche. Ce lucruri ciudate îți poți aminti uneori.

Am zâmbit, cât mai normal cu putință. Cum să-i fi spus că mie îmi venea să mor? Că te luaseră de lângă mine?

— Bine, am zis eu. Sunt mult mai bine, mulțumesc. Acum pot să îmi văd fiul, pe Elijah, vă rog?

Îmi țineam respirația, dar chipul doctorului spunea totul. Şi-a schimbat poziția şi s-a tras spre marginea scaunului. Pe o măsuță, lângă el, se găsea un teanc de însemnări: notițe despre mine. Mi-am recunoscut numele, chiar dacă aveam ochii încețoşați de la pastile şi capul parcă îmi era plin de câlți. Însemnările erau prea voluminoase, nu mai încăpeau în dosar.

— Deborah, bolile mintale nu trebuie privite altfel decât afecțiunile fizice. Încearcă să îți imaginezi că ai avea o fractură gravă la un braț. Ar fi nevoie de intervenția doctorilor, de medicamente şi, poate, de mult timp până să se vindece, dar în final brațul tău va funcționa ca înainte. Cu timpul, sperăm că vei putea face toate lucrurile pe care le făceai înainte. Dar trebuie să îți spun, Deborah...

S-a aplecat în față şi a pus brațul peste brațul meu. Era oare brațul cu fractură? Mie nu mi se părea că era rupt. Mi se părea în regulă. L-am mişcat brusc, am desfăcut şi am închis pumnul. Mâna mi se părea mai mare, aproape uriaşă, ca mâna unei alte persoane. Lucrul ăsta m-a făcut să zâmbesc subit, apoi să mă întreb de ce zâmbeam.

În Nigeria, nu conta dacă înnebuneai de tristețe sau din cauza spiritelor rele, ori din cauza drogurilor cu marijuana. Nebunia era nebunie. Aş fi ajuns în Centrul pentru bolnavi mintal, asta dacă aveam noroc. Sau, dacă nu, m-aş fi trezit umblând pe străzi, cu urina curgându-mi pe picioare, încălţată doar cu un pantof.

— Tu înţelegi ce îţi spun eu, Deborah? Suferi de o afecţiune gravă, dar nu netratabilă.

— Sunt bolnavă?

Am ridicat şi am coborât braţul. Parcă plutea, desprins de mine.

— Da, Deborah. Eşti foarte bolnavă. Noi credem că suferi de o afecţiune gravă, care te face să auzi voci. Te face să crezi în lucruri care nu sunt reale.

M-a cuprins panica, Elijah, văzând că acest străin putea gândi gândurile mele. Ştia oare de maşina roşie? Despre ce era în ea?

— Vocile sunt reale, am zis eu. Le aud foarte clar. Nu sunt o ţicnită. Am un har spiritual. Soţul meu mi-a spus asta acum mult timp.

Ceaţa s-a ridicat suficient încât să văd faţa ta, Elijah, plină de sânge, un dormitor plin de bărbaţi şi pantoful negru al lui Akpan. Am început să plâng.

— Noi nu folosim niciodată acel cuvânt „ţicnit". Statistic vorbind, una din trei persoane suferă de o boală mintală, la un moment dat în viaţă. Şi ştiu că în Nigeria lucrurile sunt foarte diferite. Dar aici, în Marea Britanie, vei avea acces la un tratament adecvat în acest spital şi, când starea sănătăţii tale se va îmbunătăţi, vei putea beneficia de îngrijiri la domiciliu. Eşti bolnavă de mult timp, Deborah, iar acum, când am aflat care este cauza, te vom ajuta să te însănătoşeşti. Medicamentele pe care le folosim sunt atât de eficiente, încât sperăm să te stabilizăm în foarte scurt timp.

M-am uitat în jur. Dacă aş fi fost acasă, în Nigeria, nu mi s-ar fi dat niciun fel de diagnostic oficial. Aş fi fost dusă la Centrul pentru bolnavi mintali, unde surorile mele ar fi venit în fiecare zi să mă spele şi să mă pieptene. Acolo, în locul acela, singurele persoane care vorbeau cu mine erau fata care nu voia să mănânce şi Miriam, care luase atât de multe droguri, încât ochii ei nu se mai uitau în aceeaşi direcţie. Doctorul ridicase din sprâncene, în aşteptarea unui răspuns.

— Mulţumesc, domnule doctor, am zis eu. Dar nu-l credeam câtuşi de puţin. Nu boala mintală mă făcea să aud voci. Eu aveam un har spiritual. Era vocea diavolului, iar uneori a lui Dumnezeu. Îmi spusese mie Akpan. Aveam un har pe care ei încercau să-l distrugă. Eram atacată pe plan spiritual.

Mă gândeam la unchiul Pastor şi la toate lucrurile în care credeam noi. Doctorul acesta era dement. Dar mă pricepeam să joc teatru, Elijah. Eram o femeie deşteaptă, chiar şi cu dezechilibrul de acum. Şi ştiam că, pentru a te aduce înapoi lângă mine, eram în stare de orice.

Dar, dintr-odată, mi-a venit o idee. Dacă îmi dădeau medicamente ca să oprească vocile, cum puteam eu să te ocrotesc? Cum puteam eu să-mi păzesc fiul, dacă nu mai auzeam când vrăjitorul ăla afurisit vorbea cu mine? Vrăjitorul voia să te omoare, să mi te ia pentru totdeauna. Dar reuşisem oare? Îl gonisem oare pe vrăjitor cu şurubelniţa? Nu puteam afla niciodată, dacă nu mai auzeam vocile acelea. Voci şoptite, murmurând. Vocea lui Dumnezeu. Brusc, am ştiut ce aveam de făcut.

Trebuia să fiu foarte precaută. Trebuia să fac tot ce mi se spunea în închisoarea aceea. Să înghit pastilele. Să vorbesc. Să-i povestesc lui Miriam despre ţara ei. Să o ignor pe fata cu puf de pasăre, pe care o striveau în patul ei. Trebuia să fac orice ca să te pot salva pe tine. Absolut orice.

Noaptea, o auzeam pe fata-pasăre, plată ca un carton, aşteptând să plece asistentele care o ţintuiseră de pat. Apoi îşi smulgea tubul, tuşind şi picurând laptele acru pe podea, sub pat. După aceea, îşi băga degetele pe gât şi vomita în faţa de pernă. Nu ştia să vomite. Femeile de la biserică ar fi putut să vomite doar gândindu-se la asta — nu aveau nevoie să-şi bage degetele pe gât. Ar fi avut ce să înveţe de la ele. Rebekah s-ar fi tăvălit pe jos de râs, văzând-o.

— Dormi?

Miriam era lângă patul meu. Simţeam cum îi miroseau subsuorile a transpiraţie. Am strâns ochii şi m-am prefăcut că dorm. Mă prefăceam tot mai bine. Mă gândeam la tine în fiecare secundă.

— Psst! Psst! Surioară, dormi?

Brusc, s-a urcat în pat şi s-a lipit de mine. M-am ridicat în capul oaselor şi m-am tras la o parte.

— Dă-te jos! am şoptit. Ce te-a apucat?

Dar pe urmă am văzut că avea faţa plină de lacrimi.

— Iartă-mă, a şoptit ea. Dar nu pot să dorm. Nu pot. Am nevoie să-mi iau doctoria. Pe stradă, vreau să zic; doctoria îmi face bine. Mizeria asta de-aici nu are niciun efect. Ăştia mă omoară cu zile.

M-am uitat spre uşă. Mă gândeam să strig un infirmier, dar expresia de pe chipul lui Miriam m-a făcut să renunţ. Am remarcat pentru prima oară cât de tânără era. Şi cât de distrusă.

— Ce-ai păţit? Cum vrei să te ajut? Du-te înapoi în pat şi nu mai fi prostuţă. Hai, du-te.

A scuturat din cap, repede de tot.

— Nu pot. Ăştia mă omoară cu zile. Lasă-mă să dorm cu tine. Te rog. Simt că o să mor dacă mai stau singură. Am nevoie de doctoria mea.

Se scărpina atât de tare, încât cearceafurile albe se umpluseră de sânge de la zgârieturile ei adânci.

— Am şi-aşa destule probleme, am zis eu. Treci înapoi în pat.

Nu i-am povestit despre tine. N-am vorbit despre asta cu niciuna dintre femeile de-acolo. Nu voiam ca numele tău să fie pe buzele lor.

Dar ceva m-a oprit să o dau jos din pat pe Miriam. Poate faptul că era atât de înspăimântată. Sau poate faptul că eu eram atât de înspăimântată. Oricum, a dormit cu mine în pat în noaptea aceea şi în fiecare noapte care a urmat. După ce asistentele ne verificau ultima oară, la douăsprezece noaptea, Miriam se furişa prin cameră şi se urca în patul meu, iar eu îi făceam loc, acceptând mirosul de transpiraţie şi respiraţia ei puturoasă. Peste câteva nopţi, fata-pasăre a venit şi ea în pat cu noi, întinzându-se lângă mine, atât de firavă şi fragilă, încât nici nu îndrăzneam să mă mişc, de teamă să n-o strivesc. Ne răsuceam şi ne întorceam toate trei deodată. Nu eram noi unite ca nişte surori, dar oricum, pentru o scurtă perioadă de timp, nu ne-am mai simţit atât de singure.

39.

Deşi situaţia se îmbunătăţea, nu putea să nu-l urmărească atent pe Elijah, să nu-i studieze comportamentul şi să nu analizeze excesiv totul. Nikki trebuia să-şi impună să se uite în altă parte, să-şi îndrepte privirea spre ceas sau spre fereastră, de exemplu.

Iar Elijah se uita în jur, cu ochi trişti şi blânzi. Când veneau la ei tata, Jasmin şi Chanel, era mai bine şi lucrurile păreau aproape normale, la fel ca înainte, dar când erau doar ei trei, parcă era prea linişte. Obi făcea cu adevărat eforturi, dar în vreo două nopţi Nikki se trezise din somn şi văzuse locul gol lângă ea, în pat, iar pe Obi îl găsise la bucătărie, frunzărind hărţile lui de la serviciu. Odată, se prefăcuse chiar că nu o auzise, când îi spusese să vină înapoi în pat. Iar Elijah se schimbase prea mult. Nikki începea să intre în panică. Îşi stăpânise emoţiile până la un moment dat, dar acum simţea că îi scăpau de sub control.

— Mă duc până la Chanel, nu stau mult. Vreţi să jucăm ceva mai târziu? le spuse ea amândurora, tată şi fiu aşezaţi unul lângă celălalt, dar nu prea aproape. Ce-ar fi să jucăm „Ghici, cine?“?

— Da, te rog, şopti Elijah, cu un glăscior stins.

Se uita la burtica lui mami şi pe urmă la ochii ei. Lui Nikki îi venea să-l ia în braţe şi să-i murmure la ureche că îl iubea, dar i se părea atât de departe. O speria cât era de liniştit.

Nikki plecă; Chanel o aştepta.

— Unde e Jasmin?

— S-a dus la un prieten, să se joace. Haide, vino.

Chanel purta o pijama cu o cireaşă pe piept, sub care scria: Muşcă-mă. Nikki zâmbi, fără să vrea. Urcă după Chanel în apartament, unde se aşezară una lângă cealaltă pe canapea.

— Cum mai e?

Nikki deschise gura să vorbească, dar izbucni în plâns. Chanel o luă repede în braţe, încercând să o aline. Nikki plângea şi nu se putea opri. Chanel mirosea a ţigări.

— Ce-i, iubire? Acum ce mai este?

— Am chef să fumez, spuse Nikki, desprinzându-se din îmbrăţişarea ei.

— Poftim?! Tu, cuminţenia pământului, vrei să fumezi?! Dar tu n-ai pus o ţigară în gură în viaţa ta! râse ea. Şi nu cred că acum e momentul să te apuci de fumat... Chanel arăta spre burtica lui Nikki.

— Nu mai contează, oricum, spuse Nikki, printre suspine de plâns. Probabil, tot voi pierde sarcina, cum le-am pierdut pe toate celelalte.

Chanel o strângea atât de tare în braţe, încât Nikki abia mai putea respira.

— Gata, haide, linişteşte-te. Spune tot ce ai pe suflet.

Nikki se rezemă de spătar.

— Nimic nu mai e la fel. Dar nimic. Obi este îngrijorat tot timpul, el, care avea atâta siguranţă de sine, orice s-ar fi întâmplat. Iar dacă Obi e ezitant şi temător, eu simt că-mi fuge pământul de sub picioare. Nici măcar nu mai citeşte din cărţile alea ale lui. Iar Elijah pare atât de trist, atât de îngrijorat şi tăcut.

Chanel dădu din cap, înţelegătoare.

— Prin câte a trecut el, Chanel, s-ar putea să nu-şi mai revină niciodată complet. E posibil să nu-l putem face vreodată fericit. Simt că am greşit atât de mult — faţă de Obi, faţă de copilaş, faţă de Elijah. Cum să mă mai numesc eu o mamă bună?

Chanel pufni pe nas şi duse mâna la gură.

Nikki se opri din plâns.

— Auzi, tu... Tu râzi de mine? Serios? Râzi de mine? Fiindcă, dacă tu crezi că e amuzant...

Chanel se opri din râs.

— Veşnic, „biata Nikki". Biata Nikki în sus, biata Nikki în jos. Mie, una, mi s-a acrit.

Nikki se ridică în capul oaselor, cu gândul să plece:

— Atunci să te las, nu?

Chanel o împinse la loc pe canapea.

— Stai jos acolo. Şi ascultă bine, măcar acum.

Nikki se aşeză şi se uită la Chanel.

— Eşti cea mai bună mamă pe care am cunoscut-o vreodată, spuse Chanel. Jasmin ar da orice să aibă o mamă ca tine. Eşti cea mai bună. Orice copil ar fi norocos să aibă o mamă cum eşti tu, dar Elijah nu a fost doar norocos. El avea nevoie de tine. Bun, ştii că eu nu cred în Dumnezeu şi în toate aiurelile alea, dar îţi spun că singura mamă care l-ar putea iubi atât de mult ca tine eşti tu. Şi îmi dau seama cât de mult îl iubeşti, doar auzindu-te cum îi rosteşti numele. Doar văzând cum te uiţi la el... Mi-aş dori, mi-aş dori ca măcar o secundă să mă pot uita şi eu așa la Jas. Și ea își dorește asta. Iar acest copilaș se va naște și va fi bine. Știu eu asta. Așa că vino-ți în fire. Nu-ți mai plânge de milă. Ai tot ce ți-ai dorit vreodată, și ce dacă a apărut un impas? Ești o ticăloasă plină de noroc.

Nikki rămase cu gura căscată. Nu găsea cuvinte ca să-i răspundă lui Chanel. Nici măcar unul. Câteva minute rămase nemișcată.

Chanel se apropie de ea și o luă în brațe. O mângâie pe păr.

— Cât despre Obi, el e un luptător, dar de data asta e pe un teritoriu necunoscut, la fel cum suntem și noi. E ceva nou pentru toți. Dar vă iubiți unii pe ceilalți și vă doriți acest copilaș. Va fi bine până la urmă, ai să vezi.

Nikki închise ochii și se lăsă ținută în brațe.

Soră-sa îi șopti la ureche:

— Nu vei pierde această sarcină. Ești deja în șapte luni. Nu vei pierde acest copil. Crede-mă, spuse ea, trăgând adânc aer în piept. De data asta, doctorii știu ce să facă.

— Chiar crezi? întrebă Nikki.

— Sigur, știu sigur; da, sunt multe lucruri în joc, dar nu cred că nu vei putea să faci față. Uite cât de bine ai depășit criza prin care ați trecut. Mulți oameni, probabil, s-ar fi dat bătuți, nu însă tu și Obi. Și nu Elijah. Elijah e puternic și el, știai, nu? Mai ții minte când eram mici și tu ai căzut de pe spalierul acela pe care ne cățăram?

Nikki încuviință din cap. Îi sorbea cuvintele de pe buze.

— Ce sperietură au tras bucătăresele de la cantină, murmură ea.

— Dumnezeule, și ce sus era bara aia. Iar tu, efectiv, ai aterizat drept în cap. Țin minte de parcă ieri ar fi fost. Te-ai ridicat frumos în picioare, fără să plângi, fără să scâncești, te-ai răsucit pe călcâie, ai săltat nasul în aer și te-ai cățărat înapoi.

Nikki își amintea perfect. Fusese o zi friguroasă și îi înghețaseră mâinile pe barele reci.

— Stăteam exact lângă bucătăreasa care a văzut când ai căzut și cum te-ai ridicat, pe urmă. S-a uitat la tine și apoi le-a spus celorlalte: „Fata asta e tare de tot. Nu se dă bătută, orice-ar fi", spuse Chanel, sărutând-o pe obraz. Hai, Nikki, du-te acasă, șopti ea. Fii mămică. Fii fericită.

În următoarele zile, Nikki auzea ca aievea cuvintele lui Chanel, oriunde se ducea. Le-a și visat. Chanel avea dreptate, desigur. Sora ei se înșela adesea, dar în lucrurile importante avea dreptate, mai ales când spunea că Nikki îl iubea enorm pe Elijah. Începu să se considere din nou norocoasă, că era mama lui, că erau o familie. Se simțea mai încrezătoare.

— Elijah, nu te mai ține de nas, șopti Nikki. O să te doară rău.

Începuse din nou să facă asta. Era foarte tăcut și închidea mereu ochii, ca și cum se dusese foarte departe cu gândul.

— OK, mami.

Îl sărută pe cap.

— Ți-e tare dor de mama ta, nu? îl întrebă ea.

Elijah o privi drept în ochi. Nu i se clinti niciun mușchi, dar ochii i se umplură de lacrimi. Părea uimit.

— E OK să vorbim despre ea, să știi. Înainte, vorbeai despre ea uneori. Poți să vorbești despre orice cu mine sau cu tati, fiindcă noi suntem părinții tăi pentru totdeauna. Și misiunea noastră este să te ocrotim mereu.

Elijah zâmbi. Îşi strecură mânuţa în mâna ei. Erau în camera de zi, împreună cu Obi, după-amiază târziu. Ricardo telefonase şi stabilise o întâlnire pentru a doua zi. Elijah se tot ţinuse de nas, dar lucrurile parcă mergeau un pic mai bine, deşi era prea cuminte, aproape tot timpul.

— Vrei să începem o carte nouă diseară? întrebă Nikki, pe un ton vesel. Am terminat *Comoara din insulă.*

— Ar fi frumos. Mulţumesc.

— *Comoara din insulă* este unul dintre singurele romane pe care le-am citit până la capăt, spuse Obi. Eu prefer cărţile de specialitate. Când o să te faci un pic mai mare, o să încep să-ţi citesc din revistele mele de drept, râse el. Nu mai ai nevoie de piraţi, când dai de *New Law Journal*[21].

Nikki observă că Elijah nu a râs la gluma lui Obi.

În seara aceea, când se duse să-i spună noapte bună lui Elijah şi să-l învelească, îl sărută pe obraji şi îşi vârî mâinile sub spatele lui:

— Acum suntem legaţi împreună, zise ea.

Elijah zâmbi.

— Poţi să te cuibăreşti în patul meu, dacă vrei.

Nikki se vârî în pat lângă el.

— Sigur că da! Avea trupul atât de cald. Îl strânse lângă ea şi îi fredonă un cântecel de leagăn. Dar Elijah nu închise ochii.

— Nu ţi-e somn? întrebă ea.

— În seara asta, nu, răspunse băiatul.

Se întoarse cu faţa spre ea şi puse mânuţele pe burta ei.

— Îmi pare rău pentru ce am făcut, şopti el. Îmi pare foarte rău.

---

21 Revistă de specialitate pentru avocaţi. (*N. red.*)

— Va fi bine totul, spuse Nikki, sărutându-l pe mânuțe, apoi pe cap. Va fi bine pentru noi toți, repetă ea, mângâindu-se pe burtă.

Elijah îi trase în sus tricoul. La lumina lămpii, pielea lui Nikki era de un alb fantomatic, întinsă şi schimbându-se în tot felul de forme. Elijah îşi frecă palmele una de cealaltă şi suflă în ele. Apoi, binişor, le aşeză pe stomacul lui Nikki şi îşi lăsă obrazul deasupra lor. Închise ochii şi Nikki, respirând, vedea cum chipul fiului ei se ridica şi cobora odată cu pântecul ei. Nu-şi dădea seama la ce se gândea Elijah. Ochii lui erau altfel decât înainte. Trişti, dar nu mai păreau speriați. Gândurile stranii care îi intraseră atunci în cap, amintirile care îl împinseseră poate să o atace dispăruseră acum din ochii lui. Pesemne că depăşise traumele trecutului. Tot ceea ce suferise el în viață izbucnise într-o explozie de moment, iar acum aveau liniştea pe care puteau clădi viața lor împreună.

— Iartă-mă, şopti el, lipit de pielea lui Nikki. Fetița din burtica ta e bine acum, nu-i aşa?

— Da, e bine, şopti Nikki, cu sclipiri în ochi.

Pe urmă, Elijah se uită foarte atent la Nikki.

— Ce faci?

— Mă uit la pistruii tăi. Ai mulți pistrui, iar asta înseamnă că eşti norocoasă.

Nikki râse. Închise ochii şi încercă să păstreze acel moment în adâncul sufletului, pentru totdeauna.

40.

Elijah,

Timpul trecea şi eu câştigam. Zâmbeam, zâmbeam mereu. Plănuiam să ies de-acolo cât mai repede cu putinţă şi să îţi dau de urmă, să te găsesc şi să te salvez. Voiam să fiu sigură că vrăjitorul plecase din corpul tău şi că nu se va mai întoarce niciodată. Voiam să-i transmit un mesaj episcopului, dar nu aveam cum să trimit scrisori, fără ca infirmierii să nu verifice toate detaliile şi, ca să le fac jocul, m-am prefăcut că mă supun cerinţelor lor. Când m-au îmbrăcat cu o cămaşă specială şi m-au pus să semnez un formular, nu prea am auzit ce-au spus: „Afectează memoria pe termen scurt..." Am încuviinţat doar din cap şi am zâmbit. M-au dus într-o cămăruţă şi mi-au pus nişte plasturi pe partea laterală a capului. Nu prea înţelegeam ce se întâmplă.

Primul l-au pus într-o parte, iar pe cel de-al doilea chiar în faţă. Plasturii erau mici şi miroseau un pic a şerveţele umede Flash. Îi legaseră la un mic aparat, pe care o asistentă îl acoperise cu un prosop. În încăpere erau doi doctori care vorbeau peste mine, ca şi cum nu m-ar fi văzut întinsă acolo.

Mi-au băgat un ac în braţ şi doctorii au încetat să mai vorbească. Mi-au pus o mască la gură, prin care venea un aer rece şi urât mirositor. O asistentă m-a strâns de mână.

— Întâi te vor adormi şi apoi îţi vor da un medicament, ca să nu te mai mişti deloc. Apoi îţi vor face tratamentul. O să te trezim cam peste zece minute. OK?

Am închis ochii, eram gata. Nu-mi păsa ce-mi făceau, Elijah. Am închis ochii şi mi-am imaginat un somn adânc, fără vise. Mi-am imaginat chipul tău frumos, cu ochi căprui, şi am simţi ceva rece pe braţ în sus, după care n-a mai fost nimic.

Când m-am trezit, eram prea lipsită de vlagă. Am mişcat încet degetele şi am deschis ochii. Camera părea la fel, dar ceva nu era în regulă. Doctorii încă vorbeau şi asistenta încă mă ţinea de mână, dar eu simţeam ceva rău în inimă, îngheţându-mi sângele. Am închis din nou ochii ca să caut chipul tău, dar brusc mi-am dat seama că dispăruseşi. Elijah! Am scotocit prin mine, cu mintea mea răscolind amintiri ca pe nişte pietre fierbinţi, dar nu era nimic. Locul din capul meu unde ţineam imaginile cu tine era gol! Dispăruseşi! Mi-am scormonit mintea şi gândurile, şi capul, dar tu nu erai acolo.

— Elijah, am şoptit eu. Elijah! Dar tu plecaseşi din mine. Pentru prima oară de când te-ai născut, am simţit o pustietate în adâncul meu, mai mare decât tot cerul. Era mai mare decât orice. Mă înghiţea cu totul. Am strigat. Am plâns şi am tot plâns. Mi te luaseră din nou. Elijah, băiatul meu, micuţul meu nigerian. Nimic nu va mai fi la fel. Eram ruptă în bucăţi şi tu nu mai erai. Dragostea mea, sufletul meu, universul meu. Elijah, Anglia mi te-a luat, micuţul meu Elijah. Micuţul meu nigerian.

41.

Elijah deschise ochii şi nu clipi. În dormitorul lui, vedea cum coarnele de cerb înşurubate de bunicul în perete făceau nişte umbre în întuneric, ca o sută de cuţitaşe tăind odaia în bucăţi, tăind lumea în bucaţi. Era târziu. Îl auzea pe tati sforăind încetişor şi pe mami gemând mereu în somn, cum făcea doar de atunci, de când se întâmplase.

De când vrăjitorul a încercat să-i rănească bebeluşul.

Pe surioara lui.

Îi spuneau că vrăjitorul era o plăsmuire din visele Mamei şi, fiindcă era bolnavă la cap, ea nu putea să facă diferenţa. Dar cum să poată visul Mamei să intre în capul lui Elijah? Iar acum îi spuneau că Mama îl rănise rău de tot. De fiecare dată când închidea ochii, Elijah îşi amintea şi îi venea să râcâie amintirea şi să o alunge, dar nu putea. Îl pândea tot timpul, ca un lup sub un copac. Trebuia să înţeleagă care era adevărul.

— Există un vrăjitor, spuse el cu voce tare. Nu se poate să nu existe.

Dar nu simţea absolut nimic. Precis exista un vrăjitor. Dacă n-ar fi existat, însemna că el o rănise pe mami.

El o rănise pe surioara lui. Doar că el nu le-ar face niciodată rău lui mami sau surioarei. Vrăjitorul trebuie să fi fost. Mama: vrăjitorul era real fiindcă Mama îl iubea pe Elijah. Iar dacă nu exista niciun vrăjitor, atunci Mama îl rănise pe el fără niciun motiv.

Dacă nu exista niciun vrăjitor, însemna că Mama nu-l iubea deloc pe Elijah.

Elijah era sigur numai de două lucruri:

Vrăjitorii erau reali.

Şi Mama îl iubea.

Simţi o durere atât de ascuţită în umăr, încât ţipă tare, dar nu veni nimeni: sforăiturile continuară. Vedea cum în aer se aduna praful magic. Ştia ce avea de făcut.

Elijah întinse întâi un picior, apoi şi pe celălalt. Trase plapuma la o parte şi păşi în întuneric. Se duse la fereastră şi o deschise, lăsând aerul rece să-i răcorească faţa. Era o noapte perfectă. Stelele erau suficient de strălucitoare, încât Elijah să poată găsi foarte repede cea mai frumoasă stea, la care Mama privea cu siguranţă acum. Ochii lor în acelaşi loc. Se gândea la Mama. Şi la mami, şi tati care dormeau, şi la copilaşul dintre ei.

Vizavi, lumina unei lanterne îi atrase privirea şi şi-a dat seama că Jasmin nu dormea, ci se uita şi ea pe fereastră, fluturând lanterna, aprinzând-o şi stingând-o. El nu i-a răspuns, însă se bucură că Jasmin avea să vadă totul. O martoră a dovezii că Mama avea dreptate. A dovezii că Mama îl iubise tot timpul. Nu se gândea prea mult la ceea ce avea să urmeze după aceea, la ceea ce se putea întâmpla. Însă un tremur de emoţie în adâncul sufletului îl făcea să se întrebe dacă putea fi posibil, dacă putea fi posibil totuşi ca el să stea din nou cu Mama, după ce toţi aflau adevărul. El şi Mama ar putea să locuiască în apropiere, sau chiar amândoi într-o cameră, în casă cu mami şi tati, astfel încât mami şi tati să îi poată ajuta la diverse treburi, cum ar fi gătitul şi mersul la şcoală, iar Mama ar putea să-i ajute cu vrăjitorii şi cu rugăciunile. Ar face o echipă foarte bună.

Jasmin aprindea şi stingea lanterna, iarăşi şi iarăşi. Folosea codul special, luminând de trei ori repede şi apoi încă o dată, mai lent. Elijah ştia că asta înseamnă că vrea să treacă să-l ia la şcoală, a doua zi dimineaţă. Dar nu exista un cod pentru ceea ce voia el să-i răspundă: că vrăjitorii erau reali şi că putea demonstra acest lucru. Un cod prin care să-i spună să nu se îngrijoreze, fiindcă el ştia ce făcea; şi că până la urmă totul avea să fie bine. Elijah privi în sus, la peticul de cer. Vedea chipul Mamei acolo, frumos şi blând. Se săltă ca să se aşeze pe pervazul ferestrei şi îşi scoase tălpile afară, bălăngănind din picioare peste marginea zidăriei. Închise ochii şi inspiră aerul proaspăt al nopţii. Era frig, dar corpul lui frigea pe dinăuntru. Ştia că vrăjitorul era în el, probabil, chiar dacă nu-l simţea deloc. Se simţea gol pe dinăuntru, scorburos ca un copac bătrân. În cap avea cuţite şi insecte care se târau. Dar nu se nelinişte. De două lucruri era sigur:

Vrăjitorul era real.

Mama îl iubea.

Deschise ochii şi se uită spre Jasmin, care tot aprindea şi stingea lanterna, dar nu era deloc un cod, ci doar semnele luminoase. Vedea că avea gura larg deschisă şi că bătea în fereastră. Palma ei era desfăcută ca o stea de mare şi avea faţa lipită de geam. Jasmin spunea ceva. Striga. Văzu cum lumina se aprinse în dormitorul mătuşii Chanel şi apoi cum uşa se deschise la camera lui Jasmin, şi cum mătuşa Chanel dădu buzna înăuntru.

Mătuşa Chanel alergă spre fereastră, apoi duse mâna la gură şi ieşi în fugă din cameră. Jasmin rămase acolo, la geam, făcând semnale luminoase cu lanterna şi strigând. Elijah zâmbea. Faţa lui Jasmin era frumoasă, chiar şi aşa, turtită de geam. Cea mai bună prietenă a lui, înconjurată de o hartă a întregii lumi, pe care ea voia să o viziteze. Elijah ridică degetul mare de la mână, ca să-i arate că era OK. Mâna lui prinse o fărâmă din lumina lunii. Respiră aerul magic.

Se uită lung la Jasmin. Chiar şi de pe partea asta de stradă o putea vedea plângând. Nu mai striga, doar îl privea. Nu ridică degetul mare spre el, ci doar puse lanterna lângă obrazul ei şi făcu cinci semnale luminoase: „te iubesc".

Elijah simţi cum tot corpul i se umple de căldură. Trase în piept aerul rece de-afară, închise ochii şi se împinse în jos pe pervazul ferestrei. Auzi deschizându-se uşa de la dormitor şi pe tati strigând. Întoarse repede capul şi văzu chipul lui tati, chipul lui de nigerian puternic. Elijah se uită drept la el.

— Tati, şopti el şi îi zâmbi, cât putea el de mult. Apoi, se împinse în afară şi în sus, dintr-o singură mişcare, până când se desprinse de fereastră şi de casă şi de înaltul cerului. Şi apoi simţi că zbura.

42.

Secția de terapie intensivă de la pediatrie zumzăia și țiuia, și șuiera cu zgomote stridente, iar asistentele medicale alergau încoace și încolo între paturi. Erau o mulțime de copii, mai bolnavi decât își imaginase Nikki vreodată, copii care păreau ireali, făcuți parcă din plastic, cu tuburi ieșindu-le din gură, din nas, din brațe, din gât, înconjurați de aparate și de pungi cu sânge și fluid, la care Obi se uita încontinuu. Dar Nikki nu-și putea lua privirea de la ochii lor pe jumătate închiși, cu genele pline de un fel de substanță transparentă, groasă, care semăna cu vaselina, sau poate erau lacrimi, atât de reci, încât înghețaseră.

— Prea ocupați, spuse tata, care ședea lângă Nikki, ținând-o de mână. Când o să vină doctorii și la noi? Vizita asta prin salon durează prea mult.

Nikki se uita la Elijah. Și ochii lui erau pe jumătate închiși, înghețați, suspendați undeva — ca toată ființa lui, ca ei toți — între noapte și zi, între viață și moarte. Își dorea atât de mult ca Elijah să deschidă ochii și să se uite la ea, să plângă cu lacrimi calde. Din nas îi ieșea un tub care îl conecta la un aparat de respirat ce scotea niște sunete de absorbție, apoi piuia. Zgomotul aparatului era aproape terapeutic. Mai ales noaptea trecută, pe care o petrecuse cu capul rezemat pe marginea patului lui Elijah, ghemuită peste pântec, deşi asistentele insistaseră să se odihnească.

— Nu vreau să mă odihnesc, spusese ea. Nikki nu voia nimic, decât să fie lângă Elijah. Pruncul din pântec o apăsa pe vezică; se convinse cu greu să se ducă la toaletă, dar apoi veni alergând înapoi, dezinfectându-şi mâinile pe drum cu gel cu alcool. Nu voia să piardă vremea cu spălatul mâinilor la toaletă. Dacă se întâmpla... Dar nu suporta să se gândească la aşa ceva. Pruncul din pântec lovea cu piciorușele, de parcă ar fi simțit starea de spirit a lui Nikki. Imposibil, spusese Obi. Dar nimic nu era imposibil, se gândea ea, uitându-se la Elijah. Frumosul ei fiu, cu ochii pe jumătate lipiți şi cu trei tuburi înfipte în gât, care transportau sânge în el şi din el, felul cum erau aranjate, făcându-l să semene cu un fel de stranie floare exotică. Fiul meu.

— E acelaşi doctor? întrebă tata, strângând-o de mână pe Nikki şi privind peste umărul ei spre Obi, care ba stătea nemişcat lângă pat, ba se foia pe coridor afară, cu fața buhăită din cauza plânsului.

— Era drăguț.

— Toți sunt drăguți, şopti Obi. Asta e meseria lor. Dar mie mi-a plăcut cel care a fost cu adevărat sincer, spuse el, privind în altă parte.

Nikki remarcase că Obi nu era în stare să se uite la taică-său sau la ea. Era ca şi cum intrase într-un clopot de sticlă. Întinse mâna în spate şi îl prinse de braț, trăgându-l spre ea.

— Îmi pare rău, şopti Obi. Îmi pare rău pentru tot.

Nikki îl privi.

— Poţi să-l ţii de mână dacă vrei, îi spuse ea. E posibil să ne poată auzi.

Obi nu se trase de lângă ea, aşa cum se aşteptase, ci veni mai aproape.

— Crezi că ar fi posibil să ne audă?

Nikki întoarse capul. Era cumplit să-l vadă pe Obi plângând. Faţa lui arăta că renunţase la luptă; era un chip diferit, avea altă expresie, al unui om care nu se putea concentra la nimic, care uneori înţelegea greşit lucrurile. Foarte greşit.

— Am luat scrisorile de la Ricardo, cele scrise pentru Elijah. Mi-a zis să o citim pe ultima, dacă avem ocazia.

Nikki îşi luă mâna din palma tatei.

— La ce te referi? Ce scrisori?

— Scrisorile de la ea — de la Deborah. I-a scris tot timpul, multe scrisori. Ricardo le-a păstrat la el. Oh, Nik, scrisorile...

Nikki se uită la Elijah şi ascultă zgomotele ventilatorului pentru absorbţia aerului, apoi privi la ecranul de deasupra lui, cu unde mişcătoare. Se uită înapoi la chipul băiatului, la pielea lui catifelată, la forma urechii lui.

— Nu vreau să le văd, şopti ea.

Uşa de lângă pat scoase un zumzet şi în salon intrară Chanel şi Jasmin. Chanel era îmbrăcată, pentru prima oară de când ele două se făcuseră mari, cu o cămaşă albă şi nişte jeanşi fără rupturi, iar în picioare avea pantofi sport. Era trasă la faţă şi pământie, cu cearcăne adânci sub ochi. Nikki observă că nu era fardată deloc. Nici măcar un pic.

Jasmin stătea lângă ea, cu părul strâns într-o coadă de cal care a rămas încremenită cât timp l-a privit Elijah.

— De ce l-au făcut ca un robot? a întrebat ea. Apoi a început să plângă. Chanel o cuprinse în braţe.

— L-am văzut când a sărit, spuse Jasmin. Am încercat să-i fac semne cu lanterna şi să-i spun că nu putea să zboare de-adevăratelea, aşa cum nici eu nu plec în America de-adevăratelea, dar n-a vrut să mă asculte; a sărit de la fereastră şi l-am văzut cum s-a strivit de pământ, povesti ea, printre sughiţuri de plâns. Mami, l-am văzut. Eu nu plec în America, mami, nu-i aşa, nu plec de-adevăratelea? Nu vreau să merg în America, mami; vreau să stau cu tine..

— Şşşş! făcu Chanel, trăgând-o la pieptul ei şi sărutând-o. Nu pleci nicăieri, fetiţa mea. Niciodată. Haide, Jasmin. Hai, să-l salutăm pe Elijah şi pe urmă să mergem să bem un ceai. OK?

Jasmin se duse în cealaltă parte a patului, ignorând-o pe asistenta medicală care injecta ceva într-o pungă cu fluid. Se aplecă spre Elijah şi îl sărută pe obraz.

— A fost adevărat ce ţi-am spus cu lanterna, zise ea, plângând. Tu eşti prietenul meu cel mai bun.

Chanel o conduse spre uşă, unde întoarse capul, se uită la Nikki şi îşi puse mâna în dreptul inimii, apoi ieşi pe coridor, împreună cu Jasmin.

Tata ridică privirea spre asistenta medicală. Apoi a venit încă una şi alarmele pe monitorul lui Elijah au început să ţiuie şi lumea să se agite în jurul lui.

— Cred că o să vă las cu el, acum, îi spuse el lui Nikki. Dar întâi trebuie să vorbesc cu tine, adăugă el, privind-o. Elijah are nevoie să ştie ce scrie în scrisorile alea, spuse tata. Crede că maică-sa nu l-a iubit. Din cauza asta a sărit pe fereastră. Încerca să demonstreze că există un vrăjitor în el. Mi-a spus mie că voia s-o dovedească, mai spuse, cu glasul sugrumat. Trebuia să vă fi spus, să împiedic...

— Nu aveai de unde să ştii la ce se gândea el, spuse Nikki. Niciunul dintre noi n-a ştiut.

Tata se aşeză pe marginea patului, ignorând toată forfota din jurul lui. Luă mâna lui Elijah, cu grijă să nu disloce tuburile la care era conectat.

— Eşti cel mai bun nepot pe care şi l-ar putea dori vreodată un om, spuse el, plângând. Nu-ţi face griji, Elijah. Vrăjitorul a plecat acum.

Se aplecă şi-l sărută pe frunte, lângă bandajul de la cap.

— Vrăjitorul a plecat acum.

În drum spre uşă, tata o sărută pe Nikki şi îşi puse mâna pe umărul lui Obi, după care ieşi din salon, fără să privească înapoi.

Obi o prinse de mână pe Nikki, strângând-o uşor. Zâmbi, îi sărută lacrimile. Nikki se uită la scrisorile pe care Obi le scoase din buzunarul de la haină şi încuviinţă din cap.

El începu să citească, cu vocea clară şi sigură, mai tare decât alarmele, mai tare decât aparatele medicale:

Elijah, aceasta va fi ultima mea scrisoare. Trebuie să plec acasă. Vreau să fiu lângă familia mea, să simt soarele pe obraji, să miros aerul încins, să umblu desculţă pe pământul roşu şi cald. Vreau să-mi umplu sufletul de muzica tăicuţului tău şi să cânt cu vorbele unchiului Pastor. Elijah, vreau să faci câteva lucruri pentru mine.

Obi se opri şi îşi trase nasul. Nikki se lipi mai aproape de el, ca să vadă scrisoarea. Îşi rezemă capul pe umărul lui puternic. Voia să vadă scrisul ei. Simţi că i se taie răsuflarea.

Cuvintele pe care le rostise Obi erau acolo în faţa lor, însă erau înconjurate de mâzgăleli şi desene cu chipuri de diavoli şi ochi sfredelitori. Stupefiată, Nikki respira rar, sacadat. Pe marginea foii de hârtie era o harababură de linii şi pătrate, imagini oribile desenate cu pixul, atât de apăsat, încât hârtia se rupsese pe alocuri. Pe Nikki au înspăimântat-o desenele făcute de Deborah. S-a gândit cât de dificil îi fusese, probabil, să compună propoziţiile acelea frumoase, să scrie cuvintele acelea care sunau atât de solemn. Ochii ei se opriră pe propoziţia din mijlocul foii:

Trebuie să plec acasă.

Obi se uită la Nikki. O sărută pe nas, apoi pe obraz, şi o trase spre pieptul lui. Cu cealaltă mână, lăsă mai jos scrisoarea şi începu să citească din nou, cuvinte care sunau puternic, adevărat, sigur şi atât de duios — cele mai duioase cuvinte pe care le spusese el vreodată —, cuvinte pline de emoţie şi dragoste. Nikki simţea că îl iubea pe Obi, în acele clipe, mai mult decât îl iubise poate vreodată până atunci.

Se aplecă şi îşi lipi obrazul de feţişoara lui Elijah. Umplându-şi sufletul de fiinţa lui, şopti:

— Te voi iubi veşnic; apoi închise ochii, fără să mai audă alarmele şi ţiuitul aparatelor din jur. Asculta doar ecoul lui Elijah în inima ei, spunându-i că îi plăceau câinii şi râzând cum ar trebui să râdă orice copil, şi vocea lui Obi citindu-i fiului lor:

Vreau să vii în vizită în Nigeria, într-o bună zi, şi să îţi cunoşti familia.

Vreau să fii un fiu bun pentru noua ta mamă şi noul tău tată, aşa cum ai fost pentru mine şi pentru tatăl tău. Să creşti mare, sănătos şi fericit. Fiindcă lucrul acesta mă va face mândră de tine, cum nicio femeie nu a fost vreodată pe lume. Vino să mă vezi într-o bună zi, Elijah. Vino să mă vezi acolo unde femeile sunt regi şi unde ne vom uita la stele împreună şi tu îmi vei povesti totul. Eu îţi voi povesti cât de mult te iubeşte pe tine toată lumea.

Te voi aştepta acolo.

Deborah.

Se auzeau paşi alergând şi aparate pornind, cineva striga şi se mişca în faţa lui Elijah.

— Ce se întâmplă? întrebă Nikki, deschizând ochii şi ridicându-se în capul oaselor.

Toate numerele de pe computer se modificau. Totul ţiuia strident în jur. Un medic şi două asistente medicale erau lângă pat. Una dintre ele trase perdeaua de jur împrejur. Înăuntru a fost adus un cărucior roşu, cu nişte sertăraşe. Deasupra era aşezată o tavă de carton, pe care o asistentă aşeză nişte seringi cu etichete lucioase. Apăru şi o pungă cu lichid, o cutie pe care scria SÂNGE PENTRU TRANSFUZII. Din căruciorul roşu a fost scos un sertăraş; înăuntru era o paletă de metal cu mâner verde şi nişte tuburi de plastic, lungi şi subţiri. Pe perna lui Elijah a fost pus un sac verde, legat la oxigen, şi o asistentă l-a deconectat de la aparatul de respirat, legându-l la sacul verde. Pieptul lui Elijah bolborosi dintr-odată. S-au declanşat toate alarmele. O asistentă a tras la o parte pătura şi a lipit plasturi pe pielea lui Elijah, apoi l-a conectat la un alt aparat, pe care l-a pus în funcţiune. Nikki vedea pe ecran ritmul bătăilor inimii lui: ritmul se modifica, liniile ondulate se făceau mai mari.

— Ce se întâmplă? întrebă Nikki. Rămăseseră lângă pat, în spaţiul închis cu perdele.

— Vreţi să rămâneţi aici? îi întrebă o asistentă. Nikki încuviinţă din cap. Se uită la Obi, sperând ca expresia de pe chipul lui să-i spună că totul va fi OK. I se păru că aude un bebeluş plângând.

— Ce se întâmplă?

Asistentele se uitară una la cealaltă. Răsfoiau rapid fişa medicală, se uitau la alarmele aparatelor, punându-şi apoi şorţuri şi mănuşi. Asistenta care adusese sacul verde înfipse un tub lung şi subţire în tubul de respirat al lui Elijah şi trase afară lichidul. Conectă la loc aparatul de respirat. Nikki vedea siluetele altor asistente şi a unui doctor, care apăruseră de după perdea. Cineva ridică receptorul telefonului şi altcineva trase de semnalul roşu de alarmă. Timpul încetinise.

Una dintre asistente se aplecă deasupra lui Elijah, pe cealaltă parte a patului.

— Inima lui Elijah nu pompează cum trebuie, spuse ea. Bătăile inimii s-au încetinit şi îi administrăm nişte medicamente, ca să încercăm să le accelerăm. OK?

Obi o trase pe Nikki spre el. O îmbrăţişase atât de strâns, încât Nikki abia mai putea respira. Apoi, i-a dat drumul, a tras mai în faţă cele două scaune pe care şedeau, exact lângă patul lui Elijah, şi au pus amândoi mânile pe el. Elijah, cu faţa cenuşie ca o mască de ceară, cu pieptul ridicându-se artificial, la fiecare respiraţie. Forma sprâncenelor lui, genele întoarse, buzele perfecte. Nikki se uita la fiul ei. Asistenta injecta ceva într-unul din tuburile conectate la gâtul lui Elijah. Apoi, linia de pe monitor deveni aproape orizontală. Asistenta puse degetele pe gâtul băiatului în lateral. Lui Nikki îi venea s-o împingă de acolo şi să strige:

LASĂ-L ÎN PACE PE FIUL MEU!

— Nu mai are puls!

Asistenta se urcă pe pat şi, cu una dintre mâini, începu să apese tare pe pieptul lui Elijah.

Nikki urla. O asistentă medicală apăru lângă ei şi o ajută pe Nikki să se ridice de pe scaun, apoi luă scaunele din drum.

— Puteţi rămâne, dacă vreţi, spuse ea. Inima lui Elijah s-a oprit, încercăm să-l resuscităm. Sunt multe cadre medicale aici, dar puteţi sta cu el, dacă vreţi.

Nikki se uită la Obi. Faţa lui era scăldată în lacrimi. Un doctor intră în salon şi începu să introducă încă un medicament în gâtul lui Elijah. O altă asistentă se aplecă deasupra trupului lui şi pompă în el altă pungă de sânge.

Nikki nu mai suporta să vadă. Îi venea să închidă ochii şi să nu vadă cum se lăsau cu toată greutatea pe pieptul fiului ei, nu voia să audă cum îi trosneau oasele sub mâna asistentei. Nu voia să vadă cum pompau sânge în trupuşorul lui. Nu voia să vadă lacrimile de pe chipul lui Obi. Dar făcu totuşi un pas în faţă, îl trase pe Obi după ea, întinse braţul şi îl luă de mână pe Elijah.

Mâna lui era rece. Atât de rece.

Pielea lui Elijah străluci o clipă, apoi se mohorî: o lumânare stingându-se în întuneric.

— Nu regret nimic, spuse ea. Nici măcar acum. Nu regret, zise ea, ridicând privirea spre faţa lui Obi. Nu-mi pare rău deloc, şopti.

Nikki strânse mâna rece a lui Elijah, o ridică spre buze, îl sărută. Îi spuse în inima ei că îl iubea, şi că mereu îl va iubi, şi că înţelegea. Înţelegea. Se uita la mânuţa lui Elijah în mâna ei, studia liniile din palma lui, forma fiecărui deget, unghiile scurte, pe jumătate roase.

Asistentele medicale şi doctorii din jurul patului se tot uitau unii la alţii.

— Nu a apărut nicio schimbare, spuse unul dintre ei.

Asistenta de lângă Nikki îi puse o mână pe umăr.

— Facem tot ce e omeneşte cu putinţă, dar inima lui Elijah nu răspunde la tratament, zise ea.

Inima lui e frântă, se gândi Nikki. Se uita la el, făcând abstracţie de medicii şi asistentele din jur. Nu mai văzuse niciodată un chip atât de frumos. În mod straniu, cicatricea de pe frunte dispăruse aproape de tot şi pielea lui era perfect netedă, neatinsă, proaspătă şi imaculată. Obi răsufla greoi lângă ea. Nikki se gândea la ochii lui Elijah, ochi mari şi iubitori, la blândeţea lui, la mâna lui în mâna ei.

— A fost al nostru un timp, aşa-i? şopti ea.

— Suntem de acord cu toţii? Doctorul care ţinea sacul verde se uită la faţa fiecăruia, deconectând alimentarea cu oxigen; asistenta care apăsa pieptul lui Elijah se opri, cu mâna pe inima lui, uitându-se la Nikki şi Obi.

Obi scoase un sunet din adâncul fiinţei lui. Nikki nu scoase niciun sunet. Au plecat toţi, unul câte unul, până la ultima asistentă, care a tras cearşaful peste faţa lui Elijah.

— O să vă las un timp împreună, spuse ea. Dar mă găsiţi aici, dincolo de perdea.

Ieşi şi trase perdeaua în jurul lor. Nikki nu se mişcă. Obi plângea în hohote. Apoi Nikki se urcă în pat, lângă

Elijah, şi se vârî sub cearşaf. Se uita la el, concentrându-se asupra unui mic cârlionţ de pe ceafă. Se lipi cu tot trupul de el şi îl îmbrăţişă cu totul, braţele, corpul lui. Îl sărută pe faţă de nenumărate ori, puse capul pe pieptul lui, ascultând cu atenţie în speranţa unei bătăi de inimă.

43.

Aud marea venind şi plecând, clipocitul valurilor pe nisip. Steagul Nigeriei este în spatele Mamei, dar eu nu mă uit la fotografia ei.

În aer miroase a cauciuc ars, a trestie de zahăr şi a zăpuşeală. Este atât de cald, încât aerul te frige când îl respiri. Dogoarea ţese modele în văzduh şi lumina face ca toate culorile să pălească. Ţânţarii îmi bâzâie în jurul capului, uneori aterizând pe pieptul meu; îi gonesc cu mâna, îi plesnesc tare. Dar mă ciupesc oricum. Simt muşcătura lor puternică pe piept, tresar violent din tot corpul, apoi mă liniştesc la loc.

În Nigeria totul e mai strălucitor şi mai gălăgios decât în Anglia. Ştiu asta deja. Lumina se schimbă şi strălucirea palidă se transformă în culoare: verdele copacilor, albastrul cerului, galbenul soarelui, roşul pământului. Niciodată nu mi-a fost aşa de cald. Arşiţa umple golul de acolo. Aud graiul yoruba. Recunosc graiul vorbit de Mama, dar nu şi cuvintele. Dar tati ridică fruntea şi zâmbeşte. Ţânţarii muşcă şi mă ciupesc de piept. Îi spun lui mami. Dar ea mă ţine de mână.

— Nu-l mai ciupiți, le șoptește ea. Nu-i mai faceți rău fiului meu.

Şi, dintr-odată, Mama este acolo, în fața mea, și brațele ei se întind spre mine. Alerg cum n-am mai alergat niciodată, aruncând picioarele mai repede și mai repede, până când praful se ridică în spatele meu ca un nor. Soarele mă arde pe ceafă și pe spate, face ca totul să miroasă a cald. Aud valurile clipocind înainte și înapoi. Brațele Mamei se înfășoară în jurul meu, respir pielea ei, mirosul dulce de banane prăjite, și ea este atât de catifelată. Mai catifelată decât orice am simțit vreodată. Îmi plimb mâinile pe pielea ei și ne prindem strâns în brațe. Ne privim și mă oglindesc în ochii ei, micuț și nicidecum speriat, și lumea întreagă este un loc ferit de primejdii. Mama cântă, râde, iar în spatele ei văd doi bărbați fluturând din mână: unul dintre ei este bunicul, dar celălalt nu știu dacă este tăicuțul meu sau tati; poate că acum sunt unul și același amândoi, dar bărbatul acesta este puternic, mare și fericit. Chioma se joacă în nisip cu o mulțime de copii și mami e și ea aici, cu surioara mea, pe care o poartă sus, în cârcă, asemenea unui copilaș nigerian, și zâmbesc amândouă, și râd, și fața lui mami nu e tristă deloc; toată suferința s-a dus. Simt brusc, năvalnic, cum e să ai o soră. Jasmin și Chanel nu sunt aici, dar cumva știu să s-au dus în America și mănâncă hotdogi, iar mătușa Chanel e măritată cu un cowboy și Jasmin are un cal al ei. Flutură din mână spre mine. Şi Ricardo e în Brazilia pe plajă, cu niște șlapi noi, și are un fiu al lui, un băiețel din Brazilia care seamănă un pic cu mine, dar care nu avea niciun fel de familie. La asta nu mai seamănă cu mine. Eu am o familie așa de mare. Toți sunt în jurul meu acum și vocile lor îmi umplu sufletul, soarele arde deasupra capetelor noastre, făcându-ne să râdem împreună. Acum, ţânţarii nu mă mai ciupesc de piept. Sunt bucuros. Mă uit la mami şi la tati.

— Vă mulţumesc! strig eu. Nu mă mai doare deloc.

Şi apoi Mama mă trage şi mai aproape, până când sunt din nou parte din pielea ei, iar sângele nostru este acelaşi şi ea îmi şopteşte direct în inimă, în limba mea maternă:

— Micuţul meu nigerian, te iubesc cum nu a mai existat vreodată o iubire pe lume.

Mulțumiri

Le mulțumesc în mod special lui: Christine Green, Natalie Butlin, George Hamilton-Jones, Claire Anderson-Wheeler, Jane Wood, Katie Gordon şi echipei de la Quercus. Mai ales, îi mulțumesc lui Alex Watson pentru informațiile despre activitatea socială terapeutică, dar şi pentru toate celelalte lucruri. Tu eşti inspirația mea.

La prețul de vânzare al cărții
se adaugă 2%, reprezentând
contravaloarea timbrului literar.

Tipar: ARTPRINT
E-mail: office@artprint.ro
Tel.: 021 336 36 33